냠, 냠, 냠, 런치박스

초판 1쇄 인쇄일 2014년 7월 28일
초판 1쇄 발행일 2014년 7월 31일

지은이 ǀ 홍재인
펴낸이 ǀ 김기선
펴낸곳 ǀ 와이엠북스(YMBOOKS)

출판등록 ǀ 2012년 7월 17일 (제2014-17호)
주소 ǀ 서울시 도봉구 노해로 379, 1005호(창동, 대성빌딩)
전화 ǀ 02)906-7768 / **팩스** ǀ 02)906-7769
E-mail ǀ ymbooks@nate.com

ISBN 979-11-5619-256-5 03810

값 9,000원

YMBOOKS ROMANCE STORY

홍재인 지음

YM
BOOKS

목차

프롤로그 ...7

제1화. 푸드 에디터, 서하늘 ...11

제2화. 청국장과 멸치 똥 ...31

제3화. 르 파니에 ...55

제4화. 어바웃 지욱 ...76

제5화. 스카이 스카이 ...96

제6화. 초록색 런치박스 ...109

제7화. 별 한 개 반 ...137

제8화. 좋은 사람 ...174

제9화. 그 남자 가라사대 ...189

제10화. 음매도 하고, 야옹이도 하는 ...206

제11화. 서하늘 씨 실망입니다 ...222

제12화. 있다 없으니까 ...239

제13화. 두 팔을 벌려 ...258

제14화. 봄날 ...278

제15화. 달콤한 수플레처럼 ...297

에필로그 하나. 봉쥬르 프랑스 ...346

에필로그 둘. Behind Talk Talk······ 1 ...358

에필로그 셋. Behind Talk Talk······ 2 ...363

에필로그 넷. 윤지욱 ...374

에필로그 다섯. 돌아온 그날 ...380

작가 후기 ... 383

프롤로그

"앗, 뜨거!"

마지막 오더를 받고 불 앞에 서서 팬 프라이를 하던 남자가 손끝에 화상을 입었다. 집기가 워낙 불에 달구어져 있어 짧은 시간 잠깐 스친 것뿐인데도 손가락이 시뻘겋게 부풀어 올랐다.

조금 전, 열에 달군 기구에 닿아 화상을 입은 남자는 찬물에 손을 담가 화기를 빼주다 물집이 잡혀가는 손끝을 멍하니 바라봤다.

역시, 생각이 많은 날은 꼭 이렇게 부상을 입는다. 약한 2도 화상쯤 될까. 스텝들도 옆에서 보는 것만으로도 쓰라림이 전해지는 듯해 눈살을 찌푸리며 물었다.

"지욱, 괜찮아?"

남자의 프랑스인 동료가 어색한 한국말로 물었다.

"으응!"

그러나 괜찮다고 말하던 남자는 이내 대답을 정정하고 만다.

"잠깐 드레싱 좀 하고 올게."

이미 라스트 오더로 받은 티본스테이크는 굽기가 어느 정도 마무리되어 레스팅에 들어가기만 하면 되는 상황이었다. 파스에서 자리를 옮겨온 헤드 셰프는 화상을 입은 남자 대신 한창 플레이팅 중인 막내 스텝 하나를 불 앞에 세웠다. 이참에 강습이나 시키려는 모양이었다. 티본 미디엄. 꽤나 어려운 과제인 건 분명하니까.

"지욱, 오늘 밤…… 끝나고 파티 있대! 지욱 아디오스 하는 파티."

남자는 헤어짐이 아쉬워 눈빛에 진한 아쉬움을 담는 자신의 프랑스인 동료에게 크게 손을 흔들어 보였다. 그러곤 이제부터 조리실에서 일어나는 상황에 대해서는 관심을 접어두기로 하고 훌쩍 앞치마를 벗었다.

바로 직전까지, 오늘 저녁 디너에만 스테이크를 200여 개 구웠다. 화상을 입은 건 손가락마디 하나뿐이었지만 사실 몸 여기저기 안 아픈 데가 없었다. 걸음을 내딛자, 역시나. 발끝에서 허리 윗부분까지 찌르르 통증이 밀려왔다.

"손을 좀 데었어. 리도카인 성분 들어 있는 거즈 좀 부탁해. 아, 식염수도 같이."

남자의 등장에 의료실에 상주하고 있던 여자의 얼굴이 발그레해졌다. 여자는 이미 한눈에 그를 알아보았다. 이전에도 의료실에 몇 번 드나든 적이 있는 동양인 남자. 유창한 프랑스어는 물론이고, 무엇보다 눈에 띄는 외모 덕분에 여자는 호텔의 수많은 직원들 중에서 남자의 얼굴을 똑똑히 기억하고 있었다.

능숙한 손길로 직접 상처 소독을 하며 싱긋 웃는 남자의 얼굴을 여자는 옆으로 힐긋 바라보았다. 여자는 남자가 등장한 순간부터 시선을 잡아당기는 그 얼굴에서 좀처럼 눈을 떼지 못하고 있었다.

맑고 그윽한 눈. 이 남잔 하얀 얼굴에 동양인 같지 않은 유난히 갈색으로 빛이 나는 눈동자가 특히 매력적이었다.

여자는 자신의 두 눈이 너무 노골적으로 그의 얼굴을 향하고 있다는 데 대해 경계심을 갖곤 시선을 분산시키는 의미에서 조심스럽게 말을 꺼냈다.

"지욱, 한국으로 돌아간다는 얘기가 있던데?"

"응, 오늘이 마지막이야."

여자는 남자를 다시 볼 수 없을지도 모른다는 생각에 곧장 얼굴에 아쉬움을 내비치며 애써 익숙지 않은 한국말을 골랐다.

"속상······? 서운······?"

"서운."

"그래, 서운해, 지욱. 그란데."

"그런데."

"아, 한국말 너무 어려워."

여자의 어색한 한국말을 교정해주며 남자가 픽 웃었다.

답답한 마음에 여자는 프랑스어로 다시 물었다.

"그런데 한국에는 왜 가는 거야?"

호기심 어린 시선이 일순 남자를 향했다.

남자는 유창한 프랑스어로 대답했다.

"꼭 만나…… 야 할 사람이 있어."

다소 여운이 남는 목소리에 말끄러미 남자의 얼굴을 보던 여자가 이내 픽 웃으며 대꾸했다.

"혹시 여자?"

여자?

그래, 여자일 수 있지.

대답 대신 창문 쪽을 향해 저도 모르게 애틋해진 눈길을 던지는 남자에게 여자가 다시 말했다.

"지욱, 찾는 사람 꼭 만나. 한국 가서도 건강해야 해."

짧은 포옹과 함께 여자가 남자의 뺨에 입을 맞췄다.

굿바이 키스.

헤어짐이 아쉬운 순간이다.

하지만 그만큼 새롭게 시작될 만남이 설레기도 한다.

이튿날,

그렇게 남자는 한국으로 돌아가는 비행기에 몸을 실었다.

제1화. 푸드 에디터, 서하늘

─이번 역은 신사. 신사역입니다. 내리실 문은…….

"앗, 잠깐만요! 여기가 어디라고요?"

꾸벅꾸벅 심하게 졸다 스피커에서 나오는 안내 방송을 확인하
곤 하늘은 용수철처럼 자리에서 벌떡 튀어 올랐다. 간신히 내려야
할 역을 놓치지 않고 씩씩하게 개표구로 걸어 나오긴 했는데, 벽
면 거울로 들여다보이는 얼굴이 너무 민낯이라 잠시 당황했다.

'비비라도 좀 바르고 나올 걸 그랬나? 아, 이러다 또 깨지는 거
아냐?'

면밀히 그 차이를 따지고 들자면 푸드 매거진과 패션지 사이에
는 하등 상관관계가 없는데도, 부하 직원의 옷차림부터 화장 스타
일까지 꼼꼼하게 잔소리를 해대는 상관의 얼굴이 새삼 눈앞에 떠
올라 마음이 바빠졌다.

하늘은 일단 급한 대로 지하철 화장실로 달려가 휴대용 파우치에서 항시 들고 다니는 비비크림을 꺼내 신들린 퍼프질과 함께 마스카라를 꼼꼼하게 펴 바르기 시작했다. 이쯤 하면 됐을라나. 마스카라가 마를 동안 눈도 깜박이지 않고 있는데 별안간 밖에서 무언가 와장창 깨지고 부서지는 소리가 들려왔다.

"어휴, 할머니! 제가 한두 번 말씀드려요? 이런 데서 장사하시면 안 된다고요! 이런 건 시장에나 가서서 파세요. 네?"

단속을 나온 구청 직원의 목소리와 함께 구수한 청국장 냄새가 화장실 안에까지 확 풍겨왔다. 하늘이 재빨리 몸을 빼어 화장실 밖으로 나가자 허리가 굽은 할머니 한 분이 방금 전까지 늘어놓았던 좌판에서 떨어져 나와 데굴데굴 나뒹구는 동그란 청국장을 주워 담으며 앓는 소리를 내고 있었다. 가로수길이 코앞에 있는 신사역에서, 그것도 이 바쁜 출근 시간에 좌판에 놓인 청국장이라니. 딱 봐도 기막힐 노릇이었다. 하지만 아무리 그래도 연로한 어르신을 이런 식으로 내쫓는 법이 어디 있나.

하늘은 바닥으로 나뒹구는 스텐 볼들을 주워오며 재빨리 할머니의 앞을 막아섰다.

"좋게 말로 하시면 되지, 어르신 물건을 이렇게 내던지는 법이 어딨어요? 그것도 먹는 음식을!"

하늘이 날카로운 눈을 하고 손가락까지 돌려대며 추궁하자, 구청 직원이 다소 황당한 듯 얼이 빠진 얼굴로 대꾸했다.

"아가씨, 오해야. 내던지긴 누가 내던졌다고."

"어머! 그럼 아니란 말씀이세요?"

"그래. 이게 다 저 할머니가……!"

연기력이 아주 수준급이었다. 공무원이 아니라 배우를 했어야 할 판. 구청 직원은 여전히 답답하다는 얼굴로 가슴을 팡팡 쳐댔다. 하늘은 더 이상 말이 통하지 않는다고 단정 짓곤 구청 직원 쪽에서 몸을 돌려 할머니 쪽을 향해 물었다.

"어르신! 댁이 어디세요?"

갑자기 끼어든 젊은 여자를 이제껏 호기롭게 바라보던 할머니가 돌연 낯빛을 바꿔 되물었다.

"으응? 뭐라고?"

할머니는 귀가 어두워 잘 들리지 않는 사람처럼 하늘에게 몇 번이나 같은 질문을 반복했다. 하늘은 그런 할머니를 보며 바닥에 아무렇게나 굴러다니는 청국장을 재빨리 볼에 주워 담았다.

지하철 역사 안은 이미 할머니가 손에 들고 있는 봉투에서부터 솔솔 배어 나오는 청국장 냄새가 진동하고 있었다. 오가는 사람들의 힐끔거림이 벌써부터 사나운 눈치.

"어르신! 사시는 곳이 어디냐고요!"

하늘은 다급한 마음에 할머니의 귀에 바짝 대고 다시 한 번 큰 소리로 물었다. 그러자 할머니가 힐긋 하늘을 노려보며 갑자기 소리를 빽 질렀다.

"깜짝이야! 귀 먹을 뻔했잖아! 누굴 귀머거리로 알아?"

호되게 야단 한마디를 듣고도 할머니를 도와 청국장을 주워 담기를 그치지 않던 하늘은 자신을 만류하는 구청 직원의 손길도 뿌리치고 두 팔을 걷어붙이고 나섰다.

"어르신! 아무리 맛있어도 여기서 청국장은 안 팔려요. 보세요. 다들 옷 쫙 빼입은 직장인들이지. 누가 아침부터 이런 걸 사 가겠어요? 그러니까 저 사람이 그러잖아요. 시장에 가서 파시라고."

안타까운 마음에 하늘이 손끝으로 여전히 감시자의 눈길을 보내고 있는 구청 직원을 가리키며 말했다.

"참 나. 시장에서 장사는 아무나 하나."

할머니는 입술을 앞으로 쭉 내밀며 이죽거리더니 검은 봉투 몇 개에 다 모은 청국장을 널찍한 바구니에 담아 한꺼번에 머리 위에 이려고 했다. 앓는 소리를 내며 기역자로 구부러진 허리로 낑낑거리는 모양새를 마냥 두고만 볼 수 없었던 하늘은 손목에 찬 시계를 힐긋대다 결국 할머니의 바구니를 대신 받아, 자신의 머리 위에 직접 올리기에 이르렀다.

"어르신! 이거, 어디까지 옮겨드리면 되는데요?"

"오잉? 처자가 옮겨다줄겨?"

방금 전까지만 해도 짜증스럽게 투덜대던 모습은 간 곳 없고, 할머니가 반쯤 남은 이를 히죽 드러내며 반색했다.

"네, 옮겨다드릴게요. 이거, 어디까지 옮겨드리면 돼요?"

옆에선 구청 직원이 괜한 짓을 한다는 듯 하늘을 보며 혀를 끌끌 차댔다. 하늘은 그 눈길을 무시하고 마음 좋게 할머니 대신 머리에 바구니까지 이고 낑낑대며 계단을 한 발 한 발 올랐다.

"어르신, 댁이 어디신데요?"

말을 할 때마다 꼬박꼬박 '어르신' 소리를 덧붙이는 하늘에게 할머니는 손가락으로 멀리 육교 가까이에 있는 버스정류장을 가리켰다.

"저어기 저 앞에서 버스 타야 혀."

"버스요? 그럼 버스까지 타고 오셔서 이걸 파셨단 말씀이세요?"

하늘의 눈이 휘둥그레졌다.

"쭉 가. 쭉! 저어기 앞에까지 더 가야 하니께."

허리춤에 색 하나를 달랑 맨 채 뒤따라오던 할머니의 허리는 어느새 꼿꼿하게 펴진 채였다. 그 기세가 위풍당당하다. 그 앞에서 봉지마다 청국장이 수북하게 담긴 바구니를 머리에 이고, 하늘은 힘겹게 버스정류장 앞에까지 왔다.

"옛다, 집에 가서 하나 끓여 먹어! 원, 요즘 젊은 것들은 저렇게 힘들이 없어!"

할머니의 카랑카랑한 고함 소리와 함께 출발한 버스. 버스가 달리기 시작하면서 날아온 물컹물컹 청국장 한 덩이를 하늘은 온몸을 던져 받았다. 아직 추운 날씨임에도 불구하고 등줄기에선 어느새 땀방울까지 쭉 흘러내렸다. 그뿐이 아니었다. 랩핑이 꼼꼼하지 못해 새어 나온 청국장이 소매 끝에 묻으면서 향수라도 뿌린 듯 하늘은 종일 청국장 냄새에 파묻혀 있어야 했다.

하늘은 바삐 걸음을 옮겼다. 출근을 하기 위해서였다. 젊은 사람에게 당하는 할머니가 안쓰러워 앞뒤 재지 않고 남의 일에 끼어들었다가 이미 출근 시간은 훌쩍 지나버린 뒤였다. 하늘의 걸음은 점점 더 빨라져갔다.

역사를 조금 벗어난 어느 고층 건물 안. 엘리베이터에서 내리자 곧바로 통과하는 문 하나 없이 100여 평 남짓한 〈엘 푸드〉 잡지사의 전경이 눈앞에 펼쳐진다. 스타일리시함은 좀처럼 찾아볼 수 없는 앞뒤로 다닥다닥 붙어진 책상, 콘셉트 회의에 쓰였던 사진과 폐기처분 직전에 놓인 원고들이 여기저기 지저분하게 널려 있고, 각종 조리도구와 접시 위엔 반쯤 손댄 음식과 손대지 않은 정체불명의 음식들이 한데 나뒹굴고 있다.

바로 이곳이 패션지보다 화려한 푸드 잡지를 발행한다는 슬로건을 매단 하늘의 직장, 〈엘 푸드〉다.

회의용 원형 테이블에선 이미 회의가 한창이었다.

"죄송합니다. 조금 늦었습니다! 끝나고 커피 한 잔씩 돌리겠습니다!"

회의의 흐름을 끊어놓은 데에 대한 사죄의 말을 던져놓고, 하늘은 바삐 프린팅된 자료들에 고개를 박았다. 이렇듯 지각 한 번 했다고 어쩔 줄 몰라 하는 것보단 차라리 그럴 만한 사정이 있었던 양 당당하게 밀고 나가는 편이 낫다고 생각하는 그녀는 어느덧 직장생활에 잔뼈가 굵은 7년차 에디터였다.

그러나 그녀의 등장 순간부터 하늘을 노려보고 있던 하 차장은 고작 커피 한 잔에 그녀를 잡아잡술 기회를 곱게 넘어가주지 않았다.

"이게 무슨 냄새야? 아침부터 청국장 먹었니?"

코를 심하게 벌름거리며 하늘을 가자미눈으로 팩 쏘아보던 하 차장은 건수 하나 잡았다는 듯 그녀의 얼굴 앞에 대놓고 툴툴거렸다.

"소매 끝에 묻은 그건 뭐고? 하여튼 가지가지 한다!"

"하 차장님!"

하늘이 순간 소리를 빽 질렀다.

아, 잠깐. '하차장'이 아니고 '하 차장'이다. 〈엘 푸드〉 잡지사에서 국장만큼의 파워를 자랑하며 총괄 디렉터 역할을 담당하는 하 차장의 이름은 사실 직함 앞에 달라붙은 성씨만큼이나 우스웠다.

미모. 하미모. 더 기막힌 건 한자로도 아름다울 미(美)에 예쁠 모(媄)를 쓴다는 거다. 그래서일까. 그녀는 유독 세상 여자들의 외모에 관심이 많았다. 연예인 누가 어디에 필러 주사를 맞았다더라, 얼굴에 귀족수술을 했는데 누구는 티가 좀 심하게 난다더라, 심지어는 얼굴형을 갸름해 보이게 하려고 뒤쪽 머리카락을 앞머리 라인에 심어 이마선 성형까지 마다 않는 그들의 노력까지 귀신같이 꿰뚫었다. 비단, 사무실 직원이라 해서 예외는 없었다.

"어머, 세상에! 너 마스카라는 번진 거야, 지운 거야? 혹시 집안에 우환 있니?"

"그래 보이면 그냥 좀 넘어가주시든가요."

어디나 하나씩은 꼭 있는 캐릭터! 입만 열면 밥맛인 캐릭터! 집안에서의 우환을 꼭 사회생활에 끌어다 푸는 캐릭터! 그것도 새파랗게 어린 부하 직원들을 대상으로.

물론 하늘은 더 이상 새파랗게 어린 축은 아니었지만 그래도 당할 때마다 열이 오르는 건 사실이었다.

"창간호야, 창간호! 정신 바짝들 차리라고!"

"넵! 하 차장님!"

'하 차장' 소릴 보란 듯이 크게 대답한 하늘의 뒤로 눈치 없이 웃어대는 남직원들의 킥킥대는 소리가 들려왔다. 그나마 다행인 건 괜찮냐며 묻는 착한 후배 지원이 재빠른 동작으로 휴지와 거울을 건네주었다는 것이다. 잠시 잠깐의 틈을 이용해 거울을 들여다본 하늘은 빛의 속도로 경악했다.

'아, 정말 판다곰 코스프레가 따로 없구나!'

안 그래도 커다란 눈에 번져버린 마스카라를 보니 대공원에 있던 레서판다가 친구 먹자고 할 지경이다. 아무래도 마스카라가 완전히 굳기도 전 흘러내린 땀이 판다로 변신하는 데 단단히 일조를 한 것 같았다. 그 무거운 걸 머리에 이고 수십 계단을 올랐으니. 놀란 두 팔의 근육들은 사실 지금도 욱신욱신했다.

그때였다. 지원이 건네준 휴지를 집어 들어 눈 밑에 번진 얼룩들을 되는대로 닦아내고 있는데, 별안간 하 차장이 물었다.

"서하늘! 너 이게 뭔 것 같아?"

오늘도 회의 중간, 여지없이 쏟아진 하 차장의 날카로운 질문이 하늘을 향했다. 하 차장의 손에 들린 건 잡지명을 가린 커버스토리. 봄여름호 개더저널(GATHER JOURNAL)의 것이었다. 하늘은 얼핏 머릿속에 떠오른 기억을 상기시키며 또박또박 대답을 이어갔다.

"노릇한 파이의 겉면을 칼로 찢어 그 사이로 검붉은 블루베리 시럽이 묻어 나오게 했네요. 영화감독의 작품을 오마주한 요리로 진행한 특집 화보 중 알프레드 히치콕 감독의 '사이코'를 표현한 컷이었죠. 아주 획기적이었다고 생각합니다!"

질문에 대한 답이 끝나자 또 다른 질문이 다시 하늘을 향해 날아왔다.

"그럼 이건?"

"도나 헤이(DONNA HAY) 아닙니까? 검게 타고 일그러진 은색 쟁반을 화보 메인 컷의 아이템으로 선택한. 열정적으로 요리를 마친 뒤의 단상이 아름답다는 사실을 한 컷의 사진으로 보여줬죠. 'Fresh'가 주제였던 10-11월호 잡지들이 더 깊고 진한 풍미를 다룰 때에도 이들은 연한 하늘색 제호와 싱싱한 허브, 백색의 테이블보, 흰 접시를 표지 전면에 등장시켜 다른 시도를 꾀했습니다. 나름 괜찮았다는 생각입니다."

"네 의견까진 안 물었어. 그럼 이건?"

"라망(LA MAIN)이잖아요? '컨템퍼러리 푸드 잡지'를 표방하는 우리나라 대표 잡지! 김을 한 올 한 올 수채화 물감으로 엮어 그린 듯한 표지의 패턴이 아주 인상적이었는데……. 그런데 저 개인적으로는 레몬 슬라이스 스퀴저나 베지터블 필러 따위의 조리 기구를 스타워즈의 광선검에 빗대어 찍은 화보가 더 기억에 남습니다. 하 차장님 생각은 어떠세요?"

세 가지 질문을 일단 무사통과한 하늘은 가볍게 피식 웃어 보였다. 창간호의 커버스토리 건으로 일찌감치 골머리를 앓고 있던 하 차장은 덜렁 커버스토리에 찍힌 사진만 보여주고도 하늘이 잡지 이름을 줄줄이 알아맞히는 것에 놀랐는지, 아니면 하늘의 유려한 말발에 놀란 건지 더는 질문을 던지지 않았다. 대신 이번에는 잔소리의 대단이 〈엘 푸드〉 직원들 전체를 향했다.

"자, 봤지? 참신한 매거진을 만들려면 다른 동네에서는 어떻게들 뽑아내는지 열심히들 좀 들여다보란 말이야. 새 걸 뽑아내려 해도 일단은 뭔가 베이스가 깔려 있어야 할 거 아냐! 베껴오란 얘기가 아니라! 알겠어?"

"네!"

굵고 짧은 대답과 함께 다음으로 이어진 것은 기사 배당이었다. 여느 때와 다름없이 레스토랑 리뷰 한 건과 기획 취재 한 건이 하늘의 앞으로 떨어지고, 기삿거리 배당을 끝으로 회의 시간은 빠르게 지나갔다. 레스토랑 리뷰는 입사 3년차 때부터 하 차장과 함께 짝을 이뤄 줄곧 맡아온 코너라 일이 어느 정도 손에 익어 있었고, 기획 취재는 2년 가까이 공들여온 아이템이 거의 마무리 단계에 있던 터라 크게 손이 갈 게 없었다.

회의 시간 지각을 어떻게 만회하나 했는데 일단 한시름을 놓은 하늘은 자신의 책상 앞으로 돌아와 칫솔을 집어 들었다. 이유는 갑자기 이가 닦고 싶어졌기 때문이다. 마늘 먹고 이를 닦지 않은 것처럼 아까부터 입안에서 꿉꿉한 냄새가 나는 듯해 견딜 수가 없었다. 그것이 정말 입 냄새인지, 아니면 지금도 소매 끝에서 스멀스멀 피어오르는 청국장 냄새 때문인지는 잘 모르겠지만, 어쨌거나 이를 닦으며 소매 끝도 비누칠을 해 벅벅 문질러 닦아야 할 것 같았다.

"서하늘!"

칫솔과 컵을 챙겨 들고 자리에서 일어서려는데 누군가 뒤를 바짝 따라 나오며 그녀의 이름을 불렀다. 하늘은 굳이 뒤를 돌아보지 않아도 누구란 걸 알아차렸다. 바로 하 차장이다. 직함 생략하고 자신의 이름을 막 불러댈 사람, 그리고 샤넬 넘버5를 정말 향수통 안에 들어갔다 나온 것처럼 뿌리고 나니는 사람은 세상에 하미모 말고는 없을 테니까.

"기획 기사 봤어! 나 진짜 감탄했잖아! 이걸로 다큐멘터리 한 편은 찍어도 되겠더라? 누들로드가 아주 울고 가겠어!"

하늘은 하 차장의 손에 아직 제출하지도 않은 '한중일' 세 나라 국수에 대해 취재한 자신의 기획 기사가 들려 있다는 사실에 놀라움을 금치 못했다. 게다가 이런 식의 칭찬을 고작 자신과 30센티미터 거리도 채 안 되는 곳에서 한다는 게 몹시 불길했다. 그도 그럴 것이 그녀는 '하차장'이라는 별명 말고도 '인터셉트의 달인'이라는 별명을 하나 더 가지고 있었으니까.

"그래서 말인데, 그 기획기사 말이야, 이번에 내 이름으로 좀 내자! 내가 살아야 너도 살지. 아주 죽겠다. 국장이 쪼아대는 통에. 나 이러다 제명에 못 살 것 같다니까?"

'그럼 저는요?'

그 말이 혀끝까지 차고 올라왔지만 안타깝게도 소리가 되어 나가진 않았다. 하늘은 할 수 있는 한 최대로 정중한 표정을 지으며 말을 돌렸다.

"차장님! 그건 제가 일 년 반을 넘게 공들인 거라고요! 힘들게 쉬는 날마다 다큐멘터리 다 찾아보고, 해외 논문까지 번역해가면서……!"

"아, 그래서 네 기획이 이렇게 분석적이고 좋았던 거구나. 여행지 다니며 일기 쓰듯 쓴 칼럼이랑 질적으로 달라! 그러니까 더욱 내 이름을 달고 나가야지! 일개 에디터가 준비한 거랑 디렉터가 직접 하나부터 열까지 공들여 준비한 거랑 어디 같아?"

'뭐, 일개 에디터?'

"잠깐만요! 하 차장님, 하나부터 열까지 공 안 들이셨잖아요! 이렇게 덥석 날로 먹는 경우가 어디 있어요?"

결국 이어진 하늘의 반격에 하 차장은 끌끌 혀부터 찼다.

"이래서 잘해줘봤자 다 소용없단 거야. 너 그동안 자료 조사할 시간은 누가 확보해줬는데? 다 내가 서포터해준 거 아냐? 다른 사람도 아니고 네가 나한테 이러면 안 되지. 너 이러면 나 진짜 섭섭하다?"

아침 댓바람부터 공중에서 날아오는 청국장 폭격을 맞고 났더니 하루 일진이 온통 사나워지려 한다. 부하 직원이 오랫동안 정성을 들인 기사를 이런 식으로 날름 빼앗아가다니. 칼만 안 들었지 강도가 따로 없었다.

"저 외근해요!"

하늘은 당장이라도 콧김이 씽씽 나올 것처럼 씩씩거렸다.

"그래! 하루 이틀 바깥바람 쐬면서 푹 쉬다 와. 혹시 아니? 머리 식히고 나면 오리엔탈 국수보다 더 좋은 아이템이 떠오를지?"

'으! 말이나 못하면!'

하늘은 들고 나가려던 칫솔과 컵을 도로 책상 위에 올려놓고 홧김에 가방을 집어 들었다. 그렇게 매몰차게 돌아서려는데 후배 지원이 옆자리에 앉아 열심히 자료들을 배분하고 있는 게 보였다.

브런치 특집을 준비하며 매일같이 발품을 팔고 다니더니 모아놓은 자료량이 벌써 상당했다. 꽁 쐐나 들이는 모양새기 아마도 자신의 이름을 달고 처음 나갈 기획 기사에 많이 흥분한 듯한데, 저렇게까지 열심일 필요가 있을까? 어차피 해봤자 남의 코나 풀어주는 꼴이 될지도 모르는데…….

하늘은 어쩐지 남 일 같지 않은 후배의 등을 툭툭 쳐주며 다독였다.

"지원아, 쉬엄쉬엄해. 쉬엄쉬엄."

"아뇨, 열심히 해야 돼요. 선배 따라가려면 전 진짜 한참 멀었어요."

하늘은 어느새 후배가 생겨 이런 말을 듣는 자신의 처지가 대견하기도 하고, 또 상냥하게 말하는 후배가 마냥 예뻐 설핏 웃으며 대꾸했다.

"아부하지 마. 그런 소리 해도 나 너 커버 못해줘."

"에이, 말씀만 그렇게 하시는 거 누가 모를 줄 알고요? 근데 혹시 아침에 정말 청국장 끓여 드셨어요?"

"냄새나니?"

"좀?"

하늘은 덩달아 소매 끝을 들어 올리며 코를 킁킁거렸다. 시간이 지날수록 더하면 더했지, 결코 사라지질 않는 청국장 냄새. 하늘은 작은 입술을 앞으로 쭉 내밀며 다시 고시랑거렸다.

"이게 다 사연 있는 청국장이다. 오지랖도 지나치면 병 된다, 뭐, 그 같은 결론을 선사한? 아무튼 요즘 어르신들 절대 우습게보지 마. 아니, 우습게는 아니지. 어찌 됐든 괜히 도와드린다고 나섰다가 내 꼴 날지 모르니까 주의하고. 아, 이건 충고 아니고, 삶의 경험에서 우러난 조언!"

하늘은 후배의 얼굴을 향해 생긋 웃으며 지금도 코트 주머니 속에서 짚이는 청국장을 만지작거렸다.

"확 오늘은 진짜 집에 가서 청국장이나 끓여 먹어?"

"네, 선배? 방금 뭐라고 하셨어요?"

"아냐, 아무것도! 그럼 수고!"

회사 빌딩을 걸어 나오며 하늘이 자연스럽게 손에 든 건 휴대폰이었다. 말하고 싶은 욕구를 충족시켜주는 전화라는 도구. 가끔 요금 폭탄이 되어 돌아올 때는 머리가 어질어질하지만, 이럴 땐 참 감사한 물건이 아닐 수 없다.

하늘은 그길로 미연에게 전화를 걸었다. 아마도 친구인 미연은 지금쯤 자신의 집에서 뒹굴고 있을 것이다. 혹은 잠들었거나.

"어디?"

–집!

역시, 예상대로였다.

"점심, 같이 안 먹을래? 메뉴는…… 청국장 어때?"

–오, 노! 출근한 거 아니었어?

"나 지금 들어가."

–설마 사표 같은 거 막 집어던지고 나온 건 아니지?

"미쳤니. 요즘 취직하기가 얼마나 힘든데. 어떡할래? 청국장, 먹을 거야, 말 거야?"

-미안. 점심엔 잠깐 학교 나가봐야 돼.

"아, 학교…… 오늘 개교기념일이라고 안 했어?"

-나한테 그런 게 어디 있니? 고3 담임에 학생부 지도교사. 올 해도 일 폭탄 맞았는데……!

루틴하게 돌아간다는 학교. 실상은 우리가 상상하는 것보다 더 다이내믹하다는 걸 하늘은 고등학교 수학교사인 미연을 통해 알게 됐다. 쇠똥만 굴러도 까르르 웃고, 눈물 없인 드라마 한 편을 못 보던 세상에서 가장 여리고 감수성 풍부했던 그녀는 목이 쉬고 결절이 오기를 반복하던 성대와 함께 결국 성격마저 걸걸하게 변해갔다. 미연은 오늘도 반쯤 허스키해진 목소리로 툴툴거렸다.

-안 그래도 슬슬 나가려고 했어. 곧 상담 시작인데 데이터 만 들려면 그나마 반 토막 난 머리숱 훌렁 벗겨져 가발 써야 되는 건 아닌가 모르겠다.

"그러니까 성질 좀 죽이랬잖아!"

거의 습관처럼 나간 잔소리와 함께 하늘은 미연의 새 학기가 시작되었다는 말에 3월이 왔음을 실감했다. 하긴, 봄나물 밥상에 매달렸던 게 지난 달 마감이었으니 슬슬 봄이 오고 있었던 것 같긴 하다.

-참, 맞다! 얘기한다는 게! 위층에 누가 이사 오려는 것 같더라?

"이사?"

-중개업자 아저씨, 사람 막 집 보여주고 다니던데?

"여깁니다. 이 아파트예요."

오늘 하루에만 벌써 몇 번을 찾아온 아파트 앞에 시동을 멈추면서 중개업자가 '크아함' 커다란 하품을 해댔다. 춘곤증이 좀 더 빨리 찾아왔나. 점심 먹은 후 얼마 되지 않았더니 그새 졸음이 밀려왔다. 그렇게 연신 하품을 해대던, 50대 초반의 남자가 차에서 내리면서 손끝으로 아파트 주변을 가리켰다.

"평수는 좀 작지만 역세권이고, 일단 지어진 지가 얼마 안 되어서 깨끗합니다. 주변에 대형마트도 있고, 교통이 편리해 젊은 직장인들도 많이 살아요."

지욱은 남자의 손끝에서 시선을 들어 금방이라도 비가 쏟아질 것 같은 하늘을 바라봤다. 구름을 잔뜩 머금은 하늘 위로 떠가는 비행기가 하나 보였다.

지욱이 하늘에서 시선을 떼지 않은 채 물었다.

"한국엔…… 심부름센터 같은 것도 있다면서요?"

남자는 고개를 갸웃했다.

"아, 혹시 이삿짐센터를 말씀하시는 겁니까? 이사하실 때 부르시려고?"

"아뇨, 그게 아니라……."

잠시 말을 늘이던 지욱의 입에서 머뭇머뭇 대답이 이어졌다.

"사람을 좀 찾을까 해서요."

의외의 대답에 남자가 놀란 눈을 한다.

"글쎄요, 그런 건 경찰에 가서 말씀하셔야지……. 혹시, 돈 떼이신 적 있으신가? 돈 받아내시게?"

"아뇨! 그건 아니고요."

공연한 소리를 했다. 지욱은 어느새 비행기가 지나가버리고 없는 하늘의 뿌연 구름을 바라보며 말을 이었다.

"비가 곧 쏟아질 것 같은데 빨리 집 구경 좀 해도 되겠습니까?"

"아, 물론입니다, 물론입니다. 참 바쁘시댔지!"

지욱이 힐긋 손목시계에 시선을 두자, 남자가 그제야 걸음을 재촉했다.

사실 저녁 디너 전까진 아직 한 시간여 정도가 남아 있었다. 그러나 차를 타고 여기까지 오는 동안 쉴 새 없이 뒤떠들어대는 중개업자의 말에 너무 시달린 터라, 대꾸하는 게 슬슬 귀찮아지기도 했다.

뿐만 아니라 남에게 피해 주는 게 싫어, 프랑스에서 날아온 그날부터 지금까지 누구의 집으로도 들어가지 않고 석 달여 가까이 혼자 호텔 생활을 해왔더니 이제는 어디든 빨리 거처를 정하고 싶은 게 솔직한 심정이었다.

"여깁니다. 이 집이에요. 마침 비어 있고, 마음만 정하시면 언제든 이사는 가능합니다."

경험 많고 노련한 중개업자 아니랄까, 남자는 이런 지욱의 마음을 읽기라도 한 듯 '언제든'이라는 말에 유독 힘을 실었다.

"집도 오래 비워둔 집이면 당장 들어가 살기가 좀 그런데 이사 나간 지도 얼마 안 됐고요. 또 전에 살던 사람이 집도 깨끗하게 써서 도배, 장판도 새로 할 것 없이 입주청소만 하시고 들어오시면 돼요. 물론, 당장이라도 계약서에 도장만 찍으시면 입주도 가능하고요. 어떻게, 결정하시겠습니까?"

중개업자가 '당장'이란 말을 자꾸 강조해서 하다 보니 지욱의 마음도 거의 반쯤 넘어갔다.

"그럼 한 번 더 생각해보고 연락드리겠습니다."

"아, 그러시겠습니까?"

집을 보고 나온 지욱이 남자와 함께 다시 엘리베이터를 타고 내려왔을 때였다. 얼굴 모습이 똑같이 생긴 유치원생 남자애 둘과 젊은 여자 하나를 1층 현관 앞에서 마주쳤다.

"자, 엘리베이터 왔다! 꼬마들! 싸우지들 말고! 너 이름이 뭐라고 그랬지?"

"현서요!"

"그래, 이번엔 네가 눌러. 아침엔…… 너는 이름이 뭐라고 했더라?"

"준서요."

"그래, 아침엔 준서가 누르고 유치원에 갔다며. 그러니까 이번엔 현서가 눌러. 그래야 서로 공평하지?"

"공평? 싫어요! 둘 다 내가 누를 거예요!"

알고 보니 유치원생 남자애 둘이 엘리베이터 버튼 하나 서로 누르겠다고 실랑이를 벌이고 있는 거였다. 그러다 현서라는 아이가 토라지고 말았다.

"흥, 내가 다 누를 거야!"

"어어, 그럼 욕심쟁이지!"

"아줌마 뭐예요? 우리 엄마한테 다 이를 거예요!"

"어머, 요게 엄마 있다고 유세하네!"

여자의 장난 같은 대구에 호기심 많은 꼬마들의 입에서 동시에 질문이 터져 나왔다.

"유세가 뭐예요?"

"아줌마는 엄마 없어요?"

"어, 엄마?"

여자의 눈빛에 일순 당황하는 기색이 어렸다. 그러나 여자는 곧 배시시 미소를 짓더니 담담한 대구를 내보냈다.

"자자, 타시죠. 꼬마들 몇 층이랬지?"

"오 층이요."

"아줌만 칠 층이야. 그럼 이렇게 하면 되겠네! 현서는 오 층, 준서는 칠 층 이렇게 한 번씩 누르는 거야! 괜찮지?"

가까스로 중재가 끝이 난 뒤에야 엘리베이터는 다시 위로 오르기 시작했다.

지욱은 어린 꼬마 둘과 씩씩하게 엘리베이터 안으로 올라가던 여자의 모습을 말끄러미 보다, 문득 보육원에서의 옛 기억을 떠올렸다. 너무 오래전 일이라 얼굴이 선명하게 떠오르진 않지만, 누군가 자신을 돌봐주었던 기억이 새록새록 돋아나며 새삼, 아련한 기분에 젖어든 것이다.

"귀엽네요."

중개업자가 말했다.

지욱도 말없이 동조했다.

단, 그 대상이 중개업자 남자와는 조금 달랐다. 남자의 눈엔 조금 전 엘리베이터 버튼 하나 누르는 것으로 다툼을 벌이던 꼬맹이

들 쪽이 좀 더 귀엽고 사랑스럽게 보였는지 모르지만, 지욱에겐 다감한 말투로 둘 사이를 중재하던 동그란 눈의 아가씨 쪽이 훨씬 더 인상에 남았다. 특히, 키가 작은 어린아이들과 허리 숙여 눈높이를 맞추어주던 모습의 잔상이 오래도록 머릿속에 남았다.

"어떻게, 다음에 연락 한번 주시겠습니까?"

중개업자가 다시 물었다.

지욱은 그때, 저도 모르게 목소리를 내보냈다.

"당장 내일도, 이사 가능합니까?"

제2화. 청국장과 멸치 똥

이튿날, 늦잠을 피우는 하늘 옆에서 미연이 출근 준비를 서두르며 말했다.

"저녁 때 「르 파니에」 가자!"

'아니, 「르 파니에」는 갑자기 왜……?'

갑작스럽게 「르 파니에」를 가자니, 의외였다. 하지만 출근 준비를 끝마친 미연이 서둘러 나가버리는 바람에 하늘은 아무것도 묻지 못했다. 그러고는 곧 거실에 누워 생각했다.

'아아, 출근을 해, 말아?'

이번에야말로 하 차장에게 기사를 빼앗기지 않으려면 뭔가 초강수를 두어야 하는데, 사직서 협박, 내지는 결근 외에 딱히 생각나는 방법이 없었다. 그렇다고 아무 대책도 없이 다짜고짜 사직서부터 날릴 수도 없고. 결국 선택한 것이 하루 풀로 병가를 내고 집에서 머리를 식히는 것이었다. 물론, 오늘 하루 회사를 나가지 않는다고 해도 속은 시끄럽겠지만.

오랜만에 집에서 쉬며 밀린 잡지나 잔뜩 읽을까, 아님 음악이나 들을까 고민하다, 결국엔 라디오를 틀어놓고 그동안 바빠서 미처 펴 보지도 못했던 정기구독 푸드 매거진들을 한 권 한 권 섭렵해 나가기 시작했다. 그러다 보니 시간도 훌쩍 지나 슬슬 배고픔이 밀려왔다. 생각해보니 아침도 거른 상태였다.

하늘은 문득 어제 받아둔 청국장 생각이 났다. 그런데 선뜻 그것을 끓이자니, 어제 하루 동안 들은 소리가 있어 잠시 망설여졌다.

'설마 여기가 외국도 아닌데, 집에서 청국장 좀 끓였다고 누가 쫓아 내려오진 않겠지?'

하지만, 설마는 정말 사람을 잡았다. 한참을 불 앞에 서서 멸치 국물로 진한 육수도 우려내고 파도 썰어 넣고 무도 썰어 넣고 보글보글 김이 올라오는 청국장을 끓이며 입맛을 다시고 있는데, 별안간 초인종이 울린 것이다.

-위층으로 이사 온 사람입니다! 잠깐 문 좀 열어주세요.

하늘은 스르륵 눈을 감았다. 뉴스에서나 보던 까칠한 이웃을 처음 맞닥뜨리게 된 하늘은 어떻게 상대해야 할지 좀처럼 감이 오질 않았다.

하늘은 잽싸게 몸을 날려 인터폰으로 방문객의 얼굴을 확인했다. 그러자 오늘 처음으로 마주하게 된 위층 남자의 얼굴이 네모난 프레임을 가득 채우고 있었다.

하늘은 식겁했다. 설마 누군가 진짜로 항의하러 내려올 줄은 몰랐던 탓이다. 그것도 이런 시간에!

하늘은 힐긋 시간을 확인했다. 오후 2시. 보통의 성인 남자들 같으면 대부분 학교나 일터에 있어야 할 시간이다.

그런데 이 남잔 집에 있다. 평소에도 항상 이 시간에 집에 있나?

불현듯 머릿속에 한 생각이 떠올랐다.

하늘은 인터폰 모니터 화면을 통해 보이는 남자의 얼굴을 한 번 더 바라보더니 이내 혀를 쯧 찼다.

"청년 실업이 이백만을 넘는다더니……."

하늘은 슬금슬금 용기를 내어 걸쇠로 잠긴 문을 반쯤 열어보았다. 그러자 유난히 흰 피부에 갈색 눈, 갈색 머리를 한 큰 키의 남자가 그보다 진한 갈색의 뿔테 안경을 쓴 채 하늘을 빤히 내려다보며 서 있었다. 상상했던 백수 콘셉트와 딱 어울리는 트레이닝복 바지에 삼선 슬리퍼가 시선을 끌었다.

"혹시 냄새가 위층에까지 올라갔나요?"

노파심에 먼저 물어본 말이었다. 그러나 남자는 고개를 저었다.

하늘은 고개를 갸웃했다. 청국장 냄새 때문도 아니라면 무엇 때문에 내려온 걸까.

"그럼 혹시 무슨 일로……."

하늘이 의아한 시선을 들어 올렸을 때였다. 남자가 갑자기 하늘의 말을 잘라내며 손끝으로 집 안의 스피커를 가리켰다.

"미안하지만…… 라디오 볼륨 좀 줄여주시면 안 되겠습니까?"

"네? 이 소리가…… 위층에까지 들렸다고요?"

하늘의 눈이 휘둥그레졌다.

"아아, 조금만…… 조금만 줄여주세요."

말을 하면서도 한 손으로 귀를 틀어막던 남자가 힘든 기색을 내비쳤다.

'이상하네! 저게 볼륨이 얼마나 된다고!'

하늘은 일단 재빨리 달려가 라디오의 전원을 끄며 난감한 듯 중얼거렸다.

"귀가…… 엄청 예민하신가 보네요. 보통 이 정도는 다 듣는데……."

그런데 그 순간이었다. 하늘의 배에서 연방 꼬르륵 소리가 새 나오기 시작했다. 민망해진 하늘은 두 손으로 배를 가리며 화르르 얼굴을 붉혔다.

"아, 식사 중이셨나 봅니다."

꼬르륵 소리를 귀신같이 알아챈 남자가 하늘의 얼굴을 빤히 보며 물었다. 하늘은 얼굴을 붉히며 대답했다.

"네, 이제 막 먹으려고요."

"메뉴는, 청국장이고요?"

"아, 맞아요."

'왜 자꾸 묻는 거지?'

이미 시장기가 돌아 묻는 말에 자꾸만 대답을 해야 한다는 사실이 하늘은 슬슬 귀찮아지기 시작했다. 그러나 입에서는 마음과는 전혀 다른 말이 불쑥 흘러나갔다.

"혹시 식사 안 하셨으면 같이 드실래요?"

저도 모르게 떨어져 나간 말이었다. 하늘은 처음엔 당황했지만, 곧 생각을 그러모으곤 조금 전보다 더 또박또박하고 느릿한 어조로 말을 이어갔다.

"집에서 청국장을 끓였는데, 혼자 먹기에는 좀 많은 양이라서요. 원래 음식은 혼자 먹기보단 여러 사람이, 또 팔팔 끓였을 때 먹어야 더 맛있는 법이잖아요."

옛말 그대로 미운 놈 떡 하나 더 준다는 심정에서 꺼낸 말이었다. 고작, 이 정도 라디오 소리 하나에 이사 온 첫날부터 아래층으로 달려 내려오는 까칠한 이웃에게 구수한 청국장이나 한 그릇 대접하자 하는 의미에서.

처음엔 그렇게 단순한 호의에서 비롯된 제안이었다. 솔직히 거절해도 그만, 만약 거절 않고 한 끼 식사를 맛있게 먹여 보낸다면 그때부턴 이웃 간에 서로 얼굴 붉힐 일도 없지 않을까 하는 적당한 계산까지 담아.

"직업상 잘한다는 음식점도 많이 찾아다니는 편인데, 막상 다니면서 먹어보면 딱히 제 마음에 드는 곳은 찾을 수가 없더라고요. 집에서 정성 들여 만든 음식에 비하면 맛이 좀 떨어진다고나 할까. 한번 드셔보세요. 저도 우연히 얻게 된 건데, 끓이면서 살짝 간을 보니까 맛도 괜찮고, 무엇보다 국물이 참 진하더라고요. 하하, 제가 또 육수 하나는 기가 막히게 잘 빼거든요."

하늘이 명랑하게 웃으며 꺼낸 자화자찬의 말을 남자는 어떤 진귀한 물건의 감정이나 하듯 시종 신기한 얼굴로 바라보았다. 그러더니 곧 귀를 막았던 손을 떼고 일순 호기심 어린 눈빛으로 질문을 던졌다.

"직업이, 요리삽니까?"

"아뇨. 요리사는 아니지만 비슷한 일을 하고 있죠."

"비슷한 일이라……."

자신감 넘치는 하늘의 태도가 남자의 심기를 자극한 게 틀림없었다.

"그럼 어디 기가 막히게 뺀 그 국물, 맛이나 좀 볼까요?"

남자는 그렇게 하늘의 집에 첫발을 들여놓았다.

하늘은 방긋 웃으며 뚝배기에서 끓고 있는 청국장을 조금 덜어 검은 콩을 넣어 지은 밥과 함께 남자의 앞에 친절하게 놓아주었다.

"드세요."

그 손길이 자신만만했다. 많이 먹어본 사람이 맛을 안다고, 다니면서 두루 맛있다는 음식을 많이 먹어본 터라 음식의 간을 맞추고 흉내 내는 데는 사실 어느 정도 자신이 있었다. 게다가 청국장은 거의 완성되다시피 한 장을 국물만 우려내어 끓이면 되는 일이었다. 처음부터 어려울 것도 없었고, 우리나라 사람이라면 당연히 좋은 반응을 이끌어낼 수 있을 거란 생각에 하늘의 표정에는 자신감이 가득 차 있었다.

남자는 음식의 담김새를 찬찬히 살피더니 차분히 수저를 집어

들었다. 보통의 남자들 같으면 그냥 허겁지겁 숟가락부터 갖다 댔을 텐데, 그래도 음식을 대하는 기본 예의는 아는 사람이란 생각이 들어 하늘도 기분이 나쁘지 않았다.

그 순간, 수저로 말없이 국물을 한 숟가락 떠 입으로 호로록 가져가던 남자가 입을 뗐다.

"근데."

하늘은 재빨리 시선을 들어 입을 여는 남자의 얼굴을 가만히 바라보았다. 표정엔 여전히 기대감이 가득 차 있었다.

가끔 텔레비전을 보다 보면 서바이벌 예능 프로그램 같은 데서 직접 요리를 만든 도전자들이 심사위원에게 평가받는 모습이 나오기도 하던데, 지금은 자신이 꼭 그런 곳에 나오는 출연자라도 된 듯한 기분이었다.

남자는 하늘의 눈을 똑바로 보며 말했다.

"기가 막히게 빼셨다는 육수에…… 멸치 내장은 제거하지 않으셨나 봅니다."

"내, 내장이요?"

"육수가 많이 쓰네요. 비릿하고."

순식간에 얼굴이 화르르 달아오른다.

"비, 비려요? 그럴 리가!"

"이런 건 보통 밑 처리에서 판가름이 나는 건데…… 국물 낼 멸치에 머리랑 내장도 제거 안 하고 어떻게 육수를 기막히게 뺄수 있다는 건지 사실 이해가 잘 되지 않습니다."

하늘은 순간 발끈해서 물었다.

"원래 그렇게 말씀이 직설적이세요?"

"직설적인 건 잘 모르겠고, 되도록 솔직하게 얘기하는 편입니다. 거짓말을…… 잘 못하는 성격이라서요."

하늘은 당황해 입도 다물지 못하고 남자의 얼굴을 바라봤다. 남자는 지금도 귀 한쪽이 불편한지 숟가락을 탁 내려놓은 손을 다시 귀로 가져가며 대꾸했다.

"다음부터 국물 낼 멸치는 머리랑 멸치 내장은 완전히 제거하고 사용하세요. 렌지나 팬에 잠깐 볶아서 쓰면 더 좋고."

고작 한 숟가락 떠먹어본 걸로 뭘 안다고. 7년차 푸드 에디터 앞에서 훈계조로 중얼대던 남자는 그렇게 미련 없이 자신의 집으로 돌아갔다.

반면 남자가 가고 난 뒤 그가 보였던 지나치게 솔직한, 직설적인 태도 때문에 하늘은 은근히 자존심이 상했다. 게다가 남자가 하는 말들이 완전히 틀린 말은 아니었기 때문에 더 약이 올랐다.

"뭐야! 기껏 먹으라고 줬더니!"

철퍼덕 자리에 앉은 하늘이 이미 식어버린 청국장을 한 숟가락 떠서 입으로 가져갔다. 그러자 정말로 단 한 수저 만에 멸치 비린내가 입안에 훅 풍겼다. 기분 탓인가. 정말로 씁쓰름한 맛이 혀 전체에 느껴졌다.

이제껏 숱하게 국물을 우려내봤어도 한 번도 멸치 똥 딸 생각은 없었던 하늘이 갑자기 앉은 자리에서 벌떡 일어났다. 그러곤 멸치 내장을 제거하기 위해 냉동실 안에 있던 멸치들을 우르르 쏟아냈다.

한참을 식탁 위 멸치들과 씨름하던 하늘이 불쑥, 멸치를 손에 쥔 채 중얼거렸다.

"어라? 니들 똥꼬가······!"

위층 남자의 조언을 받아들여 하늘이 멸치 내장을 제거하고 있던 그 시각, 잠시 학교를 나갔던 미연도 볼일을 마치고 집으로 돌아왔다.

"뭐 해?"

"똥 따."

"똥?"

"멸치 똥."

"일이 손에 안 잡혀?"

"너 그거 알아? 멸치 내장이 다 어디 붙어 있는지."

"멸치 내장? 이번 토픽은 멸치야? 멸치 특집? 아, 국수 기획 준비한다더니 멸치 얘기까지 덧붙이려고 그러는구나?"

심드렁한 대꾸를 흘려보내면서도 미연은 날이 날이니만큼, 하늘을 걱정스러운 얼굴로 보았다.

"알고 봤더니 멸치 똥이라 부르는 내장이 실은 바다 식물플랑크톤의 결정체였어. 먹으면 몸에 좋다는 거지. 근데 왜 국물로 우리면 쓴 걸까? 몸에는 좋은데······."

"지금 무슨 소리를 하는 거야?"

하늘은 한참 만에 대답했다.

"실은 아까 위층에서 다녀갔어."

"위층? 그새 이사 왔어?"

미연이 놀란 눈을 했다. 어제까지만 해도 중개업자 아저씨가 사람들을 데리고 집을 보여주러 다녔던 걸 분명 보았던 것 같은데, 그새 이사를 왔다니. 누군지 몰라도, 집 본 다음 날 바로 이사하는 걸 보면 행동력 하나는 정말 끝내주는구나 생각했다.

"누구야? 여자야, 남자야?"

"남자."

"젊어?"

"응. 청각이 거의 신생아 수준!"

"애가 이사 왔어? 오 층 쌍둥이 애들 같은? 대체 그게 무슨 소리야?"

"음, 애는 아니고…… 라디오 듣는데 내려왔더라고. 시끄럽다고."

"뭘 얼마나 크게 들었길래?"

"크게 듣지도 않았어. 그냥 듣던 대로 들었는데 내려온 거야. 이사 온 첫날, 아래층까지. 알 만하지?"

"그래서? 넌 뭐라 그랬는데?"

"미안하다고 그랬지! 그리고 이대로 두면 앞으로도 계속 그럴 것 같아서 생각 있으면 같이 청국장이나 먹자고 했어."

"잘했네. 근데, 먹고 가?"

하늘은 가만히 고개를 저었다.

"처음엔 먹을 것처럼 했어. 근데 비리대. 쓰고."

"뭐, 비려?"

"응. 똥을 따시란다."

심드렁하게 중얼대는 하늘의 목소리에 미연이 덩달아 눈을 동그랗게 뜨며 물었다.

"잉? 그게 무슨 소리야?"

"똥! 멸치 똥 따라고!"

하늘과 친구가 된 후부터, 정확히는 하늘의 엄마가 먼저 돌아가신 그날부터 하늘의 일이라면 앞뒤 재지 않고 달려들어 욱하는 게 주특기가 되어버리고 만 미연이 그 말을 듣고 단단히 흥분했다.

"이런 멸치 똥 같은 자식이! 지금 누구더러 똥이나 따란 거야?"

"똥이나 따라곤 안 했어. 멸치 똥이 쓰니까 따란 거지."

"엎치나 메치나, 그 말이 뭐가 달라? 이런 멸치 똥 같은 자식이 남의 어머니 돌아가신 날에!"

그 순간 하늘이 흠칫 굳어 손을 멈추었다.

"너 그래서…… 「르 파니에」 가자던 거였구나?"

갑자기 자리에서 벌떡 일어나 재빨리 방으로 들어간 하늘은 침대 머리맡에 놓인 빨간 동그라미가 표시된 달력을 들고 나왔다. 그러곤 자책하듯 제 머리를 콩콩 쥐어박았다.

"아아, 어떻게 엄마 기일을 잊어버릴 수가 있지? 나 진짜 어떻게 된 거 아니니? 까맣게 몰랐어. 엄마 기일인 줄도 모르고 종일 멸치 똥이나 따고 있고. 우리 엄마, 이런 딸, 보시면서 얼마나 속상하셨을까?"

미연은 동동거리는 하늘을 달래며 부러 아무렇지 않은 듯 대꾸했다.

"속상하긴 뭐가 속상해! 이젠 엄마 기일 따위에 연연해하지 않고 씩씩하게 잘 컸다 하시겠지! 일어나! 기분 전환도 할 겸, 오늘은 언니가 너 좋아하는 「르 파니에」에서 근사한 저녁 사줄게!"

그러자 하늘이 곧바로 놀란 눈을 했다.

"진심으로 하는 소리야?"

「르 파니에」. 제대로 한 상 잘 먹었다간, 기본급 반이 날아가는 가게다. 그만큼 비용 면에서 부담이 많이 되는 정통 프렌치 레스토랑. 그런데 그런 곳에서 저녁을 사겠다고?

"생각해보니까 나도 한 번쯤 가보고 싶더라. 그런 데 음식 맛은 어떨지 궁금하기도 하고. 밥값은 내가 낼게. 대신, 넌 무조건 맛있게 먹어!"

하늘은 곰곰 생각했다.

그러고 보니 「르 파니에」에 가본 지도 정말 오래됐다. 그게 언제였더라. 작년 크리스마스 때였나? 예약 없이 갔다 밤 10시가 다 되어 겨우 마카롱 하나 먹고 돌아왔었는데…….

「르 파니에」는 번역하자면 '바구니'란 뜻이다. 사실 하늘은 이곳이 처음 개점했을 때부터 종종 드나들었다.

7살 때였나. 생일날, 엄마의 손을 잡고 처음으로 에스카르고를 맛보았었는데……. 그 이후에도 입학식이나 졸업식, 축하할 일이 있을 때마다 하늘은 이혼 후 따로 사는 엄마와 둘이서 이곳을 찾곤 했었다.

「르 파니에」를 찾은 이유가 어려서 프랑스로 입양 가 오랜 시간 생활했던 엄마의 향수병 때문이었다는 것은 비록 나중에 안 사실이지만, 그때나 지금이나 「르 파니에」는 지친 하늘의 마음을 힐링시켜주는 소중한 장소임이 틀림없었다.

기실 프랑스로 떠나는 엄마와 마지막으로 만났던 곳도 공항이 아닌 「르 파니에」였으니까. 둘이서 함께 그곳에서 식사를 했다. 물론 그땐, 그날이 엄마와의 마지막이 될 줄은 몰랐지만.

「르 파니에」는 하늘에게 그래서 더 특별한 의미가 있었다. 엄마의 기일, 엄마를 추억하는 소중한 장소.

"그럼 가자!"

오랜만에 「르 파니에」에 걸음 할 걸 생각하며 여태 아무 준비도 없던 하늘의 동작이 갑자기 빨라지기 시작했다.

하늘은 이미 서두르고 있었다. 헝클어진 옷매무새를 점검하고, 까슬까슬한 입술에 립스틱을 덧발랐다.

'바보. 남자 만나러 나갈 때나 그렇게 좀 신경 쓰지.'

미연이 그런 하늘의 모습을 옆에서 보며 속으로 중얼거렸다. 하지만 한편으로는 그 마음이 이해도 됐다.

'하긴. 누구에게나 추억이 어린 장소 하나쯤은 있는 법이지. 잡힐 듯 잡히지 않는 아스라한 기억, 아득히 먼 과거일 뿐이지만 그 속에 기대어 아픈 지금을 위로받고 싶어 하는 건 사람의 본능이기도 하니까.'

하늘에겐 「르 파니에」가 그랬다. 미연도 그 사실을 아주 잘 알고 있었다.

어느덧 「르 파니에」가 점점 가까워지고 있었다.

더불어, 두 여자의 걸음도 점차 빨라져 갔다.

"안심 미디엄 레어! 미디엄 둘! 등심 미디엄! 미디엄 웰! 티본 미디엄······!"

「르 파니에」의 디너. 여느 때처럼 조리실 안은 오늘도 흡사 전쟁통을 방불케 했다.

남자 서넛이 불 앞에서 땀을 뻘뻘 흘리며 고기를 그릴에 올려 놓자마자 또 다른 주문이 밀려들었다.

"등심 미디엄 웰! 안심 미디엄! 웰던! 티본 웰던!"

쉴 새 없이 밀려드는 주문. 불 위에서 정신없이 구워지는 스테이크. 치익치익 고기를 굽고 있던 한 남자의 인상이 절로 찡그려졌다. 불만이 솟구친 것이다. 그들과 함께 조리대 앞에 있던 지욱도 바쁜 손놀림으로 VIP에게 나갈 메인을 준비하고 있는 상황이었다. 지욱은 소리 없이 욕지거리를 읊조리는 남자의 얼굴을 힐긋 돌아봤다. 건장한 체격의 남자 스텝 얼굴이 험상궂게 일그러져 있었다.

물론 어느 정도 이해는 할 수 있었다. 스테이크를 웰던으로 익혀달라는 주문은 자신도 썩 달가워하지 않으니까. 게다가 지금과 같은 피크 타임, 정신없이 주문이 밀려드는 상황에선 시간이 오래 걸리는 웰던 오더가 짜증스럽게 여겨질 수도 있었다. 하지만 그런 상황을 전부 이해한다고 하기에 지금 지욱의 표정은 전에 없이 어둡게 굳어져 있었다.

"일입니다. 표정 관리 못합니까?"

"죄송합니다. 주문 밀렸는데 자꾸만 웰던이…….."

"안심 웰던에 얼마나 걸리겠습니까?"

"네? 아, 안심 웰던이요?"

"얼마나 걸리겠습니까!"

지난 크리스마스 시즌 즈음 「르 파니에」의 구성원이 된 이후, 처음으로 보게 된 헤드 셰프의 차갑게 굳은 표정에 한순간 얼어붙은 스텝이 말을 더듬거렸다.

"삼 분 정도면 얼추…….."

마뜩잖은 대답에 지욱이 곧바로 시선을 내리깔았다.

"일 분으로 갑니다!"

말이 끝나기 무섭게 여기저기서 소나기 내리듯 '쏴야' 하는 소리가 났다. 바로 지욱의 눈총을 받은 스텝들의 손에서 스테이크들이 살벌하게 구워지는 소리였다.

"굵기도 일정하게 못 썰어 자꾸 제각각 만들 겁니까?"

이번에는 유난히 작업속도가 뒤처진 막내 스텝의 옆에서 지욱의 목소리가 들려왔다. 지욱은 무안해서 얼굴이 시뻘게진 막내 스텝을 비키게 한 뒤, 그 자리에서 칼을 빼앗아 들어 자신이 직접 양파를 빠른 속도로 채 썰어냈다.

"눈 맵다는 거 압니다. 힘들다는 거 알아요. 그래도 굵기가 일정해야 야채도 같은 속도로 익을 거 아닙니까?"

톤이 낮은 지욱의 목소리는 하필 울림까지 지나치게 좋아서 고함치는 소리가 공간을 쩌렁쩌렁 울렸다. 더불어 스텝들의 얼굴에도 다시 한 번 군기가 바짝 들었다.

"스테이크, 안 구워봤습니까?"

한쪽에선 스테이크를 팬 프라이 하던 또 다른 스텝 하나가 혼쭐이 나고 있었다.

"눌러서 물컹거리면 미디엄 웰! 애기 볼처럼 말랑말랑하면 레어! 발뒤꿈치처럼 단단하면 웰던! 미디엄, 미디엄 레어는 그 사이 어디쯤입니다! 기억해두세요! 주문 들어올 때마다 온도계 들고 서 있을 겁니까?"

지욱은 주방에서 양파를 썰다 기어이 손가락을 베어버린 막내 스텝을 보면서도 다른 때처럼 제 손으로 직접 응급처치까지 해주는 기지와 배려를 발휘해주지 않았다. 다만, 조용히 병원으로 돌려보냈을 뿐이다. 칼이며 불에 덴 상처를 보면 누구보다 먼저 달려가 재빠르게 응급처치를 해주던 그의 모습이 하루 새 달라져버렸다. 그 따뜻함과 다감함에 끌려 굳이 큰 소리를 내지 않더라도 말없이 지욱을 따르던 주방의 많은 스텝들의 얼굴에서는 곧 의아함이 감돌았다.

달라진 분위기가 영 적응이 되지 않는다. 런치 타임도 통으로 건너뛰고, 디너가 임박해서야 겨우 주방에 모습을 드러낸 헤드 셰프는 분명 지금까지와는 다르게 까칠하고 날카로웠다. 모두들 그렇게 느꼈다. 평소 부드러운 음색으로 나직하게 말하던 모습은 온데간데없고 이젠 입만 다물고 있어도 그 모습이 화가 난 사람처럼 냉정하게까지 보였다. 애써 그 화를 삭이려는 듯 꾹꾹 누르는 모습은 보는 사람으로 하여금 더욱 긴장의 고삐를 바짝 조이도록 했다.

"저, 혹시 어디가 불편하신 건······."

분위기가 예사롭지 않아 한 스텝 하나가 가까스로 꺼낸 말이었다. 그런데 시선을 홱 돌려 말을 건넨 스텝을 빤히 보던 지욱이 돌연 앞치마를 끌어 내리며 말했다.

"얼마나 버틸 수 있습니까?"

"네?"

"저 없이, 얼마나 버틸 수 있느냐 말입니다."

무슨 일일까. 스텝이 의아한 시선을 들어 올리기도 전에 지욱에게서 당당한 요구가 떨어졌다.

"일단 십 분만, 십 분만 부탁합니다."

그렇게 스텝들에게 잠시 양해를 구하고 주방을 맡긴 지욱은 조리실 밖으로 빠져나왔다. 홀(Hall)로 나오니 시끄러운 말소리, 웃음소리, 온갖 소음들이 한꺼번에 귀로 빨려 들어와 갑자기 속이 매스껍고 머리가 어질어질했다.

시원한 바깥 공기가 절실했다. 그는 가게를 벗어나 바깥의 찬 공기를 쐬기로 마음먹었다.

밖은 이미 어둠이 짙게 내려와 있을 터였다. 뿌연 서울의 하늘엔 프랑스의 작은 시골 마을이던 샤르트르에서 보았던 것처럼 많은 별이 떠 있진 않겠지만 차가운 밤공기를 마음껏 들이마시고 나면 어느 정도 속이 탁 트이는 기분은 느낄 수 있을 것이다.

그는 조심스레 비상구를 통해 빠져나와 사람들이 지나다니는 거리 벤치에 무작정 몸을 뉘였다. 허리를 반듯이 펴고 밤하늘을 바라보고 있노라니 이제야 숨이 좀 쉬어지는 것 같았다.

종일 윙윙거리며 괴롭히던 귓가의 소음마저 조금은 익숙해지고 저도 모르는 사이 그렇게 5분여 깜박 잠이 들었을까.

드문드문 차들이 지나다니는 소리가 들리는 가운데, 돌연 사람의 말소리가 들려왔다. 두 여자가 나누는 대화 소리, 그리고 웃음 소리……. 말소리는 점점 더 가까이에서 또렷하게 들려왔다.

"근데 청국장은 뭐야? 갑자기 청국장은 왜 끓인 거야?"

"아아, 그거? 어떤 할머니 한 분이 역사에서 좌판을 펼치고 있더라고."

"좌판?"

"응. 화장실에 있다 소리가 들려 나와보니까 단속을 나왔는지 주변이 아수라장이 되어 있었어. 바닥에는 청국장이 막 굴러다니고……."

"그래서?"

"그래서는 뭘 그래서야. 대신 싸워드렸지!"

"볼만했겠다."

"볼만은. 아직도 팔이 아프다, 야!"

이야기를 들으면 들을수록 목소리가 귀에 익다. 어디선가 한 번쯤 들어본 것 같은 목소리. 지욱은 힐긋 소리가 나는 쪽을 바라봤다. 그곳엔, 놀랍게도 아래층 여자가 친구와 함께 걸어오고 있었다.

"기껏 인심 쓴다고 썼다가 면전에서 무안만 당하고. 그렇게

맛이 없었나. 다른 때도 그렇게 끓이면 그런대로 먹을 만했던 것
같은데……."

"그게 다 인성이 덜돼서 그래! 주면 감사합니다, 하고 먹을 것
이지 어디서 똥을 따라 마라야! 그 자식, 하는 일도 없어 보였다
며?"

'뭐, 그 자식?'

이제껏 들려오는 두 여자의 말소리에 저도 모르게 귀를 기울이
고 있던 지욱은 순간 눈이 번쩍 떠졌다.

"그냥 차림새가 그래 보였어. 그 시간에 집에 있는 것도 그렇
고……. 대부분 학생이면 도서관 같은 델 갈 테고, 평범한 직장인
이면 보통 그 시간에 밖에 있질 않나?"

"그렇지. 말하는 꼴 들어보니 아마 평생, 직장 다닐 일은 없을
것 같다. 무슨 일이든지 바보 아닌 이상 다 가르쳐서 하면 되는 거
고, 사람이 바탕이 착하고 선해야 사회생활도 제대로 하는 거지
그런 놈들은 애당초 텄어. 어디서 사람 앞에서 면박을 줘? 아, 생
각할수록 열 받네! 야, 앞으론 풀 한 쪽도 주지 마! 알았지?"

지욱은 순간 움찔했다. 눈 깜짝할 새 두 여자가 나누는 대화 속
에서 한순간 실업자 신세로 전락한 탓에 황당하고 기막힌 표정을
감추지 못했다.

그동안에도 두 여자의 말소리는 계속 이어졌다.

"그나저나 우리 엄마, 왜 그렇게 주책이라니! 어떻게, 갈수록
잔소리가 더 늘어?"

"아주 복에 겨워 호강하는 소리 한다!"

"그렇지. 나 지금 이거 복에 겨워 호강하는 소리 맞지?"

"그래!"

"그런데 어떨 땐 다 귀찮아. 특히 요즘처럼 선보라고 아우성이면……. 어제 아침에도 우리 엄마, 반찬 싸들고 여기까지 찾아왔었어. 왔다간 오 분여 동안 잔소리를 얼마나 끔찍하게 해대는지 들고 온 반찬통도 안 반갑더라."

"정말 호강에 겨웠네! 난 아주머니 한 번씩 오셨다 가시면 냉장고도 꽉 차 있고 기분이 참 좋던데……."

"차라리 사먹고 말지!"

"정말 호강에 겨워 오강에 똥 싸는 소리 한다! 그럴 거면 차라리 날 줘! 너희 엄마! 내가 모시고 살 테니까!"

부재에서 오는 느낌을 알아서일까. 지욱은 호강에 겨워 오강에 똥을 싼다는 다소 우스꽝스런 표현을 들은 뒤에도 이렇다 할 웃음이 나오질 않았다.

"어?"

그때였다. 갑자기 걷던 걸음을 멈춘 두 여자가 부산한 움직임을 보이기 시작했다. 그러곤 들릴 듯 말 듯 작은 소리로 속삭였다.

그런데 여자들의 말소리가 원래 톤이 워낙 높아서 그런지, 아니면 그의 귀가 작은 소리도 유난히 예민하게 느끼는 날이라서 그런지 그냥 지나치려 해도 두 여자가 나누는 말소리가 너무나 또렷하게 들렸다.

"야야, 그냥 가, 그냥. 저런 아저씨들은 경찰들이 다 알아서 해!"

"아직 추워. 저러다 동사한다고!"

아마도 길거리 벤치에 누워 있다 슬쩍 잠이 들었던 그의 모습을 알아차리고 다가오는 듯했다. 낭패였다. 어떡하나. 지욱이 요지부동 뻣뻣하게 누워 있던 몸을 일으켜 막 벤치에서 벗어나려 할 때였다.

"할아버지! 여기서 이러시면 큰일 나요!"

다행히 길에는 그가 누워 있던 벤치 말고도 몇 개가 더 있었고, 두 여자는 그가 있는 쪽이 아닌 다른 벤치 쪽으로 몸을 돌렸다.

지욱이 힐긋 시선을 들어보니 그곳에 몸을 웅크린 채 잠을 청하는 할아버지가 한 분 있었다. 행색이 허름한 걸로 보니 영락없는 노숙자 신세 같았다. 며칠 전부터 주변에 가게 경관을 해치는 노숙자가 한 명 등장했다더니, 아마도 저 할아버지를 두고 하는 말인 듯했다. 가게 측에서 몇 번 경찰에 신고를 했는데도 고집스레 주변을 어슬렁대셨다던.

아래층 여자의 시선이 조마조마한 눈길로 할아버지를 향했다.

"할아버지! 여기서 이러시지 마시고 쉼터 같은 델 가세요!"

"아가씨가 뭔데 참견이야!"

"참견이 아니고요, 여기서 잠드셨다 혹시라도……!"

차마 뒷말을 잇지 못하는 아래층 여자에게 할아버지가 톡 쏘아붙였다.

"흥, 자식새끼들도 나 몰라라 하는데 이제라도 가면 가는 거지. 상관 마!"

"할아버지, 그러시지 마시고요……!"

"거참, 젊은 아가씨가 되게 성가시게 구네!"

성가시다. 할아버지의 표현처럼 지욱의 생각도 그랬다. 공연한 참견을 하고 있는 거라고.

"차라리 어디 가서 뜨뜻한 국물이라도 사 잡수세요. 이러다 동사하신다고요. 아직 날 추워요!"

"쳇, 그럴 돈이 있으면……!"

그런데 그때, 아래층 여자가 갑자기 지갑에서 야무지게 만 원 짜리 한 장을 빼어 할아버지 손에 건넸다. 할아버지는 만 원짜리 를 보자마자 언제 그랬냐는 듯 반색을 했고, 여자의 얼굴에도 어 제와 같은 미소가 살며시 떠올랐다.

"이 돈, 정말 나 주는 거야?"

"대신 할아버지, 다음엔 이런 데서 주무시면 안 돼요!"

결국 지갑에 든 만 원 한 장으로 할아버지의 노숙 신세를 면하 게 한 아래층 여자에게 친구가 비난의 화살을 보냈다.

"야, 정당하게 노동의 대가로 돈을 벌어야지. 아무 일도 안 하 고 길바닥에서 자고 있는 할아버지를……!"

지욱은 친구의 말에 절대 동감했다. 물론 인정을 베푼 손길을 무작정 나쁘다곤 할 수 없지만, 그래도 이건 좀 지나치지 않나.

"하여튼 오지랖도 병이다! 많이 들고 다니는 것도 아니고 지 갑에 달랑 만 원짜리 하나 넣고 다니면서 그걸 빼 주냐?"

친구의 말을 아래층 여자가 다시 반박했다.

"그럼 어떡해! 그냥 지나쳤다 괜히 여기서 사람 잘못됐다 기 사라도 뜨면 두고두고 마음 찜찜할 텐데……!"

"글쎄, 그런 기사가 왜 나느냐고!"

"멀쩡하던 비행기도 떨어지는 세상이야. 사람 죽고 사는 게 순간이라고!"

순간 지욱도 움찔했다.

"차라리 이럴 땐 내가 손해 보는 게 나아. 괜히 미안하고, 마음 불편한 것보단……."

"아마 저 할아버지, 이게 웬 횡재냐 생각했을걸? 상습범일 수도 있어!"

"아니, 아닐 거야!"

"네가 어떻게 알아? 하다못해 폐지라도 몇 장 주우러 다니면……."

그 말을 순간 아래층 여자가 딱 잘랐다.

"폐지? 그거 종일 주워 얼마나 받는다고. 일용직도 몸이 성해야 나갈 수 있는 거야. 이미 곪아서 절뚝대는 다리로 뭘 어떡해?"

"뭐?"

친구는 이젠 거의 할 말을 잃은 듯했다.

"그건 또 언제 본 거야?"

"신발. 반쯤 벗겨진 할아버지 신발 위로 피부가 썩어서 까맣게 죽어 있었어."

"아!"

뒤늦은 탄식이 이어졌다.

"하여튼 못 말린다. 넌 푸드 에디터가 아니라 사회복지사가 됐어야 했어."

"야, 사회복지사는 뭐, 아무나 하니? 난 그런 투철한 희생정신 없어! 사명감도 없고!"

"왜 그래? 그래도 너 잘하는 거 있잖아?"

「르 파니에」로 가는 길목을 지나며 두 여자는 그렇게 한참을 이야기를 나눴다. 그 시각, 우연히 벤치 앞에 있다 이들의 이야기를 듣게 된 지욱은 다음 이야기가 더 궁금해졌다.

그러나 시간은 이미 10분이 훌쩍 지나 있었다. 게다가 이번에는 두 여자의 시선이 정확히 그를 향하는 게 느껴졌다. 일어선 것도, 그렇다고 완전히 누운 것도 아닌 어정쩡한 자세에서 두 여자의 시선을 받게 된 그는 재빨리 몸을 일으켰다. 그러곤 조금 전 자신이 걸어 나왔던 길을 되짚어 달렸다.

「르 파니에」의 후문이 바로 그 앞에 있었다.

제3화. ㄹ 파니에

작년 크리스마스 이후 넉 달 만에 찾은 「르 파니에」는 입구에서부터 그 분위기가 사뭇 달라져 있었다. 예약자 보드에 시간대별로 깨알같이 적힌 예약자 명단. 패밀리 레스토랑이 처음 유행하기 시작하던 때처럼 이미 저녁 시간대가 어느 정도 지났음에도 불구하고 입구는 빼곡히 들어찬 사람들의 줄이 끝을 모르고 이어져 있었다. 한쪽에는 기다리며 허기진 사람들을 위한 간단한 프랑스식 디저트가 마련되어 있고, 제법 오랜 시간을 기다린 것 같은데도 사람들의 표정은 유난히 설렘으로 가득 차 있었다.

그리고 이를 보는 순간 두 여자는 불길한 기운을 예감했다.

"어떡하지! 이럴 줄 알았으면 미리 예약이나 해둘걸!"

그때, 입구에서부터 멍하게 굳어 할 말을 찾지 못하는 그녀들을 향해 낭랑한 목소리의 여자 스텝 하나가 다가와 물었다.

"예약하셨나요?"

"아, 아뇨. 그런데…… 그냥 기다리면 안 될까요?"

"죄송합니다. 오늘은 디너 시간이 이미 대기도 꽉 차 있는 상태라 기다리셔도 식사가 어려우실 것 같아요."

여스텝이 난색을 표하며 입장의 어려움을 얘기했다. 평일 디너에도 예약을 하지 않으면 입장 자체가 불가하다는 말에 하늘과 미연의 두 눈이 크게 출렁였다. 바로 옆에서는 자신들의 차례를 기다리고 있던 젊은 여자 두어 명이 마치 자신들이 「르 파니에」의 대변인이라도 되는 양 달라진 이곳 상황에 대해 떠들어대고 있었다.

"작년 겨울에 프랑스에서 셰프가 새로 왔잖아요. 굉장히 실력 있으신 분이래요. 그 덕분에 연예인, 유명 인사들도 많이 찾고……. 이제는 여기, 평일 디너에도 예약 없이는 식사가 어려운 레스토랑이 됐어요."

얄밉게 종알대던 종달새 같은 무리는 자기 차례가 다가오자 금세 안으로 들어섰다.

"뭐, 얼마나 대단한 셰프가 왔길래 저래?"

"어쩌지?"

미연이 옆에서 괜스레 더 미안해했다.

"할 수 없지, 뭐."

별 아쉬움 없이 말하는 듯했지만 사실 미련이 많이 남는 목소리였다. 이곳에서 맛보는 프렌치는 하늘에게 엄마와의 추억 그 자체였기 때문이다. 푸드 에디터를 꿈꾸게 된 것도, 요리에 처음 관심을 갖게 된 것도 전적으로 어린 시절부터 깊은 풍미의 프렌치에 입맛을 길들이게 해준 엄마의 영향이었으니까.

눈을 감자, 하늘의 머릿속엔 어린 시절 엄마와 함께 맛보았던 상큼한 소스의 아로마 샐러드와 포근포근 닭고기 살이 입안에서 살살 녹는 영계 그렌메레가 떠올랐다. 달콤한 어니언 수프는 또 어떻고. 다른 집에서는 쉽게 그 맛을 흉내 낼 수도 없는 달팽이 요리, 에스카르고 역시 상상하는 것만으로도 군침이 돌았다. 그리고 그 순간 불현듯 사람들이 이마만큼 떠드는 그 대단한 셰프라는 사람을 자신의 눈으로 한 번쯤 직접 보고 싶어졌다.

하늘은 이 모든 생각들을 떨치며 옆에서 덩달아 시무룩해진 미연의 손을 씩씩하게 잡아끌었다.

"가자! 지금 시간이면 아저씨 가게도 문 열었을 거야. 아저씨 가게 해산물 싱싱하잖아. 내가 주꾸미 볶음에 소주 쏜다!"

미연은 여전히 아쉬움이 남아 쉽사리 발을 떼지 못했다. 그런데 그때, 거짓말처럼 누군가 하늘의 이름을 불렀다.

"어, 하늘 씨?"

「르 파니에」의 매니저 재준이었다. 그가 먼저 하늘에게 다가와 인사했다.

"이야, 하늘 씨 오랜만이네? 보고 싶었는데…… 그동안 왜 이렇게 뜸했어? 아니, 어떻게 점점 더 뜸해져?"

갑작스런 호재. 반가운 마음에 미연의 얼굴도 해사하게 폈다.

"그동안 잘 지내셨어요? 가게가 더 잘되시나 봐요. 모처럼 왔는데 예약자 명단에 없어서 들어갈 수가 없대요."

지금 두 여자의 얼굴에는 한껏 기대하고 여기까지 찾아왔다 입장조차 하지 못하게 된 실망감이 가득 담겨 있었다. 재준은 그런 하늘의 얼굴과 가게 밖으로 길게 늘어져 있는 줄을 잠시 보다, 두 여자의 손을 가만히 잡아끌었다.

사람들 눈이 보이지 않는 한쪽 구석으로 살며시 두 사람을 데려간 재준은 들릴 듯 말 듯 작은 소리로 하늘의 귀에 대고 중얼거렸다.

"스텝들 휴게실이라도 괜찮으면 내가 자리 하나 만들어줄 수 있는데……."

"우와! 정말요?"

이렇게 아쉽게 발걸음을 돌리나 했는데 가게 안으로 입장을 할 수 있게 되었다는 말에 다시 기분이 좋아진 하늘이 냅다 소리쳤다. 재준은 황급히 하늘의 입을 틀어막으며 작게 고개를 끄덕였다. 미연은 그런 하늘을 보며 못 말리겠다는 듯 피식 웃었다.

어찌 됐든 재준의 배려 덕분으로 두 여자는 조리실과 이어진 뒷문을 통해 「르 파니에」 안으로 들어설 수 있었다. 치익, 치익 스테이크 구워지는 소리를 들으며 미연은 바쁘게 돌아가는 조리실의 모습과 하늘의 얼굴을 번갈아 살폈다.

"여기가 휴게실이야. 잠깐만 있어. 금방 메뉴판 갖다 줄게."

재준이 메뉴판을 가지러 사라진 사이, 두 여자는 스텝들이 잠시 쉬어간다는 휴게실 안의 공간을 둘러봤다.

비교적 안락한 휴게실 안은 가운데에 'ㅁ' 자 형으로 빙 둘러싸인 테이블이 자리를 잡고 있었고, 그 옆으로는 누워 쉴 수 있게끔

간이침대도 2개 놓여 있었다. 그리고 그중 하나에 한 남자가 허리를 편 채 기대어 누워 있었다.

간이침대의 세로 길이가 도저히 주체할 수 없을 만큼의 긴 다리는 이미 침대 아래로 길게 늘어져 있었고, 남자는 희고 미끈한 팔로 얼굴을 반쯤 가린 채 천장을 향해 누워 있었다.

미연이 먼저 남자의 존재를 발견하고 놀라서 하늘을 향해 소리 나지 않게 입 모양으로만 중얼거렸다.

"어, 어떡해! 여기 사람 있다!"

놀란 두 여자가 간이침대에 미동도 없이 누워 있는 남자의 눈치를 살피고 있는데 밖에서 요란한 발소리가 들려왔다.

잠시 후, 문이 열리며 재준이 직접 메뉴판을 들고 모습을 보였다.

"숙녀분들, 여기 메뉴! 일단 고르고 있어. 아, 그리고 미리 말 못해서 미안한데…… 음식 나오는 데 시간이 좀 걸릴 거야. 보시다시피 우리 특급 셰프가 오늘 컨디션이 좀 별로라서…… 오늘따라 홀에 오더가 자꾸 꼬이네."

이어 재준은 갑자기 만나게 된 하늘을 챙기느라 뭔가 잊고 있었던 것이 생각난 사람처럼 침대에 누워 있는 남자를 향해 살피듯 외쳤다.

"귀 울리는 건 좀 어때? 괜찮아? 허리는? 우선 파스 몇 장 사 왔다. 일단 이거라도 좀 붙이자!"

재준은 반듯이 누워 있던 남자의 몸을 다시 모로 세우더니 하얀색 조리복 상의를 걷어 올리고는 조금 전 사들고 온 파스 여러

장을 순식간에 등 전체에 도배하다시피 다닥다닥 붙였다.

"너 또 주방 뒤집어놨다며? 스텝들이 묻더라. 너 무슨 일 있냐고. 너 이상하대! 다른 사람 같대! 안 그러던 애가 갑자기 까칠하게 구니까 다들 얼마나 놀랐을 거야."

"놀랐대?"

"놀라지, 그럼! 이상하네. 시간이 그렇게 흘렀는데 어떻게 이 날만 되면 꼭 이러냐. 몸도 기억이란 걸 하는 건가?"

두 여자로서는 알 수 없는 말을 한참 중얼대던 재준의 말이 있고 조금 전 등 전체를 잔뜩 파스로 도배하다시피 한 남자가 허리를 세우고 일어나 앉았다. 그러고는 실없는 소리 한다는 듯 재준을 향해 피식 웃어 보이더니 곧 자신에게 시선이 고정된 두 여자를 보고, 정확히는 하늘을 보고 얼굴에 웃음기를 삼켰다.

순간, 침묵이 감돌았다. 어색한 공기를 감지한 재준이 황급히 상황을 정리하고 나섰다.

"아, 인사해. 여기는 우리 「르 파니에」 단골. 홀에 자리가 없다는데 너무 오랜만이라 그냥 보낼 수가 있어야지."

뻣뻣하게 굳어버린 하늘의 상태를 눈으로 살피며 미연도 옆에서 하늘의 옆구리를 쿡 찔렀다.

"왜 그래? 혹시 아는 사람이야?"

그 순간 하늘이 작게 고개를 끄덕였다. 시선은 놀라움으로 이미 출렁한 뒤였다.

"누구야?"

미연이 하늘의 귀에만 겨우 들릴 정도의 작은 소리로 묻자, 하늘이 소리가 나지 않게 입 모양으로 살짝 중얼거렸다. 그러나 미연은 말을 쉽게 알아듣지 못했다.

"누군데? 누군데 그래?"

하늘은 미연이 한 번 더 되묻자 아까보다 더 느릿한 속도로 입술을 달싹이며 대답했다.

"머얼. 치이. 또옹."

하지만 그럼에도 미연은 하늘의 말을 좀처럼 알아듣지 못했다. 몇 번 그렇게 같은 상황이 이어지자 결국 답답했던 미연의 입에서 먼저 큰 소리가 새어 나왔다.

"뭐? 대체 누구라는 거야?"

하늘은 그때, 손끝으로 정확히 조리복 차림의 남자를 지목하며 또박또박하게 외쳤다.

"멸치 똥! 멸치 똥이 여기 있다고!"

지욱은 가만히 시선을 떼지 않고 눈앞에 서 있는 여자의 얼굴을 빤히 바라보았다.

재준은 지금도 옆에서 키득거리며 웃고 있었다. 손가락질까지 하며 자신을 두고 멸치 똥이라 부른 여자의 말에 그만 웃음이 빵 터져버린 것이다.

멸치 똥. 멸치 똥이라니!

지적이 마음에 맺혔었나? 지욱이 그렇게 눈앞에 서 있는 여자의 표정을 꼼꼼히 살피고 있을 때였다.

"저기, 오늘은 아무래도 날이 아닌 것 같습니다. 다음에 다시 올게요. 원래 예약자 명단에도 없었으니까……."

그런데 하늘이 주춤대며 꺼낸 그 말을 옆에서 간신히 웃음을 참아낸 재준이 가로막았다.

"흠. 그 '다음에'가 사 개월 걸렸어. 크리스마스 이후, 우리 가게 처음 찾은 거 아냐? 내가 가게를 비운 적이 거의 없으니까 아마도 내 말이 맞을 것 같은데……."

"아, 그동안은 일이 좀 바빴어요. 거의 매일 야근에 기획기사 준비도 해야 했고……."

"알아, 바쁜 거. 그래도 달에 서너 번은 잊지 않고 오던 사람이 그게 두 달이 되고, 세 달이 되고…… 이렇게 손에 꼽을 정도로 드문드문이 되면 가게 운영하는 사람 입장에선 궁금해질 수밖에 없는 거라고."

머뭇거리며 대꾸하는 여자의 말을 두 번씩이나 가로막는 재준의 모습에 지욱이 고개를 갸웃했다. 그것도 오늘같이 자신의 컨디션이 좋지 않다는 걸 뻔히 아는 상황에서.

"음, 그리고 이건 아직 기정사실화된 건 아니지만, 다음엔 내가 여기 없을 것 같아서 그래. 그러니까 오늘 얼굴 봤을 때 먹고 가. 중간중간 가게 리모델링 들어갔을 때만 빼고, 오픈해서 지금까지 나한텐 얼마나 오랜 손님인데 이렇게 그냥 돌려보내? 안 그래?"

그 순간, 알아봐주셔서 감사하네요, 라는 일종의 감동으로 멍해진 여자 손님을 대신해 재준의 질문이 교묘히 지욱에게 날아왔다.

"아 그러냐고, 윤 셰프!"

"음, 뭐⋯⋯."

지욱은 눈앞의 여자의 얼굴을 다시 바라봤다. 조금 전보다 훨씬 세심한 눈길이었다. 시간이 지나면서 몸 컨디션이 정상적으로 돌아오다 보니 지욱에겐 어느덧 눈앞의 여자를 궁금해할 여유도 생겼다. 귀의 울림도 아까보단 많이 좋아졌다. 허리 아픈 것도 덜했다. 이러다 내일이면 언제 그랬냐는 것처럼 모든 고통이 말끔해질 것이다. 적어도, 다음 해 이날이 돌아오기 전까진.

"주문하시죠? 힘들게 여기까지 오셨는데."

지욱의 표정과 말투에 한결 여유가 묻어났다. 옆에서 재준도 그러라며 고개를 끄덕였다.

"그래도⋯⋯."

선뜻 말을 잇지 못하는 여자의 눈앞에 지욱은 직접 메뉴판을 펼쳐 보이며 말했다.

"뭘 그렇게 뺍니까? 설욕할 좋은 기횐데⋯⋯."

다소 놀란 시선을 들어 보이는 여자에게 지욱이 피식 웃으며 다시 말을 건넸다.

"아까 나더러 멸치 똥이라면서요? 내 지적이 마음에 맺혔던 모양인데 먹고, 그쪽도 내가 만든 음식 먹고, 맘껏 평가해요."

난데없이 듣게 된 멸치 똥 소리를 자신이 직접 언급하면서 지욱의 얼굴도 화르르 달아올랐다.

재준도 옆에서 그런 두 사람을 향해 놀란 눈을 하며 물었다.

"잠깐! '그쪽도'라니? 뭐야? 두 사람, 진짜 아는 사이야?"

재준의 질문에 지욱이 피식 웃음을 늘렸다. 그러곤 다시 시선을 돌려 나란히 앉아 있는 두 여자를 향해 정중히 말했다.

"그럼 주문하시겠습니까, 손님?"

레스토랑 취재차 많은 곳을 다녔지만 셰프에게 직접 주문을 건네는 일은 푸드 에디터인 하늘로서도 흔한 경우는 아니었다. 어쩐지 특별한 대접을 받는다는 생각이 들어 하늘은 갑자기 기분이 묘해졌다.

'어찌 됐든 설욕할 좋은 기회라잖아. 그래, 먹고 평가하는 게 내 일인데, 당신만 못할라고?'

머릿속에 남아 있던 '멸치 똥' 일은 깨끗이 잊고 결국 눈 딱 감고 주문을 하기로 한 하늘이 지욱을 향해 또박또박한 목소리로 말했다.

"그럼 주문할게요. 수프는 어니언그라탕 수프, 그리고 에스카르고 전채로 주시고요, 메인디시는 프랑스식 감자튀김 뽐 빠이유를 곁들인 안심 스테이크로 할게요. 아, 스테이크는 미디엄으로 구워주세요. 그리고 디저트는 바닐라 빈이 듬뿍 들어 있는 바닐라 크렘 블륄레, 음료는 무난한 레드와인……. 음, 다 기억하실 수 있으시겠어요?"

지욱은 이내 알겠다며 고개를 끄덕이면서도 주문하는 하늘의 얼굴을 한 번 더 보게 됐다. 재준도 옆에서 그런 하늘을 여전하구나, 하는 시선으로 빤히 바라보고 있었다. 처음 봤을 때부터 어린 손님이 이런 식으로 장황하게 주문을 하는 모습이 좀 특이하다 생각했었는데……. 아니, 특별하다고 해야 할까, 좀 별스럽다 해야 할까. 옆에 있던 친구는 메인디시로 등심 스테이크 하나만을 웰던으로 구워줄 것을 주문했다. 일반적인 주문 스타일이었다. 그렇게 주문해도 수프와 디저트는 레스토랑마다 기본으로 세팅된 것들을 내어주는 게 보통이니까.

음식을 만들기 위해 걸어 나가면서 지욱이 재준의 옆구리를 쿡 찔렀다.

"형, 뿜 빠이유를 곁들인 안심 스테이크란 메뉴가 「르 파니에」에 있어?"

이미 없다는 걸 알고는 있었지만 확인하는 차원에서 다시 한번 던져본 질문이었다. 재준이 바로 대답했다.

"아니. 그래도 해줘. 원래 그렇게 잘 먹었어."

'원래 그렇게 먹었다고?'

오더를 받은 지욱이 머리를 긁적이며 재준과 함께 사라진 뒤, 하늘은 얼굴 표정에서 드러나는 기쁨을 좀처럼 감추지 못했다. 지금 상황이 다소 어색하고 우스꽝스러운 것은 분명하지만 그녀에게 있어 몇 안 되는 엄마와의 추억의 장소를 오랜만에 찾은 설렘 자체는 숨길 수가 없는 것이었기 때문이다.

잠시 후, 주문한 수프가 에스카르고와 함께 나오자 하늘은 물기가 그렁해진 눈빛으로 접시 위의 요리들을 바라봤다.

아니나 다를까. 하늘은 가운데가 오목한 플레이트에 달팽이 요리가 나오자, 처음 이 에스카르고를 접하며 나눴던 엄마와의 대화를 떠올리며 금세 아련한 추억에 빠져들었다.

'에스카르고는 달팽이야. 먹을 수 있는 달팽이. 올리브유와 파슬리, 마늘가루 소스랑 같이 먹는 건데 엄마가 살던 프랑스에서 즐겨 먹던 음식이야.'

'꼭 우렁이같이 생겼어!'

'그래? 그래도 그것보다 훨씬 부드러울걸?'

'프랑스에서는 달팽이도 잡아먹어?'

'응. 프랑스에서는 포도나무를 참 많이 키우는데 이 달팽이가 그 포도나무 잎을 좋아한대. 처음엔 달팽이가 너무너무 많아져서 잡아먹기 시작했는데 지금은 오히려 이 달팽이를 먹으려고 키워. 재밌지?'

"참 놀랍다. 이전에는 여기 오면 음식 먹으면서 울기 바빴었는데……."

"시간이 약이라고 하잖아. 또, 그만큼 네가 컸다는 거지. 어이고, 기특해. 기특하다, 우리 하늘이! 크느라 애썼네?"

일부러 목소리까지 변조해서 대꾸하는 미연의 말에 하늘은 피식 웃음을 삼켰다.

이미 플레이트의 홀 안에 박혀 있던 에스카르고는 동이 난 뒤였다. 주문했던 어니언그라탕 수프까지 말끔히 먹어치우며 하늘은 그렇게 잠시 후 올라올 메인디시에 대한 기대감을 키웠다.

"이쪽이 뽐 빠이유를 곁들인 안심 스테이크구요, 이쪽이 등심 스테이크입니다. 그럼 맛있게 드세요."

여자 서버 하나가 주문했던 메인디시를 차례로 내려놓으며 총

춤걸음으로 물러났다. 하늘은 오랜만에 바삭하게 튀겨진 프랑스식 감자튀김을 보며 입맛을 다시다 나이프를 들어 스테이크를 한점 썰어냈다. 곁에서 미연도 주문했던 스테이크를 맛보기 위해 나이프를 집어 들었다. 심플한 스테이크 하나에도 플레이팅이 제법 훌륭했다.

미연은 나름대로 만족감을 표현하며 스테이크를 한 점 썰어 입안에 가져갔다. 옆에서 하늘도 나이프를 들어 스테이크를 썰었다.

그런데 그 타이밍에서 잠시 하늘의 손놀림이 주춤했다. 이윽고 하늘이 목소리를 높여 문밖의 서버를 불렀다.

"저기요!"

별안간 스텝 하나가 서둘러 주방 안으로 달려 들어왔다.

"어떡하죠? 스테이크요! 컴플레인이 들어왔어요!"

"컴플레인…… 이요?"

처음엔 잘못 들은 줄 알았다. 그런데 스텝의 입 모양이 분명히 컴플레인이라 말하고 있었다.

"미디엄으로 주문했는데 스테이크가 오버 쿡 돼서 나왔다고……!"

파스에 있던 지욱이 일순 시선을 들어 올렸다.

"중간에 플레이트가 바뀐 거 아닙니까?"

"아뇨. 뽐 빠이유를 곁들인 안심 스테이크. 메뉴에도 없던 메뉴를 주문한 거라 접시가 잘못 나가진 않았대요. 혹시 주방에서 착오가 있었던 거 아닐까요?"

'뽐 빠이유…… 그 여자다!'

지욱은 직접 자리를 박차고 테이블로 향했다.

처음엔 감자튀김 외에는 거의 먹었다고 할 수 없는 접시 위의 스테이크를 보고 당황해, 컴플레인을 보냈다는 테이블의 여자의 얼굴을 빤히 바라봤다.

그러다 놀라움에 흠칫 시선을 떨어뜨렸다. 여자의 눈가에 눈물이 그렁했기 때문이다.

잘못 봤을까.

지욱은 일단 침착히 호흡을 고르고, 조심스럽게 물었다.

"스테이크가…… 잘못 나왔다고요?"

여자는 금방이라도 물기를 떨어내려는 것처럼 동그랗고 큰 눈을 들어 올리더니 지욱을 향해 또박또박 말했다.

"네. 저는 분명히 미디엄으로 익혀달라 주문했는데…… 스테이크가 오버 쿡 돼서 나왔어요. 보세요. 이거 미디엄 아니잖아요?"

그렇다고 엄밀하게 말해 웰던도 아니었다. 어중간한 미디엄과 미디엄 웰던 사이.

여자가 다시 입을 열었다.

"음, 그리고 이 말씀까진 안 드리려고 했는데 로스팅 들어가기 전에 밑간도 너무 세게 하신 것 같아요. 스테이크가…… 너무 짜요."

짜?

오늘만 200여 개가 나간 스테이크가 짜다니!

단순히 트집 잡기가 아니고서야 이런 반응이 나올 수는 없었다. 한 번씩 주고받겠다, 이건가. 지욱이 당혹스러운 표정을 애써 감추며 메인이 담긴 접시를 집어 새로이 만들어주겠다는 말을 막 하려던 참이었다.

갑자기 여자의 눈에서 후두두 눈물 한 방울이 뚝 떨어졌다. 그러더니 여자는 도로 접시를 제 앞으로 가져갔다.

"아뇨! 아니에요!"

여자는 잔뜩 식어버린 스테이크를 한 점 크게 썰어 입안에 집어넣더니 작은 입을 최선을 다해 오물거렸다.

"실은, 올 때마다 가게가 자꾸 변해서…… 플레이팅도 음식 맛도 자꾸자꾸 변하니까 잠깐 저도 모르게 화가 났나 봐요. 오늘도 오랜만에 왔는데 인테리어가 다 바뀌어 있고, 가게 분위기가 전체적으로 너무 변해 있어서…… 조금 당황스러웠거든요."

말을 하는 동안에도 여자는 눈가가 여전히 그렁그렁했다.

"솔직히 전채로 나온 에스카르고는 괜찮았어요. 수프도 맛있었고요. 뭐, 간은 역시 좀 센 것 같긴 했지만……. 아, 오해하실까 봐 말씀드리는데요, 이건 불평하는 게 아니고요, 참고하시라고 말씀드리는 거예요."

여자는 내처 말을 이었다.

"제가, 좀 주제넘었나요?"

말을 마친 여자는 혀를 쏙 내밀며 웃었다. 그 바람에 동그랗고 커다란 눈이 초승달처럼 휘어졌다. 지금도 뺨을 타고 흘러내리는 눈물만 아니라면 처음 보았을 때의 모습처럼 전체적으로 귀여운

인상을 주는 느낌의 얼굴.

그때, 다시 여자의 말소리가 들렸다.

"전…… 이 집이 변하지 않았으면 좋겠어요."

순간, 저도 모르게 머릿속이 멍해져버린 지욱에게, 재준이 슬며시 다가와 말을 건넸다.

"놀랐지? 가끔 와. 얼굴 잊어버릴 만하면 한 번씩."

'얼굴 잊어버릴 만하면 한 번씩……?'

지욱이 별안간 물었다.

"형! 「르 파니에」가 얼마나 된 가게랬지?"

"이십 년. 이 자리에서만."

"대단하네! 그럼 그동안 여기서 쭉……."

재준은 가볍게 고개를 끄덕였다.

"그래도 인테리어 공사는 가끔 했어. 이번에도 잠깐 문 닫고 서둘러 한 거야. 너 오기 전에."

지욱은 시선을 돌려 주위를 휙 둘러보았다. 처음엔 별생각 없이 지나쳤던 가게의 외관과 실내인테리어가 정말 공사를 완벽히 끝마친 후의 모습처럼 곳곳에 새 단장을 한 냄새를 풍기고 있었다.

"허, 놀랍네. 직업이…… 셰프였단 말이야? 그것도, 프렌치?"

백수라고 생각했던 남자의 미처 예상하지 못했던 직업 앞에 하늘은 저도 모르게 입술을 고시랑댔다. 그 모습을 옆에서 가만히 지켜보던 미연 역시 도저히 믿어지지가 않는다는 표정으로 고개를 갸웃거렸다.

"난 그보다 저렇게 멀끔하게 생긴 남자한테 멸치 똥이라 삿대질하는 네가 더 놀라워!"

"멀끔해? 저 남자가?"

"그럼! 저 정도면 멀끔하지! 멀끔한 정도가 아니라 심하게 잘생겼네! 피부도 좋고! 눈은, 렌즈 낀 거겠지?"

미연이 얼굴에 다시 반색을 하며 물었다.

"그럼 낮부터 저 남자랑 둘이 있었던 거야? 둘이서 같이 한집에서 청국장 먹으면서?"

"엄밀히 말해 같이 먹은 건 아니지. 한 입 뜨고 가버렸으니까."

명색이 프렌치 레스토랑의 셰프씩이나 되는 남자 앞에서 자신만만하게 나 요리 좀 한다고 중얼거렸으니. 하늘은 그런 자신의 모습이 떠올라 다시금 얼굴이 화끈화끈 달아올랐다.

"그래서 성질난다고 나 올 때까지 멸치 똥만 따고 있었던 거구나? 뭐, 까칠하게 굴 만했네. 이런 데 셰프쯤 되려면 요리 공부를 좀 했을 거야?"

엄마의 기일에 기껏 「르 파니에」 까지 찾아와서 나눈다는 대화의 주제가 좀처럼 윗집 남자를 벗어나지 못한다는 사실이 하늘은 마냥 기이하기만 했다.

"처음엔 정말 백순 줄 알았어. 한낮에 트레이닝복 입고 슬리퍼 신고 온 모양새가 영락없이 햇빛 못 본 고시생 같았으니까."

"집에서야 뭔들 못 입고 있어. 아, 맞다. 그럼 여기 새로 왔다는 그 잘나간다는 셰프도 저 사람인가? 아까, 매니저 아저씨도 그랬잖아! 특급 셰프라고."

"……."

"내 입맛엔 괜찮은 것 같은데 뭐, 난 잘 모르니까……. 푸드 칼럼 쓰는 전문 에디터 입장에선 어때? 정말 별로였어?"

하늘은 한참 만에 고개를 내저으며 자신의 생각을 다시 밝혔다.

"아니."

하늘은 내처 말을 이었다.

"솔직히 간이 조금 세다는 것만 빼면 다른 요리들도 더 먹어 보고 싶을 정도야."

덩달아 미연도 놀란 눈을 했다.

"와, 그렇게나? 그거 진짜 좋다는 말 아냐?"

하늘은 그 말을 부정하지 않았다.

"일반인들이 그렇게 알고 찾아올 정도면 진짜 실력 있는 사람이란 건데 몰랐다는 게 이상해. 분명 소문이 나도 났을 텐데……."

그렇게 말하는 하늘의 표정은 지금 꽤 진중했다.

"잘나가는 셰프면 인터뷰 기사 같은 것도 실리지 않아? 한번 찾아봐!"

미연의 말이었다. 그리고 하늘은 정말 그럴 생각이었다. 돌아가면 한번 알아봐야지.

"근데 셰프들이 원래 소리 같은 데도 예민하고 그래? 오래 서서 일하면 허리야 아플 수 있다 치지만 귀는 좀……. 아까 매니저 아저씨도 그랬잖아. 귀 울리는 건 좀 어떠냐고. 넌 취재하면서 요리사들 많이 만나봤으니까 알 거 아냐."

"글쎄. 까칠한 사람들도 많이 있긴 한데, 소리까지 그런지는 잘 모르겠네."

"귀가 소머즈였다며? 청각이 그렇게 예민한데, 그럼 이제 가끔가다 맥주 한 잔씩 마시면서 웃고 떠드는 것도 못하는 거 아냐? 밤늦게 씻으면 물소리 난다고 막 난리나고……?"

"에이, 설마."

음식을 먹는 동안 끊임없이 오가던 두 여자의 이야기는 계산대 앞에서도 계속 이어졌다.

"야, 내가 낸다니까?"

"됐어. 교사 월급 얼마나 돼서. 먹기도 내가 더 많이 먹었어!"

"그럼 기자 월급은 뭐 얼마나 되니? 너나 나나 박봉인 건 똑같거든?"

"아이참, 누가 내면 어때서. 그냥 내가 내?"

재준의 목소리였다. 결국 재준까지 끼어든 후에야 계산은 마무리 지어졌고, 두 여자는 「르 파니에」의 문을 나설 수 있었다.

슬슬 디너가 마감될 시각. 이제야 정상 컨디션으로 돌아온 지욱이 오늘의 뒷마무리를 위해 다시 주방으로 돌아왔을 때였다. 스텝들이 갑자기 우르르 다가오더니 지욱을 에워쌌다.

"셰프님, 괜찮으세요?"

"힘드시면 들어가셔서 좀 쉬세요. 마무린 저희끼리 하겠습니다."

오늘 하루, 달라진 지욱의 모습에 깜짝 놀란 스텝들의 눈에는 걱정하는 기색이 가득했다. 안 그래도 하루 동안 까칠했던 헤드 셰프의 눈치를 살피느라 뜨겁던 주방이 전에 없이 서늘하기만 했는데 자꾸 휴게실에 드나드는 모양새가 혹시라도 여기서 일까지 그만둬 버리면 어떡하나 다들 염려가 된 것이다.

만일 그렇게 된다면 스텝들은 갑작스레 일 폭탄을 맞거나, 결국 주방이 올 스톱되거나 경우는 둘 중 하나였다. 물론, 그들이 걱정하는 것은 둘 다였겠지만.

괜스레 자책이 든 지욱이 피식 웃으며 대꾸했다.

"미안합니다. 오늘은 컨디션이 정말 안 좋아서……. 근데 자주 있는 일은 아니니까 여러분이 좀 이해해주세요."

자주 있는 일은 아니라니. 의아해진 스텝들이 고개를 갸웃거렸다.

"어디가 아프세요?"

"아뇨, 어디가 아픈 건 아니고……."

"근데 왜……?"

"그게……."

선뜻 대답하기가 곤란해 지욱이 말을 늘이는 사이, 어느새 지욱의 뒤에 성큼 서 있던 재준이 중간에 끼어들었다.

"왜 다들 모여 있습니까?"

재준의 등장으로 스텝들은 제각각 자리로 흩어졌다. 재준은 지욱에게 억울하단 듯이 다가와 옆구리를 툭 건들며 말했다.

"또 무슨 일 난 줄 알고 놀랐잖아!"

"미안."

한껏 진지해진 눈길의 재준이 다시 조심스럽게 말을 꺼냈다.

"지금이라도 많이 힘들면 들어가서 쉬고……."

그런데 그 말을 가운데서 지욱이 잘랐다.

"아니, 오늘 말고 내일. 내일 쉴게. 다녀올 데가 있어."

뭐? 어딜? 그러니까 지금 내일 하루를 통으로 쉬겠다고?'

지욱은 가만히 고개를 끄덕였다. 그런 지욱을 재준도 곁에서 의아하게 바라봤다.

"너, 정말 무슨 일 있는 건 아니지?"

재준의 질문은 그 후로도 계속 이어졌다. 하지만 지욱은 말을 아꼈다. 좀처럼 입을 열지 않았고, 일순 아련해진 눈길만 먼발치로 둘 뿐이었다.

제4화. 어바웃 지옥

　-중요한 미팅이 잡혔는데 약속이 겹쳤어. 내가 지금 나갈 수가 없어서 그러니까 가서 내 대신 점심이나 한 끼 먹고 와! 장소는 너 좋아하는 「르 파니에」! 사무실 나올 것 없이 곧장 그쪽에서 출발해. 참, 밥값은 그쪽이 낼 거야. 어때, 좋지?

　'사람을 어떻게 보고!'

　이른 새벽부터 울려온 전화벨 소리가 짜증스럽게 귓청을 때리더니, 결국엔 하 차장이 제 할 말만 하고 끊어버렸다.

　역시나. 이번에도 수가 뻔히 읽힌다. 「르 파니에」를 약속 장소로 잡은 것도 그렇고, 보아하니 빼앗아간 기획기사 대신 점심이나 한 끼 맛있게 먹고 오라는 얘기였다. 1년 반을 공들여 쓴 기사를 도둑질해가면서 고작 점심 한 끼라니. 그것도 남의 돈으로.

　도대체 이게 어느 나라 계산법일까? 마뜩지 못한 표정을 짓다가도 하늘은 다시금 「르 파니에」를 찾을 생각에 입가에 떠오른 작은 미소를 숨기지 못했다.

"예약하셨나요?"

"네. 아마 〈엘 푸드〉 매거진 하미모 차장님 성함으로 예약이 되어 있을 거예요."

「르 파니에」에 도착해 더듬더듬 하 차장의 이름을 대자 어제, 입구에서부터 저녁 식사의 어려움을 얘기하던 여자 스텝이 VIP실 안 쪽으로 자리를 안내했다.

"더 오실 분 계신가요?"

의자를 빼어주며 함께 메뉴판을 놓아주던 서버가 막 일행에 대해 물었을 때 하늘의 휴대폰에 낯선 번호로부터 문자가 한 통 도착했다.

[차가 좀 막히네요. 먼저 식사하고 계세요.]

"어어?"

"네?"

"아뇨, 아무것도. 주문은 일행 오면 같이할게요."

저도 모르게 혼잣말을 내보냈다 서버의 대꾸에 깜짝 놀란 하늘이 살살 눈웃음을 늘였다.

또한 그 순간부터 하늘은 오늘의 이 자리가 단순히 점심이나 한 끼 먹는 자리가 아니라는 사실을 깨달았다. 레스토랑의 취재를 나간 자리가 아니고서야 일로 미팅을 잡을 땐 사실 길가에 많고

많은 커피체인점을 약속 장소로 잡는 게 대부분이었다. 무엇보다 하 차장이 이렇게 좋은 밥을 공짜로 먹을 기회를 맥없이 날려버리며 그 자리에 덜컥 자기 대신 남을 내보낼 리가 없었다. 얼마나 철두철미한 사람인데, 이런 식으로 약속이 겹치도록 내버려두느냔 말이다.

뭔가 이상한 예감이 솔솔 피어오르던 그때, 때마침 흘러내린 머리카락 한 올 없이 왁스로 말끔하게 뒤로 넘긴 남자 하나가 벌겋게 상기된 얼굴로 VIP룸 문을 열고 들어왔다.

"서하늘 씨?"

"네, 그런데요."

"늦어서 미안해요. 길이 좀 막혀서. 나 〈온 더 푸드〉의 강풍호 에디터예요."

왜 불길한 예감은 한 번도 틀린 적이 없을까.

그랬다. 이 자리는 업무상 만들어진 단순한 미팅자리가 아니었다. 바로 하 차장이 멋대로 꾸며놓은 맞선자리였던 것이다.

다시 시작된 런치 피크 타임대. 재준이 막 VIP룸으로 들어가려는 서버를 불러 세워 물었다.

"VIP룸 안에 지금 어느 팀 들어가 있어요?"

"네?"

"예약자 성함이 누구냐고요."

"아, 〈엘 푸드〉의 하미모 차장님이라고……."

"오, 〈엘 푸드〉? 같이 오신 일행분은요?"

재준은 하늘의 회사를 떠올리며 반갑게 알은체를 했다.

"근데 본인이 오신 게 아니고 〈온 더 푸드〉의 강……."

"누구요? 강풍호?"

처음엔 서버가, 다음엔 재준이 서로 말을 제대로 알아듣지 못해 되물었다.

"혹시, 취재차 왔대요?"

재준의 질문에 서버가 누가 들을세라 작은 목소리로 대답을 내놓았다.

"아뇨, 제가 보기에는…… 소개팅 자리 같았습니다."

'쳇, 소개팅?'

순간 재준이 코웃음을 쳤다.

"혹시 그쪽에서 먼저 쿠폰 얘기 꺼내면 VIP룸은 쿠폰 적용이 안 된다고 전달해줘요."

약간의 개인적인 감정을 실어 칼같이 잘라 말하는 재준에게 서버가 다시 조심스럽게 말을 늘였다.

"근데…… 같이 오신 여자분도 사장님께서 아시는 분 같았습니다."

순간 재준의 발이 다시 우뚝 멈춰 섰다.

"내가 아는 사람?"

"어제, 디너 무렵에 오셨던 여자 손님 두 분……."

"둘 중 어느 쪽이요? 긴 쪽? 짧은 쪽?"

재준이 두 손으로 재빨리 머리카락이란 제스처를 취하자 서버가 작지만 분명한 목소리로 대꾸했다.

"긴 쪽이요. 쌍꺼풀 진 눈에 키가 좀 작으셨던."

또한 그제야 재준의 귀가 솔깃해졌다. 어제, 계산대 앞에서 농담을 나누던 재준과 하늘의 모습을 인상 깊게 보았던 서버는 비록 옷차림은 달라졌지만 지금 VIP룸 안에 있는 사람이 어제의 그 여자 손님과 동일한 인물이라는 것을 정확하게 기억하고 있었던 것이다.

재준은 그 순간 VIP룸으로 들어가려는 서버를 재빨리 잡아 세우며 말했다.

"오더 받으러 가는 거죠? 내가 갈게요."

"매니저님께서요?"

놀란 눈을 하는 서버를 그 자리에 세워두고 재준은 VIP룸의 문을 두 번 노크했다.

잠시 후, 재준이 안으로 들어서자 정말로 원형 테이블을 가운데 두고 하늘이 〈온 더 푸드〉의 강풍호 에디터와 마주 앉아 있었다. 한눈에 보기에도 꿔다 놓은 보릿자루처럼 어색하게 앉아 있는 모양새가 영락없이 선 자리에 불려나와 강제 입실한 모습이었다. 평소 그렇게 좋아하던 곳에서 저런 표정을 짓고 있는 걸 보니 이 자리가 여간 불편한 자리가 아닌 것이다. 아님, 상대가 아주 마음에 들지 않거나. 재준은 둘 다라고 믿고 있었다.

"또 보네요?"

재준은 어색하게 굳어 있는 하늘에게 방긋 웃으며 먼저 알은체를 했다.

"원래 여기에서 약속 있었어요?"

"아뇨. 오늘 아침에 갑자기 생긴 약속이에요."

돌려 말하는 게 역력한 하늘의 대꾸에 재준도 알 만하다는 듯 피식 웃었다.

"거절할 수가 없는 자리였나 보죠?"

재준은 이어 맞은편 자리에 앉은 풍호에게도 말을 건넸다.

"강 기자님도 오랜만입니다."

"가게가 더 좋아졌네요."

"아, 이번에 내부 수리 들어가면서 확장을 좀 했죠."

여기까지는 그저 무난한 인사치레의 말들이었다. 그랬기 때문에 하늘도 굳이 두 사람의 대화에 별 의미를 두지 않았다. 그런데 바로 그다음부터, 분위기는 하늘이 전혀 생각지도 못한 방향으로 예상치 못하게 흘러갔다.

"셰프가 새로 왔다면서요? 르 꼬르동 블루 출신! 말들이 많던데……?"

'르 꼬르동 블루 출신?'

순간 하늘의 눈빛도 움찔했다.

"저희 윤지욱 셰프 소문이 거기까지 났습니까?"

"잘생겼다면서요? 꽤 미남이라고……."

"흠. 우리 윤 셰프가 좀 미남이긴 하죠. 피부도 좋고……."

재준이 허허 웃으며 여유 있게 받아주는데 돌연 상대 쪽에서 먼저 날카로운 눈빛을 내던졌다.

"근데, 그게 전부라면서요?"

순간 메뉴를 넘기던 하늘의 손도 멈칫 굳었다.

의아한 생각이 든 것도 그때부터였다.

풍호는 물잔을 한 번에 비우며 틈도 없이 말을 이어갔다.

"파리에 친구가 있습니다. 윤 셰프가 있었다는 가게에서 함께 일을 했었다고 하더라고요. 근데 아주 형편없는 친구였다고……."

재준은 순간 제 귀를 의심했다. 하늘도 그런 두 사람의 대화에서 아까부터 눈을 떼지 못하고 있었다.

"뭘 잘못 아신 것 아닙니까?"

아무리 그래도 지욱을 두고 그런 말이 돌았을 리가 없다. 재준은 그렇게 단정하는 말투였다. 하지만 풍호의 비아냥거림은 그 후로도 계속됐다.

"아뇨, 전 바로 들었습니다. 요즘 아마추어 대회들이 얼마나 많습니까? 한데 메달 하나 땄다고 꽤나 뻐기더랍니다."

그러자 재준이 곧바로 그 말을 반박하고 나섰다.

"흠, 윤 셰프가 딴 메달이…… 아마추어 대회의 것은 아니었죠. IKA였으니까. 다른 사람도 아니고 푸드 매거진에서 칼럼씩이나 쓰시는 기자분이 그렇게 말씀하시면 안 되는 거 아닙니까?"

'IKA? 그 남자가 IKA에서 메달을 땄단 말이야?'

더불어 하늘의 눈빛도 휘둥그레졌다.

IKA 독일요리올림픽 혹은 세계요리 올림픽. 정식 명칭은 International Kochkunst Aussetellung로 불리는 이 대회는 4년에 한 번씩 열리는 바로 WACS(세계조리사협회)인증 최고등급 국제대회였다. 몇 안 되는 요리 명인으로 선정되어 있는 '구본길' 씨가

92년도에 한국인 최초로 금메달을 수상하기도 했던. 여하튼. 하늘은 르 꼬르동 블루 출신이란 말에 이어 타인의 입을 통해 처음으로 듣게 된 지욱의 놀라운 이력 앞에 감탄을 금지 못했다. 뿐만 아니라 한순간에 머릿속이 흐리멍덩해지고 말았다.

그러고 보니 언젠가 그 이름을 기사에서 접했던 것 같기도 하다. 세상에, 명색이 푸드 매거진에서 일을 한다는 사람이 정보력이 이렇게나 꽝이라니!

하늘이 자책하는 동안에도 두 남자의 사이의 입씨름은 계속 이어졌다.

"그래도 너무 까칠한 셰프라면 함께 일하기 어렵죠. 주방은 호흡이 중요한 곳인데."

"왜 그런 소문이 났는지 모르겠군요. 지금, 저희 「르 파니에」 주방 스텝들은 호흡이 아주 좋습니다."

휙 날리면 받아치고, 다시 휙 날리면 받아치고, 지금 하늘의 눈에는 두 사람이 대화를 나누는 모습이 마치 사나운 핑퐁 게임을 벌이는 것처럼 보였다. 마치 윤지욱을 사이에 둔.

"그럼 조금 더 지켜봐야겠군요. 뭐, 옛날 얘기긴 하지만 하루는 제 친구 놈이 소스 통을 엎질렀는데 윤 셰프가 아주 잡아먹을 것처럼 화를 내더랍니다. 오너한테 말을 어떻게 전했는지 제 친군 그 일로 가겔 그만둬야 했고요."

재준의 표정이 잠시 굳어졌다. 그러곤 시선을 내려 풍호의 얼굴을 빤히 노려봤다. 소문엔 그가 〈온 더 푸드〉의 사주 아들이란 말도 있고, 언젠가 그쪽 매거진에서 「르 파니에」를 아주 심하게 난도질한 기사를 내보낸 전례도 있었기 때문에 두 사람의 사이는 보이는 것처럼 썩 좋은 관계가 아니었다.

하루에도 요식업을 차리는 오너들은 수십 명씩 되고, 발행된 푸드 매거진은 몇 없다 보니 사업상 싫어도 허허, 하는 관계로 어찌어찌 지내고는 있지만, 사실 재준에게 있어 풍호는 아주 밥맛이고 재수 없는 존재나 다름없었다. 재준은 자칫 노골적으로 드러날 수 있는 적대감을 애써 감춰가며 다시 빙긋 웃는 얼굴로 대꾸했다.

"아마 그 일 때문만은 아니었을 겁니다. 그리고 제 생각엔 그 오너분이 꽤 현명한 판단을 내리신 것 같네요. 그런 부주의한 친구분을 단번에 알아보시고 자르셨으니."

"뭐요?"

"하하, 미안합니다. 농담이었습니다."

옆에서 끼어들 틈도 없이 계속된 두 남자 간의 입씨름은 그렇게 재준이 먼저 꼬리를 내림으로 일단 끝이 나는 듯했다. 그러나 단순히 미안하단 말만 먼저 했을 뿐, 이 유치한 말다툼에서의 승자는 누가 봐도 재준이었다. 그 증거로 풍호는 메뉴판으로 시선을 옮긴 지금까지도 붉으락푸르락해진 얼굴로 킁킁 콧김을 내뿜고 있었으니까.

"그럼 주문하시겠습니까?"

재준은 말을 마치며 허리를 꾸벅 숙였다. 서비스업에 오래 종사하다 보니 자연스럽게 몸에 밴 정중함이었지만 사실 입가엔 얄미운 미소가 살짝 올라 있었다. 보아하니 지욱의 실력에 눌린 어떤 자격지심 강한 요리사 놈이 뒤에서 허튼소리를 떠들어댄 것 같은데 하필 그런 놈과 〈온 더 푸드〉의 강 기자가 서로 친구였던 모양이라고, 재준은 지금 그렇게 생각하고 있었다.

초록은 동색, 가재는 게 편이라더니 다 끼리끼리 노는구나 하는 동서고금을 막론한 판단과 함께.

하지만 아주 다 틀린 말들은 아니었을 것이다. 정말로 1년에 한 번, 윤지욱이 심하게 까칠해질 때도 있으니까.

재준은 특별히 하늘의 눈치를 살피며 다시 말을 꺼냈다.

"주문할 시간 더 필요해요?"

"아뇨, 지금 해요!"

이제껏 두 사람의 얘기 중 별다른 대꾸가 없던 하늘이 갑자기 씩씩하게 목소리를 내놓자, 풍호도 덩달아서 힐긋 그녀를 돌아봤다.

"에스카르고 되죠?"

"물론 되죠."

재준이 씩 웃었다. 하늘이 올 때마다 에스카르고를 빠지지 않고 먹는 걸 알기 때문이다.

"카라멜 라이즈드 어니언 수프, 지금 주문할 수 있나요?"

"네, 됩니다."

"치즈도 살짝 올려주실 거죠?"

"물론이죠."

"메인은……."

하늘이 메인으로 나올 요리를 두고 잠시 고민하는 동안, 재준이 먼저 말을 건넸다.

"오늘은 스테이크 말고 다른 걸로 먹어봐요. 스테이크는 어제도 먹어봤으니까."

"아, 그럴까요?"

이번에는 두 사람이 나누는 대화에 풍호가 관찰자가 되어 있었다. 하늘은 그런 풍호의 시선은 조금도 염두에 두지 않고 재빨리 주문을 이어갔다.

"그럼 비프브루기뇽으로 할게요."

"비프브루기뇽 오케이."

"참, 비프브루기뇽에 밥도 같이 비벼 먹고 싶은데……."

"전달해줄게요."

"음, 그리고 디저트는……."

하늘이 막 디저트를 고르려 할 참이었다.

"윤 셰프가 수플레를 참 잘 만들어요. 아주 기가 막히죠. 어제 못 먹어봤죠? 한번 먹어봐요."

"윤지욱 셰프님이 디저트도 직접 만드시나요?"

풍호의 시선은 이제, 지욱의 이름을 거론하는 하늘의 얼굴에 거의 노골적으로 닿아 있었다. 재준은 그런 분위기를 의식하며 잠시 뜸을 들이곤 대답했다.

"늘 있는 일은 아니고 하늘 씨처럼 스페셜한 손님이 왔을 때? 그래도 맛엔 기복이 없어요. 워낙 실력이 있으니까."

'하늘 씨처럼 스페셜한 손님'이란 재준의 말에 저도 모르게 살짝 미소를 짓던 하늘이 이내 수줍은 기색을 띠며 말을 받았다.

"흠, 수플레…… 저도 자주는 못 먹어봤는데 맛이 어떨지……

기대가 되네요."

이미 지욱의 음식을 한 번 맛본 터라 하늘은 표정엔 기대감이 어리는 걸 숨길 수가 없었다. 게다가 IKA 메달까지 목에 건 실력자라니! 프랑스 요리를 하는 사람 중에 르 꼬르동 블루 출신이 많은 건 사실이지만 IKA 메달은 드물다. 그건 그만큼 실력을 인정받았다는 말이기도 하고, 자신의 커리어를 쌓는 데도 어느 정도 고지에 이르렀단 뜻이었다.

하늘은 잠시나마 그런 사람을 백수 취급했던 제 자신을 한탄하며 이제야 문 앞에 길게 늘어섰던 줄에 수긍을 했다. 재준도 옆에서 덩달아 웃으며 대꾸했다.

"조금만 기다려요. 일단 수프부터 가져다줄게요."

"근데…… 윤지욱 셰프님 오늘은 런치에도 계시나요?"

어제 오후, 집에서 트레이닝복 차림으로 있던 지욱의 모습이 떠올라 문득 던져본 말이었다. 재준은 그 말에 아무렇지 않은 듯 대답했다.

"물론이죠. 헤드 셰프가 피크 타임에 어떻게 자리를 비웁니까. 어제는…… 좀 특별한 경우였어요."

"난 가볍게 오일 파스타 하나만 주세요."

어느새 풍호도 주문을 마쳤다.

"그럼, 준비해드리겠습니다."

재준이 나간 뒤 풍호가 하늘을 보며 물었다.

"어제도 여기 왔었나 보죠? 그런데 약속을 왜 여기에서 또……?"

그 말에 하늘이 반문했다.

"약속은 제가 정한 게 아닌데요."

"아, 하 차장!"

맞다. 오늘 이 자리는 하 차장이 주선한 자리였다. 이제야 그 여우 같은 경쟁사 디렉터의 얼굴이 머릿속에 떠오른 풍호가 무릎을 탁 쳤다.

"근데 하늘 씨는 점심을 항상 그렇게 무겁게 먹습니까? 수프에서 디저트까지? 흠, 이건 그야말로 맞선자리에 나온 상대한테 뽕을 뽑겠단 심산 같은데……."

"마지막 말은 속으로 하셔도 좋았을 뻔했네요. 음, 그리고 항상은 아니지만 차장님께서 오늘 하루만큼은 점심 한 끼 잘 먹고 오라고 하셨어요. 근데 업추비 카드로 계산하시는 거 아니셨어요?"

"소개팅 하러 나오면서 업추비 카드 들고 나오는 놈도 있습니까?"

"아, 저런! 아쉽네요! 저도 오늘은 집에서 바로 나오는 바람에 법인카드를 못 챙겼는데……."

작은 손으로 동그란 이마를 톡 치며 혀를 쏙 빼고 말하는 모습에 얄밉게도 애교가 넘쳤다. 물론 하늘의 입장에선 재준과 날을 세우는 풍호의 모습을 보니까 굳이 첫 만남 자리라고 하 차장의 입장 생각해 조신하게 있을 필요는 없겠다는 계산에서 나온 자연스러운 행동이었을 테지만 풍호의 눈엔 그런 하늘의 모습이 우습게도 마냥 귀엽게만 보였다.

"이 집, 비싼 건 알죠?"

"알죠."

"됐습니다, 그럼."

잠시 후, 주문한 수프와 에스카르고가 함께 나오자 하늘의 입에선 소녀 같은 환호가 터져 나왔다.

"오, 오, 오, 오, 맛있겠다!"

그 모습에 음식을 가지고 들어오던 서버도 픽 웃음을 터뜨렸다.

"음식 간은 입에 맞으세요?"

"네!"

"카라멜라이즈드 된 정도는요? 셰프님께서 여쭤보라 하셨습니다."

"네, 아주 좋네요!"

서버의 질문에 별 의심 없이 대꾸하며 환한 표정으로 남김없이 접시를 비우는 하늘의 모습을 보면서 풍호가 문득 물었다.

"근데 윤지욱 셰프랑은 서로 아는 사입니까?"

사실 아까부터 묻고 싶었던 질문이었다. 서버가 따로 음식에 대한 반응을 묻는 것도 그렇고, 주문을 하는 동안 대화 중에 계속 지욱의 얘기가 나왔기 때문이다. 또 만약 서로 잘 아는 사이라면 그런 사람을 앞에 두고 비난했던 게 내심 마음에 걸렸다.

"사실 아까 제 친구 얘기는……."

그래서 풍호가 먼저 말을 꺼내려고 했을 때였다. 돌연 하늘이 그 말을 잘랐다.

"저기요, 이거 다 먹고 얘기하면 안 될까요?"

"네?"

"음식 나왔는데…… 이것부터 먹고 하자고요!"

솔직하고 담백한 목소리였다.

"아침 안 드셨습니까?"

"아뇨, 먹었어요!"

"그런데도 참 맛있게 드시네요."

"그야…… 맛있으니까요!"

"안 느끼해요?"

"네, 안 느끼한데요?"

"전 느끼한 게 별로라."

"흠, 그러면서 오일 파스타를 드세요? 그거야말로……."

이번에는 풍호가 하늘의 말을 잘랐다.

"그래서 피클 많이 먹으려고요."

솔직히 말하자면, 풍호는 지금 먹는 데는 별 관심이 없었다. 그래서 식사 중에도 틈틈이 시선이 하늘에게 거의 고정되다시피 하고 있었다.

잠시 후, 플레이트의 에스카르고가 모두 동이 난 뒤, 그제야 하늘은 포크를 내려놓으며 시선을 들었다.

"푸드 매거진에 원래 꿈 없으셨죠?"

"꿈 찾아 직업 선택하는 사람이 세상에 몇이나 됩니까? 어머니께서 제가 이쪽 일 하는 걸 좋아하셨어요."

"아, 어머니!"

그 말에 하늘이 동조했다.

"그 점은 저랑 같네요. 저도 이 길에 드는 데 엄마 영향을 참 많이 받았는데……."

이곳에서 와서, 오늘 처음으로 두 사람의 생각이 일치한 순간이었다.

"혹시 어머님께서 무슨 일을 하시는지 물어봐도 됩니까?"

갑작스런 질문에 잠시 당혹스러운 표정을 짓다가도 하늘은 곧 스스럼없이 대답했다.

"음, 저희 엄마는 설치 미술가셨어요. 공원에 가끔 가다 보면 있는 엄청 큰 조각 같은 거 만드는. 물론, 지금은 돌아가셔서 작품만 덩그러니 남았지만……."

"그럼 혹시 아버님은……?"

"저희 아버지는……."

그때 VIP룸이 열리며 서버가 오일 파스타와 함께 비프 브루기농을 가지고 들어왔다.

"주문하신 음식 나왔습니다."

하늘은 테이블 위에 메인디시가 놓이자 음식에서 눈을 떼지 못했다. 아까부터 주문한 음식보다 그런 하늘에게 더 관심을 보여온 풍호는 다시 질문을 던졌다.

"그럼 아버님께서는 무슨 일을……?"

"저, 죄송하지만 이번에도 이것부터 좀 먹고 얘기하면 안 될까요?"

"아, 그래요. 들어요."

풍호는 갑자기 피식 웃음이 다 새어 나왔다. 비프 브루기뇽 자체가 양이 꽤 많아 보이는데도 밥까지 비벼 싹싹 먹고 있는 하늘의 모습을 보며 풍호는 같은 푸드 매거진 계통에서 일을 하지만 이 여자가 정말 먹는 걸 좋아해서 푸드 에디터가 된 게 틀림없다고 생각했다.

그동안의 경험상, 이쪽 세계에서 일을 하는 사람 중엔 정말 음식이 좋아 음식을 먹기 위해 일을 하러 다니는 사람, 반대로 일 때문에 어쩔 수 없이 이것저것 먹으러 다니는 사람, 크게 두 가지 부류의 사람들이 있었다. 그런데 하늘은 아무리 봐도 그중 전자에 해당하는 것 같았다. 그러면서 한편으론 그 모습이 더 정감 있게 여겨졌다. 하늘의 인상이 전체적으로 작고 동그란 얼굴에 뎅글뎅글 눈동자가 큰 편이라 더욱 그렇게 보였다.

"꺄악, 수플레!"

특히 디저트로 블루베리 수플레가 나왔을 때 하늘이 내지른 환호는 그로 하여금 비싼 돈을 지불해 밥을 사줘도 조금도 아깝지 않을 만큼 묘한 기분이 들도록 만들었다. 기실 이쪽 일을 하면서부터는 종종 생기는 쿠폰 덕에 늘 돈이 있어도 쿠폰을 먼저 내밀곤 했었는데 오늘은 그런 마음까지 싹 사라진 것이다.

"소개팅 자리까지 따로 주선하시는 걸 보면 〈엘 푸드〉 하 차장이 하늘 씨를 정말 많이 아끼는 모양입니다."

"음, 그 반대일 수도 있죠. 아낀다기보다 사실은 제가 쓴 기획에 더 관심을 가지시는 편이에요."

"그만큼 하늘 씨가 실력이 있다는 얘기겠죠. 기획력도 좋고."

풍호의 말속엔 어느새 하늘에 대한 호감으로 꽉 차 있었다. 그런데 지금껏 잠자코 풍호의 묻는 말에 대답하던 하늘이 돌연 퉁명스런 대꾸를 내보냈다.

"근데 아까부터 느낀 건데…… 저한테는 점수가 많이 후하신 것 같네요."

"네?"

"조금 전 말씀하시는 걸 잠깐 들었을 땐 타인에 대한 평가가 굉장히 박하신 것 같던데……."

"아, 그건……."

순간 하늘이 그 말을 잘랐다. 아직 디저트가 절반 가까이 남아 있었는데도 지금까지와는 다르게 음식에서 시선을 떼고 고개를 들어 또박또박한 소리로 말하는 모습이 풍호의 입장에선 못내 당황스러울 정도였다.

하늘이 별안간 물었다.

"보신 적 있으세요?"

"네?"

"조금 아까 강 기자님이 말씀하셨던 윤지욱 셰프요, 한 번이라도 직접 보신 적 있으시냐고요."

"아뇨, 만난 적은 없습니다."

하늘은 그 말에 저도 모르게 길게 한숨을 내쉬었다. 그러곤 느릿느릿 자신의 생각을 이어갔다.

"비록 아는 이 몇 안 되는 푸드 매거진에서 기사 몇 줄 쓰는 게 제 일의 전부이긴 하지만…… 전 글 쓰는 사람이라면 더욱 자신의 눈으로 보지 않은 일, 직접 겪지 않은 일에 대해서 함부로 말해선 안 된다고 생각해요. 제 말이 틀린가요?"

"아뇨. 계속해요."

"사실 저도 잘 모르는 상황에서 어느 한쪽을 편들어주고 싶은 마음은 없지만, 아까 보여주신 태도는 솔직히 많이 실망스러웠습니다. 오늘 이 자리, 저랑 소개팅하기 위해 나오셨던 것 아닌가요?"

"맞습니다."

"그럼 말씀하시는 데 좀 더 신중하셨어야 했다고 생각해요. 더 솔직하게 말씀드리면 그때, 강 기자님 인격이 다 드러나 보였어요. 친구분의 말이 사실이든 사실이 아니든, 좋지도 않은 얘기를 굳이 옮기려는 모습이 좋아 보이진 않았고요."

"말씀하시는 게 무섭네요. 꼭 혼나는 것 같습니다."

"불쾌하셨다면 죄송합니다."

"근데 하 차장한테 기획기사를 넘겨줬어요?"

의도했던 게 아닌데 얘기가 길어져버렸다. 그 바람에 아직 다 먹지 못한 수플레를 하늘은 아쉬운 눈길로 바라보며 대답했다.

"그 때문에 만들어진 자리예요. 일 년 넘게 준비한 거였는데, 당신 이름으로 내시겠다고 하시네요."

"그만큼 마음에 들었다는 말이겠죠. 공들여 준비한 부하 직원 기사를 빼앗아가는 게 결코 쉬운 일은 아니었을 테니까."

"그 말씀으로 위안을 삼아야겠네요. 저, 그럼 저는 이만……."

그때였다. 점점 더 앉아 있는 자리가 어색해져 아쉬운 수플레를 남겨놓고 이만 자리에서 일어서려는데, 돌연 풍호가 팔을 뻗어 그 움직임을 제지했다.

"아뇨, 잠깐만요!"

순간, 하늘의 눈이 휘둥그레졌다.

다시 풍호의 말이 이어졌다.

"오늘 이 자리, 솔직히 나도 별 뜻 없이 나온 자리였는데……정말 뜻밖이네요. 서하늘 씨가, 마음에 듭니다."

하늘의 눈빛에 순간 당황한 기색이 어렸다.

"제가, 어떻게 대답할 것 같으세요?"

풍호는 대답을 지체하지 않았다.

"거절할 것 같아요."

"아시면서 왜……."

"느끼셨겠지만 전 성격이 좀 급해요. 속에 뭔가를 담아두는 것도 잘 못하고요. 그래서 거절하시더라도 일단 말씀드리고 싶었습니다."

하늘은 당혹스러운 표정을 감추지 못했다. 물론 조금 전 풍호가 꺼낸 말도 놀라웠다. 하지만 단지 그것 때문만은 아니었다.

어느새 열린 VIP룸의 문.

그 앞에 바로 지욱이 서 있었기 때문이다.

제5화. 스카이 스카이

"방금 나온 VIP룸 오더 윤 셰프가 직접 해."

"내가?"

"어제 컴플레인 들어온 거, 만회해야지."

파스에서 오더를 정리하던 지욱의 손이 흠칫 굳었다.

"일단은 전채로 에스카르고, 준비해주고 다음은 카라멜라이즈 된 어니언 수프…… 치즈 살짝 올려달래."

"안에 누가 있는데?"

지욱은 당황한 표정을 숨기지 못했다. 재준은 그런 지욱의 말을 무시하고 계속 말을 이어갔다.

"메인은 비프브루기뇽, 밥도 비벼 먹고 싶대. 그리고 디저트는 수플레……. 어디 맘껏 실력 발휘해봐. 저쪽에서도 궁금해하는 눈치니까."

'저쪽?'

재준이 신경 써서 직접 주문을 받아온 걸 보니 갑작스레 파워블로거들이 들이닥쳤거나, 잡지에 공들여 레스토랑 리뷰라도 실으려는 모양이었다.

"혹시 기사 내?"

"뭐, 비슷해."

잠시 후 지욱이 양파 색깔이 갈색이 되기까지 불에 볶는 카라멜라이즈드 작업을 하기 위해 직접 채 썬 양파를 팬에 올리고 있는데, 재준이 슬며시 다가와 물었다.

"근데 맞다! 너 오늘 하루 쉰다며? 볼일은? 보고 온 거야?"

"나 지금 불 앞에 서 있는 거 안 보여? 얘기는 나중에."

"흠, 이게 말을 안 하니까 자꾸 더 궁금하단 말이지."

지욱은 순간 눈꼬리를 길게 늘어뜨린 재준의 미소가 불쾌하게 여겨졌다.

"나가! 어디 손도 안 씻고 함부로 주방에 들어와?"

재준과 아웅다웅 실랑이하는 중에 어느새 카라멜라이즈드 어니언 수프는 완성이 되어갔다. 지욱은 평소보다 양을 조금 더 늘린 에스카르고까지 함께 플레이팅해서 접시를 내보냈다.

"음식, 괜찮으냐고 좀 물어봐줘요. 카라멜라이즈드 된 정도도."

재준의 호들갑 때문일까. 여느 때와는 달리 확실히 VIP룸의 손님에게 신경이 쓰였다.

잠시 후, 서버가 돌아와 말했다.

"다 좋으시답니다. 아, 간도 입에 잘 맞으시고요."

비프브루기뇽이 나갈 때도 꽤 신경을 썼다. 비프브루기뇽이 프랑스 버건디 지방의 음식이기 때문에 그 지방에서 생산하는 레드 와인, 피노누아를 썼는지 한 번 더 꼼꼼하게 체크했고, 직접 머랭을 친 수플레는 블루베리를 섞어 연한 보랏빛으로 물들여 시각적으로도 더 돋보이게 만들었다.

그렇게 VIP룸 오더에서 내내 신경을 떼지 못하다가 마지막 수플레까지 모두 나갔을 때, 지욱은 재준의 손에 이끌려 마지못해 VIP룸을 찾았다.

그런데, 문이 열린 순간 당황한 두 발이 흠칫 굳고 말았다. VIP룸 안의 손님이 바로 아래층 여자였기 때문이다. 게다가 곁엔, 어제 보았던 친구가 아닌 다른 남자 손님도 함께였다.

사실 오일 파스타를 빼곤, 오더가 모두 한 사람의 코스 요리 뿐이라 VIP룸 안의 손님에게 일행이 있을 거란 생각을 하지 못했다.

옆에선 재준이 테이블에 앉아 있는 손님에게 번갈아 시선을 주며 말을 건네고 있었다.

"음식은, 입에 맞으셨습니까? 어땠어요, 하늘 씨?"

'하늘?'

순간 지욱이 놀란 시선을 들어 올렸다.

"실은 여기 하늘 씨가 푸드 잡지의 에디터거든. 〈엘 푸드〉라고……. 오랜 단골이 푸드 매거진의 에디터로 있어 나로서도 도움이 꽤 많이 되지. 뭐, 이쪽도 그렇고."

재준은 말을 마치며 풍호에게도 힐긋 시선을 던졌다. 지욱을 향해선 이 자리가 두 사람의 소개팅 자리라고 슬쩍 귀띔해주었다.

어떻게 그 자리를 빠져나왔는지 모르겠다. VIP룸을 나오면서 지욱이 무심코 재준에게 물었다.

"이름이…… 그래?"

"뭐가?"

"저 여자 이름이……."

"아, 하늘? 왜? 하늘이면 안 돼?"

재준은 마침 잘되었다는 듯이 내처 말을 이었다.

"그나저나 나갔다온 일은 어떻게 됐어? 어디, 지금은 불 앞 아니니까 얘기해봐. 너 혹시, 찾는다던 그 사람, 어디에다 부탁하고 온 거 아냐?"

그러나 지욱은 지금 재준의 말을 전혀 듣고 있지 않았다. 아까부터 일순 멍해진 머릿속에 더 이상 다른 말은 들리지도 않는 것이다.

자신이 찾는 사람과 똑같은 이름을 가진 사람이 바로 눈앞에 있다니!

"나 잠깐만 나갔다 올게!"

"왜? 또 어디가 안 좋아?"

마침 피크타임을 벗어난 시간, 지욱은 재준의 걱정 어린 시선도 뿌리치고 무작정 밖으로 나왔다.

가게를 나와, 무심코 하늘을 올려다보다 마침 그곳 창공을 지나던 비행기가 무심코 그의 시야에 들어왔다.

순간 떨림이 멈추질 않는다. 벌써 시간이 꽤 흘렀는데도, 아직도 주춤주춤 심장이 멎을 때가 있다. 그리고 그때마다 어김없이 가슴속엔 한 사람이 떠올랐다.

바로 지금처럼!

그랬다. 그에겐 꼭 한번 만나고 싶은 사람이 있었다.

잘 지내는지, 그 안부가 무척 궁금해지는 사람! 그러면서 잘 지냈으면…… 하고 바라게 되는 사람!

가게를 나오자 조금 전 소개팅을 마치고 나온 하늘이 신호등 앞에 혼자 서 있었다. 지욱은 그때, 마치 무언가에 이끌린 사람처럼 저도 모르게 그 앞으로 다가가 말을 건넸다.

"이름이…… 정말 하늘이에요?"

별안간 떨어진 질문이었다. 하늘은 「르 파니에」가 아닌 이곳에서 지욱을 다시 마주친 게 의외란 듯 고개를 돌려 지욱을 바라보았다.

마침 신호등이 빨간불에서 초록불로 바뀌었다. 하늘은 길을 건너려고 몸을 틀었다. 그러자 지욱이 돌연 팔을 뻗어 하늘의 몸을 돌려세웠다.

"몇 살이에요?"

하늘은 갑작스런 질문에 대답을 머뭇거리며 시선을 들어 올렸다. 지욱은 그런 하늘을 붙잡고 다시 질문을 건넸다.

"말해봐요. 나이가 어떻게 돼요? 스물여섯? 아니면, 일곱?"

눈앞에서 신호등 불빛의 초록색 숫자가 점점 줄어들고 있었다. 하늘은 길을 건너기 위해 붙잡힌 손목을 애써 빼어내며 대꾸했다.

"지금…… 꼭 호구 조사 나온 구청 직원 분처럼 굴고 계신 거 아세요?"

그러나 지욱은 그런 하늘의 말에도 개의치 않고 다시 물었다.

"어머니가 안 계시는 것 같던데……."

처음엔 비교적 농담도 곁들여가며 여유 있게 대꾸하던 하늘의 표정도 결국 어두워졌다. 표정이 없어지고, 다음엔 말이 없어졌다. 그러나 지욱은 뭔가에 홀린 사람처럼 하늘을 붙들어두고 속에서 나오는 질문들을 자꾸만 내던졌다.

"어머니, 언제 돌아가셨어요? 어떻게 돌아가셨는지 나한테 얘기해줄 수 있어요?"

"내가…… 그런 얘길 왜 윤지욱 씨한테 해야 하죠?"

결국 참다못한 하늘에게서 퉁명스런 대꾸가 날아왔다. 또한 지욱도 그제야, 비로소 정신이 번쩍 들었다.

아, 내가 지금 여기서 뭘 하고 있는 걸까?

"미안합니다."

뒤늦게 사과의 말도 던졌고, 붙잡았던 손도 놓아주었다. 하지만 왠지 모르게 발을 뗄 수가 없었다.

지욱은 하늘이 떠난 뒤에도 한참을 그 자리에서 움직이지 못했다.

"나랑 얘기 좀 하자."

지욱이 다시 가게로 돌아왔을 때, 재준은 기다렸다는 듯이 지욱의 손을 붙잡아 세웠다. 한껏 진지해진 눈길의 재준은 다시 조심스럽게 말을 꺼냈다.

"아무리 생각해도 느낌이 이상해서 말이야. 그동안 아무렇지 않게 잘 지내오던 놈이 갑자기 저 버리고 떠나간 친엄마 찾자고 여기까지 날아왔을 것 같진 않고……. 너, 뭐 있지? 뭐 있는 거 맞지?"

재준은 순간 저절로 내쉬어지는 긴 한숨과 더불어 다시금 천천히 말을 이어갔다.

"사실 전부터 얘기하고 싶었는데 너 정식으로 상담 한번 받아보는 건 어때?"

"상담?"

그 말에 지욱도 놀란 눈을 했다.

"내가 곰곰 생각해봤는데…… 시간이 이렇게 지났는데도 해 바뀔 때마다 그날만 되면 힘들어하고…… 너 전에 사진 찍어도 아무 이상 없다고 했다며! 그거 다 여기 멘탈에 문제가 있어서 그런 거야. 아니, 지금 와 이럴 게 아니라 처음 사고 났을 때, 그때 치료했어야 했는데……. 정신과 상담 받는 게 뭐 대수냐? 요샌 미친놈들 아니고도 정신과 닥터 많이 만난대. 앉아서 사는 얘기, 이런 얘기 저런 얘기 하고 있으면 마음도 한결 편해진다더라."

"필요하면 내가 알아서 받아."

지욱은 재준의 제안을 딱 잘랐다.

"인마! 네가 알아서 하긴 네가 뭘 알아서 해! 그러면서 왜 지금까지 그 사고에서 못 헤어 나오는데?"

"형!"

"다시 한 번 말하지만 그건 사고였어! 너랑은 아무 상관 없는……! 너 내가 노파심에 미리 말해두는데 뭐가 됐든 공연히 들추고, 헤집고 그런 짓 하지 마라. 말했지! 거기에서 놓여놔야 네가 편해!"

지켜보는 재준의 입장에선 당연히 걱정이 되어 하는 말이겠지만 아무것도 하지 말라고, 그래서 들추고, 헤집지도, 무조건 놓여놔야 한다고만 하는 재준의 말에 지욱도 결국 발끈했다.

"형은 아무것도 모르면서 그렇게 말하지 마!"

지욱이 답답해서 외친 말을 이번엔 재준이 가로막았다.

"그래서? 기어이 찾겠다고?"

그 말에 지욱이 의미심장한 눈빛으로 대답했다.

"형, 사람이 자기 일에서 인정받고, 돈을 버니까 좋은 게 뭔 줄 알아?"

"그게 무슨 소리야?"

"사람 찾는 게…… 좀 쉬워졌어."

"뭐? 너 그럼 진짜……!"

재준은 혹시나 하는 마음에 놀란 표정으로 말을 삼켰다. 바로 지욱의 대수롭지 않은 대꾸가 이어졌다.

"맞아. 오늘 여기 오기 전에 심부름센터에 부탁하고 왔어. 오래 안 걸린대. 찾을 수 있대. 내가 아는 거, 아주 못 찾을 정보 아니래. 이렇게 쉬운 길을…… 그동안 왜 돌아왔나 몰라."

그렇게 말을 하는 지욱의 표정엔 약간의 기대마저 담겨 있었다.

"대체 만나서 어쩔 건데? 뭐, 계획이라도 있어?"

지욱은 따지듯이 묻는 재준의 질문에 한참 만에 대답할 태세를 갖추었다.

"아니, 없어. 그런데 그냥 궁금해. 보고 싶을 뿐이야. 잘 지내는지…… 잘 지내왔던 건지…… 직접 내 눈으로 봐야 마음이 놓일 것 같아."

더불어 지욱의 눈빛은 무언가를 간절히 찾고자 하는 절실함으로 빛이 났다.

재준은 그런 지욱을 보며 불쑥 소리쳤다.

"윤지욱, 이 지독한 놈. 너 이거, 확실히 PTSD야!"

PTSD. 외상 후 스트레스 장애. 재준은 아무리 생각해도 지욱이 외상 후 스트레스 장애를 앓고 있다고 생각했다.

지욱은 열여덟에 비행기 사고를 겪었다. 이륙 도중 그가 타던 비행기가 갑작스럽게 새 떼와 충돌했고, 엔진이 멈춘 동체는 곧 크게 흔들리며 추락했다. 공포에 질려 비명조차 나오지 않던 상황에서 그는 한 사람을 만났고, 처음으로 생과 사를 눈앞에서 경험했다.

위험천만하고 다급한 상황에서도 자신에게도 그만한 딸이 있다며 생면부지 그의 손을 꽉 잡아주던 사람! 그리고 괜찮을 거라고 위로해주던 사람!

그 사람은 가까스로 강에 불시착한 이후 찢어진 동체 사이로 물이 마구 차올라 기체가 가라앉고 있는데도 먼저 나가라며 출입구로 그의 등을 떠밀었다. 그러곤 가라앉던 비행기에서 미처 빠져

나오지 못하고 결국 목숨을 잃었다.

바로 옆자리에 나란히 탑승했던 두 사람 중 그렇게 한 사람은 죽고, 한 사람은 살아남은 것이다.

어린 마음에 죄책감을 쉽게 떨쳐버릴 수가 없었던 지욱은 그때부터 인생이 완전히 뒤바뀌었다. 영재 소리를 듣고, 일찌감치 진학한 PCEM 과정을 중도에 그만둔 것은 물론이며, 몸과 마음을 어느 정도 추스른 다음부터 그 사람의 딸을 찾아 나서기로 마음먹었다.

그러나 사람 하나를 찾는 일은 생각만큼 쉽지 않았다. 더욱이 정확한 성도, 나이도 모르는 상태에서 단지 잠깐 보았던 얼굴과 전해 들은 이름만으로 기억을 더듬어 사람 하나를 찾아내는 일은 그야말로 사막에서 바늘 찾기만큼이나 어려운 일이었다.

지욱은 아쉬운 마음에 괜스레 울리지 않는 휴대폰을 손에 꽉 쥐어보았다.

만나게 되면 좋은 거고, 아니면…… 말기로 하자. 그게 처음부터 갖고 있던 생각이었다. 솔직히 반드시 만날 수 있을 거란 기대도 없었다. 그래서 초조함 같은 건 당연히 없을 줄 알았다.

그런데…… 가끔씩 이렇게 가슴이 답답해지는 걸 보면 아무래도 눈으로 확인하고 싶은 게 있었던 모양이다.

아무리 얽매이지 않으려 해도 순간순간 떠오르는 기억의 파편! 쉽사리 떨쳐지지 않는 마음속 깊은 죄책감!

시간이 지날수록 지욱에겐 한 사람을 만나는 일이 잃어버린 한 조각의 퍼즐 찾기처럼 느껴졌다.

그걸 완성하고 나면 비로소 자유로워질 수 있겠지. 그 사람이 행복한 모습을 보고 나면…… 그렇게만 되고 나면……!

그날 밤, 지욱은 집으로 돌아오던 엘리베이터 앞에서 다시 하늘을 만났다. 슬금슬금 눈빛만 겨우 마주친 어색한 인사가 오가고, 엘리베이터가 내려오기를 잠시 기다리는 동안 지욱이 먼저 말을 건넸다.

"아깐 놀라셨죠? 당황하셨다면 미안해요."

사실 지금도, 왜 그랬는지 알 수 없었다.

갑자기 눈앞에 서 있는 이 여자가 자신이 찾는 사람일지도 모른다는 착각이 들었고, 그래서 무작정 다가갔다. 원하지도 않는 질문을 묻고, 또 물으면서 그 순간 기대했던 대답은 무엇이었을까.

다시 생각해도 기가 막힌 일이었다.

지욱은 거듭 사과했고, 하늘은 어색하게 고개를 숙였다.

그 순간, 슬며시 던진 지욱의 시선이 저도 모르게 하늘의 얼굴을 향했다.

자신이 찾는 사람과 같은 이름을 가진 여자!

그러나 처음엔 당혹스럽기만 하던 기분도 시간이 지날수록 점차 덤덤하게 변해갔다. 하긴, 세상에는 이름이 같은 사람쯤은 얼마든지 있으니까.

언젠가 재준도 그랬다. 나이 서른에 군대라는 걸 갔더니 부대 안에 김재준, 박재준, 이재준…… 재준이들이 무려 셋이나 있더라고.

그런데 하늘이 들고 있던 봉지 속 내용물에서 아까부터 떡볶이 냄새가 솔솔 풍겨났다. 늦은 시간, 요깃거리를 위해 사들고 온 양손의 봉지에는 길거리에서 흔히 볼 수 있는 분식집의 떡볶이 말고도 편의점에서 막 사온 듯한 사발면들이 가득 들어 있었다.

마침 엘리베이터가 도착했고, 나란히 그 안으로 오르며 지욱이 다시 말을 건넸다.

"그게 저녁이에요?"

"네, 뭐."

점심과는 전혀 다른 메뉴, 다른 방식의 식사였다. 뻣뻣하게 봉지를 들고 서 있는 모습이 그다지 좋아하는 것 같지도 않았고, 지욱의 눈에는 그냥 하릴없이 한 끼 때우는 것처럼 보였다.

그렇게, 엘리베이터가 7층에 멈춰 섰을 때였다. 이런 지욱의 시선을 의식한 듯 서둘러 엘리베이터에서 내리던 하늘이 지나듯이 말했다.

"좋아한다고…… 만날 프렌치 레스토랑만 갈 순 없으니까요."

당연한 얘기다. 그러나 지욱은 그때, 이상하게도 그 말이 머릿속에 박혔다.

며칠 뒤, 「르 파니에」가 마감 시간을 훌쩍 지나서였다. 가게 정리를 마치고 주방에 있던 스텝들이 한꺼번에 우르르 가게 밖으로 빠져나가는데, 그들 중 한 스텝이 나가려다 말고 돌연 걸음을 되돌려 지욱에게 다가왔다. 그는 지욱의 손에 노란 서류봉투 하나를 내밀었다.

"저…… 셰프님, 낮에 레스토랑으로 우편물이 왔어요."

그 말에 지욱이 놀란 시선을 들어 올렸다.

"등기로 온 걸 제가 받아놓고 있었는데 중간에 전해드린다는 깜빡……. 죄송합니다."

꾸벅 고개를 숙인 스텝의 손에서 봉투를 건네받은 지욱은 혹시나 하는 마음에 조심스럽게 봉투 겉면의 발신인을 살폈다. 그러곤 후다닥 봉투를 열고 안의 내용물을 확인했다. 기다렸던 것인 양 그 동작이 더 빨라졌다.

그런데 그때, 재빨리 봉투를 열고 내용물을 끄집어내던 지욱의 머릿속이 봉투 안에서 흘러나와 바닥에 떨어진 한 장의 사진을 줍다 그만 멍해지고 말았다.

누구인지, 한눈에 알아봤으니까.

제6화. 초록색 런치박스

　며칠 전부터 702호의 집 앞 문고리에는 초록색 런치박스가 걸리기 시작했다. 가끔 우유 넣고, 계란도 넣고, 요구르트도 넣고 하는. 다른 게 있다면 이 집으로 배달되어 오는 건 그런 간편 식품이 아닌 누군가 직접 만든 요리라는 것이다. 그것도 프렌치.

　오늘로 벌써 일주일째다. 그동안 하루도 빼놓지 않고 어떤 날은 그라탕과 크루아상이, 어떤 날은 오믈렛이, 어떤 날은 과일과 생크림이 듬뿍 든 크레프가 담겨 있어 이 집에 사는 두 여자를 황홀하게 만들었다.

　그런데 더욱 의아한 건 이 런치박스가 대체 어디서부터 오는지 알 수 없다는 것이다. 박스 겉면에는 상표도, 흔한 전화번호도 한 줄 적혀 있지 않다. 새벽마다 문 앞에 지키고 서서 음식을 놓고 가는 사람의 얼굴이라도 확인하려 든다면 모를까…… 불행히도 702호에 살고 있는 두 여자는 아침잠이 많았다.

　주말인 오늘도 문 앞엔 초록색 런치박스가 걸려 있었다. 잠깐 편의점에 다녀오겠다며 나갔던 미연이 문고리에 걸려 있던 초록색 런치박스를 집어 들고 와 하늘의 손에 내밀었다. 박스를 개봉하자, 베사멜 소스와 고소한 치즈 향기가 코를 찔렀다. 오늘의 메뉴는 크로크 무슈였다.

　"밥하기 귀찮아 라면이나 끓여 먹을까 하고 편의점 잠깐 다녀왔는데 그사이 걸어놨네."

　처음엔 '잘못 온 거겠지.' 생각했다. 그래서 손을 대지 않았다. 그러다가 '음식이 상하기 직전 아까우니까 먹자!'로 생각이 바뀌어 그 맛에 홀린 이튿날부터는 초록색 런치박스를 보는 순간 너나할 것 없이 맛있게 먹어치웠다.

　그렇게 며칠째 계속되어오던 두 여자의 궁금증 하나.

　'누가 이걸 갖다 놨을까?'

　하늘이 걱정스레 물었다.

　"이렇게 계속 받아먹기만 해도 되는 걸까?"

　"나중에라도 혹시 진짜 주인이 나타나 먹은 것 다 물어내라 하면…… 요즘 세상에 공짜가 어디 있어."

　걱정은 그렇게들 하면서 벌써 치즈 향기의 유혹을 이기지 못하고 크로크 무슈 한 조각을 입안 가득 베어 문 두 여자였다.

　"어찌 됐든 야, 환상! 환상이다! 잘나간단 브런치 카페에서도 이런 건 못 먹어본 것 같아!"

　짧은 시간 내에 런치박스의 내용물은 어느새 바닥을 보이고,

물을 찾아 냉장고 앞으로 걸어간 미연이 문득 떠오른 생각에 하늘을 돌아보며 외쳤다.

"야, 그 사람이다!"

그러더니 미연은 무언가 대단한 사실이나 알아낸 것처럼 흥분해 점점 더 뒤떠들어댔다.

"런치박스 그거, 그 사람이 갖다 놓은 거 아니니?"

어려서도 '셜록 홈즈'니 '애거서 크리스티'니 탐정 소설을 그렇게 좋아하더니 갑자기 기운 뻗칠 일이 생겼다는 사실에 미연은 마냥 흥이 나는 모양이었다.

"생각해봐. 업체명도 없어, 전화번호도 없어. 그럼 누가 개인적으로 갖다 놨다는 건데, 여기 너랑 나랑 둘이서 같이 산 게 벌써 몇 년이냐. 그동안 한 번이라도 이런 거 받아본 적 있어?"

"……."

"없지? 처음이잖아! 오오, 답 나와. 딱 나와. 우리 위층에 사는 프렌치 셰프! 현관 앞에 걸려 있는 런치박스도 프렌치! 뭔가 아귀가 딱딱 들어맞지 않아? 으하하! 내가 이 길 안 들었으면 경찰대 가려고 그랬어! 느낌이 와. 확실해. 그 남자야!"

폼 나게 제복이 입고 싶었던 미연의 어려서부터의 꿈은 정말 경찰이었다. 물론 그것은 일정 부분, 군인 출신이었던 그녀의 아버지 영향이 컸던 것으로 미루어 짐작되지만.

하늘은 흥분해 떠들어대는 미연을 보며 도무지 이해할 수 없다는 듯 고개를 내저었다.

"좋아! 그렇다고 쳐. 네 말이 맞다 치자고. 그럼 이유는?"

"이유?"

갑자기 말문이 턱 막힌다.

"이유가 뭔데? 매일같이 그 사람이 우리 집 현관 앞에 런치박스를 갖다 놓는 이유."

"그거야……."

미연은 말을 잇지 못했다.

"네가 생각해도 너무 개연성이 떨어지는 말 아냐?"

"흠."

미연은 다시 생각에 잠겼다.

"그럼 혹시 우리 중 누군가를 마음에 둔 사람이 보냈다던가?"

기대감에 찬 말들을 하늘은 이번에도 중간에서 끊었다.

"잘못 배달 온 걸 거야. 또, 운이 좋게 그게 우리 집으로 배달된 걸 거고. 두고 봐. 런치박스고 뭐고 며칠 안 가 흔적도 없이 자취를 감출 테니까."

"그게 논리적으로는 그렇긴 한데…… 이상하게 감이 확실히 그쪽이란 말이야."

미연은 여전히 자신의 주장에 대한 미련을 버리지 못했다. 그런 미연을 향해 설레설레 고개를 내저으며 하늘이 성큼 가방을 집어 들고 일어섰다. 이미 하늘은 외출 채비를 완전히 갖추고 있었다.

"어디, 나가?"

"출근!"

"주말에?"

"주말이 어디 있어? 마감이 코앞인데!"

하늘은 현관문을 열어젖히며 소리쳤다.

"이야, 날씨 좋~ 다!"

어느새 베란다로 걸어간 미연도 창문을 활짝 열어젖히더니 기지개를 켰다.

"이 눈부신 봄날에 너나 나나 꽃구경 갈 애인 하나 없이 이게 무슨 꼴이니?"

창밖은 정말 완연한 봄이었다. 포근한 봄바람에 꽃잎이 눈꽃처럼 흩날리는 나른한 봄.

"우리 교감샘이 월요일까지 연간학습 계획서 제출하란다. 아, 고3이 계획서는 무슨 계획서냐고! 세워봤자 애들은 자습 시켜달라 아우성인데. 한 교실에 1등부터 마지막 등수까지 쭉. 그거 좀 너무하지 않니? 난 백 번을 더 생각해도 누구 수준에 맞춰줘야 하는지 정말 모르겠더라."

미연은 현관에서 구두를 신고 있는 하늘이 듣거나 말거나 푸념 섞인 한숨을 늘이며 뒤떠들어댔다.

"이미 마음 뜬 애들은 수업도 안 듣는다니까. 눈앞에 선생이 있건 말건 전혀 상관도 안 해. 그렇다고 이건 체벌을 할 수 있나. 어제도 한 놈이 내 머리 꼭대기까지 기어오르는데 이걸 엎을까 말까 머리가 터지도록 고민하다 간신히 참았다. 참고 나니 가슴은 새까맣게 타들어가지, 애들 상대하는 것만으로도 힘들어 죽겠는데 젊다고 일은 다 나한테 몰아주고. 그러면서 생활지도 못한다고 잡기는 들입다 잡아요! 아아, 사는 게 고행이다. 고행이야!"

베란다 창을 열고 실컷 푸념하던 미연은 혹시나 위층에서 다시 항의가 들어올까 황급히 입을 다물다 돌연 무슨 생각이 떠올랐는지 손뼉을 탁 치고 중얼거렸다.

"아, 맞다. 근데 요즘 위층 셰프, 왜 이렇게 잠잠하니?"

하지만 이미 하늘은 밖으로 나간 뒤, 대꾸하는 사람은 없었다.

엘리베이터를 기다리며 하늘은 전화를 집어 들었다. 그러곤 메시지 창을 열고 풍호에게 보낼 문자메시지를 입력했다.

[혹시, 저희 집에 도시락 보내셨어요?]

조금 전, 미연에겐 딱 잘라 아니라고 말했지만 솔직히 하늘의 머릿속에도 혹시나 하는 마음이 여전히 사라지질 않고 있었다. 게다가 풍호와는 집 앞에 런치박스가 오기 바로 직전 소개팅을 했고, 또 마음에 든다, 한번 만나보자 시원하게 밀어붙인 남자였으니, 아무리 고민해봐도 이 사람밖엔 없다는 생각이 들었다.

아마도 프렌치를 좋아하는 자신의 취향을 그날, 「르 파니에」에서 읽고, 부러 프렌치 도시락으로만 골라 보내는 것이리라.

메시지를 보내자 금세 전화벨이 울렸다. 힐긋 고개를 들어보니 꼭대기까지 올라갔던 엘리베이터가 잠시 8층에서 멈춰 서 있었다. 하늘은 통화 연결 버튼을 눌렀다. 그러자 곧바로 풍호의 목소리가 들렸다.

―도시락이 왔어요?

마침 멈춰 선 엘리베이터에 오르자 먼저 탄 지욱이 가볍게 목
례를 해왔다. 하늘도 덩달아 이웃 주민들 간에 흔히 할 수 있는 눈
인사를 건네곤 전화를 귀에 바짝 대고 작은 목소리로 대답을 이어
갔다.

"도시락, 그쪽이 보낸 거 아니에요?"

잠깐 지욱과 눈이 마주쳤다. 하늘은 재빨리 몸을 틀어 풍호의
대답에 귀 기울였다.

―난 집도 모르는데? 그날, 데려다준다니까 싫대서 식당 앞에서
바로 헤어졌잖아요?

'흠, 정말 아닌가?'

하늘이 잠깐 생각에 잠겨 있는 사이, 다시 풍호의 목소리가 들
려왔다.

―아니라서 실망한 겁니까? 이럴 줄 알았으면 하 차장한테 집
주소를 물어보기라도 할 걸 그랬나 봅니다.

좁은 엘리베이터 공간에서 전화 목소리가 너무 크게 들린다.
비록 돌아선 채 서 있지만 아까부터 등 뒤에서 자신을 보고 있는
위층 셰프의 시선이 느껴지는 것도 같고. 그래서 하늘은 서둘러
전화를 끊으려고 했다.

"아니시면 됐어요. 그럼 이만……."

그런데 그 목소리를 풍호가 다급히 붙잡았다.

―잠깐만! 전화 끊지 마요. 흠, 아무래도 하늘 씨를 마음에 둔

사람이 나 말고도 또 있는 것 같은데요?

하늘은 혹시나 이 말이 또 들렸을까 싶어 전화를 더 귀에 바짝 댄 채 힐끗 뒤를 돌아봤다. 하필 지욱과 눈이 딱 마주치자 목소리는 더 기어들어갔다.

"밥 한 끼 먹은 게 전부인 사이에 마음에 두었다는 표현은 좀……."

그런데 그때, 수화기를 타고 별안간 풍호의 목소리가 날아왔다.

–저녁에 뭐 해요?

그 목소리가 지금까지 중 가장 컸다.

"저녁엔 약속 있어요!"

하늘은 깜짝 놀라 서둘러 대답을 내보내곤 황급히 전화를 끊어버렸다.

통화를 마치고 났더니 엘리베이터가 이미 1층에 멈춰 서 문이 열리고 있었다. 그런데 둘 다 아무도 움직이려 하지 않았다. 분명 볼일이 있어 엘리베이터를 타고 내려왔을 텐데 가만히 서 있는 모습이 이상해 하늘이 먼저 입을 뗐다.

"안 내리세요?"

"아, 먼저 내리시라고요."

순간, 하늘의 입에서도 피식 웃음이 새 나왔다.

이 남자 입에서 어울리지 않게 저런 매너가 나오는 게 우스웠다. 그럴 거면 처음부터 라디오 소리 시끄럽다고 아래층까지 달려 내려오질 말든가.

문이 다시 닫히려고 하고 있었다. 하늘은 서둘러 문 열림 버튼을 누르며 지욱 쪽을 힐긋 돌아봤다. 누가 먼저 내리든 나중에 내리든 그런 걸 두고 실랑이하는 것도 사실 우습지만, 그래도 아까부터 자신을 향해 있는 시선만큼은 확실히 신경이 쓰였기 때문이다.

그런데 그때, 지욱이 대뜸 말을 걸어왔다.

"프렌치 말고 또 뭐 좋아해요?"

갑작스런 질문을 받고 하늘은 당황해서 선뜻 대답이 나오지 않았다.

"그걸…… 왜……?"

하늘은 느릿느릿 질문을 되돌렸다. 그러자 지욱은 다시 질문을 고쳐 물었다.

"그때 그 소개팅했던 남자하고는…… 계속 연락하는 겁니까?"

"그걸…… 왜 물어보시는 거예요?"

하늘은 다시 톡 쏘았고, 지욱을 의아한 눈빛으로 바라봤다. 이 남잔 만날 때마다 무슨 질문들이 이렇게 많을까? 그때까지도 지욱의 시선은 거의 고정되다시피 하늘을 향하고 있었다. 하늘은 문득 그 눈빛이 부담스럽게 느껴져 서둘러 시선을 끊어냈다.

"아무리 이웃 간이라도…… 너무 개인적인 질문은 좀 그렇지 않을까요? 지난번에도 그것 때문에 사과까지 하셔놓고……."

하늘은 얕게 흘러나오는 한숨과 함께 다시 말을 이어갔다.

"죄송하지만…… 먼저 가보겠습니다."

하늘은 황급히 엘리베이터에서 내리며 말했다. 그러곤 어색하게 인사하며 돌아섰다.

우연히 엘리베이터에서 하늘을 만난 뒤, 아니 정확히는 엘리베이터에서 풍호와 통화하는 하늘의 모습을 보고부터 지욱의 마음은 전에 없이 심란해졌다. 물론 공치사를 하고 싶었던 건 아니었다. 하지만 엉뚱한 사람이 하늘의 지목을 받는 현실엔 저도 모르게 발끈하고 만 것이다.

그러나 지욱은 다시 마음을 추슬렀다. 그러곤 집을 나오면서 처음 계획했던 대로, 차를 몰아, 집 앞에 가까운 마트가 있는데도 불구하고 멀리까지 장을 보러 나섰다. 간단한 재료들은 작은 마트에서도 얼마든지 구할 수가 있지만 아무래도 정통 프렌치에 들어갈 식재료랄지, 신경 써서 음식들을 만들다 보면 이것저것 필요한 게 많았기 때문이다.

지욱은 부지런히 발품을 팔아 일주일 동안 집에서 음식을 만들면서 부족했던 것들을 미리 메모해두었다가 식재료부터 조리도구까지 모두 구입했다. 그러고는 가장 마지막에 한 소품 점에 들러 집어 든 것이 바로 초록색 런치박스였다. 한 번 쓰고 회수해올 수가 없다 보니, 생각보다 런치박스는 더 많은 양이 필요했다.

"또 오셨네. 그때도 사가셨잖아요?"

"이 런치박스, 서른 개 정도 더 구매할 수 있을까요?"

30개. 그래봤자 한 달여 분량이다. 그러나 사정을 모르는 가게 주인은 눈이 휘둥그레져 지욱을 보았다.

"어디, 영업하세요?"

지욱은 그 말에 말없이 피식 웃기만 했다. 그러곤 신이 나서 런치박스 30개를 포장하고 있는 가게 주인의 손을 말끄러미 지켜보았다.

초록색 런치박스!

이걸 어떻게 설명할 수 있을까. 이 먹먹함을!

사실 처음부터 도시락을 보내려고 생각했던 것은 아니었다. 솔직히 봉투에서 떨어져 나뒹구는 사진 한 장을 주워 들었을 땐, 그어떤 것보다 놀라운 마음이 더욱 컸다. 찾았구나 하는 안도감, 그리고 반가움이 들기 이전에 이미 만났구나, 만났었는데 미처 알아보지 못했구나, 라는 안타까움에 잠시 머릿속이 멍했었다. 그러곤 생각지도 못했던 만남이 자꾸만 거듭되면서 가슴이 경중경중 뛰었다.

마치 무언가 거대한 손이 시간의 흐름을 타고 이렇게 이끌어준 것처럼, 우연히 위 아랫집에 살게 되고, 그 사람이 오랜 세월 걸음 한 레스토랑의 헤드 셰프를 맡게 되고, 그동안 아무리 채우려 노력해도 쉽게 차오르지 않던 것들을 어쩌면 채울 수도 있을지 모른다는 기대감에 휩싸였다.

그러나 그것은 가만히 있어도 저절로 채워지는 것들이 아니었다. 스스로 무언가를 해야 했다. 그리고 그 무언가를 위해 그는 며칠 동안을 고민했다.

내가 해줄 수 있는 게 무엇일까.

내가, 잘할 수 있는 게 무엇일까.

그러던 어느 날, 지욱은 출근하던 막내 스텝을 불러 세웠다. 그 손에 들려 있던 겨자색 박스 하나가 눈에 띄어서다.

"손에 든 거, 그게 뭡니까?"

"네, 이거요?"

혹시 지각 한 번 한 걸 갖고 뭐라고 하는 건가? 하루 새 까칠하게 변해버렸던 셰프의 갑작스런 추궁이 당혹스러웠던 막내 스텝이 더듬더듬 대답했다.

"러, 런치박슨데요? 배달시켜 아침으로 먹는 건데 오늘은 시간이 없어 가게로 가져왔습니다. 가져와서…… 먹으려고요."

'런치박스?'

지욱의 눈빛이 일순 가늘어졌다.

"보온 보냉팩을 같이 넣어서 주는데 어떤 음식이든 꽤 신선하게 먹을 수 있더라고요. 빵 종류도 있고, 간단한 샐러드 종류도 있고……. 셰프님도 연락처 하나 가르쳐드릴까요? 배달시켜 드실래요? 아차, 셰프님은 직접 만들어 드셔도 되겠구나."

말을 하고서도 민망해 막내 스텝은 피식 웃었다. 마음만 먹으면 무엇이든 만들 수 있는 프렌치 레스토랑의 헤드 셰프가 고작 자신의 점심 한 끼를 해결하려 도시락을 배달해 시켜 먹을 리는 없다는 생각에서였다.

하지만 지욱은 거기에서 작은 아이디어 하나를 얻었다.

잠시 후, 막내 스텝을 돌려보내고 난 뒤, 지욱은 머릿속에 조금 전 스텝의 손에서 보았던 겨자색 런치박스 하나를 다시 끄집어냈다.

동시에, 떠오르는 말도 있었다.

'좋아한다고…… 만날 프렌치 레스토랑만 갈 순 없으니까요.'

그의 입가에 이내 호선이 그려졌다.

뭔가 방법을 찾은 느낌이었다.

사실 처음에는 이 감정이란 것에 명확한 선이 그어질 줄 알았다. 시간이 지나도 좀처럼 잊혀지지 않는 그날의 기억! 내면에 남아 있던 죄책감을 조금이라도 덜어내기 위해 단지 그 사람을 만나 확인하고 싶었던 것뿐이었으니, 찾는 사람을 만난다고 해도 그의 생활에는 크게 달라지는 일이 없을 줄 알았다.

그러나 막상 자신이 찾던 사람을 직접 만나게 되자, 그동안 잘 지냈는지, 잘 지내왔는지 눈으로 확인하는 선에서 마음이 멈추어지지 않았다.

아주 조금씩, 조금씩 자라나는 마음! 그리고 그럴 때마다 그의 몸 안에는 항상 정체를 알 수 없는 무언가가 조금씩 더 자리를 채워갔다. 아무도 모르는 사이에 그렇게 그의 안에서 싹을 틔우고 자라나는 무엇!

자신이 찾던 사람!

하늘이란 이름을 가진 이 여자에게, 자꾸만 더…… 더 무언가를 해주고 싶었다.

초록색 런치박스는 바로 그 시작이었다.

"이제 레스토랑 리뷰 하나만 남았나?"

"네, 차장님!"

"뭐, 서하늘이야 맡은 일 하나는 똑 부러지게 하니까 그건 걱정할 거 없고. 자, 그럼 퇴근들 할까?"

저녁 시간대를 훌쩍 넘어서야 오탈자와 씨름하던 편집의 막바지 작업이 끝이 났다. 하 차장의 입에서 먼저 퇴근 이야기가 나오자 다들 환호를 보냈고, 하늘은 오늘도 몇 차례나 울려댄 휴대폰을 손에 꾹 쥐며 조용히 하 차장의 책상 앞으로 다가섰다.

"차장님! 저 좀 보시죠."

"잘됐네. 나도 오늘은 너랑 꼭 술 한잔 같이할 생각이었는데."

하늘의 제안을 하 차장은 흔쾌히 수락했다.

두 여자는 그렇게 저녁도 먹을 겸, 철판 위에서 노릇노릇 익어가는 오꼬노미야끼를 배경 삼아 꽤 많은 양의 술을 마셨다.

평소 회식 때마다 물귀신처럼 늘어지는 하 차장의 주량은 아직 확인된 바 없다. 다만, 확인할 수 있는 건 그동안 하 차장과 대적한 수많은 사람들이 추풍낙엽처럼 획획 쓰러져갔다는 것이다. 혼자서도 소주 두 병은 거뜬히 마시던 하늘 역시도 이런 하 차장 앞에서는 무사귀환을 장담할 순 없었다.

술내기만큼 세상에 미련한 일도 없다던데 오늘, 독이 단단히 오른 두 여자는 뭔가 작심이라도 한 사람처럼 눈싸움을 벌이며 그때그때 앞에 놓인 잔들을 비워냈다. 주거니 받거니, 말도 없이 쓰디쓴 소주만 목구멍으로 넘기다 불현듯 하늘의 전화벨이 울렸다. 발신인을 확인한 하늘은 전화를 받는 대신 대뜸 먼저 입을 열었다.

"차장님, 저한테 진짜 왜 이러세요? 기사 빼앗아놓고 소개팅이 말이 돼요? 오늘만 전화가 벌써 다섯 통째예요! 그렇다고 마감이 코앞인데 전화를 확 꺼놓을 수도 없고 이제 어쩌실 거예요?"

그런데 그때, 하늘과 마찬가지로 술기운이 어느 정도 오른 하차장의 입에서 전혀 생각지도 못한 대꾸가 흘러나왔다.

"너, 정말 서준석 의원 딸이야?"

순간 하늘이 움찔했다. 하 차장은 그런 하늘을 보며 눈을 가늘게 떴다. 사실 오늘 하늘을 불러내 술을 한잔하려고 했던 이유도 바로 이것 때문이었다.

"어디서 들으셨어요?"

"지금 그게 중요해? 너 어떻게 그걸 감쪽같이 속여? 너 아무도 없다 그랬잖아? 친구랑 둘이 산다며! 그럼 지금까지 나한테 거짓말한 거야?"

거짓말이란 말에 순간 움찔한 하늘이 발끈했다.

"거짓말 아니에요. 친구랑 둘이 사는 건 사실이니까."

"속일 게 따로 있지, 어떻게 있는 아버지를 없다고……!"

여전히 기가 찰 노릇이다, 따져 묻고 있는 하 차장에게 하늘은 긴 한숨과 함께 자신의 입장을 털어놨다.

"어려서 두 분 이혼하시고 얼마 후 엄만 돌아가셨어요. 집은 아버지 재혼하시면서 나왔고요. 지금은 아들, 딸 낳고 잘 살고 계시는데 굳이 제가 나서서 문제 만들 필요, 있어요?"

"그럼 너는?"

"저, 뭐요?"

"넌 어떻게 사냔 말이야!"

하늘은 그 말에 팩 쏘았다.

"어떻게 살긴 뭘 어떻게 살아요? 보면 몰라요? 잘 살고 있잖아요. 좋아하는 일하고! 기사 쓰고! 전 차장님만 태클 안 걸어주심 돼요."

서른여덟, 마흔을 목전에 둔 하 차장의 얼굴이 일순 벌겋게 달아올랐다. 술도 술이었지만, 단단히 열이 오른 탓이 컸다. 이거 완전 구제불능이잖아? 욕을 퍼부어주고 싶지만 속마음은 솔직히 안타깝기 짝이 없었다. 사실 그동안 개와 고양이처럼 서로 으르렁대곤 했지만 똑똑하고, 야무지고, 일 잘하는 하늘을 누구보다 아꼈던 것도 사실이었다. 그러니 이 기막힘을 어떻게 해야 하나. 하 차장이 안타까운 한숨을 늘였다.

"네 아버지 기사 실린 거 봤어! 아직 시집 안 간 큰 딸이 푸드 에디터라는데 이 바닥이 좀 좁아? 서씨 성 찾아봤더니 딱 셋 나오더라. 하나는 애가 둘, 다른 하나는 돌싱. 그리고 너!"

답답한 마음에 반쯤 남은 소주를 입에 탁 털어낸 하 차장이 술잔을 내려놓으며 말했다.

"차라리 잘됐다. 강 기자도 너 마음에 든 눈치던데 이참에 둘이 잘 좀 해봐. 〈온 더 푸드〉랑 우리 〈엘 푸드〉 합병 얘기 슬슬 나돌고 있는 거 알지? 거기 사주가 누군 줄 알아? 바로 강 기자 아버지야. 워낙 쉬쉬해서 사람들은 잘 모르지만 어차피 그쪽도 사생아니까 그런 걸로 흠 잡을 일 없을 테고 결혼하면 네 이름으로 코너 하나 맡아서 너 좋아하는 기사 마음껏 쓰고…… 그래! 그러면 되겠네!"

하지만 하늘은 그 말에 썩 구미가 당기지 않았다. 아니, 오히려 더 발끈해 날카롭게 날을 세웠다.

"차장님! 자꾸 이런 식으로 남의 인생에 태클 거실래요? 제가 그 사람이랑 결혼을 왜 해요!"

"그럼 언제까지 혼자 늙어 죽을래? 너 모태솔론 거 누가 모를 줄 알아? 내 나이 돼 봐! 누가 소개팅만 시켜준대도 감사하지!"

"모태솔로는 누가 모태솔로예요? 저도 연애 경험 있다고요!"

"흥, 그게 무슨 연애야! 몇 번 만나지도 못하고 사주 봤다 뻥 차인 게!"

"씨! 차장님!"

결국 옥신각신 다투던 여자 둘이서 가게를 나왔다. 그러곤 가게에서 나오면서까지 눈싸움을 멈추지 않던 두 여자 중 하나는 대리기사가 운전하는 자신의 차에, 하나는 택시에 올라 그렇게 각자의 집으로 흩어졌다.

밖은 어느새 주홍 불빛들이 명멸하는 밤이 되었다. 거리에는 인적도 드물었다.

한참 창밖의 멀어지는 가로수들을 바라보다 하늘은 오랜만에 아버지에게 연락을 하기로 했다. 그러나 선뜻 전화가 걸어지지 않았다. 하늘은 어렵게 문자메시지를 입력했다.

[잘 지내시죠? 저는 건강히 잘 있습니다. 요즘도 많이 바쁘신 것 같은데……]

그런데 거기서 더 할 말이 생각나지 않는다. 애써 입력한 메시지를 지우고 다시 입력하고 또 지우다 보니, 처음의 연락을 하려 했던 마음마저 어느새 사그라지고 말았다. 그렇게 전화를 내려놓았을 땐 어느덧 집 앞에 거의 도착해 있었다.

그러나 하늘은 이대로 씁쓸한 마음을 안고 집으로 돌아가기가 싫었다. 만약 이런 얼굴로 들어갔다간 미연도 옆에서 꼬치꼬치 캐물어댈 테고, 그럼 그때마다 대답할 거리를 만들어내는 것도 궁색했기 때문이다. 결국 하늘은 바로 집으로 돌아가는 대신 집 근처 포장마차 쪽으로 걸음을 옮겼다.

하늘이 이 동네로 이사를 온 것은 대략 3년 전쯤의 일이다. 그때부터 이 포장마차의 주인아저씨는 자신과 동성동본이라는 이유로 띠 동갑이라는 이유로, 그리고 그 또래의 아들이 있다는 이유로 아무 때나 외상술을 주고 때론 야단도 치고 하늘의 고민거리를 들어주는 진정한 의미에서 술친구가 되었다.

또한 그 때문에 하늘은 누구에게도 하지 못한 자신의 이야기를 아저씨 앞에서 가장 많이 털어놓을 수 있었다. 영화배우 '제레미 아이언스'를 닮은 주인아저씨. 아저씨의 외모가 범죄 영화에 나오는 악당처럼만 생겼어도 그 많은 말들을 했을까.

"아저씨! 소주 한 병만 주세요!"

"왜 이렇게 오랜만에 와?"

"그렇게 됐어요. 요즘 좀 바빴거든요."

자리에 앉은 하늘에게 주인아저씨가 소주병과 잔을 놓아주며 물었다.

"흠, 벌써 전작이 상당한 것 같은데?"

"아, 회사 차장님이랑 한잔 마셨어요."

"아아, 하 차장?"

주인아저씨가 알은체를 한다. 가끔 회사 일로 열이 받을 때 하늘이 여기 와서 한풀이했던 걸 기억하는 것이다

하늘은 오늘도 처음엔 말없이 술을 마시다 어느 정도 취기가 오른 다음부터는 지나간 옛날 얘기까지 끄집어가며 주인아저씨를 향해 하소연을 하기 시작했다.

"아주 웃기는 거 있죠? 언젠 볼록하게 나온 똥배가 귀엽다고, 내 매력이라 그러더니 끝나곤 그걸 두고 두 연놈이 험담을 해요. 아니, 푸드 잡지 에디터가 허구한 날 먹고 기사 쓰는 게 일인데, 이 정도 몸매 유지하는 것도 솔직히 진짜 기적 아니에요? 저 한 번도 55 사이즈 아래로 내려간 적 없고요! 집 있어, 차 있어, 물론 빚이지만…… 어쨌든 능력 있어, 성격 굴해. 이런 나한테 44 바라는 건 진짜 도둑놈 심보죠!"

"그럼, 그럼!"

벌써 스무 번도 더 들은 이야기였지만 주인아저씨는 하늘이 하는 말마다 연신 고개를 끄덕이며 맞장구를 쳐주었다. 어느새 하늘의 앞에는 마음 쓰린데 속까지 비면 더 쓰리다고 주인아저씨가 놓아준 뜨거운 우동이며 계란말이, 구운 꽁치를 비롯한 안주들이 수북하게 쌓여갔다.

"아저씨, 사주 보신 적 있으세요?"

"그런 걸 뭣하러 봐? 다 돈지랄이지!"

"이해는 해요. 중요한 일 앞두고 마음 졸여서 미칠 것 같을 때 누군가 딱 정답 가르쳐주면 차라리 나을 것 같은 기분, 모르는 거 아니라고요. 그래도 그렇지, 사주쟁이 말 한마디에 어떻게 그렇게 딱 돌아서요? 내가 무슨 괴물이에요? 잡아먹긴 누굴 잡아먹어!"

주인아저씨가 오늘 장사에 쓰일 오이를 자르다 말고 물었다.

"하늘이가 잡아먹는다고 그래?"

하늘은 격하게 고개를 끄덕였다.

"네에! 결혼하면 내가 잡아먹는다고 그랬대요."

"그게 다 부적 사고 굿하라고 수 쓰는 거지!"

"부적 사고, 굿할 돈도 아까웠나 보죠."

"돈 있는 집이었다면서?"

'어라?'

자신의 얘기를 이미 알아도 너무나 잘 아는 듯한 대꾸에 하늘이 순간 멈칫했다.

"어? 어떻게 아셨어요?"

"어떻게 알긴 어떻게 알아! 삼 년 동안 벌써 스무 번도 더 들은 레퍼토린데. 어떻게 그놈의 레퍼토리는 해마다 바뀌지도 않아. 요즘엔 연애 안 해? 다른 레퍼토리 만들어야지!"

"여, 연애요?"

하늘은 당황했다. 취기가 올라 눈앞이 흐릿한데도 '연애'라는 두 글자는 이미 머릿속에 선명하게 들어와 박혔다.

"남들 다 하는 연애, 하늘이도 제대로 한번 해봐야 할 거 아냐. 이렇게 예쁜데, 그런 고리짝 레퍼토리만 언제까지 되새김질 할 거야?"

양파의 알싸한 매운 향 때문에 갑자기 눈이 아려왔다. 그 때문에 눈물 한 방울이 찔끔 눈가에 매달리고 마는데 순간 주인아저씨가 갑자기 하늘의 앞에 소주잔을 턱 내밀었다.

"자, 마셔! 오늘까지만 마시고 내일부턴 연애해! 주변에 좋은 남자 없어? 내가 하나 소개시켜줘?"

하늘은 소리 없이 픽 웃음만 터뜨렸다.

잠시 후, 주인아저씨가 내민 마지막 잔은 마시지도 못하고 자리에서 일어선 그녀가 걸음을 떼려다 그 자리에서 한 번 크게 휘청댔다.

"집에 갈 수 있겠어?"

"엎어지면 코 닿을 거린데요, 뭘."

하늘은 일부러 아무렇지 않다는 듯 과장된 몸짓으로 크게 손을 흔들었다.

"월급날, 빚잔치하러 오겠습니다. 잘 마셨어요, 아저씨."

"그래, 조심해서 가! 멀리 안 나간다!"

슬슬 포장마차가 바빠질 시작이었다. 하늘이 일어서는 것과 거의 동시에 두 커플의 손님이 포장마차 안으로 들어섰다.

한쪽은 대학생쯤, 한쪽은 이제 막 사회생활을 시작한 직장인쯤으로 보였다. 주인아저씨는 바삐 손님 맞을 준비에 들어갔다. 훈훈한 미소로 인사를 건네고 주문을 받았다. 곧 기본 안주와 소주가 테이블에 건네지고 주인아저씨는 주문받은 주꾸미를 손질하기 시작했다. 고소한 참기름이 더해진 쌉쌀한 주꾸미 볶음! 그 냄새가 코끝에 작렬한다.

역시 3월은 주꾸미가 제철이다. 다음에 포장마차에 오면 주꾸미 볶음을 한번 먹어봐야겠다. 하늘은 그렇게 입맛을 다시며 비틀비틀 포장마차를 나섰다.

포장마차에서 집까지는 100미터도 채 안 되는 거리. 그 짧은 거리를 걷는 데도 시간이 한참 걸렸다. 터벅터벅. 느릿한 걸음걸이로 걷다가 쉬다가를 반복하며 가까스로 아파트 현관 앞에 도착했을 때, 이미 머릿속은 몽롱해져 있었다.

하늘은 엘리베이터 앞에 다다라 오름 버튼을 눌렀다. 그러곤 꼭대기까지 올라가 있는 엘리베이터를 가만히 기다리고 있는데 문득 '연애'란 두 글자가 머릿속에 떠올랐다.

오늘 아침 출근하기 전 미연의 입에서도, 그리고 하 차장의 입에서도 이와 비슷한 얘기가 흘러나왔다.

또한 '연애'라는 말과 함께 머릿속에선 초록색 런치박스가 둥둥 떠다녔다. 그러자 갑자기 달콤한 상상으로 머릿속이 꽉 차는 기분이었다. 게다가 취기까지 더해져 하늘의 입가엔 어느새 히죽 웃음이 걸려 있었다.

'정말 누굴까? 누가 런치박스를 갖다 놓은 거지?'

머릿속에 그런 질문들이 꽉 차오르던 그때, 어느덧 엘리베이터가 1층에 도착했다. 하늘은 엘리베이터에 올라 가까스로 '7'이라고 적힌 숫자 버튼을 누르고 문이 닫히기만을 기다렸다.

그런데 그때,

"잠깐만요!"

별안간 외치는 소리가 들렸다. 언뜻 듣기에도 울림이 참 좋은 목소리!

하늘은 엘리베이터 안으로 들어서는 이 목소리 좋은 남자의 얼굴이 궁금해 반쯤 감았던 눈꺼풀을 굳이 들어 올려 시선을 맞췄다.

훤칠한 키 때문에 시선이 꽂힌 허리춤에서 얼굴로 가기까지 꽤 한참을 올려다봐야 했다. 술기운 때문인지 얼마만큼이라는 건 가늠이 되지 않았다. 다만, 키가 매우 크고 호리호리한 체격의 남자란 것만 흐릿하게 눈에 들어왔다.

'뭐지? 어디서 본 사람 같은데?'

어슴푸레 비치는 남자의 형상은 흐릿한 가운데서도 그 외모에서 뿜어 나오는 분위기가 남달라 시선을 잡아끄는 묘한 매력이 있었다. 큰 키가 바탕이 된 몸은 밸런스도 좋아 한눈에 보아도 꽤 세련된 인상을 풍기고 있었다. 또, 실제 화이트 셔츠에 매칭된 데님 팬츠도 제법 멋스러웠다.

보기 드물게 세련된 남자! 이런 남자가 우리 아파트에 살았던가?

언제?

언제부터……?

그런데 자신이 바라보는 것과 동시에 남자의 눈빛도 아까부터 뚫어져라 자신을 향해 있다는 게 느껴졌다. 바로 가까이에서 이지적으로 빛나는 유난히 갈색빛이 도는 눈동자가 빨아들일 듯 하늘의 시선을 잡아당기고 있었다.

그때, 반쯤 나가 있던 정신을 일깨우며 듣기 좋은 중저음의 목소리가 다시 들렸다.

"도시락은, 잘 먹었어요?"

못 알아들었다.

하늘은 남자의 얼굴을 뚫어져라 바라보며 되물었다.

"방금…… 뭐라고…… 하셨어요?"

'너무 마셨나?'

점점 더 머리가 어질어질했다. 눈앞도 흐릿하다. 흐릿한 형상이 이제는 두 개, 세 개 멋대로 둥둥 떠다녔다. 도무지 초점이 맞추어지질 않았다.

하늘은 다시 남자의 얼굴을 확인하기 위해 시선을 들었다. 어떻게든 초점을 하나로 맞춰보려 눈을 꼭 감았다 떴다. 그러자 자연스럽게 염색한 브라운 칼라의 머리카락, 그리고 그와 비슷한 갈색빛이 도는 눈동자, 새하얀 얼굴이 차례로 눈에 들어왔다. 남잔하얗고 맑은 피부만큼이나 입고 있는 셔츠 색깔마저도 눈이 부시도록 하얗다.

그런데 남자의 하얀 형상을 계속 올려다보고 있으려니 어쩐지멀미가 나는 기분이 들었다. 아니, 그건 단순히 남자의 얼굴 때문이 아니었다. 속이 거북했던 탓이다.

하늘은 그제야 오늘 자신이 평소보다 많은 양의 술을 마셨다는 사실을 깨달았다. 나아가 여태껏 마신 술들이 입 밖으로 나오고 싶어 몸부림치는 중이라는 사실도 알게 됐다.

아직 엘리베이터는 5층에 머물러 있었다. 올라가는 속도가 너무 더뎌 누군가 일부러 잡아 늘이는 건 아닌가 하는 착각이 들게 만드는 엘리베이터가 간신히 7층에 도착했을 때, 하늘은 안도한 마음과 함께 걸음을 밖으로 내디뎠다.

하지만 하늘이 발을 내디디으려 몸을 움직이는 순간, 당황스럽게도 위장 속 음식물들이 더 빠르게 솟구쳐 올라왔다.

'꽥' 하고 무언가 뿜어진 것은, 순식간이었다.

너무 당황해 미안하단 말 한마디를 못하고 남자의 하얀 셔츠가 울긋불긋하게 변해가는 걸 넋을 잃고 보며 서 있는데, 눈앞이 갑자기 뿌옇게 흐려져 갔다. 어질어질 현기증이 일며 중심을 잡고 서 있을 수가 없었다. 그러고는 아마 쿵 소리가 났던 것 같다. 하늘의 몸이 네모난 엘리베이터 벽에 부딪혀 그대로 고꾸라진 것이다.

"괜찮아요? 하늘 씨! 서하늘!"

누군가의 크게 당황한 목소리!

유난히 귀에 익은 목소리가 그 순간 하늘의 귓가에 조각조각 흩어졌다.

새벽 무렵, 불현듯 눈을 떠보니 하늘은 겉옷이 모두 벗겨진 채 속옷 차림으로 낯선 방, 낯선 침대 위에 누워 있었다. 시간을 확인하려 손에 든 휴대폰은 이미 배터리가 완전히 나가 방전되어 있는 상태였다.

슬쩍 시트 안을 들춰 보니 검은색 팬티와 브래지어가 도드라졌다. 낯선 곳에서 덜렁 속옷만 입고 있다는 사실은 하늘을 더 어이 없게 만들었다.

아직은 어둑한 새벽. 시선을 들어보니 은은한 조명에 비친 방안의 생경한 풍경이 그대로 눈 안에 들어왔다. 벽면에 부착된 거울을 보니 지난밤 화장도 지우지 못하고 잠들어 몰골이 말이 아닌 자신이 블랙 아이라이너가 그라데이션된 눈을 한 채 너구리처럼 끔벅이고 있었다.

'어떻게, 이런 어처구니없는 일이!'

하늘은 그때, 정신이 아주 없는 게 아니었기에 이러지도 저러지도 못한 채 서둘러 자신의 옷을 찾으려 주변을 두리번거렸다.

하지만 어디에도 벗어둔 겉옷은 보이지 않았다. 침대 머리맡엔 익숙한 가방 하나만 덩그러니 놓여 있었을 뿐, 주위엔 걸칠 만한 것도 없었다. 결국 덮고 잤던 시트를 몸에 둘둘 말아 방 밖으로 나온 하늘은 이 집이 아무도 없는 빈집이란 사실에 또 한 번 머릿속이 멍해졌다.

아니, 정확히 말해서 빈집은 아니었다. 어젯밤 눈앞에서 토사물로 뒤엉켰던 하얀색 셔츠가 말끔히 세탁된 채 거실 밖 베란다에 걸려 있었으니까. 옆엔 눈에 익은 옷가지 몇 개가 더 걸려 있었다.

바로 자신의 옷이었다.

아직도 물이 뚝뚝 흐르는 청바지를 그대로 몸에 걸칠 수 없었던 하늘은 다시 주위를 두리번거려 눈에 들어온 셔츠를 아무거나 하나 주워 입었다. 그길로 그대로 집밖으로 나왔다. 최소한 간다는 말, 고맙다는 인사 한마디쯤은 하고 나가야 할 것 같았지만 도저히 그럴 엄두가 나지 않았다. 너무 경황이 없었다.

하늘은 서둘러 그 집을 빠져나왔다. 그렇게 집 밖으로 나온 뒤, 닫혀 있는 현관문의 호수를 보며 또 한 번 경악했다.

802호

하늘이 서 있는 곳은 바로 그녀의 집 위층이었다. 어젯밤 그 엘리베이터에서 마주친 남자는 바로 지욱이었던 것이다.

이제야 토사물이 날아가던 순간, 눈앞에 서 있던 남자의 얼굴이 또렷하게 떠올랐다.

갑자기 머리가 지끈지끈 아파온다. 이웃 간에 이 얼마나 돼먹지 못한 여자라고 생각했을까. 마음은 이미 가시방석이었다. 비상계단을 통해 힘없이 아래층으로 내려오며 하늘은 쓴 한숨을 삼켰다.

집으로 돌아오자, 미연은 잠깐 운동을 나가고 없었다. 하늘은 소파에 쓰러지듯 누워 천장을 바라보았다. 눈을 끔벅이는 동안 고민한 일은 어떻게 하면 어젯밤의 망신스러웠던 일을 기억에서 말끔히 떨쳐버릴 수 있느냐 하는 것이었다.

기억은 곧 세 가지 키워드로 점철되어갔다.

윤지욱, 엘리베이터, 토!

"악! 토!"

하늘이 제자리에서 발버둥을 쳤다. 아무리 생각해봐도 수습이 불가피했다. 없던 일로 할 수만 있다면 얼마나 좋을까.

설마 그 사람이 내 옷도 직접 벗겼을까? 엘리베이터 안도 치우고?

도저히 얼굴을 마주할 낯이 없다.

아니, 어쩌면 그쪽에서 먼저 피하려고 들지도 모른다.

더러워서.

"악! 더러워서!"

하늘이 다시 발버둥을 쳤다.

'아, 이제, 「르 파니에」도 다 갔구나!'

그때, 속이 텅 비어버린 배 속에서 꼬르륵 소리가 났다. 하지만 충격과 망신이 너무 커 이미 배고픔은 문제도 아니었다.

잠시 후, 번호 키가 눌러지는 소리와 함께 미연이 문을 열고 집 안으로 들어왔다. 하늘은 막 운동화를 벗고 있는 미연을 돌아봤다. 그러고는 곧 놀란 시선을 들어 올렸다.

"야, 묵직하다, 묵직해. 오늘은 평소보다 양이 더 많은데?"

미연의 손에 여느 때와 똑같은 초록색 런치박스가 들려 있었기 때문이다.

제7화. 별 한 개 반

월요일 출근길 아침.

박스를 개봉해보니 갖은 채소와 완두콩이 콕콕 박힌 프렌치 스타일의 오믈렛이 나왔다. 가니시로는 야생 버섯 중 하나인 꾀꼬리 버섯이 볶아져 있었다.

"아, 런치박스 하나에 일류 레스토랑이 조금도 안 부러운 현실! 인생 정말 오래 살고 볼 일이다. 이게 웬일이니!"

미연은 어느새 히죽 웃으며 부엌에서 수저통을 들고 나오고 있었다.

"너는? 넌 안 먹어?"

부드러운 오믈렛을 입안 가득 집어넣고 버섯까지 오물거리던 미연이 아까부터 통 수저를 뜰 생각이 없는 하늘에게 물었다.

"어떻게 메뉴도 이렇게 매일 다를까? 나 같은 사람은 생각해내는 것도 어렵겠다. 누군지, 보통 정성이 아냐!"

그러나 하늘의 시선은 여전히 미연을 보고 있지 않았다. 어제 아침부터 마음속으로 걱정을 잔뜩 떠안고 있다, 결국 입맛이 깔깔해 먹는 걸 포기한 하늘이 두 손으로 턱을 받치곤 물었다.

"미연아, 너 혹시 어제 위층 남자 본 적 있어?"

미연은 그렇다고 고개를 끄덕였다. 하늘은 다시 조심스러운 질문을 내던졌다.

"어땠어?"

"어떻긴. 그냥 인사했지. '안녕하세요.' 하고."

"혹시 다른 말은 안 해?"

"다른 말? 아니! 없었는데?"

미연의 대꾸가 끝나자 하늘은 긴 한숨과 함께 애꿎은 얼굴만 감쌌다. 그 속을 알 길 없는 미연은 여전히 눈앞의 오믈렛 접시에서 눈을 떼지 못하며 호들갑을 떨어댔다.

"근데, 아침부터 이렇게 훌륭한 작품을 완성해내려면 대체 몇 시부터 일어나 부지런을 떨어야 되는 거야? 아마 손도 무지 빠르겠지? 칼질 예술이겠다! 어머, 이 야채 다져진 것 좀 봐! 야, 넌 진짜 안 먹어?"

여전히 두 손으로 얼굴을 묻고 있던 하늘의 머릿속은 지금 얼마 전, 미연이 했던 말을 떠올리고 있었다.

'때맞춰 이사 온 위층에 사는 프렌치 셰프! 현관 앞에 걸려 있는 런치박스도 프렌치! 뭔가 아귀가 딱딱 들어맞지 않아?'

이제의 엘리베이터 사건 이후, 하늘은 왠지 모르게 초록색 런치박스가 더 의식이 됐다.

아니, 정확히는 위층에 사는 셰프가 자꾸만 의식이 됐다.

말도 안 되지만, 정말 이해할 수 없는 일이기는 하지만, 꼭 이 런치박스를 위층 남자가 만들어주었을 것만 같은 것이다.

그런데, 확실히 한 가지가 걸렸다.

'좋아, 그렇다고 쳐. 그 남자가 갖다 놨다 치자고. 그럼 이유는?'

그랬다. 그에겐 이유가 없었다. 자신의 집 앞에 매일같이 정성 들여 만든 음식을 전달해줄 이유가. 게다가 좁은 엘리베이터 안에서 자신의 셔츠에 오바이트까지 한 여자를 상대로 계속 이런 선물을 전해줄 이유는 더더욱 없었다.

어느덧 출근 준비를 마치고 현관 앞에 앉아 구두를 신으려던 하늘은 지금도 식탁에 앉아 맛있게 오믈렛을 먹고 있는 미연의 모습을 힐긋 돌아봤다. 그러자 그녀의 몫으로 남겨진 접시 위에서 지금도 식욕을 자극하고 있는 오믈렛의 색감이 단번에 눈길을 사로잡는다. 노란 빛깔의 계란, 붉은 빛깔 당근, 초록빛 완두콩에 가니시 된 브라운 칼라의 꾀꼬리버섯까지……!

"한번 직접 물어봐?"

"응?"

미연의 대꾸에 하늘은 스스로 말을 뱉어놓고도 화들짝 놀라 고개를 저었다.

"아, 아냐! 아무것도!"

회사로 출근한 이후에도 하늘은 여전히 마음이 편하지 않아 점심도 거르고 자리를 지키고 있었다. 점심때가 훌쩍 지나도 그녀가 좀처럼 자리에서 일어설 생각이 없어 보이자 하 차장은 일부러 부하 직원을 통해 사오게 한 특제 샌드위치와 커피를 내밀며 하늘에게 다가가 말을 건넸다.

"무슨 일 있어?"

꼭 알고 묻는 것 같은 능구렁이 같은 표정에 하늘은 더 약이 올랐다. 그래서 부러 하 차장이 건넨 샌드위치와 커피에는 눈길도 안 주고 모니터 창만 쳐다보고 있었다. 그런데 별안간 하 차장이 말했다.

"가! 내가 비행기 태워줄게!"

순간 하늘의 눈이 휘둥그레졌다.

"가서 일주일쯤 머리 좀 식히고 와! 도쿄 현지 취재! 그래서 있는 동안 너 좋아하는 스시도 실컷 먹고, 가서 아베가 왜 그러는지도 좀 알아봐."

하늘은 반쯤 농이 섞인 하 차장의 제안에 처음엔 얼이 빠져 있다가 이내 심드렁하게 중얼거렸다.

"싫은데요?"

"야, 싫긴 왜 싫어!"

"방사능 때문에 싫어요. 지진도 겁나고요."

방사능과 지진의 공포! 물론 완전히 거짓말은 아니었다. 몇 해 전 뉴스 화면으로 센다이 해변 일대를 휩쓸어버린 쓰나미를 보는 순간, 정말 공포로 기절하는 줄 알았으니까. 그러나 이런 그녀의 대답을 여전히 상사에게 반항하는 작은 핑곗거리로밖에 생각하지 않는 하 차장은 하늘을 정말 비행기 태워 보내버릴 작정으로 재차 중얼거렸다.

"얘는. 구더기 무서워 장 못 담그니?"

"아무튼 싫어요. 스시는 차장님도 좋아하시잖아요. 정 그러시면 차장님께서 직접 다녀오시든가요."

"얘는 사람이 미안해서 얘기하면 알아듣는 시늉이라도 하던가. 넌 꼭 그러더라? 출장 얘기 나오면 그럴 때마다 번번이 거절해서 사람 진 빼!"

입사하면서 첫 출근 날에 명시해두었던 사항을 줄기차게 물어대는 것 역시 사람 진 빼는 일이 아니고 뭔가. 하늘은 읍소하고픈 마음을 간신히 누르곤 소리쳤다.

"대신 여기서 남들 두 몫 세 몫 이상으로 일 열심히 하잖아요! 그리고 전 처음부터 말씀드렸습니다. 해외 출장은 싫다고. 사정 있단 말씀, 잊으셨어요?"

그녀 개인사적으로는 나름 이유 있는 거절에 이유 있는 항변이었다. 그러나 그때마다 하 차장은 하늘의 사정을 귀담아듣지 않았다.

"정말 이해를 못하겠다! 남들 다 목매 안달하는 해외 출장이 너는 대체 왜 싫다는 건데? 이래놓고 기사 스틸해갔다고 애들 앞에서 나만 신 나게 씹고 다닐 거지?"

하늘은 그 말에 반문했다.

"차장님은 겪어보시고도 절 그렇게 모르세요? 이런 식의 매도, 불쾌합니다. 출장은 그냥 유준 씨 보내주세요. 유준 씨 여자 친구가 일본에서 유학해요."

못 말리겠다는 듯 눈을 질끈 감은 하 차장이 크게 외쳤다.

"너 대체 레스토랑 리뷰는 언제 쓸 거야? 취재는? 한 거야?"

그 순간 하늘은 노트북을 탁 덮고 대답했다.

"지금이요!"

하늘은 하 차장의 잔소리를 피해 일단 그녀가 건넨 샌드위치와 커피를 집어 들고 사무실 밖으로 나왔다.

날 좋은 봄날. 바로 사무실 건물만 나와도 곳곳에 피어 있는 꽃들이 그녀의 눈을 즐겁게 해주었다.

하지만, 정작 그녀의 마음속은 지금 봄날 꽃밭은커녕 여전히 걱정만 잔뜩 떠안고 있었다. 좀처럼 어제의 실수가 머릿속에서 떠나질 않았기 때문이다.

"아, 어떡해!"

하늘이 혼잣말하듯 중얼거렸다.

어제 새벽, 잠에서 화들짝 깨어 맨살에 셔츠 바람으로 위층에서 도망쳐 내려온 이후, 아직 위층 남자를 한 번도 만나지 못했다. 물론 하늘이 한쪽에서 일부러 피해버린 탓도 있지만, 솔직히 만난다 해도 무슨 말을 어떻게 꺼내야 할지도 알 수 없었다. 도망치지나 않으면 다행. 하늘은 홀로 사무실 앞 벤치에 앉아 샌드위치를 베어 물며 그렇게 손에 든 휴대폰만 멍하니 만지작거렸다.

그런데 샌드위치를 반쯤 베어 먹었을까. 저도 모르게 자신의 손이 '윤지욱'이란 이름을 검색하고 있다는 걸 깨달았다.

인터넷 검색창에 '윤지욱' 이름 세 글자만 치자, 그가 IKA 올림픽에서 메달을 받았을 때의 사진하며 기사들이 각종 대회의 수상 경력들과 함께 주르륵 검색되어 올라왔다.

'대단하구나!'

그런데 아무리 찾아봐도 그를 직접 인터뷰한 기사는 몇 없었다. 아니, 거의 없다고 봐야 했다. 게다가 그런 대단한 이력에도 불구하고 그 흔한 방송 출연 경험이 한 번 없었다.

'남들 앞에 나서는 성격이 아닌가?'

문득 하늘의 머릿속에 「르 파니에」의 가게 앞에 늘어서 있던 긴 줄이 떠올랐다. 솔직히 평일 디너에 그 정도의 줄이 세워져 있는 건 평소 방송에 자주 모습을 드나드는 스타 셰프가 오너로 있는 가게에서도 좀처럼 보기 어려운 일이다.

그런데도 입소문이 돌아 손님들이 그렇게 찾아왔다면, 역시 외모적으로 우월한 그의 유전자가 단단히 한몫을 했기 때문이라고 하늘은 생각했다.

물론 실력이야 두말할 나위도 없고.

그런데 그때, 어디선가 손 하나가 나타나 누군가 그녀가 먹던 샌드위치를 덥석 빼앗아갔다. 깜짝 놀란 하늘이 당황한 시선을 들어 올리자, 놀랍게도 〈온 더 푸드〉의 강풍호 기자가 바로 앞에 서 있었다.

"레스토랑 취재 나갔다면서요? 여기가 레스토랑입니까?"

하늘이 움찔한 사이 이번에는 풍호가 하늘의 손에서 휴대폰을 가져갔다.

"어, 이 사람…… 그때 봤던 그 셰프 아닙니까? 설마 이런 데서, 지금 이 사람 찾아보고 있었습니까?"

하늘은 당황하고 말았다. 그래서 저도 모르게 말을 더듬거렸다. "네? 아뇨, 그게 그러니까……!"

"다음 레스토랑 리뷰가 「르 파니에」예요?"

"네? 아뇨. 그런 게 아니라……!"

"그럼 혹시 개인적인 관심?"

'뭐, 관심?'

순간 말문이 딱 막힌 하늘이 풍호를 홱 쏘아보았다.

"근데 아까부터 지금 여기서 뭐 하시는 거예요?"

풍호는 무안한지 잠시 얼굴을 붉히다 이내 하늘의 손에 휴대폰과 샌드위치를 되돌려주며 혼잣말처럼 중얼거렸다.

"전화를 하도 안 받아서 근처 지나던 길에 한번 들렀습니다. 전화가 고장이 났나, 혹시 손이 어디가 부러졌나 하고. 근데 샌드위치는 열심히 잘 먹고 있네요? 휴대폰도…… 이상 없는 것 같고."

"저, 그게……!"

하늘이 뭐라 말을 잇지 못하고 말끄러미 보고만 있자 풍호는 이내 정색을 하며 말을 되돌렸다.

"걸려오는 전화를 받지 않는 그런 우회적인 표현보단 차라리

144

직접적인 거절이 더 나을 뻔했습니다. 전엔 잘 몰랐는데, 당하는 입장이 되고 보니 그거, 꽤 기분이 나쁘더라고요."

풍호는 크게 기지개를 켜는 시늉을 하더니 하늘의 눈앞에서 느릿느릿 사라져 갔다. 최근 통화기록을 살펴보니 정말 휴대폰엔 그날 이후 풍호에게서 걸려온 부재중 통화들이 가득 넘쳐나고 있었다.

'그냥 받고, 솔직하게 말할 걸 그랬나.'

뒤늦게 아차 싶은 마음이 들었지만, 그렇다고 되돌릴 수 있는 일은 아니었다.

그날 밤, 일을 마치고 집으로 돌아온 하늘은 완전히 녹초가 되어 있었다. 풍호와 헤어진 뒤 취재를 가고자 사전에 약속된 레스토랑들 두 곳에 연락을 취했는데, 어떻게 된 영문인지 두 곳 다 갑작스럽게 취재를 거절해버렸기 때문이다. 그런 일이 평소 자주 있는 일이 아니었기에 하늘은 당황할 수밖에 없었다. 당장 다음 달 기사가 펑크가 날 수도 있겠다는 생각에 급하게 다시 취재할 레스토랑을 섭외해봤지만 결국 이렇다 할 성과도 못 내고 자정이 다 되어서야 집으로 돌아오고 말았다.

게다가 저녁 무렵부터는 예고 없이 터진 생리로 인해 아랫배까지 살살 아파와 가만히 있을 수도 없을 지경에 이르렀다.

"야, 너 얼굴이 왜 그래?"

자율학습 감독을 마치고 덩달아 자정이 다 되어 들어온 미연이 걱정스러운 얼굴을 하고 물었다.

"집에 진통제 좀 없을까?"

하늘의 말을 듣고 미연의 손이 바삐 진통제를 찾기 시작했다.

그런데 갑자기 전화벨이 울렸다. 하 차장이었다. 하늘은 전화를 받지 않았다. 보나 마나 잔소리를 퍼부을 게 뻔했기 때문이다.

"생리 시작했어?"

약을 건네주며 묻는 미연의 말에 하늘은 힘없이 고개를 끄덕였다. 그러곤 가만히 앉아서 미연이 건네주는 약을 삼키고 눈을 감고 있는데 옆에서 미연의 말소리가 들렸다.

"참, 나 오늘 선봤다? 웃기지. 맞선이 그렇게 재밌는 건지 몰랐어. 시간 가는 줄 몰랐거든. 아마 그쪽에서도 뭐, 이런 물건이 다 있나 했을 거야."

맞선을 봤다니! 근데 그 맞선이 재밌었다니! 하늘은 감았던 눈을 스르르 뜨며 반색을 하고 물었다.

"어떻게 된 거야? 선본단 얘기 없었잖아?"

"실은 오늘, 학교에서 한바탕 난리가 났거든."

한바탕 난리라. 이젠 웬만한 일 가지고는 좀처럼 그런 표현을 쓰지 않는 그녀였다. 그랬기에 하늘은 미연이 말을 잇기까지 꽤 긴장한 채 있어야 했다.

"출근해 교실에 들어가 보니까 애들 네댓이 모여 수군거리고 있는 거야. 보니까 스마트폰으로 야동을 돌려보고 있더라고. 고3이 지금 그럴 때니? 너무 기가 막혀 그 자리에서 바로 압수했지. 하교하면서 수거했던 휴대폰 돌려줄 때도 그 자식 건 일부러 안 돌려줬거든. 그런데 집에다가 말을 어떻게 전했는지 야자시간에 대뜸 아빠랑 삼촌이란 사람이 찾아와서 다짜고짜 내 뺨을 때리잖아. 폰 내놓으라고."

"뭐?"

"학교에서 이게 무슨 행패냐고 경찰에 고소한다니까 해보래. 죽여버리겠대. 그러고 나오는데 엄마가 학교 앞에 딱 지키고 서 있는 거야. 어떡해. 거기서 바로 맞선 자리에 끌려 나갔지. 그러니 어땠겠니. 얘기하다 보니 억울하고 분통 터지는데 어떡해. 나, 정말 처음 만난 남자 앞에서 꺼이꺼이 울었다."

"저런. 딱해라! 신고하지!"

"죽인다잖아. 보니까 정상 아닌 것 같아. 그리고 학교에서도 일 크게 만드는 거 좋아 안 하는데 뭘."

"엄만? 엄마한텐 말 안 했고?"

"그 말을 어떻게 하니? 울 엄만 당신 딸 선생이라고 계모임 가셔서도 그렇게 자랑을 하신다던데…… 알잖아, 나 우리 엄마한텐 하나 남은 꿈인 거. 그 말? 절대 못하지!"

그날 일을 떠올리는 것만으로도 마음을 어쩌지 못하겠는지 미연은 내리뜬 눈꺼풀을 파르르 떨었다.

"근데 더 웃긴 건 뭔 줄 아니? 그 앞에서 엉엉 애처럼 울었더니 그 사람 나한테 그러더라. 다음에 만날 땐 삽 들고 오겠대. 그 자식들, 다 파묻어버린다고."

하늘은 미연의 앞에서 아픈 것도 잊고 대꾸했다.

"와, 난 놈인데?"

"그치? 나도 그렇게 생각했다니까?"

"그래서? 또 만나기로 했어?"

그때, 다시 전화벨이 울렸다. 역시 하 차장이었다. 받을까 말까 잠시 고민하다 결국 두 번째 전화도 받지 않고 내려놓는데, 또다시 살살 아랫배가 아파왔다. 약기운이 돌면서 좀 괜찮아 지겠구나 생각했는데 그새 약에도 내성이라는 게 생겨버린 모양이었다.

하늘이 앓는 소리를 하며 외쳤다.

"미연아! 나 진통제 한 알 만 더 갖다 주라."

"진통제 가지고 되겠어? 차라리 병원을 가자!"

미연이 다시 약을 찾아 나오는 동안 하늘은 휴대폰을 들여다보았다. 어느새 그친 전화벨. 액정화면에는 험상궂은 이모티콘과 함께 한 통의 메시지가 도착해 있었다.

[서하늘! 너 지금 안 받으면 죽인다!]

하늘은 조용히 휴대폰의 전원을 껐다. 버튼을 누르는 동안에도 단단히 열이 받아 소리 지르는 하 차장의 목소리가 여기까지 들리는 듯했다.

새벽 3시.

갑작스런 쿵 소리와 함께 하늘은 고통스러운 신음을 흘리며 침대에서 굴러떨어졌다.

"아흑……!"

싸르르 아파오던 아랫배가 시간이 지날수록 콕콕콕 후벼 파는 것 같더니 이제는 아랫배 전체가 뒤틀리듯이 아파온다. 하늘은 제대로 일어서지도 못한 채 옆에서 잠들어 있는 미연을 흔들어 깨웠다.

"미연아! 나 좀……! 나 구급차 좀 불러줘……!"

얼굴 전체가 하얗게 질려 거의 죽을 것 같은 표정으로 고통을 호소하는 하늘을 보더니 미연은 기겁을 하며 자리에서 일어났다.

"왜 그래? 많이 아파?"

"그…… 그런 것 같아!"

"얼마나 아픈데? 언제부터 이랬는데? 응?"

"아까…… 아까부터 쭉……!"

"미치겠네! 그때가 언제야! 그러니까 내가 병원을 가랬잖아!"

주섬주섬 카디건 하나를 걸치더니 미연이 인터폰 앞으로 갔다. 하늘은 숙이지도 일어서지도 못한 채 엉거주춤 침대에 엉덩이를 붙이고 아픈 배를 끌어안았다.

"연락했어. 올 거야!"

고맙다는 말을 할 기운도 없어 하늘은 끙끙 신음만 흘렸다.

그렇게 몇 분이나 지났을까. 시간이 얼마 지나지도 않은 것 같은데 다급한 초인종 소리가 들려왔다. 그 소리를 듣고 미연이 달려 나갔다.

"하늘이 지금 안에 있어요. 일어났더니 배가 아프다고 절 깨우더라고요. 얼마나 아픈지 제대로 일어서지도 못해요!"

"하늘 씨! 괜찮아요?"

밖에서 들려온 말소리에 하늘은 한순간 정신이 멍해졌다. 구급차를 불러달랬더니 정작 미연이 집 안에 들인 건 구급대원이 아닌 윤지욱이었기 때문이다.

그것도 새벽 3시, 잠옷 바람으로 등장한 그를 보는 순간 하늘은 그대로 정신이 혼미해졌다.

"당신이……! 당신이 으으으…… 왜 여기 있어요?"

"아픈데 말하지 마요! 어디예요? 어디가 아파요?"

말을 하기도 쉽지 않았다. 아랫배를 감싸 쥐고 간신히 쥐어짜내 듯 한마디를 전하는데 지욱은 갑자기 하복부 두 곳을 손으로 지그시 눌러보더니 아프냐고 물었다. 오른쪽 아래 복부를 눌렀다가 확 위로 손을 떼는데 갑자기 온몸을 꿰뚫는 것 같은 고통이 느껴졌다.

"악!"

하늘이 비명을 지르자 지욱은 이내 하늘의 명치 쪽을 가리키며 물었다.

"아파요? 어떻게 아파요?"

처음엔 어리둥절한 눈으로 얼굴을 올려다보다 하늘은 지욱의 머리의 까치집을 보곤 저도 모르게 고개를 숙이고 웃음을 삼켰다.

'아, 정말…… 머리가 저게 뭐야!'

어떡하나. 이제는 아픈데 자꾸만 웃음이 나오려 한다.

이런 하늘의 생각을 알 리 없는 지욱은 머리엔 당당히 까치집을 짓고서 표정은 또 쓸데없이 진지해져 다시 질문을 던졌다.

"속은 매스껍지 않았어요? 오늘 혹시 토한 적은 없어요?"

'토? 뭐라? 토?'

토! 지욱의 입에서 그 얘기가 나오니까 또다시 하늘의 얼굴이 화르르 달아올랐다. 하늘은 그날의 일을 상기시키지 않기 위해 애써 고개를 숙인 채 더듬더듬 말을 이어갔다.

"그렇진 않았어요. 근데 배 속이 아까부터 조금……."

말을 하면서도 하늘은 뭔가 이상하다고 느꼈다. 아무리 미연이 인터폰을 했기로 이 새벽에 전화 한 통만으로 달려온 것도 그렇고, 아까부터 그는 마치 호출을 받고 달려온 의사라도 되는 것처럼 굴고 있었다. 그러더니 심지어는 짐짓 진중하고 딱 부러진 말투로 진단까지 내리는 게 아닌가.

"아무래도 Appendicitis 같네요. 급성인 것 같고, 당장 병원에서 검사를 해봐야 될 것 같아요."

"에? 뭐…… 요?"

"맹장 말입니다! Appendicitis!"

생각지도 못한 맹장이란 소리에 옆에 있던 미연도 깜짝 놀라 물었다.

"맹장이요? 생리통 아니고요?"

"업혀요! 당장 병원으로 갑시다!"

그때까지도 멍한 채 서 있던 하늘을 번쩍 안아 든 지욱이 달리기 시작했다.

이윽고 고통으로 신음하는 그녀의 귓가엔 조금만 참으라는, 곧 괜찮아질 거라는 그의 목소리가 따뜻하게 울려 퍼졌다.

병원 응급실에 도착해 미연이 수속을 밟는 동안, 지욱은 한 번도 자리를 떠나지 않고 하늘의 곁을 지켰다. 그의 짐작대로 하늘은 급성으로 진행된 Appendicitis(충수돌기염)진단을 받았고 몇 가지 검사와 함께 그 밤, 응급으로 수술을 받았다.

동이 터오른 아침, 수술을 마치고 회복실에 있는 하늘의 곁을 그녀의 친구와 지욱이 함께 지켰다.

미연이 출근을 위해 먼저 자리를 비우자, 오롯이 둘만 남은 병실에는 다시 어색함이 감돌았다.

민망하고, 부끄럽고, 그 밤의 실수를 누구보다 똑똑히 기억하고 있는 그로부터 최대한 멀리, 아주 멀리 도망치고 싶어 하늘이 입술을 달싹였다.

"도움은 감사했어요. 그러니까 이제는 제발…… 그만 돌아가 주세요."

그러나 지욱은 고개를 돌린 채 가까스로 아픔을 참고 있는 하늘에게 다가오더니 조심스럽게 물었다.

"아파요?"

하늘은 대답 대신 가만히 고개를 끄덕였다.

"누구, 부를 사람은 없어요? 하늘 씨 간호해줄 사람."

하늘은 이번에도 대답 대신 가만히 고개만 저었다.

한참 후 지욱에게서 다시 대꾸가 이어졌다.

"그러면서 사람은 왜 가라고 합니까?"

그 말에 하늘은 깜짝 놀라 돌아봤다. 그러다 갑자기 픽 헛웃음이 나왔다. 하늘이 고개를 돌린 순간 여전히 꺼질 줄 모르는 그의 까치집이 눈에 들어왔기 때문이다.

지욱은 이런 자신의 상태를 아는지 모르는지 시종 하늘에게 눈길을 고정한 채 말을 이어갔다. 말하는 눈빛은 따뜻했고, 표정은 진지했으며, 말투엔 다정함마저 느껴졌다.

"수술 부위가 자리 잡고 회복되려면 일주일은 꼬박 걸릴 겁니다. 음, 계속 병원에 있으려면 심심은 하겠지만…… 조금만 참아요. 내가 틈 날 때마다 놀러 올게요."

'뭐? 여길 또 오겠다고?'

하늘이 순간 흠칫 놀란 시선을 들어 보였다. 게다가 그는 조금 전 자신의 병을 진단한 데 이어 아무렇지 않게 그런 말을 흘리며 하늘의 얼굴을 빤히 바라보고 있었다. 하늘은 그 모습이 의아해 아픈 중에도 저도 모르게 고개를 갸웃거렸다.

'도대체 이 남자, 정체가 뭘까?'

IKA에서 메달까지 땄다는 걸 보면 분명 본업은 요리사가 맞는데, 오늘 새벽 그는 자신을 보며 꼭 의사처럼 굴었다.

"……묻고 싶은 게 많은 얼굴이네요."

하늘은 정곡을 짚은 그의 질문을 차마 부인하지 못하고 눈만 끔벅거렸다. 다시 그의 말소리가 들려왔다.

"궁금해도 참아요. 나도 지금은 말 안 해줄 거니까."

하늘은 마취가 풀려 점점 더 아려오는 상처 부위의 고통을 꾹 참으며 지욱의 얼굴을 올려다보았다. 따뜻한 눈빛, 부드러운 미소. 안 그래도 하얀 얼굴이 햇빛을 받아 더 환하게 반짝이고 있었다. 그 모습을 보니 하늘은 괜스레 미안한 마음이 차올라 다시금 마음이 갑갑해졌다.

아무래도 말을 해야 할 것만 같았다. 결국 하늘은 힘겹게 입을 뗐다.

"저기, 그날 일 말이에요……."

하늘의 입술이 막 엘리베이터에서 있었던 일을 얘기하려던 순간이었다. 지욱이 돌연 그 말을 잘랐다.

"얘기, 안 해도 됩니다."

그러곤 당황한 하늘의 눈을 보며 무슨 생각이 떠올랐는지 천천히 말을 이어갔다.

"아, 그리고 노파심에서 미리 말해두는데…… 그날 일은 다 잊었으니까 마음에 담아두지 마요."

'뭐? 잊었다고?'

제대로 얼이 빠져 있는 하늘을 보면서도 지욱은 말없이 피식 웃기만 했다. 그러다가 무슨 생각이 떠오른 건지 급히 하늘의 전화를 찾았다. 새벽에 갑작스럽게, 경황없이 집을 나오는 바람에 찾는 휴대폰이 없자 지욱은 재빨리 옆에 있던 티슈 한 장을 빼어 열심히 뭔가를 적었다.

"이거, 내 연락처예요."

지욱은 그렇게 자신의 전화번호를 적어 하늘에게 건넸다. 그러곤 당황해 선뜻 받아 들지 못하는 하늘의 눈을 보며 나직이 말을 이어갔다.

"오늘은 다행히 내가 집에 있어 인터폰을 받았지만, 밖에선 그렇질 않잖아요. 혹시 앞으로도 무슨 일이 생기면, 아니 언제든 도움 필요하면 전화해요."

하늘은 건네주는 번호를 받아 들면서도 머릿속이 멍했다. 친근하게만 들리는 그의 말투에도, 눈빛에도, 솔직히 아까부터 정신을 차릴 수가 없을 정도였다.

"그리고 미안하지만, 나도 이만 가봐야겠어요. 내가 없으면 다른 스텝들이 많이 힘들어해서……. 그래도 마치는 대로 놀러 올게요. 혼자 있을 수 있죠?"

하늘은 무언가에 홀린 사람처럼 멍하니 고개를 끄덕였다. 그런 하늘을 보며 지욱은 피식 웃었다.

"그럼, 또 봅시다."

그렇게 잠옷 바람의 남자가 돌아섰다. 머리엔 까치집을 꼿꼿이 세운 채. 큰 키에도 그의 걸음은 흐느적거리지도 않고 참 당당했다.

병실 문이 닫힌 뒤, 하늘은 저도 모르게 창가 쪽으로 다가가 지욱이 걸어가는 모습을 한 번 더 바라보았다. 걷다 말고 고개를 돌려 돌연 지욱이 하늘이 서 있는 창문 쪽을 돌아봤을 땐 재빨리 몸을 숨겨가면서.

먼 거리라 결코 얼굴이 보일 리가 없는데도, 그 순간 마치 나쁜 짓을 하다 들킨 아이처럼 하늘은 가슴이 뛰었다.

두근두근.

아주, 힘차게!

"어머, 저 남자 머리 좀 봐!"

여기저기에서 사람들의 힐끔대는 시선이 느껴진다. 쿡쿡대는 웃음소리, 말소리…… 병원을 나오면서 지욱은 저도 모르게 알 수 없는 기분에 사로잡혔다. 머리카락들이 부스스 하늘로 뻗쳐 있는 줄도 모르고, 입고 있는 옷이 잠옷 차림인 줄도 모르고 새벽 3

시, 아래층에서 걸려온 인터폰 하나에 무작정 달려 내려왔다.

창백하게 질린 얼굴로 아픈 배를 틀어쥐고 있는 하늘의 모습을 보면서 순간적으로 철렁 내려앉았던 가슴! 너무 놀라 등에 업고 달리면서도 달래듯 기도하듯 괜찮아질 거라 말했었다.

지욱은 모든 것들이 바로 몇 시간 전의 일인데도 아득하게 먼 느낌으로만 다가왔다. 아니, 어쩌면 그것은 오늘, 지금 순간만의 일이 아닌 줄도 모른다. 며칠 전 엘리베이터에서 하늘을 마주쳤던 그날 밤에도 분명 이런 기분이 들었으니까. 그러나 그것이 눈앞에서 하늘이 엘리베이터에서 정신을 잃고 갑자기 쓰러져버렸기 때문만은 아니었다. 물론 당황은 했다. 어떻게 해야 하나 난감했던 것도 사실이었다. 하지만 곧 어찌어찌 상황을 수습한 뒤에 밀려온 감정은 보다 다른 성질의 것들이었다.

"괜찮아요? 하늘 씨! 하늘 씨, 정신 좀 차려봐요!"

순간적으로 정신을 놓아버렸던 하늘은 지욱이 자신의 집까지 안고 올라오는 동안 잠깐 반짝 정신을 차렸었다. 감았던 눈꺼풀을 느릿느릿 들어 올린 것인데, 눈이 마주치자 그것은 다시 단단히 닫히고 말았다.

"집에 아무도 없는 것 같아서 일단 우리 집으로 가요. 옷을 버려서 일단 씻어야 할 것 같은데⋯⋯."

눈앞에서 쓰러져버린 하늘을 떠안고, 지욱은 그 안에서 상의를 이미 탈의한 뒤였다. 셔츠는 벗어서 엘리베이터 바닥을 닦고, 하늘을 챙겨 집까지 오느라 몸은 땀으로 흠뻑 젖어버렸다. 흘러내린 땀 때문이라도 샤워가 시급했다. 지욱은 서둘러 샤워를 마쳤다.

그리곤 샤워기를 열어놓고 물의 온도를 맞췄다. 더운 물로 깨끗이 수건을 빨아 물기를 짜냈다.

욕실에서 나와 방으로 들어가 보니 하늘은 처음 눕혀놓았던 그 자세 그대로 얌전히 잠들어 있었다. 고이고이, 새근새근. 마치 아무 일도 없었다는 듯. 자신의 토사물은 이미 밖으로 다 쏟아놓고, 그 때문에 누구는 정말로 정신이 하나도 없었는데, 정작 자신은 티끌 하나 묻지 않은 모습을 보자 지욱은 허탈하기도 하고, 기막히기도 해 피식 웃음이 새 나왔다.

지욱은 깨끗이 빨아온 수건으로 하늘의 얼굴이며 손을 닦아주었다. 그러자 인기척을 느낀 듯 하늘이 잠시 몸을 뒤척였다.

지욱은 아무것도 덮지 않고 잠든 하늘의 몸에 자신이 덮고 자던 이불을 살며시 덮어주었다. 그러나 그녀는 몇 번이나 그 이불을 걷어찼다. 잠결에도 아이처럼 이불을 차내는 하늘의 옆에서 지욱은 다시 덮어주고, 또 덮어주기를 반복했다. 그러다 어느 순간 하늘이 갑자기 허리를 세우고 벌떡 일어나 앉았다. 그러고는 아무렇지 않게 입고 있던 셔츠며 청바지를 혼자서 벗기 시작했다. 옆에 다른 사람이 있다는 걸 전혀 의식하지 못하는 듯했다.

처음엔 지욱도 당황해 시선을 돌리고 말았는데, 여전히 반쯤 정신이 없는 상태에서 눈을 반쯤 감은 채로, 벗은 옷은 곱게 개어 옆에 놓아두고, 다시 침대에 몸을 반듯하게 누이는 모습을 보니 얼마나 웃음이 나오는지 결국엔 피식 웃음을 터뜨리고 말았다.

지욱은 하늘의 벗은 몸 위로 다시 이불을 끌어 올려 주었다. 속옷이 보이지 않게 가슴께까지 이불을 덮어주고, 이번만큼은 다시 걷어차지 못하게 이불 위로 반쯤 엉덩이까지 걸쳐놓았다. 몇 번 버둥대며 걷어차려다 포기하고 만 하늘은 그렇게 다시 새근새근 고운 숨을 뱉어내며 깊은 잠 속으로 빠져들었다.

지욱은 그때, 종일 피로가 겹겹이 쌓인 몸은 금방이라도 지쳐 죽을 것처럼 힘들었지만 이상하게도 머리가 맑았다. 이대로 몸을 누인데도 쉽게 잠이 올 것 같지가 않았다.

지욱은 냉장고에서 맥주를 한 캔 꺼냈다. 목 넘김이 좋은 맥주를 홀로 마시며 눈으로는 자신의 침대에서 숨을 쌕쌕거리며 자고 있는 하늘의 모습을 바라보았다. 바로 옆에서 숨소리가 들려왔다. 하늘이 몸을 뒤척이다 자신의 쪽으로 돌아누웠기 때문이다. 으음, 하며 하늘이 옅은 신음 소리를 낼 땐 지욱도 저도 모르게 다시 돌아보게 됐다. 나쁜 꿈을 꾸는지 미간이 잔뜩 좁아들어 있었다. 눈가엔 어느새 물기가 맺혀 있었는데, 하늘은 자면서도 흐느꼈다. 여리게 떨리는 어깨, 그리고 간헐적으로 들려오는 흐느낌 소리.

무슨 꿈을 꾸는 걸까.

꿈에 대체 누가 나오길래…….

안타까움에 지욱은 손에 든 캔을 내려놓고 저도 모르게 손을 뻗었다. 그러곤 흘러내린 머리카락을 쓸어주며 하늘이 다시 안정되기만을 기다렸다.

그런데 갑자기 하늘이 두 팔을 뻗더니 그의 허리춤으로 파고들었다. 그리고 허리를 꼭 안은 채 사타구니에 얼굴을 파묻었다. 입으로는 아마 가지 마, 라고 말했던 것 같다.

"가지 마! 가지 마, 엄마!"

시욱은 그때, 숨이 멎을 것만 같았다. 생각지도 못한 일이었고, 얼굴엔 당혹감이 깃들었다. 밀어내버릴 수도, 그렇다고 그대로 가만히 있을 수만도 없었던 상황!

결국 지욱은 새벽까지 하늘에게 체온을 내어준 채 하늘의 옆자리를 지켰다. 다시 동이 터, 자신의 허리춤을 꽉 쥐었던 손을 하늘이 놓아줄 때까지. 그렇게 밤새 가까이에서 하늘의 숨소리를 들었다.

심장은 터질 듯이 뛰었고, 가슴은 두근거렸다. 왜 두근대는지도 모르는 채 떨림이 종일 멈추지 않았다.

그리고 그 떨림은, 지금도 멈추질 않고 있었다.

그날 밤, 피크 타임이 어느 정도 마무리되어가고, 마감 때가 다 되어서야 지욱은 테이블에 홀로 앉아 늦은 저녁을 먹었다. 그런데 입이 까칠해 무엇을 먹어도 맛이 느껴지지 않았다. 먹기를 그만둔 그가 신경질적으로 포크를 내려놓고 주머니에서 종이를 빼 들었다. 심부름센터 사람들에게 부탁해 사진과 함께 건네받았던 바로 그 종이였다.

이름, 서하늘.

국회의원 서준석과 설치 미술가 이혜원 사이의 외동딸로 태어남.

형제 관계, 없음.

열 살 때, 부모 이혼.

이혼 후, 어머니 이혜원은 프랑스로 출국.

이후, 비행기 사고로 사망.

아버지 서준석은 이혼 후 바로 재혼, 슬하에 1남 1녀를 두고 있음.

스무 살에 독립.

현재, 아버지와의 왕래, 전혀 없음.

지욱은 종이를 구겨버렸다. 그러고는 종이와 함께 동봉되어 있던 하늘의 사진을 다시 한 번 들여다보았다. 지금보다 좀 더 앳된 모습의 그녀가 사진 속에서 활짝 웃고 있었다. 그늘은 없어 보였다.

'누구, 부를 사람은 없어요? 하늘 씨 간호해줄 사람.'

불현듯 긴 한숨이 뿌려졌다. 이윽고 스멀스멀 고개를 드는 기억의 편린들과 함께 말할 수 없이 큰 죄책감이 밀려왔다.

좀 더 일찍 돌아볼걸.

안타까운 후회! 그리고 자책!

지욱은 순간순간 화가 나고 열이 올랐다.

물론 그 여자가 보내온 그간의 시간을 두고 자신이 뭐라 할 계제는 아니다. 서로가 정확히 무엇이다 명명할 수 있는 이렇다 할 관계에 있는 것도 아니고, 굳이 말로 끄집어낸다면 그의 입장에선 그럭저럭 관심, 호기심이라고밖엔 붙일 수 있는 적합한 단어가 없었다. 하지만 결코 가벼운 관심은 아니었다. 엄밀히 말해서 단순한 호기심이라고 볼 수도 없었다. 그랬다면 오랜 시간 동안 공을 들여가며 굳이 찾으려 하지도 않았을 테니까.

하지만 그는 진심으로 바랐다. 지난 시간 그 역시 힘들었지만 그 힘듦을 견뎌내고 자신이 보내온 시간처럼 어디선가 그녀도 잘 지내고 있기를. 또 만약 그 사실을 눈으로 확인할 수 있게 된다면 그의 마음도 비로소 그날의 기억에 구속된 감정의 찌꺼기로부터 자유로워질 수 있을 거라 그렇게 믿었었다.

그런데 하늘을 만나고 나서부터 그의 마음은 더 혼란으로 얽혀 갔다. 그의 속에서는 이미 때를 분별할 수 없는 감정이 슬금슬금 고개를 들고 올라와 머릿속을 어지럽히고 있었다.

마치 도돌이표처럼, 그날의 기억으로부터 자유로워지기는커녕 한층 더 마음이 무겁고 종일 한 생각에 사로잡혀버린 것이다.

'만나서 어쩔 건데? 뭐, 계획이라도 있어?'

'계획 같은 거 없어. 그냥 궁금해. 보고 싶을 뿐이야. 잘 지내는지…… 잘 지내왔던 건지…… 직접 눈으로 봐야 마음이 놓일 것 같아.'

분명한 건, 마음이 놓이질 않았다.

그래서였을까. 단순히 초록색 런치박스를 집 앞에 매일 놓아주는 것에서 벗어나 지욱은 이제 매일, 직접 하늘을 찾게 됐다.

이튿날에도 지욱은 하늘의 병실을 찾았다. 그리고 그 이튿날에도, 또 이튿날에도 매일 하늘을 찾아갔다. 걸음이 저절로 그렇게 이끌어졌다.

그렇게 하늘의 퇴원을 하루 앞둔 날, 지욱은 혼자 가게에 남아 퇴근도 미루고 하늘에게 가져갈 에피바게트를 만들고 있었다. 그런데 어떻게 알고 재준이 다가와 넌지시 말을 건넸다.

"뭐 해?"

지욱은 대답하지 않았다. 재준은 다시 물었다.

"음, 메뉴 개발? 보니까 그건 아닌 것 같고……. 이건 만들어서 누구 줄 건데?"

돌아갈 생각도 않고 계속되는 재준의 채근에 결국 지욱이 담담히 대답을 내놓았다.

"하늘 씨가 병원에 입원해 있어."

재준이 곧바로 놀란 눈을 했다.

"왜? 어쩌다가? 그럼 너, 그래서 지금까지 혼자 남아 하늘 씨 갖다 줄 거 만들고 있었던 거야?"

지욱은 부정하지 않았다.

"와, 열부 났네, 열부 났어! 내가 말했지? 너 이거……!"

지욱은 그때, 재준으로부터 지겹도록 들어온 말을 중간에서 잘랐다.

"알아! PTSD! 안다고, 나도! 나아지려 이러는 거야. 괜찮아지려고……!"

받아치는 목소리가 가늘게 떨렸다. 재준은 흠칫하다 그 순간 눈빛을 키우며 지욱을 보았다.

"너 이거, 오늘이 처음 아니지?"

여전히 아무렇지 않은 얼굴로 바게트를 반죽하는 지욱의 모습을 삼피는 듯한 시선으로 보면서 재준은 제자리를 뱅뱅 돌며 소리 쳤다.

"대단하다! 대단해! 아, 하늘 씨가 이 사실을 알면 얼마나 기가 막힐까!"

처음 말을 꺼낸 순간부터 시종 거친 말투로 몰아붙이는 재준에게 지욱은 끝까지 담담한 말투로 말을 건넸다.

"그 여자는 몰라. 모르게 할 거야."

"뭘? 주변에서 얼쩡거리는데 왜 몰라? 어떻게 몰라? 그렇게 들이대다간 언젠가 알게 돼 있어. 뭐, 좋은 과거라고 들추고, 헤치고……. 모르겠다! 진짜 널 모르겠어!"

화가 나 소리치다가도 어느새 안타까운 얼굴로 돌아와 있던 재준이 다시 깊은 한숨을 내쉬었다.

"차라리 하늘 씨가 어디 멀리 이사라도 가길 기도해야겠다. 아님, 다시 집으로 들어가든가!"

그 말에 순간 의아한 기색을 보이던 지욱이 말을 되받았다.

"형이 그걸 어떻게 알아? 그 사람, 정말 집 나와 사는 것 같던데……."

"왜? 심부름센터에서 그건 안 가르쳐주든? 몰라, 나도!"

재준이 빽 고함을 쳤다. 그러나 화가 나서 그러는 것은 아니었다.

"너 진짜 어쩔 거냐?"

재준은 내처 말을 덧붙였다.

"앞으로 어떡할 거냐고!"

순간 두 남자의 눈빛이 교차했다. 지욱은 이내 그 시선을 끊었다.

"그 사람한테 내가 할 수 있는 건 다 해주고 싶어."

말을 마치며 피식 씁쓸하게 웃던 지욱은 이내 아무 일도 없었다는 듯 가위를 비스듬하게 들어 '이삭'이란 뜻을 가진 '에피'라는 이름답게 반죽의 모양을 잡아갔다.

재준은 그 모습을 보며 곰곰 생각에 잠겼다. 그러곤 별안간 머릿속에 떠오른 질문을 던졌다.

"너 방금 그 말, 무슨 뜻이냐?"

지욱은 아무 대답도 하지 않았다. 대신 빵을 오븐에 넣고 주변을 정리하는 손길만 점차 빨라져 갈 뿐이었다. 그런 지욱에게서 시선을 떼지 않으며 재준이 말했다.

"탓하지 마. 하늘 씨가 과거에 어떤 시간을 보냈든 지금 어떤 생활을 하고 있든 너랑은 아무 상관 없는 일이야. 자책하는 건…… 미련하고 바보 같은 짓이다. 아니, 나는 아직도 네가 왜 그 사고에 매여 있어야 하는 건지도 잘 모르겠다. 솔직히 네 잘못도 아니잖아!"

달래듯 타이르듯 하던 재준의 말은 계속 이어졌다.

"하늘 씨 그동안 잘 살아왔어. 너도 봤으니까 알 거야. 어딘가 당찬 데가 있는 여자야. 똑똑하고, 야무지고, 무엇보다 예쁘고, 사랑스러워. 나무랄 데가 없어. 집을 나와 사는 것도 자의라고 들었어. 자립심이 강해. 원래가 그런 여자야. 아버지와 관계도 난 세상 사람들이 떠들어대는 것보단 아니라고 생각해. 정이 많은 사람이니까. 그러니까 내 말은, 네가 걱정할 거 하나도 없다는 뜻이다.

아니, 오히려 너랑 나보다도 사정이 더 나을지도 모르지. 태어나
낳아준 엄마 얼굴 한 번 못 보고 살아온 너보단…… 그만하면 훨
씬 나은 인생 아니냐?"

말을 하다 보니 저도 모르게 지욱의 아픈 부분까지 끄집어내고
말았다. 그 사실에 아차 싶었던 재준은 다시 말을 정정했다.

"난…… 네가 너를 좀 그만 괴롭혔으면 좋겠어."

그렇게 외치고 주방을 나가려는데, 뒤에서 아릿한 지욱의 말소
리가 들렸다.

"그 사람 내일 퇴원해. 오전에 두 시간만 빼줘."

재준은 걸음을 멈추고 다시 그런 지욱을 걱정스럽게 바라보았다.

바보 같은 윤지욱, 고작 씻지 못한 죄책감 하나로 한 여자 인생
전체를 떠맡으려는 생각인 걸까.

그저, 안타까울 따름이었다.

"두 시간만이다."

재준은 애써 담백한 목소리로 말을 덧붙였다.

"너 때문이 아니라 하늘 씨 때문에 보내주는 거야."

하지만 그가 한 가지 모르는 사실이 있었다.

지욱의 마음속에는, 이미 죄책감만 남아 있는 게 아니라는 걸.
그보다 더한 감정이 조금씩 고개를 드는 중이라는 것을.

병원에서의 시간은 생각보다 빠르게 지나갔다. 일단 진통제를
맞으면서부터 고통이 어느 정도 잦아들어갔고, 또 오랜만의 휴식
이라고 생각하니 오히려 며칠 입원해 있으면서 쉬는 것도 나쁘진

않을 거란 판단에 조금씩 마음도 편해졌다.

단, 펑크 난 레스토랑 리뷰만큼은 여전히 걱정이 됐다.

정오쯤 되어 하늘은 하 차장에게 전화를 걸었다. 이번만큼은 단단히 잔소리를 들을 각오까지 하고서.

"차장님, 이번 레스토랑 리뷰 말인데요. 죄송하지만 이번 엔⋯⋯."

당연한 얘기겠지만 말하는 목소리가 자꾸만 기어들어갔다. 그런데 돌아오는 대꾸가 생각 외로 너무나 뜻밖이라 하늘은 당황하고 말았다.

"아, 리뷰? 그거 해결됐어!"

"네?"

"시간이 촉박해서 오탈자 몇 개 손보고, 그냥 바로 인쇄 넘겼다. 아무튼 수고했어!"

뚝. 전화는 그렇게 어이없이 끊어졌다.

'이게 무슨!'

재빨리 전화를 걸어보았지만 계속 통화는 연결되지 않았다.

처음엔 의아하단 생각이 들었다. 하지만 그것도 잠시, 나중엔 별다른 의미를 두지 않게 되었다. 아마도 바쁘니까 전화는 불통인 것이겠지. 그러다 결국 급한 마음에 본인이 기사를 썼겠지, 하늘은 그렇게 생각했다. 사실 리뷰 코너는 하늘의 독자적인 코너가 아니라 언제나 하 차장의 이름을 함께 달고 나가곤 했으니까 충분히 그런 일도 일어날 수 있었다.

게다가 머릿속엔 이미 다른 고민이 더 걷잡을 수 없이 차올라

한 생각에만 빠져 있을 수가 없었다.

하늘이 일주일을 꼬박 병원에 입원해 있는 동안 지욱은 하루가 멀다 하고 그녀의 병실을 찾아왔다.

지욱은 매일같이 병원에 들러 출근도장이라도 찍듯 하늘의 후줄근한 얼굴을 보고 갔다.

어느 날은 출근을 하기 전에, 어느 날은 퇴근길에, 주로 이야기를 하는 사람은 그였고, 하늘은 묵묵히 듣기만 했다.

"메뉴 몇 가지를 더 보완하기로 했어요. 오시는 손님 모두에게 수플레도 제공하기로 했고요. 오늘 처음 개시했는데 반응이 괜찮네요. 하늘 씨도 맛보게 해주고 싶어서 들고 왔는데…… 오늘쯤은 식사, 괜찮죠?"

가스가 나온 그날, 그를 통해 다시 맛본 블루베리 수플레의 맛은 정말 환상이었다.

게다가 병원에 꼼짝없이 갇혀 지내는 신세다 보니 달리 피할 길도 없었다. 또 매일같이 그의 방문을 맞다 보니 어느 순간부터 하늘은 그가 올 시간 즈음이면 머리도 한 번 더 빗고, 거울도 한 번 더 들여다보게 되었다. 그 사람을 꽤나 의식하고 있다는 걸 깨달은 것도 그 무렵의 일이다.

그렇게 일주일이란 시간이 흐르고, 어느덧 하늘이 퇴원하는 날이 다가왔다. 하늘은 미연에게 미안한 부탁이지만 급히 확인해볼게 있으니 새로이 발간된 〈엘 푸드〉를 전해달라고 말했다. 미연은 이를 흔쾌히 허락했고, 이튿날 출근길에 미리 사둔 〈엘 푸드〉를 하늘의 손에 전해주었다.

병실을 나서면서 미연은 지나듯이 얘기했다.

"런치박스 말이야, 드디어 실종됐어."

"뭐?"

"너 입원하고부터 쭉! 어떻게 알았는지 한 번을 안 와."

미연이 나간 뒤, 하늘은 별안간 이상한 예감이 들어 〈엘 푸드〉를 재빨리 펴 들었다. 그러곤 가장 먼저 레스토랑 리뷰 기사를 찾아 눈으로 읽어 내려갔다.

프렌치 레스토랑,「르 파니에」

제목을 확인한 순간, 하늘의 눈빛에는 당혹감이 어렸다. 하늘은 떨리는 마음을 붙들고 계속 기사를 읽어 내려갔다.

2014년 현재.

대한민국 서울에는 정통 프렌치를 표방하는 수많은 프랑스 음식점이 있다. 그중에서도 「르 파니에」는 20년 가까이 이어져 온 전통 있는 레스토랑! 쌓아온 세월만큼이나 단골손님들도 많다.

최근, 그런 「르 파니에」의 셰프가 바뀌었다. 바로 '르 코르동 블루' 출신 윤지욱이 레스토랑의 헤드 셰프를 맡은 것!

IKA 독일 세계 요리 올림픽, 이외에도 해외 유수의 굵직굵직한 대회에서 당당히 여러 차례 수상을 했을 만큼 그는 알려진 대로 광장한 실력파다. 본지의 에디터 역시 '윤지욱'이라는 그 이름 세 글자에 설레는 마음으로 레스토랑을 찾았다.

그런데, 기대치가 너무 높았던 탓일까.

기대가 크면 실망도 큰 법, 대체 IKA에서 메달을 땄다는 실력은 어디로 증발해버린 것일까.

주문한 음식들이 차례로 나오고, 나는 비탄에 젖었다.

일일이 맛을 품평할 수도 없을 만큼 엉겨 붙은 소스, 주문한 스테이크는 미디엄인지 웰던인지 알 길 없이 나와 나를 당황시켰다. 탄 듯이 너무 익은 고기. 전체적으로 너무나 미숙하고 섬세함이 부족한 맛 앞에 나는 실망을 금치 못했다.

메트르 도텔(Maitre D'Hotel)이 따로 있음에도 불구하고 발을 동동거리며 홀을 누비는 셰프!

나는 잠시 착각에 빠졌다.

이곳이 프렌치 레스토랑인가, 대학 축제의 주막인가!

레스토랑의 경영과 손님에게 맛있는 음식을 제공하는 일은 근본적으로 차원이 다른 문제다.

자칫하다간 선무당이 사람 잡는 꼴이 될 수도 있다는 얘기.

어느 한쪽으로도 집중하지 못하는 「르 파니에」가 지금, 위기를 맞았다.

바야흐로 선택과 집중이 필요한 시점.

아무래도 큰 변화가 필요할 것 같다.

레스토랑 평점 : 별 한 개 반.

그리고 그 아래에 바로 그녀의 이름이 있었다.

에디터, 서. 하. 늘.

"악! 마, 말도 안 돼!"

하늘은 비명을 질렀다.

어떻게 이런 식의 기사가 날 수 있을까? 게다가 별 한 개 반! 레스토랑 평점이 별 한 개 반이라니!

아무리 형편없는 레스토랑이라 할지라도 그동안은 최하가 별 3개였다. 많으면 5개, 심지어 잡지사 대표의 장인이 하는 레스토랑에는 별을 7개까지 갖다 붙인 적도 있었다. 그런데 자신의 추억에 마지않는 레스토랑 「르 파니에」가 끔찍하게도 별 한 개 반이라니!

순간 머릿속에 지욱의 얼굴이 떠올랐다. 그러자 더욱 걱정이 앞섰다. 대체 그가 어디에서 이런 식의 평을 들어보았을까.

화도 나고 기도 막히고. 하늘은 곧장 하 차장에게 전화를 걸었다. 그리고 전화가 연결되자마자 다짜고짜 고함쳐 따졌다.

"이 리뷰, 뭐예요?"

―아, 기사 봤구나?

"이게 도대체 어떻게 된 일이에요? 왜 내가 쓰지도 않은 레스토랑 리뷰가 내 이름을 달고 나가요?"

분노한 하늘의 외침에 하 차장은 금세 꼬리를 내렸다.

―미안. 부탁을 좀 받았어.

"부탁요? 무슨 부탁요?"

―리뷰 실어주면 인수 합병 때 내 승진도 고려해주겠다고…….

"누가요? 차장님한테 누가 그런 부탁을 해요?"

하늘의 목소리가 높았다. 것도 지나치게. 말을 하면 할수록 더 화가 치밀어 목소리는 자꾸만 더 높아졌다.

그리고 잠시 후, 한참 만에 하 차장의 대답이 이어졌다.

―상 기사. 〈온 더 푸드〉 킴풍호기 직접 기사 들고 찾아왔었어.

"세, 세상에!"

순간 하늘은 온몸에 소름이 오스스 돋았다.

―너도 알지? 내 승진, 국장 때문에 몇 년째 막혀 있는 거. 나로서도 어쩔 수가 없었어. 너는 연락이 안 되지, 기사는 펑크 나게 생겼지, 그 지면을 어떻게 때워! 웃기게 철 지난 앙케이트 같은 걸로 채울 수도 없고, 그렇다고 내가 어디서 갑자기 광고를 끌어오니. 마침 풍호가 기사까지 써서 바치니까 얼씨구나 했지.

"그게 지금 말이 된다고 생각하세요? 다른 사람도 아니고 차장님이 어떻게……! 어떻게 저한테……!"

―알아! 너 생각하면 그래선 안 되는 거 아는데…….

하 차장은 말을 잇지 못했다. 하늘의 입에서도 덩달아 긴 한숨이 내쉬어졌다.

―다른 곳도 아니고 「르 파니에」라고요! 「르 파니에」였단 말이에요!

하늘이 울먹이며 소리쳤다.

그런데 그때, 갑자기 병실 문이 열리며 이른 시간부터 예고도 없이 지욱이 모습을 드러냈다.

"감자수프 좀 끓여 왔어요. 따뜻할 때 듭시다!"

손엔 직접 구운 에피바게트까지 수북이 담아가지고서.

순간, 하늘의 눈에 지욱이 들고 온 노란색 봉투가 초록색 런치박스로 보였다. 그러고 보니 올 때마다 그는 매일같이 무언가를 만들어 왔다. 가스가 나온 뒤, 식사를 할 수 있게 됐을 때부터 병원식이 물리지 않느냐는 핑계와 함께 간단한 죽과 디저트, 신선한 야채와 과일 샐러드를 매일같이 들고 찾아왔었다.

일순 하늘의 몸이 움찔 굳었다. 머릿속에선 미연이 남기고 간 말까지 떠올랐다.

'런치박스 말이야, 드디어 실종됐어. 너 입원하고부터 쭉.'

"다, 당신이었어요?"

하늘은 말을 더듬었다.

"뭐가요?"

지욱은 아무렇지 않게 대꾸하며 환자용 침대 위에 직접 테이블을 세워놓고 고소한 향이 나는 에피바게트와 막 끓여 따뜻한 김이 모락모락 올라오는 감자수프를 올려놓고 있었다.

"에피바게트 말이에요, 이렇게 수프에 찍어 먹어봐요. 발효된 빵이라 훨씬 더 고소할 거예요."

먹기 좋게 수프가 담긴 그릇을 앞으로 밀어주는 지욱의 손을 보면서 하늘은 그저 얼음이 된 채, 아무 말도 못하고 꼼짝 없이 눈물이 그렁한 눈으로 시선을 떨어뜨렸다.

그러다 돌연 지욱이 내민 그릇을 멀찍이 밀어버렸다.

"왜 그래요? 무슨 일이에요?"

갑자기 눈물 한 방울이 툭 뺨을 타고 흘러내렸다. 손에선 「르파니에」의 리뷰가 실린 〈엘 푸드〉의 페이지가 마구 구겨져 나가고 있었다.

"내가…… 당신한테 무슨 짓을 한 줄 알아요?"

하늘이 외쳤다.

'아아, 어떡해!'

속에선, 차마 소리가 되어 나오지 못한 비명을 삼키며.

제8화. 좋은 사람

하늘이 극구 만류하는데도 지욱은 하늘의 퇴원 준비를 도왔다. 너무나 자연스럽게 병실을 정리해주고, 퇴원 수속을 밟고, 자신의 짐들을 번쩍번쩍 들어주는 모습을 보면서 하늘도 이 남자가 자신에게 갖고 있는 확실한 호감을 느낄 수 있었다. 그저 충동적으로 이러는 것 같진 않았다.

병실에서 쓰던 짐을 모두 들고 나와 나란히 엘리베이터 앞에 섰을 때였다. 하늘이 혼잣말하듯 중얼거렸다.

"자꾸 빚만 지게 되네요."

이미 알고 있을 거라 생각했다. 잡지가 나온 지 이틀쯤 됐으니 이미 타인의 입을 통해서라도 잡지에 실린 기사를 보았을 테고, 그랬다면 필시 기사를 쓴 에디터의 이름 정도는 확인했을 것이다.

본인의 입을 통해 직접 말한 적은 없지만 잡지 맨 뒤편엔 에디터들의 사진이 실려 있으니 자신의 얼굴을 못 알아봤을 리도 없다. 그런데도 지욱은 여전히 어리둥절한 표정을 짓고 있어 하늘을 당황스럽게 만들었다.

"빚이요? 아, 빚……! 그건 잊었다고 했는데?"

지욱은 엘리베이터에서의 일을 떠올리며 피식 웃었다. 하지만 하늘의 마음은 시간이 갈수록 더 불편해졌다. 상대가 괜찮대도 우선은 깨끗이 사과를 하고 싶어졌다.

"그날 밤 일…… 솔직히 어떻게 생각하셔도 상관은 없는데요, 정말 그런 적은 처음이었어요. 그렇게 어마어마한 실수를 저지르리라곤……. 그래서 사실 윤지욱 씨 피해 다니려고도 했어요. 도저히 얼굴을 마주 볼 수가 없어서. 창피하고, 부끄러웠거든요. 그날 일은…… 진심으로 사과드릴게요."

"괜찮아요. 마음에 담아두지 말라고 했잖아요."

지욱은 여전히 아무렇지 않다는 듯 웃었다. 하지만 하늘은 공연히 더 마음이 괴로워져 고개를 숙였다. 그보다 더 큰일이 벌어지고 있었기 때문이다.

물론 그 리뷰가 자신이 직접 쓴 기사는 아니었다. 하지만 이미 자신의 이름을 달고 나간 뒤였다. 게다가 상황이 이렇게 된 데에는 알게 모르게 자신이 저지른 잘못도 컸다. 하늘은 그 부분만큼은 전적으로 자신이 확실히 책임을 져야 한다고 생각했다.

"그게, 전부가 아니에요."

지욱이 고개를 갸웃했다. 마침 엘리베이터가 두 사람 앞에 도착했지만 하늘은 오를 수가 없었다. 하늘은 다시 느릿느릿 말을 이어갔다.

"기사, 혹시 못 보셨어요? 〈엘 푸드〉에 실린 「르 파니에」 리뷰……."

기사 이야기가 나오자 이제껏 나란히 서 있던 것에서 몸을 돌리며 지욱이 하늘의 얼굴을 빤히 바라보았다. 순간 하늘은 온몸이 멈칫 굳었다. 하늘은 그때, 차마 시선도 마주하지 못하고 가까스로 말을 뱉었다.

"맞아요, 제 탓이에요. 일이 이렇게 된 건 다 저 때문이에요. 변명하지 않을게요. 화, 많이 나셨죠?"

그런데 하늘이 힘겹게 전한 사과의 말에 별안간 뜬금없는 대꾸가 이어졌다.

"혹시 나에 대해…… 기사 썼어요?"

"네?"

"어디 봅시다! 가져와 봐요!"

하늘은 멈칫하면서도 주춤주춤 뒤로 물러나 얼결에 가방 속에 집어넣었던 〈엘 푸드〉의 화려한 커버스토리가 박힌 잡지를 건넸다.

지욱은 하늘에게 건네받은 잡지를 슥 훑어보다 「르 파니에」의 레스토랑 리뷰가 적힌 페이지를 손끝으로 짚었다. 그의 시선은 이내 리뷰가 적힌 페이지에 고정되었고, 덩달아 하늘의 가슴도 졸아들었다.

"이야, 제대로 까는 기사네요? 채찍질이…… 좀 맵네요."

화를 내도 시원치 않을 판에 시선을 들어보니 기사를 다 읽은 그가 어이없게도 피식 웃고 있었다. 하늘은 순간 당혹스러웠고, 자꾸만 느껴지는 어색한 기운에 난감한 얼굴이 되어 말을 끌었다.

"욕을 하고 따지세요! 기사를 왜 그따위로 썼느냐고……!"

하지만 놀랍게도 지욱은 자꾸만 엉뚱한 대구를 내놓아 그녀의 입장을 더 곤란하게 했다.

"내가…… 왜 당신한테 욕을 합니까?"

"하세요, 욕! 차라리 욕먹는 게 마음 편하다고요!"

"싫습니다!"

"하시라니까요?"

욕을 해라 마라 하는 상황도 우습지만 싫다고 버티는 것도 기막혔다. 하늘은 말을 하면 할수록 마음이 더 답답해졌지만 이왕 말을 뱉은 거, 처음 하려던 말까지 모두 끄집어내기로 했다.

"만약 이번 일로 「르 파니에」의 가게 운영에 지장을 받게 되면, 그래서 윤지욱 씨 커리어에 커다란 흠집이 났다고 생각하신다면…… 절 명예훼손으로 고소하셔도 좋아요."

지욱은 순간 자신의 귀를 의심했다.

"뭐라고요? 뭘…… 해요?"

하늘은 울며 겨자 먹기로 '고소'라고 다시 대답했다. 그러나 그런 하늘의 모습을 한참 바라보던 지욱은 도리어 편안해진 얼굴로 차분히 말을 이었다.

"당신이 나를 잘 몰라서 그런 말을 하는데, 명예훼손 운운할 만큼 나 그렇게 대단한 사람 아닙니다. 고소라니. 당치도 않아요. 방금 그 말은 못 들은 걸로 하겠습니다."

"기사 보셨잖아요!"

"봤습니다."

"제대로 읽어보신 거 맞아요?"

"네, 봤어요. 근데 그게 어떻다고요?"

하늘은 답답한 마음에 크게 소리쳤다.

"제가, 「르 파니에」를! 아니, 당신 이력에 커다란 흠집을 냈다고요!"

그러나 지욱은 오히려 그 말에 반문했다.

"그럴 만한 사정이 있었겠죠. 내 말이 틀립니까?"

이쯤 되니 하늘은 슬슬 그의 말을 듣고 있는 것 자체가 불편해졌다.

고소를 안 한다니, 물론 좋은 일이기는 하지만 받아들이기가 쉽지 않았다. 당황스럽다고 해야 하나. 일단 미안한 마음을 떨칠 수가 없었고, 하늘은 갑자기 머릿속이 멍해진 기분이었다.

"힘들 텐데, 언제까지 여기서 이렇게 실랑이하면서 서 있을 겁니까? 일단 집으로 데려다줄게요. 가서 좀 쉬어요. 그리고 컨디션 괜찮으면 저녁 때 얼굴 잠깐 봅시다."

'얼굴을…… 또 봐?'

당황해서 우물쭈물 망설이는 하늘에게 지욱의 다시 물었다.

"싫습니까?"

"아, 아뇨!"

시원스레 나간 승낙의 표현에 이어 하늘은 내처 말을 건넸다.

"대신, 오늘은 제가 술 한잔 살게요."

"술이요?"

지욱이 곧바로 놀란 눈을 했다. 엘리베이터에서 그 난리를 피웠는데 퇴원 첫날부터 술이라 기막히다, 이거겠지. 하늘은 서둘러 말을 덧붙였다.

"꼭 드릴 말씀이 있어서 그래요."

사실 얘기라면 병원에 있는 동안 그로부터 많은 말들을 들어왔던 그녀였다. 하지만, 이제는 그녀가 물을 차례였다. 그녀 자신이 궁금했던 것들을 물을 차례. 그러기엔 술자리가 더할 나위 없이 편할 것이다.

"몇 시쯤이 좋겠어요?"

"끝나고 전화해요. 기다릴 테니까."

하늘의 대답이 만족스러운 듯 지욱의 입꼬리가 희미하게 올라갔다.

그날 밤, 지욱은 다시 하늘을 찾았다. 하늘은 그의 걸음을 그녀가 자주 찾곤 하는 포장마차로 이끌었다.

본격적인 밤 시간대 영업의 시작이라 더없이 바빠 보이는 주인 아저씨는 빚잔치를 하러 왔다는 그녀의 말에도 그다지 반응을 보이지 않았다. 다만, 하늘과 동석한 지욱의 얼굴을 가끔가다 흘끔거리기는 했다. 이놈이 누굴까, 살피는 듯한 시선이 여러 차례 그의 얼굴을 훑고 지나갔다.

하늘이 먼저 입을 뗐다.

"나 맹장인 줄은 어떻게 알았어요?"

"바칼로레아(BAC)를 치고 PCEM에 잠시 지원했었어요."

"그거, SAT 같은 건가요?"

"맞아요. 프랑스에서 치는 수능 시험 같은 거예요. PCEM은 의대 1학년 과정을 의미하고요. 2년 과정인데 한국에서도 예과대 본과대가 갈리잖아요. 예과 과정이라 생각하면 아마 이해가 빠를 거예요."

"코르동 블루 출신이라면서요?"

"어? 나에 대해서 굉장히 많이 알고 있는데?"

지욱이 코를 찡긋하며 웃었다. 어쩐지 대답이 궁색해 시선만 이리저리 던지고 있는 하늘에게 다시 지욱의 대꾸가 이어졌다.

"나는 그때 내가 뭘 좋아하는지 몰랐어요. 막연하게 아픈 환자들을 돌보는 의사가 되면 삶을 좀 더 뜻있게 쓸 수 있겠구나 해서 선택한 거였는데, 막상 부딪쳐보니 쉽지가 않더라고요. 시험에 합격해 PCEM 두 번째 과정까지는 진학했었는데 불명예스럽게도 나는 중도 하차 케이스예요. 실습 과정이 본격적으로 시작되니까…… 우습게도 피 보는 게 정말 싫더라고요."

지욱은 말을 하면서도 멋쩍은지 머리를 긁적였다. 그렇게 무심코 눈길이 간 그의 손에 도드라진 흉터들이 순간 하늘의 눈에 들어왔다.

"손에…… 상처가 많네요."

지욱은 다시 한 번 머쓱하게 웃었다.

"칼에 베이고 불에 데는 게 새삼스러울 게 없는 직업이잖아요. 물론 개인적으로…… 노력도 참 많이 했어요. 뭐, 지금은 훈장

쯤으로 여기고 살고 있지만."

문득 옛일이 떠오른 듯 그는 씁쓸히 말을 이어갔다.

"사실 직업적으로 요리사가 된 데는 계기가 있었어요. 어릴 때, 그러니까 실습생 시절에 어떤 환자분을 만났는데…… 우연히…… 어떤 기회로 알게 된 환자였는데…… 죽어가는 그 사람의 모습을 보면서도 내가 할 수 있는 일이 아무것도 없더라고요. 정말 괴로웠죠. 두렵기도 했고요. 그런 무력감…… 태어나서 처음 느껴봤거든요. 만약 내가 계속 이 길을 간다면 언젠가 이런 일들을 무수히 많이 겪게 될 텐데, 그때마다 나는…… 아마도 그날의 기억에서 헤어 나오지 못할 것 같았어요."

"아!"

하늘이 작게 탄식했다. 지욱은 그런 하늘의 눈을 들여다보며 계속 말을 이어갔다.

"이런 말 어떻게 들릴지 모르겠지만…… 나는 나를 잘 알아요. 그래서 다른 길을 찾은 거죠. 미련도 두지 말자, 후회도 하지 말자…… 나의 삶을 뜻있게 살 수 있는 길은 솔직히 의사가 되는 것 말고도 얼마든지 있을 테니까……."

"그래서 지금은 어떤데요?

지욱은 하늘의 질문에 잠시 뜸을 들이다 대답했다.

"적어도 내 선택에 후회는 없습니다."

후회 없다 말하는 대답이 다부졌다. 진심인 것 같았다.

하늘은 다시 정신을 가다듬고 지욱의 얼굴을 빤히 보았다. 이제는 자신이 준비했던 말을 꺼낼 차례였다.

오늘 이 자리를 마련한 이유. 술 한잔하자는 말을 먼저 꺼내면서까지 그를 불러낸 이유는 사실 하고 싶은 말이 있어서였다.

"저기요, 윤지욱 씨……."

그런데 갑자기 여기저기에서 주문이 밀려들어 하늘의 목소리가 말려들어 갔다.

"아저씨, 여기요!"

"아저씨! 여기, 주꾸미 한 접시 더요!"

"사장님, 소주 한 병 더 주세요!"

"네, 갑니다! 가요!"

어느새 포장마차 안은 비어 있는 테이블 하나 없이 빼곡히 메운 사람들로 가득 차 있었다. 오늘따라 정신없이 밀려드는 손님들로 인해 주인아저씨는 쏟아지는 주문들을 받느라 정신이 하나도 없어 보였고, 그 소리에 파묻혀버린 하늘의 말소리는 그대로 허공으로 흩어져버렸다. 바쁜 중에도 이런 그녀의 테이블을 주시하고 있던 주인아저씨가 지나가며 슬쩍 말을 건넸다.

"이거 미안해서 어떡하지. 통 신경을 못 써주네. 하필 오늘따라 아들놈도 송별회니 뭐니 한다고 술 마시러 가버려서 말이야. 일손이 영 딸려."

"송별회요?"

"그 녀석, 군대 갈 날 받아놨잖아. 술장사하는 애비 놔두고 며칠째 술을 아주 옴팡지게 먹고 있다."

다른 때는 포장마차 일이 바빠 보이면 부탁하지 않아도 먼저 일어나 곧잘 가게 일을 돕곤 했었는데 오늘은 일행이 있어 팔을 걷어붙이고 나설 수도 없는 형편이었다.

어떡해야 하나. 하늘이 다소 멍해진 시선을 아래로 내려뜨리고만 있는데 불현듯 지욱이 물었다.

"친합니까?"

"네?"

"여기 주인아저씨랑 잘 아는 사이냐고요."

이건 또 무슨 소릴까. 그 순간에도 속을 알 수 없는 갈색 눈동자가 빤히 그녀를 향해 있었다. 하늘은 주섬주섬 떠오르는 대답을 꺼내놓았다.

"네. 제가 아주 좋아하는 분이에요."

"잠깐만요. 잠깐만 자리에 있어요."

하늘에게 잠시만 자리를 지켜달란 말을 남긴 지욱은 갑자기 벌떡 일어나더니 빠른 걸음으로 성큼 걸어가 조리대 옆에 섰다. 그러고는 마침 준비한 재료가 동나 다시 재료 손질에 들어가야 했던 주인아저씨에게 양해를 구하곤 스스럼없이 칼을 건네받아 양파며 호박, 대파를 순식간에 손질해 채 썰어냈다. 포장마차 안의 허름한 조리대가 일류 레스토랑의 주방으로 변모한 것은 순식간이었다. 놀랍게도 그는 즉석에서 양념장까지 새로 만들어내 주문받은 해물 요리들을 깔끔하게 볶아냈다. 주인아저씨의 얼굴에는 당황한 기색이 역력했지만 그것도 잠시, 그의 화려한 손재간에서 좀처럼 눈을 떼질 못했다.

가만히 그 모습을 지켜보고 있던 하늘도 점점 더 발길을 그 앞으로 당겼다.

"윤지욱 씨, 이런 것도 할 줄 알아요?"

지욱은 대답 대신 작게 미소를 지어 보였다. 보일 듯 말 듯 입가에 살짝 걸린 미소. 그리 환하지 않은 조명 아래에서도 그의 미소가 눈부셨다.

어느새 주물 팬 안에는 주꾸미 볶음이 완성되어가고 있었다. 접시에는 오이 돌려깎기로 만든 푸릇푸릇한 숲이 만들어졌다. 바다와 숲, 푸른 지중해가 이 동그란 접시 하나에 다 담긴 것만 같았다. 손재간이 정말 예술인 남자. 먹기가 아까울 정도다.

짧은 시간 대단한 활약을 마친 지욱이 자리로 돌아오자 그의 도움 덕분으로 일단 한숨을 돌린 주인아저씨가 다가와 구운 가리비를 한 접시 내밀었다.

"이거 초면에 너무 큰 신세를 졌네. 오늘은 가리비가 참 좋아요. 드시고 더 말씀하세요."

"감사합니다. 잘 먹겠습니다."

두 남자가 마주 보고 웃었다. 소주에 곁들인 가리비를 맛있게 먹고서 가게를 나오기 전 그 답례로 가리비구이에 어울릴 그럴듯한 소스까지 만들어놓은 지욱은 첫 만남에 이미 3년 세월을 알고 지낸 자신보다 더 주인아저씨와 친해진 것 같았다.

가게를 나오면서 지욱이 지나가듯 말했다.

"좋은 분이시네요."

"좋은 분이란 거, 어떻게 알아요? 오늘 처음 만나셨잖아요?"

하늘의 질문에 지욱이 담담히 대답했다.

"사람, 눈 보면 알죠. 아, 이 사람 정말 좋은 사람이구나."

'사람의 눈이 마음의 창이란 말을 하고 싶은 건가?'

하늘은 이 남자의 눈에 비칠 자신의 모습이 문득 궁금해졌다. 하지만 그런 생각이 드는 게 한편으론 당황스러운 것도 사실이었다. 지금 하늘의 입장에선 하려던 말이 그게 아니었으니까.

"사실…… 오늘은 지욱 씨한테 할 말이 있어서 보자고 그랬어요."

"알아요. 그런 것 같았어요."

지욱은 하늘의 이야기를 잠자코 기다려주었다.

"그동안…… 정말 염치 불구하고 윤지욱 씨께서 주신 도시락, 잘 받아먹었습니다. 너무 맛있었고요, 먹는 동안 정말 행복했어요. 고맙게 생각해요."

우선은 초록색 런치박스에 대한 얘기였다. 얼마 전까지 자신의 집 앞에 걸려 있었던 도시락! 병원에 입원한 순간부터 지금까지 문 앞에서 도시락은 자취를 감추었지만, 대신 그가 매일 병원으로 찾아왔었다. 하늘은 더는 그 부담스러운 도움을 계속 받고만 있을 수가 없었다.

하늘은 다시 조심스럽게 입을 뗐다.

"윤지욱 씨."

"네, 듣고 있어요."

"나 사실 말 돌리는 거 잘 못해요. 그래서 그냥 솔직하게 말할 게요. 나요, 지금 그쪽 보는 거 많이 불편해요. 아니, 사실 좀 나아지려던 참이었는데 다시 불편해졌어요. 아주…… 많이요. 그래서 말인데, 이젠 저한테…… 안 그러셨으면 좋겠어요."

다소 껄끄러운 말이었지만 하늘은 묵묵히 해냈다. 아니, 되도록 그러려고 노력했다. 사실 엘리베이터의 일만으로 얼굴을 마주하는 게 껄끄럽고 불편했는데, 레스토랑 리뷰까지 그렇게 터지자 하늘은 더는 지욱을 볼 엄두가 나지 않았다.

그런데 그 순간, 갑자기 예상치 못했던 대꾸가 흘러나와 하늘을 당황스럽게 만들었다.

"뭘, 말입니까?"

"네?"

"초록색 런치박스요? 아님, 내가 하늘 씨한테 조금씩 다가가는 거요? 이유가 뭡니까? 내가 불편한 이유. 나를 한번 납득시켜 봐요."

"지욱 씨!"

"내가 이해할 수 있게 말해보라고요. 내가, 왜 불편한 겁니까?"

"그거야 당연히……!"

"당연하단 말로 대충 도망갈 생각 말고요!"

하늘은 그때 무슨 말을 해야 좋을지 몰라 머리가 멍하고 정신이 없었다. 지욱은 다시 하늘의 눈을 보며 말했다. 그야말로 단도직입적인 말, 한 번 돌려 말하지도 않았다.

"미안하지만 나는 지금 서하늘 씨 생각이 읽혀요. 대체 이 남자는 뭘까, 나와 자꾸만 가까워지는 게 불안한가 본데 안심해요. 나 그렇게 하늘 씨가 걱정해야 할 만큼 속이 불투명한 놈 아닙니다."

"당신이 투명하고 불투명하고가 중요한 게 아니에요. 그냥 내가 싫어요. 윤지욱 씨 같으면 볼 때마다 자꾸 미안한 마음을 느껴야 하는 사람이랑 계속 보고 싶겠어요?"

"네! 나는 봅니다. 그럴수록 더 봐요! 그런데 지금 말은 솔직히 납득이 가질 않네요. 하늘 씨, 나한테 미안한 마음 같은 거 가질 필요 없어요. 말했잖아요. 나는……!"

"아뇨! 내가…… 내가 용납이 안 돼요. 나 언론인이에요. 비록 변두리 푸드 잡지에 칼럼이나 쓰는 기자지만 나름 글 쓰는 사람이고요, 제 글에, 제가 쓴 기사에 대해서만큼은 자부심도 가지고 있어요. 적어도 내 이름을 달고 나가는 글들은 토씨 한 줄까지 다 책임지고 싶은 사람이라고요. 그래서 당신한테 저지른 실수, 솔직히 용납이 안 돼요. 아니, 볼 때마다 더 생각나 괴로울 것 같아요. 사실 그날도……!"

순간 엘리베이터에서의 일이 다시금 떠올라 말을 하면서도 하늘은 얼굴이 홧홧하게 달아올랐다.

"아, 정말 힘드네요, 이런 말……."

서로 다른 언어로 말하는 게 아닌데도 도저히 말이 통하지가 않았다.

"그럼 이렇게 합시다. 앞으로, 나랑 딱 세 번만 만나요."

하늘이 말도 되지 않는 소리라는 듯 고개를 강하게 젓자 지욱은 돌연 하늘의 손을 덥석 잡아끌더니 내처 다음 제안을 꺼냈다.

"그럼 이건 어때요? 나랑 같이 법원으로 가는 건."

"뭐라고요?"

"고소하라면서요? 처음부터 명예훼손이니 고소 얘길 먼저 꺼낸 건 당신이에요. 솔직히 나, 그런 명예나 자존심 챙기는 일 따위엔 조금도 관심 없지만, 방법이 그것밖에 없다면 이대로 법원으로 직행할 수도 있어요."

"억지 쓰지 말아요!"

"피차 마찬가집니다. 내가 잡아먹습니까? 사람한테, 왜 선을 긋습니까?"

"선을 긋는 게 아니에요! 그냥 내가 부담스럽고 싫어요. 윤지욱 씨 같으면…… 아무 이유도 없이 그런 호의, 받고 싶겠어요?"

"왜 이유가 없습니까?"

"그럼요? 그럼 저한테 왜 이렇게까지 하시는데요?"

답답한 게 있는 사람처럼 하늘의 목소리는 점점 더 높아졌다. 말을 하면 할수록 얼굴은 홧홧하게 달아올랐고, 순간 하늘의 입에서 저도 모르게 생각지도 못한 말이 튀어 나갔다.

"혹시 저 좋아하세요?"

그리고 그때, 지욱의 입에서는 그보다 더 예상하지 못한 대답이 흘러나왔다.

"네! 좋아해요! 좋아합니다!"

제9화. 그 남자 가라사대

날이 밝았다.

어제와 달라진 게 있다면 밤사이 그녀의 휴대폰에는 부재중 통화가 여러 통 들어와 있었고, 문 앞엔 다시 초록색 런치박스가 걸려 있었다는 사실이다.

그것도, 그동안 초록색 런치박스를 타고 집으로 날아왔던 메뉴 중 하늘이 가장 좋아했던 수플레가. 오늘도 보랏빛으로 예쁘게 물든 블루베리 수플레를 떠먹으면서 하늘은 '이번이 마지막이야'라고 생각했다. 그러곤 나오면서 문 앞에 '앞으로 런치박스, 걸어놓지 마세요.'라고 써 붙여두었다. 미연은 아쉬워했지만, 단단히 결심을 한 듯 다부지게 메모를 적는 하늘을 결코 말리진 못했다.

그런데 엘리베이터 안에서 하늘은 다시 지욱을 만났다. 애써서 전화는 피했는데 아래위층에 살다 보니 우연히 마주치는 것까진 막을 길이 없었기 때문이다.

혹 전화를 왜 받지 않았느냐 물으면 답할 게 궁색해져 하늘이 먼저 말을 꺼냈다.

"어디 나가시는 길인가 봐요?"

"아, 급히 공항에 나갈 일이 생겨서요."

"공항…… 이요?"

공항이란 말에 놀라 묻는 하늘에게 지욱은 별일 아니라는 듯 대수롭지 않게 대답했다.

"연락도 없이 갑자기 누가 날 만나러 왔다고 해서요. 깜짝 놀라 나가는 길이에요."

'누구지? 누구길래 연락도 없이 찾아온 사람을 공항에 마중 나가지?'

그 순간 하늘의 입에서 저도 모르게 삐딱한 대꾸가 흘러나갔다.

"그럼 바쁜 아침에 굳이 저한테, 수플레까지 안 만들어주셔도 되는데 그러셨어요. 말씀드렸다시피……."

하늘은 말을 하다 말고 입을 다물었다. 그러면서 그가 만들어준 수플레를 너무나 맛있게 먹고 나온 자신의 모습이 너무 우스웠기 때문이다.

지욱은 담담히 얘기했다.

"런치박스는…… 나 자신과의 약속이에요. 앞으로도 하늘 씨가 뭐라든 난 계속 보낼 겁니다."

"이봐요!"

하늘이 지욱을 불렀다. 그사이 엘리베이터가 1층에 도착했다. 지욱은 먼저 엘리베이터에서 내렸다.

급히 공항에 나간다는 말이 정말이었는지 지욱은 엘리베이터에서 내리자마자 주차장 쪽으로 빠르게 몸을 옮겨 성큼 자신의 차에 올랐다.

매끈하게 빠진 메르세데스 벤츠.

병원에 처음 입원하던 날, 그리고 병원에서 퇴원하던 날 하늘도 얼결에 올랐던 그의 차였다.

그때, 지욱이 크게 소리쳤다.

"타요! 가는 길에 데려다줄게요!"

"아뇨!"

가는 방향이 다르기도 했거니와 말이 나오기 무섭게 그 제안을 싹둑 잘라서 거절했더니 지욱은 두 번도 묻지 않고 그 자리에서 차를 출발시켰다. 그것도 꽤 바쁘게.

'누구지? 누군데 저렇게 바쁘게 만나러 가는 걸까.'

솔직히 궁금한 마음이 드는 것도 사실이었다. 그러나 하늘은 곧 그 생각을 떨치고 예전처럼 다시 씩씩하게 회사로 출근을 했다. 머리와 마음속은 온통 복잡했지만, 벌써 일주일여를 쉬었다. 또다시 결근할 수는 없었다.

물론, 해야 할 일도 있었다.

하늘은 회사로 나간 김에 풍호를 만날 생각이었다. 그런데 풍호가 용케 먼저 나타났다. 일과가 거의 끝날 무렵, 직접 〈엘 푸드〉로 찾아온 것이다.

"사과하고 싶어서 왔습니다."

"하세요, 사과! 단, 그 사과를 받고 안 받고는 하시는 말씀 다 듣고, 제가 판단하겠습니다."

풍호를 대하는 하늘의 태도는 마냥 냉랭하기만 했다.

풍호는 하늘의 눈치를 살폈다. 그러곤 천천히 말을 이어갔다.

"처음엔 별 뜻 없었습니다. 그냥 약이 좀 올라서……. 나중에 차장님한테 들었어요. 하늘 씨한테 「르 파니에」가 꽤 의미가 있는 가게였다고. 어쨌든 미안해요."

가만히 풍호의 변명을 듣고 있던 하늘의 눈빛이 일순 가늘게 휘어졌다.

"어쨌든 미안이요? 그걸 지금 사과라고 하시는 거예요?"

일단은 들어보자, 그리고 이해해보자, 어떻게든 이성적으로 대처하고 싶었던 하늘의 의지가 산산이 흩어지는 순간이었다.

"강 기자님은 그냥 별 뜻 없이 약이 올라 몇 자 끄적거린 게 전부였겠지만 그럼 그 사람은요? 그 사람한테 한참 미안해야 할 또 나는요? 강 기자님은 기사에 윤지욱 셰프의 실명을 걸었어요! 그게 어떤 의민지 모르시겠어요?"

화가 나 얼굴이 벌게져 소리치는 하늘의 모습을 바라보면서도 풍호는 좀처럼 이해할 수 없다는 듯 뜻을 내비쳤다.

"물론 내 잘못은 인정해요. 하지만 그게 이렇게까지 화낼 일입니까? 난 솔직히 하늘 씨가 왜 이렇게까지 화를 내는지 잘 모르겠네요."

하늘은 그 말에 저도 모르게 다시 반문했다.

"제가 왜 화를 내는지 모르겠다고요? 그건, 그 사람의 커리어가 달린 일이에요! 당신 때문에 윤시욱 세프는……!"

그런데 그때, 하늘이 미처 시작조차 못한 말을 풍호가 가운데서 잘랐다.

"그래요! 윤지욱 문제예요! 당신 커리어가 아니라! 지금 보니까 하늘 씨, 뭔가 대단한 착각을 하고 있는 것 같네요. 하늘 씨는 〈엘 푸드〉 독자가 우리나라에 몇이나 된다고 생각해요? 기사 본 사람? 얼마 안 됩니다. 더군다나 서하늘? 물론 저도 당신한테 호감을 가지고 있는 사람 중 한 명이지만 하늘 씨가 대단한 사회적 지명도가 있는 인물도 아니고 누군지도 모를 기자가 쓴 레스토랑 리뷰? 사실 주의 깊게 읽는 사람 거의 없어요!"

"지금 무슨 말씀을 하시는 거예요?"

"고작 그 정도로 흠집 날 커리어였으면 애초에 윤지욱은 아무것도 아니었단 말을 하는 겁니다!"

말을 나누면 나눌수록 둘 사이의 감정 대립은 전에 없이 더 날카로워졌다.

"강 기자님은 대체 그런 마인드로 어떻게 일을 하실 수 있으세요? 읽는 사람이 없으면, 그 글은 아무것도 아닌가요? 봐주는 사람 없으면 멋대로 써도 된다고 누가 그러던가요? 전요! 당신 같은 사람들이 제일 싫어요!"

마지막 말은 거의 사무실이 날아갈 듯 쩌렁쩌렁한 고함이었다. 그 바람에 〈엘 푸드〉 내 일하던 에디터 모두가 놀라 하늘을 바라봤을 만큼. 급기야 바깥의 소란에 유리문 안의 국장까지 방에서 쫓아 나오는 해프닝까지 빚어졌다. 여태 끼어들 기회만 엿보고 있었던 하 차장도 나서서 중재할 수밖에 없는 상황이 되고 만 것이다.

"잠깐만! 잠깐만요, 두 사람!"

하지만 하늘은 하 차장의 만류에도 이제 막 목구멍까지 차올랐던 말들을 고집스레 이어 나갔다.

"아뇨, 아직 내 얘기 안 끝났어요. 인생을 오래 산 건 아니지만 전 세상에서 자신의 잘못에 책임지지 않는 사람만큼 끔찍한 사람도 없다고 생각합니다."

그 말은 곧, 하 차장에게도 들으라고 하는 말이었다. 하늘은 내처 말을 이었다.

"지금 강풍호 씨는 저한테 사과하시는 게 아니에요. 세상에 이런 얘기를 사과라고 하는 사람은 없습니다. 앞으로 다신, 제 눈앞에 나타나지 마세요!"

기껏 사과를 하러 여기까지 찾아왔다가 하늘이 보여준 태도에 잔뜩 무안만 당하고 얼굴이 벌게지고 만 풍호는 결국 도망치다시피 〈엘 푸드〉를 빠져나갔다.

풍호가 나간 뒤 사무실 안은 정적이 감돌았다. 누구 한 사람 말을 꺼내는 사람이 없었고, 숨소리조차 내지 않았다.

그렇게 한참이 지난 뒤였다. 그 침묵을 깬 건 어이없게도 짝. 짝. 짝. 세 번에 걸쳐 내리꽂힌 하 차장의 박수 소리였다.

"잘했어. 잘했다, 서하늘! 기자가 그 정도 자부심은 있어야지."

승진에 눈이 멀어 양심까지 팔아버린 디렉터의 입에서 나올 소리는 아니라는 말이 순간 혀끝까지 올라왔지만 한 번은 참았나. 하늘이 하 차장을 힐긋 노려보며 물었다.

"지금 뭐 하시는 거예요?"

마음 같아선 당장 이 자리에서 몇 마디 쏘아붙여주고 싶었지만 보는 눈들이 너무 많았다. 특히 아끼는 후배 지원과 눈이 마주치자 그 말은 더 쑥 들어가고 말았다. 후배들 눈도 있는데 그런 후배들 앞에서 상사에게 무안을 주는 건 아무래도 아니라는 생각이 들어 차마 거기까진 가지 못했다. 하지만 방금 나간 풍호나 하 차장이나 하늘의 기준에선 괘씸하기는 마찬가지였다.

하늘이 흥분을 쉽게 가라앉히지 못하고 있자, 하 차장은 하늘의 어깨를 감싸며 다독였다.

"그러지 말고 우리 오래간만에 회식! 회식 어때?"

"회식이요?"

하늘이 되물었다. 지금 이 상황에서 회식이라니, 도무지 말이 되지 않는다는 표정이 얼굴엔 역력했다. 하지만 하 차장은 어떻게든 분위기를 수습하고 싶은 마음에 적극적으로 회식을 제안하고 나섰다.

"그동안 바쁘다고 병문안도 제대로 못 갔는데 서하늘 퇴원 기념으로 회식 한번 하자. 어때? 타이틀도 그럴듯하잖아!"

처음엔 별 움직임이 없던 다른 직원들도 하늘의 병문안을 대신하는 의미라고 하니까 하나둘 동조하고 나섰다.

"정말 몸은 이제 괜찮은 거예요?"

"미안해요, 선배. 물론 핑계겠지만, 하필 마감이 겹쳐 정말 병문안 한 번을 못 갔네요."

지원까지 나서는 걸 보고 하 차장은 어깨를 으쓱해 보였다.

"오늘은 특별히 내가 쏜다. 법인카드가 아니라."

"정말이시죠? 말씀만 그렇게 하시고 업추비 카드 들고 나가시면 안 됩니다!"

"계산하실 때 지키고 서 있을 거예요!"

어느덧 분위기는 그렇게 회식이 성사되는 쪽으로 모아졌다. 결국 하늘도 따를 수밖에 없게끔.

"좋아요. 단, 장소는 제가 정해요."

"그래, 그렇게 해. 오늘은 네가 주인공이니까. 어디 좋은 데, 아는 데 있어?"

하 차장의 질문에 하늘은 망설이지 않고 대답했다.

"「르 파니에」요."

지금 하 차장의 얼굴엔 당혹스러운 기색이 역력했다. 그렇게 난도질해놓은 레스토랑 리뷰를 내보낸 게 며칠이나 지났다고 회사 식구들을 모조리 다 끌고 「르 파니에」행이라니. 양심상 도저히 그렇게는 발걸음이 이끌어질 것 같지가 않았다. 그래서 어떻게든 하늘의 고집을 꺾어보려 하는데 안타깝게도 하늘은 끝까지 요지부동이었다.

"차장님도 사과하세요."

"야, 그건 이미 지난번에……!"

"얼렁뚱땅 전화로 몇 마디 한 걸 차장님도 지금 사과라고 생각하시는 거예요?"

"야! 우리가 어떻게 거길 가!"

"가세요! 가서서 차장님이 대표로 사과하세요. 그래야 저도 저한테 했던 사과가 진심이라 믿어드릴 겁니다."

하 차장은 고개를 떨구었다. 그런 하 차장 옆에서 난감하고 당혹스럽긴 하늘도 마찬가지였다. 막상 일은 저질러놓았지만, 다시 또 어떻게 그 사람의 얼굴을 본단 말인가.

'혹시 저 좋아하세요?'
'네! 좋아해요! 좋아합니다!'

아직도 그 말소리가 이렇게 생생한데!

결국 〈엘 푸드〉 전체가 우르르 「르 파니에」로 달려가 자리가 날 때까지 기다리는 동안, 하 차장이 오너인 재준에게 〈엘 푸드〉 전체를 대표해 사과하는 진풍경이 벌어지고 말았다. 옆에 있던 하늘도 덩달아 고개를 숙였고, 다행히 하늘의 입장을 고려해서 재준도 하 차장의 사과를 받아들여 주었다. 그렇게 처음엔 모든 게 순조롭게 지나는 듯했다.

그런데 한창 식사가 이루어지던 도중 갑작스럽게 전화벨이 울렸다. 하 차장의 전화였다. 마침 중요한 전화를 기다리고 있었던 터라 하 차장은 슬며시 전화를 귀에 갖다 댔다.

─당신이 하 차장이야?

"실례지만 어디시죠? 지금 전화받기가 좀 곤란한 상황이라……."

처음엔 그냥 잘못 걸려온 전화려니 생각했다. 그런데 미처 대꾸도 하기 전에 카랑카랑한 목소리가 수화기를 통해 흘러나와 공간을 쩌렁쩌렁 울렸다.

–왜 전화받기가 곤란한데? 밖에서 회식들 하느라? 니들, 거기 꼼짝 말고 있어!

통화가 끊기자 의아한 시선들이 곳곳에서 모여들었다.

"전화 거신 분 누구세요?"

"아니! 왜 다짜고짜 반말이래!"

"차장님! 이 사람 진짜 누구예요?"

그런데, 전화를 건 상대가 누구란 걸 알기까진 그리 오랜 시간이 걸리지 않았다.

잠시 후 〈엘 푸드〉 직원들이 모여 있던 룸 안으로 한 중년의 여자가 들이닥쳤다.

"서하늘! 서하늘이 누구야!"

그리고 문이 열린 순간 여자는 다짜고짜 하늘을 찾으며 한순간에 분위기를 엉망으로 만들어놓았다.

"제가 서하늘인데요."

하늘이 묵묵히 자리에서 일어서자, 씩씩거리며 거친 숨을 몰아쉬던 여자는 놀랍게도 그 자리에서 하늘의 얼굴에 손을 댔다.

"감히 네가 내 아들 망신을 줘?"

짝. 모두가 보는 앞에서 뺨 한 대를 아프게 맞고 만 하늘의 고개가 맥없이 돌아갔다. 하늘은 순간 당혹스러운 시선을 들어 올렸고, 하 차장도 옆에서 어떻게 해야 할지 몰라 눈만 끔벅거렸다.

"너 뭐야? 네가 뭔데 내 아들을 가르쳐?"

손가락까지 돌려가며 쑤실 듯 삿대질을 해대는 여자의 손이 하늘의 이마를 툭툭 찍어 눌렀다. 급기야 보다 못한 직원들이 하늘의 앞을 막아서고 하 차장도 여자의 팔을 붙들었다.

"저, 사모님, 일단 진정하시고……."

"야, 내가 지금 진정하게 생겼어?"

거침없는 반말, 교양이라고는 조금도 찾아볼 수 없는 인정머리! 단단히 화가 나 씩씩거리는 여자의 모습은 아들이 사생아란 타이틀에 갇혀 하릴없이 자격지심 덩어리가 되어버린 추한 꼴을 여실히 보여주고 있었다. 이 당혹스러운 여자의 정체가 풍호의 어머니란 걸 알게 된 하늘은 부어오른 뺨을 어루만지며 황당한 시선을 들어 올렸다.

하 차장은 다시 여자의 손을 붙들며 만류했다.

"아무리 그러셔도 여기서 이러시는 건……!"

"놔, 이거! 이게 눈이 몇 개고 귀가 몇 갠데 버젓이 사무실에서! 네가 뭔데 내 아들한테 훈계야? 네 까짓 게 뭔데 내 아들을 가르쳐?"

말이 끝나기 무섭게 이번엔 물잔에서 날아든 물이 하늘의 얼굴을 적셨다. 동시에 여직원들 사이에서는 비명이 터져 나왔다. 룸에서 일어난 소동에 어느새 밖에서 대기 중이던 스텝들까지 안으로 달려들어 왔고, 하늘의 퇴원을 기념한다는 이름으로 억지스레 마련되었던 회식 자리는 결국 아수라장이 되었다.

"저 여자 뭐예요? 왜 다짜고짜 나타나서 행패예요?"

"강풍호 어머니."

"아, 맞다. 강 기자가 〈온 더 푸드〉 사주 아들이라더니!"

"어떻게 퇴근 전에 사무실 안에서 있었던 일이 저렇게 바로 귀에 들어가지? 혹시 내부에 첩자 있는 거 아냐?"

"〈온 더 푸드〉랑 합병한다는 얘기 얼핏 돌던데 그 소문 진짜였나 봐!"

"어우, 부잣집 사모님들 캐릭터는 왜 저렇게 하나같이 식상한 거야? 뺨 때리는 거 아님, 물 붓는 거 아님 얘기가 안 돼?"

"아, 선배! 괜찮아요? 뭐, 저런 여자가 다 있어!"

지원의 얼굴은 거의 울상이 됐다. 하늘은 도리어 지원을 위로했다. 그러곤 지금도 얼굴에서 뚝뚝 흘러내리는 물을 누군가 건네준 손수건으로 닦으며 쓰게 웃었다.

"괜찮아. 괜찮아, 지원아."

하지만 겉으로만 그럴 뿐, 속마음은 전혀 그렇질 못했다.

왜 갑자기 이런 일이 생기나.

왜 내가 쓰지도 않은 기사 하나 때문에 이런 불쾌한 일들을 겹겹이 당해야 하나. 사실은 한 번쯤 따져 묻고 싶었고, 억울해 소리치고 싶은 게 솔직한 심정이었다.

「르 파니에」에 오는 순간까지도 끝끝내 당당하게 굴었던 하차장 역시 지금은 하늘의 앞에서 고개를 들지 못했다.

여기서 어떻게 변명을 할 수 있을까.

하다못해 저런 사람이 시어머니 자리가 될지도 모르는데 그런 소개팅 자리에 아끼는 후배의 등을 시원하게 떠밀고 말았으니.

"아, 오늘 진짜 날이 왜 이러냐?"

그런데, 혼잣말처럼 중얼거리던 하 차장의 뒤로 갑자기 문이 벌컥 열리며 하얀 조리복 차림에 앞치마를 둘러멘 남자 하나가 〈엘 푸드〉 식구들이 있던 방 안으로 성큼 걸어 들어왔다.

순간 하늘의 눈이 휘둥그레졌다.

방금 문을 열고 들어온 남자.

그 남자가 바로 지욱이었기 때문이다.

"큰일 났어요! 지금 룸 안에 웬 이상한 여자 하나가……!"

평소 하늘의 얼굴을 알고 있던 서버 하나가 주방으로 달려 들어왔다. 우당탕 달려 들어오는 그 소리에 파스에 있던 지욱과 잠깐 얘기를 나누고 있던 재준의 눈도 덩달아 휘둥그레졌다.

"왜 그래? 무슨 일이에요?"

"그 여자분 있는 방이요!"

"그래, 하늘 씨 있는 방! 그게 왜?"

"웬 이상한 여자 하나가 갑자기 들이닥쳐선……!"

"무슨 소리야! 천천히 차근차근히 좀 말해. 누구? 누가 왔다고?"

"모르겠어요. 근데 갑자기 나타나선 그 여자분 뺨을 때리고 물을 붓고……!"

그 말에 거의 반사적으로 지욱의 몸이 앞으로 튕겨져 나갔다.

만일 재준이 만류하지 않았다면 지욱은 그대로 하늘이 있던 방 안으로 달려 들어갔을 것이다.

"이거 놔!"

지욱이 거칠게 재준의 손을 뿌리치자 재준이 악력으로 그런 지욱의 팔을 더 꽉 붙들었다.

"기다려. 무슨 일인지 일단 알아보고 올 테니까."

재준이 먼저 걸음을 뗐다. 그러곤 자초지종을 듣기 위해 〈엘 푸드〉 직원들이 있던 방의 서버들을 불러 모았다.

사실 〈엘 푸드〉의 직원들이 갑자기 「르 파니에」에 들이닥쳤다는 말을 처음 전해 들었을 때부터 내내 예감이 좋지 않았다. 무엇보다도 함께 온 하늘의 표정이 어둡다는 게 더 마음에 걸렸다.

물론, 며칠 동안 병원 신세를 졌으니 얼굴이 전보다 많이 야위어 보이는 건 당연한 일이다. 하지만 일단 분위기 자체가 많이 달라져 있었다. 무언가 이전의 서하늘이 아닌 느낌. 무시할 수만은 없었다.

"무슨 일입니까?"

재준의 옆엔 이미 지욱이 바짝 다가서 있었다. 서버 하나가 대답을 꺼내놓았다.

"여기 오기 전부터 무슨 문제가 있었던 모양입니다. 〈엘 푸드〉 쪽 에디터분과 〈온 더 푸드〉 쪽 에디터분 간의 마찰이 있었던 모양인데……."

"〈온 더 푸드〉면 누구요? 강풍호?"

"네, 그 어머니라고 하는 것 같았습니다."

"그럼 강 기자 어머니가 와서 하늘 씨한테……."

차마 뺨을 때리고, 물을 부었다는 말까진 입을 떼기가 어려워 말을 늘이고만 있는데, 그사이 지욱이 성큼 그 앞으로 걸어 나갔다.

"야! 가서 뭘 어쩔 건데?"

재준이 고함쳤지만 지욱은 막무가내였다. 앞치마도 벗지 않은 채 조리복 차림 그대로 홀 가운데를 성큼성큼 걸어가더니 하늘과 〈엘 푸드〉 식구들이 있는 방문을 활짝 열어젖혔다.

그가 문을 연 순간, 놀란 시선들이 한곳에 모여들었다. 지욱이 시선을 들어 보니 룸 안엔 소동을 일으켰다는 중년의 여자는 이미 나가고 없었고, 가운데 물을 뒤집어쓴 하늘이 젖은 얼굴을 수건으로 닦아내고 있었다. 표정엔 애써 담담하려는 기색이 역력했다. 맞았다는 뺨은 이미 붉게 부어올라 있었다.

"윤지욱 셰프다!"

그 순간, 에디터들 사이에서 누군가 지욱의 얼굴을 알아보고 소리쳤다. 하 차장도 막상 지욱이 나타나자 당황한 시선을 이리저리 내던졌다.

사람들 사이를 헤치고 들어간 지욱은 망설임 없이 하늘의 손을 붙잡았다. 그러곤 놀란 시선을 들어 보이는 하늘의 손을 붙잡고 앞으로 이끌었다.

"같이 나갑시다!"

하늘은 그때 제대로 서 있을 수조차 없었다. 무서운 기세로 끌어당기는 힘에 의해 하릴없이 이끌려 나가면서도 힘이 빠진 두 다리가 후들후들거렸다.

"왜 이래요? 지금 어딜 가는 건데요?"

하늘은 지욱의 손을 뿌리쳤다. 그런 하늘을 지욱은 똑바로 바라봤다. 이윽고 어색한 적막이 흘렀다. 아까부터 공기의 흐름이 걷잡을 수 없게끔 낯설게 변해가고 있었다.

한참 후, 지욱이 먼저 그 침묵을 끊고 입을 열었다.

"혹시 내가 아침에 했던 말, 기억합니까? 누가 공항으로 날 만나러 왔다고."

하늘은 얼결에 고개를 끄덕였다. 비행기를 타고 날아왔다던 그 중요한 사람. 물론 기억하고 있었다.

다시 지욱의 말이 이어졌다.

"오늘 아침에 프랑스에서 어머니가 오셨어요. 지금 호텔에 머물고 계시는데, 찾아가면…… 아마 만날 수 있을 겁니다."

'어, 어머니?'

하늘은 갑자기 머리가 아뜩해졌다.

조금 전 강풍호 기자가, 아니 정확히는 그의 어머니가 〈온 더 푸드〉의 사주 아들이라는 그 대단한 위세를 등에 업고 룸 안을 휩쓸고 돌아간 이후, 하늘은 이제 '어머니'란 소리만 들어도 움찔할 지경이었다.

그런데 또다시 어머니라니!

엄마를 일찍 여의어 항상 '어머니'란 말을 떠올리면 가슴속에 그리움부터 차오르던 그녀였지만 지금만큼은 달랐다.

자식의 일이라면 물불 안 가리는 엄마! 도리어 제 자식 망신 주는 일인 줄도 모르고 남들 앞에서 제 자식만 감싸고도는 엄마! 그런 엄마라면 정말 사양이었다. 조금도 만나고 싶은 마음이 없었다. 그런데 이런 자신의 의사도 고려 않고 대뜸 어머니를 만나러 가자니!

하늘은 순식간에 반감이 훅 일었고, 앞에 서 있는 지욱이 곱게 보이지 않았다.

설마 이 사람도 무슨 일이 있을 때마다 엄마 치마폭에 휩싸여 '엄마' 소리만 읊어대는 그런 남자인 걸까. 세상엔 그런 아들들이…… 이렇게나 많은 걸까?

하늘의 속에서 그렇게 조롱 섞인 상상이 끝도 없이 넘쳐나던 그때, 별안간 지욱이 말했다.

"나랑은, 어머니부터 만나고 시작합시다!"

제10화. 음매도 하고, 야옹이도 하는

당황스럽게도 그날, 하늘은 지욱의 어머니를 만났다.

지욱은 하늘의 손을 붙잡고 자신의 어머니가 묵고 계시는 호텔로 이끌었고, 그 자리에서 하늘은 지욱의 어머니를 만나 처음 인사를 나눴다. 한 번도 생각하지 못한 일이었고, 얼결에 끌려온 터라 하늘의 입장에선 어안이 벙벙해질 수밖에 없었다. 게다가, 놀랍게도 그의 어머니는 금발에 파란 눈을 한 프랑스인이었다.

"반가워요, 예쁜 아가씨."

블랙 원피스를 입고 있던 지욱의 프랑스인 어머니는 갑작스러운 방문임에도 불구하고 하늘을 반갑게 맞아주었다. 또한 그녀는 한국인의 피가 섞였다 해도 믿을 수 있을 만큼 정확한 한국어 발음으로 말을 걸어와 또 한 번 하늘을 놀라게 했다.

파란 눈의 중년 백인 여성과 유난히 갈색빛이 도는 눈동자를 가진 동양인 아들. 이질감이 느껴지는 조합이었지만 둘은 묘하게 분위기가 닮아 있었고, 또 어울렸다.

좀처럼 당황스러운 시선을 거두지 못하는 하늘의 앞에서 약간은 멋쩍은 웃음을 짓던 지욱은 이윽고 몸을 돌린 채 불어로 어머니와 대화를 주고받았다.

"죄송해요. 갑자기 데려와서. 그래도 어머니께 꼭 소개해드리고 싶었습니다."

"생각해줘서 고맙구나. 그럼 이 아가씨가…… 그 아가씨니?"

두 사람의 대화 내용에 흠칫 놀라 저도 모르게 시선을 키우고 말았지만, 하늘은 내색하지 않았다. 부러 창문 밖으로 몸을 돌려서 있는 하늘에게 다시 담담한 그의 목소리가 들려왔다.

"많이 놀랐어요?"

"조금요."

"사실 어렸을 때, 나는 프랑스로 입양됐었어요."

듣기에 따라서는 많이 당황스러울 수도 있는 얘기. 그러나 하늘에게는 그리 새로운 이야기가 아니었다. 그녀의 어머니도 어려서 입양을 가 그곳에서 쭉 자라오셨으니까. 그것도, 바로 프랑스라는 나라에서.

프랑스 남부 Valeuce 지역 어디에서 어린 시절을 보내셨다고 했는데, 안타깝게도 하늘은 아직 그곳에 가본 적이 없었다. 그런데 공교롭게도 그 역시 자신의 어머니처럼 프랑스인 어머니를 두었다니. 그 사실이 무척 놀라웠다. 하지만 하늘은 그렇다고 동요할 것까진 없다고 생각했다. 이런 우연, 저런 우연…… 하루에도 수

십, 수백 번의 우연들이 생겨나고, 또 사라지기도 하는 게 세상일이니까.

어느덧 테이블을 가운데 두고 마주 앉은 세 사람은 함께 늦은 저녁을 먹었다. 저녁으로 나온 스테이크에는 와인이 곁들여졌고, 하늘을 가운데 둔 이 이국적인 외모의 모자는 꽤 오랫동안 대화를 이어갔다.

지욱의 프랑스인 할아버지가 한국 전쟁에 참전하신 군인이셨다는 이야기, 그리고 그의 어머니가 입양을 선택하게 된 배경, 혹시라도 친부모를 찾을 수 있을까 해서 한국에서 부르던 이름을 그대로 유지해왔다는 이야기까지, 한국의 대학에서 자국의 역사와 문화를 가르치는 교환교수를 지내기도 하셨다는 그의 어머니는 가슴으로 낳은 아들 지욱이 이제는 자신들의 보물이라 말했고, 그역시 진심으로 자신의 양어머니를 사랑하고 존경한다고 했다.

하늘은 그런 두 사람과 함께하는 자리가 어색하고 불편했다. 하지만 허심탄회하게 자신들의 이야기를 털어놓는 두 사람을 보며 조심스럽게 귀를 기울이고 비교적 경청하는 자세를 취하려 노력했다.

그리고 디저트가 나왔을 때, 자리엔 어느덧 젊은 남녀 두 사람만이 마주 앉아 있게 되었다. 시차 적응을 이유로 그의 어머니가 자연스럽게 자리를 피해주었기 때문이다.

"잠시만요."

그는 어색한 분위기를 만회하려는지 호텔 벽 한쪽에 책장 형태로 꽂혀 있는 LP들 사이에서 기가 막히게 Placido Domingo와

John Denver의 크로스 오버 앨범을 끄집어냈다. 대중들에겐 Perhaps love로 널리 알려진 앨범. 턴테이블에 LP를 걸자 'To love' 라는 곡이 잔잔히 흘러나왔다. 언젠가 라디오를 통해 들어봤던 곡. 그녀에게도 멜로디가 귀에 익었다.

"이 곡 알아요?"

"라디오에서…… 들어본 것 같네요."

"전부터 물어보고 싶었는데…… 라디오 듣는 거 좋아하나 봐요?"

"네, 종종 듣는 편이에요. 그중에서도…… 〈세상의 모든 음악〉은 거의 빼놓지 않고 듣죠. 아, 〈세상의 모든 음악〉은 라디오 프로예요. 프로그램 제목."

그의 어머니가 자리를 피하고부터 하늘의 말투는 본격적으로 뚝뚝해져 있었다. 그 모습이 지욱의 눈에도 들어왔다. 하지만 그는 이런 그녀의 태도를 모두 용인해주려는 듯 가만히 하늘의 빈 잔만 채워주었다.

"카베르네 쇼비뇽……."

기울어지는 와인병 라벨에 영문으로 적힌 포도 품종을 하늘이 무심코 따라 읽고 있을 때였다. 그가 살며시 하늘과 눈을 맞추며 건배를 제의했다.

하늘은 반사적으로 잔을 기울이며 무언가에 홀린 듯이 그의 깊은 눈을 들여다보았다. 은은한 조명이 살며시 들어앉은 그의 다갈색 눈동자가 아까부터 물기를 머금고 촉촉하게 반짝이고 있었다. 한번 보면 왠지 쉽게는…… 시선을 뗄 수 없을 것 같은 그의 눈동자! 이제 그만 보아야지, 그만 쳐다보아야지 하면서도 자꾸만 보고 있게 되었다.

하늘이 불쑥 물었다.

"혹시 렌즈예요?"

"아뇨."

"그럼 머리 색깔도…… 원래 그렇게 갈색인 거예요?"

하늘은 처음 봤을 때부터 눈에 띄었던 그의 눈동자와 머리 색깔에 호기심을 보였다. 그러자 그가 피식 웃음을 밀어냈다.

"다들 그래요. 그래서 어릴 땐 꽤 놀림도 받았어요. 외국인이냐고……. 뭐, 결국엔 정말로 외국인이 되고 말았지만. 아, 내 국적이 프랑스거든요."

고슴도치처럼 가시를 세우고는 시종 까칠한 투로 말을 내뱉던 하늘도 그 순간만큼은 저도 모르게 그 웃음에 동화되어 따라 웃고 말았다. 그러다가 문득 정신이 든 사람처럼 말을 건넸다.

"사실 아까 윤지욱 씨가 처음 어머니 얘기 꺼냈을 때, 솔직히 좀 많이 당황했었어요."

"이해해요. 충분히 이해합니다."

"윤지욱 씨 이런 태도, 솔직히 굉장히 충동적이란 건 아세요?"

지욱은 하늘의 채근하는 말에도 이렇다 할 반격을 보이지 않았다. 그렇다고 말없이 물러서는 기세도 아니어서 하늘을 더 당황하게 했다.

"배려 없는 행동이었다는 거 알아요. 그런데 순간적으로 말이 그렇게밖에 나가지 않았어요. 그땐 몹시 화가 나 있었고, 아마 다시 똑같은 상황이 벌어진다 해도 나는 그렇게 했을 겁니다."

어느새 마시던 와인은 바닥을 보인 상태였다. 지욱은 새로운 와인병 하나를 집어 들며 말했다.

"사실 그동안 나도 하늘 씨한테 내내 묻고 싶었던 말이 있었어요."

"묻고…… 싶었던 말이요?"

혹시나 싶어 물었던 거였다. 그 말에 지욱은 비교적 차분한 투로 대답했다.

"어떻게 받아들여도 좋아요. 그래도 한 번쯤은 묻고 싶었어요."

이윽고 나지막한 목소리가 그의 목울대를 타고 흘러나왔다.

"나, 어디서 본 것 같지 않아요?"

순간 하늘의 입에서 실소가 터져 나왔다. 하고많은 레퍼토리 중에 하필 이거라니. 너무 뻔하다. 뻔해서 더 실망스러웠다.

"저 맛있는 음식 대접하는 거, 또 대접받는 거 참 좋아하는데요……."

어느새 하늘의 말투에는 다시 날이 세워져 있었다.

"오늘 윤지욱 씨와 함께 먹은 저녁은 진짜 별로였네요. 대체 스테이크를 어디로 먹은 건지도 잘 모르겠고요, 체했는지…… 지금 당장 손가락이라도 따고 싶을 만큼 속도 더부룩해요."

하늘은 숨도 쉬지 않고 말을 이어갔다.

"윤지욱 씨가 저한테 어머닐 소개해주신 뜻은 알겠어요. 그런데 좀…… 너무 성급하신 건 아닌가요? 전 아직 우리가 누굴 소개하고, 소개받고…… 그런 사이는 아니라고 생각하거든요."

혹시라도 생각해둔 말을 흥분해서 다 전하지 못할까, 하늘의 목소리는 점점 더 톤이 높고 빨라져만 갔다.

"그리고 이런 말씀…… 어떻게 들리실지 모르겠지만 다음에 또 이런 식으로 누군가를 데리고 와 어머니께 소개해드릴 때는…… 최소한 어머니께서 헷갈려 하시지는 않을 정도의 틈은 좀 두시는 게 좋지 않을까요?"

"그게…… 무슨 말입니까?"

지욱은 말을 하면서도 선뜻 그 의미가 다가오지 않는지 당황한 표정을 지어 보였다. 그러나 하늘은 개의치 않고 다시 말을 이어 나갔다.

"이 아가씨가…… 그 아가씨냐? 아까 어머니께서 그렇게 물으시는 것 같던데…… 아무리 서구적인 마인드를 갖고 생각이 깨이신 분이라도 방금 같은 상황이라면 많이 당황하시지 않겠어요?"

갑작스런 하늘의 질문에 순간적으로 당황한 표정을 짓던 지욱이 이내 피식 웃음을 밀어내며 하늘을 향해 말했다.

"불어 할 줄 알아요?"

"번역 일을 조금 했었어요. 어렸을 때 엄마가 가르쳐주셨거든요."

"아아, 어머니요?"

지욱의 눈빛에 잠시 아련한 느낌이 일었다.

"어렸을 때라면서…… 용케 안 잊어버렸네요."

순간, 저도 모르게 뻗어진 손이었다. 그 손이 어느새 하늘의 머리를 쓰다듬고 있었다. 그랬기에 그 친근한 제스처에 놀란 하늘도 입에서도 더는 이렇다 할 따지는 말들이 소리가 되어 나가지 못했다.

"어머니께서…… 다른 건 또 뭘 가르쳐주셨어요?"

지욱은 기특하다는 듯이 그런 하늘을 보며 말간 웃음을 지었다. 그 간질간질한 미소에 그녀의 입가에도 어느새 픽 하고 웃음이 새어 나왔을 만큼.

친해진 지 얼마 되지 않은 남자에게, 아니 결코 친하다고 할 수 없는 남자에게 화를 내다 말고 이런 웃음을 지을 수 있다니. 내가 이렇게 웃음이 헤픈 여자였나. 그 사실이 못내 당황스럽기만 한 하늘이 이내 어색하게 입매를 고쳤다.

"다음부턴 누군가 마음에 드는 이성 분을 꼬여내시려거든…… 작업 방식을 좀 바꿔보세요."

하늘은 황당해하는 지욱을 세워두고 꽤나 생각해주는 것처럼 계속 말을 이어갔다.

"음…… '나 어디서 본 것 같지 않아요?' 그런 음매도 하고, 야옹이도 하는 구닥다리 멘트는 너무 식상하지 않나요? 또, 그런 식상한 멘트에 넘어갈 여자가 세상에 얼마나 된다고 생각하세요?"

하늘은 순간 뜨끔했지만, 이미 쏟아낸 말을 무를 수도 없어 입에서 나오는 말들을 하릴없이 그냥 흘려보냈다.

그런데 말이 너무 갔나. 움찔하다가도 에라, 모르겠다. 끝내 이곳을 벗어나려던 하늘의 걸음이 그만 지욱이 건넨 한마디에 의해 우뚝 멈춰 서고 말았다.

"서하늘 씨는 내가 생각이 잘 안 나나 보네요."

아쉬운 기색이 짙게 묻어난 말에 이어, 유난히 갈색빛으로 흔들리는 그의 깊은 눈동자가 이윽고 하늘을 응시하며 말했다.

"그래도 나는 다시 만날 수 있어서 좋았습니다. 많이…… 좋았어요."

뜻밖의 말이 하늘에겐 순간 신선한 충격으로 다가왔다. 전혀 짐작하지 못했던 얘기였기에 갑자기 최면에라도 걸린 듯 정신이 몽롱해졌다.

무언가 그간의 관계들이 서서히 지각변동이 일어나려 하고 있었다. 하늘은 그것을 직감했고, 자신의 판단이 옳다고 느껴지는 순간 몹시 당황스러워지기 시작했다.

"그게 무슨 말이에요? 나를…… 알아요?"

"네, 압니다."

"거짓말……! 지금 거짓말하는 거죠?"

"그럴 리가. 내가 왜 서하늘 씨한테 거짓말을 합니까?"

그렇다. 그가 거짓말을 할 이유는 없다. 그는 더없이 깊은 눈길로 하늘의 질문에 대답했다.

거짓말이 아니라고.

불현듯 풍호가 처음 만나던 자리에서 그를 두고 험담했던 게 머릿속에 떠올랐다. 하지만 자신의 눈에 비친 그의 모습은 조금도 그렇게 보이지가 않았다.

역시, 입에서 입으로 전해지는 말들엔 항시 거름체가 꼭 필요한 것 같다. 소문도 때론 부풀려지기 마련이니까.

아니, 때론 없는 사실이 만들어지기도 하니까.

젊은 나이에 저 정도의 실력을 갖추려면 꽤 괴짜 같은 구석이 있어야 할 것이다. 가끔은 까칠하단 말을 들을 정도로. 그러나 말을 나누면 나눌수록 그의 모습은 성격 보난 괴짜보난 매너를 샀춘 부드러운 신사에 더 가깝게 느껴졌다.

IKA 메달은 결코 그냥 걸 수 있는 메달이 아니다. 그러니 그의 실력은 확실히 입증된 셈이었다. 그런데 이 남자가 가진 게 단순히 실력만이 아니어서 하늘은 더 놀라웠다.

그는 진심으로 남을 포용할 줄 아는 너그러운 마음을 가졌다. 이해심이 누구보다 깊은 남자이기도 하다. 자신을 용서한 것만 봐도 알 수 있다.

하늘의 눈길은 어느새 자연히 날이 선 그의 콧날을 타고 와인을 한 모금 넘기는 그의 목울대로 이어졌다.

꿀꺽.

족히 복숭아씨 하나는 들어 있을 것 같은 그의 울대를 보는 순간 갑자기 손끝이 찌르르하고 울려왔다. 저런 걸 의학용어로 '애덤스 애플'이라고 한다지. 하와가 전해준 선악과가 목에 걸려 생겼다는 애덤스 애플!

저도 모르는 사이 하늘은 다시 한 번 마른침이 넘어갔다.

왜! 왜 자꾸만 시선이 저런 곳으로 가는 걸까!

왜! 왜 자꾸만……!

하늘은 불현듯 여자에게도 성욕이 있다는 사실을 깨달았다. 오랜 세월 그런 방면으로 거의 무지했던 그녀로서는 미처 몰랐던 인간의 말초신경 중 한 부분이었지만, 미세하나마 자신의 안에 자리한 욕망이 꿈틀거리던 그 순간 하늘은 자리에서 벌떡 일어섰다.

그러곤 당황해서 외쳤다.

"그만 가볼게요!"

더는 이곳에 앉아 있을 수가 없었다.

지욱은 이제까지와는 다르게 허둥대는 하늘의 동작을 저지시키며 왜 그래야 하는 거냐고 차분히 가라앉은 눈빛으로 하늘을 만류했다. 그 눈길을 피하기가 쉽지 않았다.

"나 취한 것 같아요. 아니! 취했어요!"

"이렇게 멀쩡한데?"

"얼굴색이 안 변해서 사람들은 잘 모르는데 내가 알아요. 더 마시면 안 돼요. 더 마시면…… 아니, 그리고 싶지 않아요."

"알았어요. 더 마시라고 안 해요. 근데 시간이 너무 늦었어요. 가더라도 나랑 같이…… 내가 집에까지 데려다줄게요."

"아뇨, 그러고 싶지 않아요. 택시 타고 가면 금방이에요. 그리고 어머니께는……!"

그런데, 끝내 이곳을 벗어나려던 하늘의 몸을 지욱이 와락 돌려세웠다.

"가지 마요!"

지욱의 손이 힘주어 하늘의 손목을 끌어당기고 있었다. 유난히 갈색빛으로 흔들리는 그의 깊은 눈동자가 그 순간 빨아들일 듯, 한 사람만을 향해 있었다.

눈을 떠보니 천정엔 화려한 샹들리에가 걸려 있었다. 고급스런 실크 벽지, 우아한 몰딩. 아무리 봐도 인테리어가 낯설기만 했다.

하늘은 벌떡 몸을 일으켰다. 그러자 잠깐 흔들린 것뿐인데도 욱신욱신 머리가 아팠다. 물이 마시고 싶었다. 목이 나는 것만 같아 갈증을 참을 수가 없었다.

하늘은 침대에서 내려와 테이블 위에 놓인 물을 벌컥벌컥 마셨다. 한순간 갈증이 해소되자 이번에는 무언가 허전함이 느껴졌다.

옷! 옷이 없다!

지금 자신의 상태가 실오라기 하나 걸치지 않은 맨몸이라는 사실을 깨달은 순간, 하늘은 다시 침대 위로 몸을 던져 하얀 시트로 온몸을 둘둘 휘감았다. 하얀 시트가 그녀의 몸으로 휘감길수록 그 속에 감춰져 있던 갈색 머리와 넓은 어깨, 무방비 상태에서도 단단하게 드러난 등판이 잇달아 눈에 들어왔다.

바로, 윤지욱이었다.

'다, 당신이 왜 여기에 있는 건데?'

다음 순간, 하늘은 자신의 옆에서 엎드려 자고 있는 그의 양어깨에 선명하게 박혀 있는 손톱자국에 경악했다.

사실 그가 두 번째 와인병을 따는 순간, 이미 머릿속에서는 삑삑 경보음이 울리고 있었는지도 모른다. 하늘은 그 사실을 이미 알고 있었다. 알면서도 지금 같은 상황이 오도록 만든 것이다.

하늘은 너무 당황스러워 소리도 없는 비명을 지르며 입을 틀어막았다. 머릿속은 이미 터질 것만 같았다.

내가 얼마나 쉽게 보였을까?

아마 한심한 여자라고 생각했을 것이다.

하늘은 대단했던 어젯밤 일을 기억 저편으로 묻어둔 채 눈을 질끈 감았다. 그러고는 다시 잠든 척을 했다. 도저히 이 상황을 마주할 자신이 없다면 꿈결로라도 멀리 도망을 치고 싶었기 때문이다.

이불을 돌돌 만 하늘은 한 마리의 애벌레가 되어 침대에 납작 엎드렸다. 번데기가 완전 변태하기 직전의 상황처럼 그런대로 잠든 시늉은 제대로 하고 있었던 것 같았다. 문제는 언제까지 이렇게 버틸 수 있을지 자신이 없다는 것이었다.

차라리 눈을 떴을 때 곧장 도망쳐버려야 했을까?

뒤늦게 후회를 늘이던 하늘이 슬며시 눈꺼풀을 들어 올렸다. 느릿하니 민망한 순간이 오면 언제든 다시 잠든 척을 하며 내려감을 수 있도록.

서서히 눈을 뜨자 환해진 시야로 지욱의 얼굴이 들어온다. 그런데 그 순간, 하늘의 시야에 지욱의 다갈색 눈동자가 담겼다. 순간 멈칫 굳어버린 하늘은 당황해 시선을 키웠다. 어느새 잠에서 깬 그가 하늘을 빤히 보고 있는 것이다.

그는 깨어 있었다. 잠에서 깬 채 아까부터 쭉 그녀를 지켜보고 있었던 것이다. 언제 말을 꺼낼까. 어쩌면 타이밍을 고르고 있었는지도 모르겠다. 그리고 그 타이밍은 바로 지금이었다.

"잘 잤어요?"

지욱이 하늘의 눈을 들여다보며 말을 건넸다. 그렇게 흐릿하게 흩어지는 말소리에 잠시 정신이 멍해졌을 때쯤, 이어진 다음 말은 하늘을 더 혼란스럽게 만들었다.

"당신이 잘 지내는지…… 항상 궁금했어."

하늘은 지금 거울 앞에 서 있었다. 조금 전 그녀는 지욱으로부터 손바닥만 한 파우치를 전해 받았다. 파우치 안에는 기초에서부터 색조까지 필요한 모든 화장품이 휴대하기 좋은 사이즈로 가득들어 있었다. 모두 그의 어머니 것이라고 했다.

"잠깐만!"

밖에서 지욱이 다시 문을 두드렸다. 자그맣게 열린 문틈으로 이번에는 작은 봉투가 들어왔다. 놀랍게도 그것은 속옷이었다. 누군가 입은 흔적이 전혀 없는.

순간 문화적인 이질감이 느껴졌다. 어젯밤 이 방을 잡아준 것도 그의 어머니라고 했다. 서양에서는 함께 밤을 보낸 아들의 여자에게 이런 식의 친절이 아무렇지 않은 걸까. 만일 그런 게 아니라면 이 남자에게는 이런 일이 너무나 익숙한 일인 걸까. 알 수 없었다. 아무리 따져봐도 지나친 배려라고밖에 생각되지 않았다.

욕실에서 나오자 지욱은 기다렸다는 듯이 앉아 있던 의자에서 몸을 일으켰다. 옷차림은 말끔했고, 그는 외출 준비를 모두 마친 채였다. 창문을 넘어 들어오는 아침 햇살 때문이었을까. 웃는 얼굴이 유난히 눈이 부셨다.

"배고프죠? 같이 아침 먹읍시다."

그의 리드는 탁월했다. 표정, 몸짓, 말투 모두가 자연스러웠다. 여차하면 하늘은 지난밤을 함께 보낸 데에 이어 그가 에스코트하는 대로 그가 정한 식당에서 아침까지 먹게 될지도 모를 일이었다. 분위기는 시종 그렇게 흘러갔고, 거스르기는 어려울 것 같았다. 그러나 하늘은 이쯤에서 그만 스톱을 외쳤다.

"아뇨. 전 그냥 돌아갈게요!"

클럽에서 만나 모텔로 연결된 사이는 아니었지만 이것도 엄밀히 말하자면 원나잇인 셈이었다. 그런데 함께 밤을 보낸 상대와 마주 앉아 아침까지 먹는다?

지금껏 30여 년을 살아오면서 자신의 삶에 그런 도발적인 구석은 단 한순간도 없었거니와, 게다가 밤을 보낸 남자와 아무렇지 않게 마주 볼 용기 따위란 처음부터 없었다.

기실 하늘은 보수적인 여자였다. 아니, 본인이 더 그렇게 판단하고 정의를 내렸다. 중간에 굳이 수식어를 하나 더 붙이자면 '적당히' 정도가 있을까.

앞으로는 개념 장착하고 살아야지, 뻔한 작업 멘트에 넘어가 홀랑 나를 내주는 일은 절대 없어야겠다. 어디서 본 적 없느냐는 말에 그대로 무너져버리고 말다니!

아무리 생각해봐도 어제는 정신적인 쇼크가 너무 컸다. 탓하고 싶진 않지만, 사람들 앞에서 뺨 세례에 물까지 뒤집어쓰고 말았으니. 아마 그런 일만 없었어도 오늘 같은 일은 절대 벌어지지 않았을 것이다.

지욱의 만류에도 뿌리치고 호텔을 벗어난 하늘은 거리로 나와 자신의 이름처럼 맑은 하늘을 올려다보았다. 그러자 부드러운 바람이 코끝을 스치며 그녀의 안으로 살며시 봄이 들어왔다. 봄기운을 가득 머금은 바람은 그냥 닿는 것만으로도 기분이 참 좋아졌다. 놓아주고 싶지 않을 만큼.

그때, 가방에서 전화벨이 울렸다. 지욱의 전화였다. 하늘은 전화를 받지 않았다. 전화는 몇 번이고 또 울렸다. 끝내 하늘이 전화를 받지 않자, 이번엔 메시지가 날아왔다.

[왜 전화 안 받아요? 전화까지 피할 만큼 나, 하늘 씨한테 나쁜 짓 한 겁니까?]

나쁜 짓.

나쁜 짓이라⋯⋯!

동시에 그와의 하룻밤이 머릿속에 떠오른 하늘은 눈을 질끈 감으며 입술을 사리 물었다.

어떻게 해야 하나.

갑자기 방향을 잃어버린 것만 같다.

도저히 갈피를 잡을 수가 없다.

괜스레 힘이 빠진 하늘은 그 자리에 털썩 주저앉아, 무릎에 얼굴을 묻었다.

제11화. 서하늘 씨 실망입니다

하루, 이틀……

잘도 피했다고 생각했다.

그러나 세 번째 날, 퇴근하고 돌아오던 길 엘리베이터에 앞에서 하늘은 지욱과 정면으로 마주쳤다.

"잠깐, 얘기 좀 합시다."

하늘을 만난 지욱은 그 자리에서 목소리를 나직이 깔며 하늘의 손목을 덥석 붙들었다. 무섭게 잡아당기는 지욱의 팔 힘에 의해 하늘은 하릴없이 이끌려 나갈 수밖에 없었다.

시간이 늦어 한적한 공원까지 온 하늘은 그제야 손아귀 힘을 푸는 지욱으로 인해 간신히 잡혔던 손목을 뿌리칠 수 있었다.

지욱은 하늘을 보며 그 순간 단단히 으르는 듯한 눈빛으로 외쳤다.

"왜 도망 다녀요? 왜 피합니까, 나를!"

하늘은 당황했다. 뭐라고 둘러댈 말이 없었기 때문이다. 지욱의 질문에 횡설수설한 것도 그래서였다.

"나, 당분간 남자 생각 없어요. 앞으로 죽어라 일만 할 거라고요!"

생각지도 못한 말이 튀어 나갔다. 게다가 '당분간'이라니. 물론 머리 깎고 비구니가 될 것도 아니었지만, 왠지 속을 들킨 듯해 하늘은 어쩐지 마주 보고 있기가 더 민망해졌다.

반면, 지욱은 하늘을 빤히 보더니 조금은 의아하다는 눈길로 물었다.

"지금 그 말에…… 조금이라도 진심이 있습니까?"

"지, 진심이요?"

"그래요, 진심! 생각해봐요. 그날, 나한테 먼저 키스한 건 당신이에요."

갑자기 정신이 아득히 멀어져 간다.

조금씩, 조금씩 열이 차고 올라왔다. 자신의 안에 가득 넘치던 열이 지금 몸 밖으로 쏟아져 나와 송두리째 하늘을 뒤흔들고 있었다.

"윤지욱 씨 정말…… 정말 이러기에요?"

더는 말을 이을 수가 없었다. 얼굴은 다시금 홧홧하게 달아올랐고, 하늘은 아무렇지 않게 눈앞의 남자와 눈을 맞춰야 할지, 아니면 다른 곳을 봐야 할지 도무지 답을 모르겠다는 얼굴로 애꿎은 시선만 이리저리 던지며 뒤떠들어댔다.

"그래요, 나 지금 윤지욱 씨 피하는 거 맞아요. 그날은 어떻게 된 건지…… 솔직히 나도 설명을 잘 못하겠지만…… 그래서 지금도 무지 당황스러운데, 나 사실 그런 여자 아니에요. 그래놓고 아무렇지 않게 당신 만날 만큼 나…… 그렇게 한심한 사람 되고 싶지 않아요."

속으로는 이미 '넌 한심해.'라고 스스로 단정 짓고 있었으면서 하늘은 어디까지 거짓말을 덧칠해야 하는지 알 수 없었다.

이렇게 말을 하면 좀 당당해질 수 있을까. 이런 자신의 모습이 어디까지나 위선이고 오만이라는 사실을 누구보다 잘 알면서도 말이다.

그런데 그 순간 돌연 지욱의 말소리가 들려왔다.

"당신 참 바보네."

마치 혼잣말처럼 힘없이 대꾸하던 그가 하늘을 보며 다시 말을 이었다.

"당신 말대로라면 그럼 난, 그런 남잡니까?"

"그, 그건……!"

지욱은 하늘이 미처 끼어들 틈도 주지 않고 내쳐 말을 이어갔다.

"자신의 마음조차 제대로 들여다볼 줄 모르는 사람이 얼마나 한심하고 바보 같은지 당신…… 정말 모르는 것 같아."

"……."

"서하늘 씨한테…… 정말 실망했습니다."

"……."

"실망이라고, 당신!"

순간 실망이라는 두 글자가 하늘의 가슴에 쿵 하고 못 박혔다.

생각지도 못한 순간 지욱은 하늘에게 실망이란 말을 안겼고, 동시에 하늘은 숨이 멎는 듯한 착각이 들었다.

영문을 알 수 없는 무언가가 희뿌옇게 자신의 눈가를 덮고 있다는 걸 깨달은 건, 지욱의 모습이 눈앞에서 완전히 사라져 간 후의 일!

방금 내가 무슨 짓을 저지른 걸까?

아무 생각도 들지 않았다.

그저 머릿속이 멍할 뿐이었다.

지욱이 하늘을 만나고 돌아오던 그 시각, 「르 파니에」의 분위기 역시 심상치가 않았다.

하필이면 금요일 밤 디너, 게다가 메인 셰프가 자리를 비워버렸으니 오더가 처음부터 끝까지 꼬여버린 건 당연지사. 예약 손님을 받지 못한 건 물론이고 홀이 제대로 돌아가지 않을 정도로 레스토랑은 종일 엉망이었다. 바꿔 말하면 그만큼 가게에서 지욱의 영향력이 상당하다고 말할 수 있겠지만, 간신히 하루 영업을 마감한 재준의 화는 상상을 초월할 정도로 치솟아 있었다.

"미안."

지욱이 다가오자 재준은 지욱의 얼굴 앞으로 지금까지 잔뜩 구김이 가도록 손에 꽉 쥐고 있던 지욱의 앞치마를 내던져버렸다. 지욱의 얼굴에 맞고 바닥으로 떨어져버린 앞치마. 지욱은 가만히 그것을 주워 들면서 생각했다.

정말 대책이 안 서는구나. 전화 한 통 없이, 미처 대타를 구해 넣을 짬조차 주지 않고 레스토랑 하루 영업을 엉망으로 만들어놓 았으니…….

한 번도 이런 경우는 없었다. 지욱의 입장에선 입이 열 개라도 할 말이 없었다. 지금 지욱은 재준이 어떤 식으로 오늘 일의 책임 을 묻는다 해도 모두 받아들일 각오가 되어 있었다.

"오늘 손해 본 건 내 계약금에서 까. 기꺼이 감수할 테니까."

"그놈의 계약금은……! 너 인마, 파리에서 너 불러들이는 데 겨우 차 한 대 줬다고 지금 시위하는 거야, 뭐야!"

그가 몰고 다니는 메르세데스 벤츠는 사실 재준의 차였다. 지 욱이 6개월 단기 「르 파니에」의 셰프 자리를 받아들여 주는 조 건으로 재준이 자신이 타던 차를 계약금 대신 지급했던 것이다.

별안간 재준이 물었다.

"지금까지 어디 있었냐? 어디서 뭘 하시느라 가게 영업은 통 째로 말아드셨는지, 어디 그 변이나 한번 들어보자."

지욱은 묵묵히 대답했다. 변명할 생각도 없어 보였다.

"그 사람…… 만나고 왔어."

설마 했는데 막상 그 대답을 지욱에게 직접 듣게 되자 재준의 입에서는 좋은 소리가 나가질 않았다.

"너 진짜 정신 못 차릴래? 이런 식으로 무책임하게 굴 거면 차 라리 당장 때려치워!"

그러나 지욱의 입에서 이어진 다음 말은 재준을 더욱더 당황스 럽게 만들었다.

"보고 싶은데 연락이 안 돼. 전화해도 받지도 않고……. 그래서 무작정 찾아가는 수밖에 없었어."

"뭐?"

"나 그 사람이 좋아. 너무 좋다, 형."

처음엔 너무 당황해서 말이 제대로 나가지 않았다. 그러다가 이내 정신을 차렸고, 재준은 입에서 나가는 대로 아무 말이나 닥치는 대로 소리치기 시작했다.

"너 한두 살 먹은 애야? 그렇게 상황 파악이 안 돼? 좋아하다니! 누가 누굴, 이 자식아!"

"그 사람이 다치는 게 싫어."

"인마!"

"그 사람한테도 이미 얘기했어."

갈수록 태산이다. 재준은 지욱이 한마디, 한마디를 꺼낼 때마다 당황해서 어쩔 줄을 몰라 했다.

"하늘 씨는 뭐라던? 하늘 씨도 너 좋대?"

지욱은 고개를 저었다. 재준은 고백까지 했다는 폭탄 발언에도 이미 놀랄 노 잔데, 거기다 못나게도 차이기까지 하고 왔다는 말에 기가 차 더 한숨을 늘였다.

지욱 역시 속으로 한껏 숙제를 떠안은 기분이 들어 마음이 편치 않았다. 이제야 겨우 제 마음을 확인했다. 그러나 앞으로도 숙제가 더 남아 있었다.

그 사람에게…… 어떻게 다가가나.

다가가서…… 어떻게 마음의 문을 여나.

그 '어떻게'라는 숙제가 아직 남아 있기 때문이다.

그리고,

누구에게나 그렇듯 풀지 못한 숙제는 더 어려운 법이니까.

날이 밝았다.

하늘이 지욱에게 '실망'이란 말을 전해 들은 그날로부터 이틀이 지났다. 그동안 지욱으로부터 전화는 걸려오지 않았다. 만나자는 말도 없었다. 대신 이튿날부터 집 앞 문고리엔 초록색 런치박스가 다시 걸리기 시작했다. 이제부터라도 체력을 좀 길러야겠다며 아침 운동을 나갔던 미연이 집으로 돌아오는 길에 그걸 발견했다.

"하늘아, 이거 다시 왔어!"

미연이 초록색 박스를 안으로 들고 들어오면서부터 집 안엔 달콤한 향기가 솔솔 풍겨왔다. 슬쩍 안의 내용물을 확인한 미연은 탄성을 질렀다.

"꺅! 수플레다! 수플레! 이거 수플레 맞지?"

미연의 말대로 다시 돌아온 초록색 런치박스 안에는 갓 구운, 따끈따끈한 수플레가 들어 있었다. 마침 허기졌는데 잘되었다며 미연은 그 속에서 수플레 하나를 꺼내 손에 들고 한 아름 베어 물었다.

"이야, 진짜 촉촉해! 어떻게 이렇게 촉촉할 수가 있니?"

감탄을 연발하며 허겁지겁 허기를 채우는 미연의 모습을 하늘은 그때까지도 소파 위에 앉아 무릎을 끌어안은 자세로 쳐다보고 있었다. 의미 없는 눈길이었다. 딴생각에 잠겨 그저 멍한 채 있었던 것뿐이니까.

"수플레가 프랑스어로 무슨 말이니? 부풀다? 부풀다 맞지?"

집 전체에는 이미 달콤한 블루베리 수플레의 향이 온통 휘감고 있었다. 이어, 미연의 탄성이 다시 이어졌다.

"어머, 마카롱도 있어! 색깔 진짜 끝내준다!"

달콤하고 촉촉한 수플레를 맛보며 그 맛에 어쩔 줄 몰라 하던 미연은 색색의 마카롱을 보고는 그대로 눈이 뒤집어졌다. 그러고는 출근해 티타임 때 먹을 거라며 그중 몇 개를 꺼내 주섬주섬 가방 안으로 챙기기 시작했다.

"양심상 하나는 남겨둔다. 먹고 출근해!"

수플레 하나가 하늘의 손에 건네졌다. 아직, 따뜻했다. 솔솔 풍겨오는 그 달콤한 향기에 취해 하늘이 저도 모르게 한 입 베어 물자 동시에 입안에서 상큼하게 블루베리 향이 퍼져갔다. 보기 좋게 부푼 머랭도 한없이 부드럽고 달콤하기만 했다.

하늘은 손에서 달콤한 향이 모락모락 올라오는 수플레를 가만히 내려다보았다.

'런치박스는…… 나 자신과의 약속이에요. 앞으로도 하늘 씨가 뭐라든 난 계속 보낼 겁니다.'

피식. 갑자기 입가에 웃음이 다 새 나왔다. 하여간 고집스러운 남자였다. 그만두라는데도 지독히 말을 안 듣는 걸 보면.

하지만 다시 그만두라는 말은 전할 수가 없을 것 같았다. 입안에서 사르르 녹는 수플레의 맛이 너무 달콤했기 때문일까, 하늘은 갑자기 목이 멨다.

다음 날도 하늘의 집 앞엔 초록색 런치박스가 걸렸다.

다음 날도, 그다음 날에도…… 그렇게 일주일이 흘렀다.

오늘도 집 앞엔 초록색 박스가 걸려 있었다. 한 주 동안 꼬박 집 앞에 걸려 있던 런치박스를 오늘은 미연이 아닌, 하늘이 직접 자신의 손으로 들고 들어왔다.

아직 따뜻하고 바삭바삭한 프랑스식 감자튀김 뽐 빠이유와 바게트, 그리고 이와 함께 곁들일 치즈가 듬뿍 들어간 퐁듀, 바닐라 빈이 듬뿍 들어 있는 바닐라 크렘 블륄레까지. 바쁜 아침 시간에 후루룩 먹기에는 너무도 정성스러운 요리들이 초록색 런치박스 안을 가득 채우고 있었다.

하늘은 어느새 다가와 입맛을 다시는 미연을 제쳐두고 자신이 먼저 퐁듀 소스에 바게트를 찍어 입으로 가져갔다. 진하고 부드러운 치즈 향이 입안에 가득 퍼졌다. 그동안 숱하게 「르 파니에」를 드나들며 많은 프랑스 요리를 접해보았지만 이제까지의 어떤 음식과도 비교할 수 없을 정도로 훌륭한 맛이었다. 보기에도 기분 좋아지는 음식들 앞에 더는 어떤 구실도 만들지 못할 만큼.

"이젠…… 기다려지지?"

옆에서 미연이 무심코 던진 말이었다.

하늘은 아니라고 대답하지 못했다.

이튿날, 회사에 출근했을 때, 하 차장은 사직서를 쓰고 있었다. 기사가 나간 이후, 「르 파니에」를 아끼던 단골들로부터 항의 전화와 메일이 하루도 끊이지 않고 〈엘 푸드〉로 쏟아졌고, 국장은 그 책임을 모두 기사에 실명이 언급된 하늘이 아닌 하 차장에게 물었다. 하지만 하늘은 불운을 피해 간 것이 그다지 만족스럽지 않았다.

"이제라도 고통 분담하세요."

"됐어. 이미 사직서 썼는데 뭘. 아! 이참에 네 기획도 돌려줄게. 관두고 나갈 건데 나한테 국수가 무슨 소용이야!"

하 차장은 군데군데 포스트잇을 덕지덕지 붙여놓은 하늘의 기획 기사를 되돌려주며 말했다.

"국장, 지금 나한테 엄청 뿔났다. 나더러 다른 자리 알아보래. 홧김으로 한 소리겠지만 나도 그냥 알았다고 했어. 까라면 까야지, 내가 무슨 힘이 있니? 솔직히 그동안 아슬아슬하게 버틴 것도 기적이지."

"정말 왜 그러셨어요? 우리, 한 번도 실명 같은 거 거론한 적 없잖아요. 그것도 남의 기사까지 받아다……!"

"글쎄다. 내가 왜 그랬을까. 에이, 이걸 그냥 눈 딱 감고 투철한 희생정신이라고 거창히 포장해? 아, 국장도 날 내쫓을 게 아니라 상을 줘야 하는데! 덕분에 우리 판매 부수 부쩍 올랐잖아! 폐간이니 합병 얘기도 쏙 들어가고. 참 아이러니한 일이지. 이러니 내가 자꾸 반칙을 쓰는 거야!"

"그렇게 억울하시면 지금이라도 같이 써드릴 용의 있어요. 어차피 처음부터 피해 갈 생각 같은 거, 없었으니까."

"됐어! 난 이참에 여기저기 여행 좀 다니고 푹 쉴 거야. 그동안 너무 일만 하고 몸을 굴렸더니 머리가 잠깐 어떻게 됐었나 봐. 판단력을 상실한 것 같아."

이미 식어버린 커피를 머그잔 통째로 꿀꺽꿀꺽 들이마신 하 차장의 눈길이 다시 하늘을 향했다.

"풍호 일은, 정말 미안하다. 어디서 그런 놈을 소개해줘서. 괜히 모르고 결혼해서 '사랑과 전쟁' 찍을 뻔했던 거 미리 액땜했다 셈 쳐. 물론 기분은…… 좀 더럽겠지만."

하지만 하늘은 이미 하 차장의 말을 듣고 있지 않았다. 어느새 그 앞으로 성큼 다가간 하늘은 하 차장의 손에서 사직서를 빼앗아 그 자리에서 벅벅 찢어버렸다.

"그만두면, 어디 갈 데는 있고요?"

"야, 서하늘!"

"차장님, 바보예요? 관두란다고 관두는 사람이 어디 있어요? 골드 미스 노처녀가 돈이라도 벌어야지 일은 갑자기 그만둬서 뭐 하게요. 몸 축났음 잠깐 병가 내시면 되잖아요. 차장님 며칠 없어도 여긴 알아서 잘 돌아갈 테니까!"

찢어진 사직서가 공중에 흩날린다. 하 차장은 일순 멍해진 눈길로 하늘을 빤히 바라봤다.

"지금 이거…… 나 붙잡는 걸로 봐도 되는 거지? 너 뭐야? 너 나 싫어하는 거 아니었어?"

"물론 싫어요! 지금도 싫고요! 근데요! 갑자기 일 폭탄 맞는 건…… 더 싫어요!"

"애걔, 고작 그게 다야?"

"그럼 뭐가 더 있는 줄 알았어요? 어디 쓰고 싶으면 사직서 또 써봐요. 그 자리에서 확 찢어발겨줄 테니까!"

말을 마친 하늘은 하 차장에게 돌려받은 자신의 기획 기사를 옆구리에 낀 채 뒤도 돌아보지 않고 사무실을 빠져나왔다. 그래서 하 차장의 입가에 순간 감동 어린 미소가 걸렸음은 알지 못했다.

사실 회식 장소에 풍호의 어머니까지 들이닥쳤던 「르 파니에」의 사건 이후, 하늘을 볼 낯이 없어 내친김에 사직까지 결심했던 거였다. 그런데 정작 마음에 걸린 당사자가 사직은 아니라고 하니 스스로도 사직할 이유가 없어진 것이다.

하 차장은 하늘이 나간 뒤에도 여전히 자신에게 꽂혀 있는 시선들을 향해 소리쳤다.

"뭣들 해? 일들 안 하고! 무슨 구경 났어?"

한편, 하 차장의 사직 이야기가 없던 얘기가 되어가고 있던 그 시각, 하늘은 밖에서 뜻밖의 전화를 받고 있었다. 갑작스레 울린 전화벨 소리에 혹시나 싶어 얼굴에 반색하고 발신인을 확인해보 았더니, 지욱이 아닌 아버지의 수행비서로부터 걸려온 전화였다.

─의원님께서 건강이 좋지 않으십니다. 알고 계셔야 할 것 같아 서요.

"네? 아버지가 왜요?"

─아무래도 몸에 이상이 있으신 것 같아 몇 가지 검사를 좀 받

으셨는데…….

　"결과가 나쁜가요?"

　−대장에서 종양이 발견되셨습니다.

　'뭐? 대장에 종양?'

　하지만 아직 놀라기엔 이르다. 젊은 사람들조차 대장에서 종종
발견되는 용종. 그건 그냥 떼어내 버리면 되는 거니까.

　하늘은 다시 침착하게 대꾸했다.

　"그건 그냥 떼어내면 괜찮은 거 아닌가요?"

　"그렇긴 한데…… 그중에 악성도 있었던 모양입니다."

　"악성이면……?"

　"암 말입니다."

　하늘은 순간적으로 긴 호흡을 들이마셨다 내쉬었다. 자꾸만 가
슴이 뛰어 견딜 수가 없었다.

　"수술…… 받으셔야 한대요?"

　그런데 하늘이 놀라 꺼낸 말에 수행비서는 더욱 놀라운 사실을
말해주었다.

　"수술은 이미 받으셨습니다."

　"어, 언제요? 아니, 어떻게……! 왜 아무 말씀 안 하셨어요?"

　내놓은 자식이라고 이젠 죽고 사는 이렇게 중차대한 문제까지
모르게 하시는 걸까. 하늘은 그런 아버지가 새삼 원망스러웠다.

　"아버지, 지금 어디 계세요?"

　아버지 서 의원을 만나기 위해 하늘이 찾은 병실은 밖에서부터

철저히 외부인들의 출입이 통제되어 있었다. 그런 덕분에 하늘은 사람들의 눈을 피해 오랜만에 아버지와 단둘만의 시간을 가질 수 있었다.

"절 정말 고아로 만드셨네요? 어떻게 이러실 수가 있으세요?"

"너야말로 병원 신세까지 져놓고 애비한테 왜 말을 안 해?"

"전 별거 아니었어요."

"그럼 나도 별거 아니다!"

지금 서 의원의 상태는 암이 제법 진행되어 급히 대장 일부를 떼어내는 수술을 받은 후, 항암 치료를 받고 있는 중이었다.

'건강관리에 통 신경을 쓰지 않으셨나?'

하늘은 갸웃했다.

결국 남들이 말하는 그 흔한 이유처럼 스트레스가 원인이었을까. 아버지의 재혼 후 새로운 가족과 섞이지 못하고 혼자 따로 떨어져 나와 사는 자신의 모습이 마음에 걸려 병을 얻으신 게 아닐까. 하늘은 자꾸만 드는 자책을 떨칠 수가 없었다. 서 의원은 마치 그런 마음을 아는 것처럼 하늘을 위로했다.

"이놈도 저놈도 누구 하나 내 맘 같은 놈이 없어. 그러니 병이 안 생기고 배겨? 수술 잘됐다니까 넌 마음 쓸 거 없다."

"……."

"요즘엔 암이라고 해서 다 죽는 것도 아니라더라. 이참에 노상 붓기만 한 보험금도 죄다 타 먹고 좋지 뭐냐. 퇴원하면 공부도 다시 할 생각이다. 지난번에 중도 포기한 박사논문도 다시 준비할 거야. 학위 따고, 이력 한 줄 더 추가해서 다음 지방선거 때는 자치단체장 자리도 다시 노려봐야지. 허허허."

"그걸 지금 말씀이라고 하세요?"

울먹이는 딸을 다독이는 서 의원의 말처럼, 불행 중 다행으로 수술의 결과는 나쁘지 않았다. 항암 치료를 거듭하다 보면 독한 항암제가 위장 기능이나 소장 기능을 다 망가뜨려버려 어떤 음식도 넘기지 못하는 경우도 있다는데, 다행히 아직까진 치료도 잘 견디는 중이었고 음식도 곧잘 먹었다.

물론, 신경질은 조금 늘었지만.

"이게 사람 먹는 음식이냐? 어찌 된 게 먹어도 통 먹은 것 같지가 않아!"

서 의원은 그릇을 깨끗이 비워놓고도 환자식으로 나오는 멀건 죽이 불만이라고 투덜댔다.

"그나저나 너는 시집은 영 안 갈 작정이냐? 어디 만나는 사람도 없어? 왜 애비한테 통 데려오는 놈이 없어?"

'만나는 사람……'

그 말을 들었을 때 왜 머릿속에 갑자기 지욱의 얼굴이 떠올랐는지 알 수 없는 일이었다. 순간 저도 모르게 뜨끔한 하늘은 공연히 마른기침을 했다.

"괜한 데 관심 두시는 것 보니까 정말 살 만하신가 보네요."

"괜찮지 그럼! 너야말로 어떻게 된 놈이 병원에나 누워있으니까 얼굴 한 번 보여주는구나. 독한 것, 당최 찾아오지도 않고……."

"죄송해요."

"됐다. 이제 와 말하면 뭐하냐. 알았으면 자주 좀 오너라. 자주. 이러다 얼굴 잊어버리겠어. 원, 녀석. 나 죽은 다음에 무덤 앞에서 대체 얼마나 후회를 하려고 그래?"

처음엔 죄송하다고 꼬리를 내리던 하늘이 그 말에 대뜸 발끈했다.

"죽긴 아버지가 왜 죽어요? 암, 다 죽는 것 아니라면서요? 수술 잘되셨다면서…… 꼭 이런 식으로 자식 겁박하시고 싶으세요?"

"누가 지금 죽는데? 언젠가 죽을 거 아냐, 언젠가는! 그럼 애비가 천년만년 살 줄 알았냐? 막상 의사가 암이라고 그러는데 순간 가슴이 철렁하더라. 자식새끼도 하나 여의지 못했는데 벌써 가는 건 아닌가 싶어서. 이 녀석아, 애비가 얼마나 놀랐는지 알기나 해?"

하늘은 순간 눈물이 핑 돌았다. 아버지의 말을 가만 듣고 있으려니 미안함과 고마움이 동시에 마구 밀려들었기 때문이다.

"바빠서 자주는 못 와요. 그래도…… 한 번씩 들를게요. 필요한 거 있음 전화 주시고요."

하늘이 간신히 자신의 감정을 누그러뜨리고 애써 눈물을 참으며 꺼낸 말에 서 의원은 평소와 다름없이 대꾸했다.

"너야말로 애비한테 전화 좀 자주 해! 이 녀석아, 너는 애비가 어떻게 지내는지 궁금하지도 않아?"

아버지와 딸, 그리고 딸과 아버지. 언제나 평행선을 그을 것만 같았던 두 사람이 묘하게 접점을 맞는 순간이 있었다.

지금처럼, 서로의 진심을 오롯이 마주하게 됐을 때.

그리고 하늘에겐, 그런 순간이 아직 한 번 더 남아 있었다.

제12화. 있다 없으니까

병원을 나온 하늘의 걸음은 자연스럽게 「르 파니에」로 향했다. 두 장소의 거리가 서로 멀지 않은 이유도 있었지만, 사실 가슴 속에 누군가를 만나고 싶은 마음이 더욱 컸기 때문이다.

레스토랑에 도착한 하늘은 일단 주방이 들여다보이는 테이블 한쪽에 자리를 잡고 앉아 하우스 와인을 한 잔 주문했다. 와인으로 목을 축이며 기다리는 동안 눈으로는 부지런히 주방 안의 모습을 살폈다. 그러나 어디에도 지욱의 모습이 보이지 않았다.

이곳에 오면 당연히 만날 수 있을 줄 알았는데…….

그러고 보니 최근 며칠 동안 아파트 주변에서도 마주친 적이 없다. 전처럼 집 앞에서 우연히 마주친다든가, 엘리베이터에서 서로 부딪친다든가 하는.

기다리다 못한 하늘은 홀 서빙을 맡고 있는 여자 스텝을 불러

세웠다.

"혹시 여기 셰프님 오늘 안 나오셨나요?"

스텝이 고개를 갸우뚱했다.

'그렇지. 이 정도 규모의 레스토랑에 셰프가 하나만 있을 리는 없지.'

하늘은 어느새 귀에 익어버린 그의 이름을 댔다.

"윤지욱 셰프님이요."

"아, 윤지욱 셰프님이시라면…… 사정이 있으셔서 당분간 못 나오십니다."

개인적인 사정을 언급하며 쉽게 말을 잇지 못하던 스텝의 말을 듣는 순간 하늘은 잠시 머릿속이 멍해졌다. 뿐만 아니라 그 사람이 항상 「르 파니에」 있을 거라 생각하고 달려온 것부터가 어리석다는 생각이 들었다. 정식 고용된 셰프라도 계약에 따라 자리를 옮길 수도 있는 거고 다른 사정이 있을 수도 있는 건데, 전화 한 통, 문자 한 통 먼저 하는 용기도 내지 않아놓고 무작정 이곳으로 오면 그가 항상 있을 거라 생각한 것부터가 일순 대단한 착각이며 오만이라고 여겨졌다.

하늘은 와인값을 내고 가게를 빠져나왔다. 그러고는 제법 먼 거리를 걸어 터덜터덜 자신의 아파트 앞까지 걸어왔다.

집 앞에 다다라 8층 테라스를 올려다보니 불은 모두 꺼져 있었다. 하늘은 휴대폰을 열어 잠시 시간을 확인했다.

9시. 잠들기엔 아직 이른 시각이다.

가게까지 비우고 며칠씩 어딜 간 걸까.

문득 이는 궁금증은 그 밤, 하늘의 걸음을 그곳에서 좀처럼 뗄 수 없게 만들었다.

　다음 날, 〈엘 푸드〉에는 뜻밖의 손님이 찾아왔다. 하늘이 동료 들과 점심을 먹고 사무실 안으로 들어왔을 때, 문 앞엔 베이지색 바바리코트 차림의 남자가 미소를 지으며 서 있었다.

　김이 모락모락 올라오는 뜨거운 커피를 가운데 놓고 하늘은 지금 재준과 마주 앉아 있었다.

　"여기까진 어쩐 일이세요?"

　"글쎄요, 그냥 지나던 길에?"

　"에이, 농담하지 마시고요."

　별안간 재준이 물었다.

　"어제 「르 파니에」 왔었다면서요? 식사도 않고 그냥 가버렸 다던데……."

　"어젠……."

　하늘이 대답을 얼버무렸다. 재준은 그 틈을 놓치지 않고 되물 었다.

　"왜요? 지욱이가 없어서?"

　하늘은 순간 뜨끔했다. 재준은 그런 하늘의 표정을 주시하며 담담히 말을 이어갔다.

　"실은 집으로 찾아갈까 하다가 여자 둘만 사는 집에 남자가 불쑥 찾아가는 것도 예의가 아닌 것 같아 결례를 무릅쓰고 여기까 지 찾아왔어요."

재준의 태도는 시종 침착했다. 긴히 할 말이 있어 찾아온 사람 치고는 목소리의 고저에도 크게 변동이 없었고, 표정 또한 차분하게 가라앉아 있었다.

재준은 그렇게 넌지시 얘기를 꺼냈다.

"하늘 씨 그거 모르죠? 나 사실 그 가게 팔아버리려 했어요. 외식업이 목적이 아닌 큰 값을 제시하는 의류업체한테. 어떤 회사에서 그 자리에 「르 파니에」를 밀어버리고 할인 매장을 짓겠다고 했거든요. 수요가 제법 있을 거라고……. 이미 시장조사를 마친 대형 기업에서 가게를 넘겨달라 거액의 액수를 제시하는데 솔직히 좀 욕심이 났죠."

처음 듣는 얘기였다. 「르 파니에」가 사라질 뻔했었다니. 충격을 받아 다소 멍한 표정을 짓는 하늘을 보며 재준은 아직 온기가 가시지 않은 커피를 한 모금 입가로 가져갔다.

"사실 전부터 고민을 좀 했어요. 다달이 매출은 고만고만하지, 프랑스에서 공들여 섭외한 셰프는 번번이 향수병에 시달려 그만두겠다고 나오지, 솔직히 진퇴양난이 따로 없었죠. 지욱이 놈을 프랑스에서 데려온 건 어떻게 생각하면 저한테 마지막 승부처나 다름없는 선택이었어요. 그런데 운이 좋게도 지욱이 녀석이 멋지게 홈런을 쳐준 거죠. 덕분에 가게도 다시 활기를 띠기 시작하고……."

하늘은 재준의 말을 끊지 않고 가만히 귀를 기울였다. 비록 다른 사람의 입을 통해서였지만 자신이 미처 알지 못했던 지욱에 대한 이야기들을 전해 듣는 건 그녀로서도 굉장히 생경하고 솔깃한 일이었기 때문에 온 신경을 기울여 귀담아듣고 있었다.

다시 재준의 말이 이어졌다.

"음, 내가 왜 이런 이야기를 꺼내느냐면…… 눈치챘겠지만 사실 지욱이 녀석 때문이에요. 6개월 조건으로 한국에 들어왔던 녀석이 요즈음 갑자기 영구 계약을 하자고 덤비고 있어서……."

"여, 영구 계약이요?"

"「르 파니에」를 자기한테 넘기라고 하네요. 가게를 팔지 말아달라고……. 순간순간 비는 셰프의 빈자리는 자기가 채울 수 있다면서…… 레스토랑 경영은 경험이 없어 많이 어렵긴 한데 형이 좀 도와주지 않겠냐고……."

재준은 말을 하는 중간 잠시 뜸을 들였다.

"그런데…… 미안한 말이지만, 난 지욱이가 그러는 이유에 하늘 씨가 있다고 생각해요."

"네? 그게 무슨……!"

"아마도 내 말이 맞을걸요?"

재준이 말을 마치며 방긋 미소 지었다. 하늘은 그런 재준을 향해 쓴웃음을 되돌리며 물었다.

"아, 아뇨! 그 사람이 왜 저 때문에…… 아니 왜……? 그 사람이 왜요?"

갑자기 오스스 돋아난 소름과 함께 놀란 표정을 좀처럼 감추지 못하는 하늘을 보며 재준이 말을 이었다.

"사실 지욱이가 오래전부터 찾던 사람이 있어요."

재준은 긴 한숨과 함께 다시 입을 열었다.

"처음엔 나도 이 말을 해야 하나 많이 망설였어요. 그런데……

아마 지욱이는 끝내 하지 못할 것 같아서…… 그리고 그 이유를 듣지 않고는 이런 지욱이의 행동들이 하늘 씨한테 도저히 설명이 되지 않을 테니까…… 하늘 씨한텐 많이 미안한 일이지만 내가 입을 열기로 했어요."

재준은 잠시 호흡을 삼키며 다시 말을 이어갔다.

"내가 본 지욱이는 꼭 하늘 씨 앞에서 브레이크가 고장 난 자동차 같아요. 그저 달리는 것 외엔 아무것도 생각하지 못하는……. 좋게 말하면 순수한 거고, 다르게 말하면 더없이 미련하고 바보 같은 거죠. 난 하늘 씨 이해해요. 그런 지욱이, 당황해서 밀어낼 수 있어요. 그런데…… 지욱이한테도 이유가 있을 거란 생각은 안 해봤어요?"

별안간 재준이 말을 꺼냈고, 동시에 하늘이 호흡을 삼켰다.

"하늘 씨, 혹시…… 어머니 돌아가셨을 때의 일 기억해요?"

애써 잊고 있던 기억을 들추는 재준이 순간 원망스러웠고, 무슨 말을 해야 좋을지 모르겠다는 표정으로 하늘은 그런 재준을 보았다. 그러나 그런 하늘의 시선에도 불구하고 이곳에 오기까지 이미 여러 차례 생각하고 단단히 결심한 듯 재준의 목소리는 끝까지 의연하게 흘러나왔다.

"그 자리에…… 지욱이가 있었어요."

하늘은 그때 너무 당황해서 저도 모르게 두 손으로 입을 가렸다. 그러나 하늘이 흘린 옅은 신음에도 재준의 말은 계속 이어졌다.

"불가항력인 사고였죠. 그런데 그 녀석은…… 그렇게 생각하지 않는 모양이에요. 하늘 씨 어머니 죽음에…… 자신이 책임이 있다고 생각해요. 그래서 어머니 사고 소식을 듣고, 자신이 있던 먼 프랑스까지 교복 차림으로 날아와 서럽게 울던 하늘 씨를 잊지 못했던 거고…… 그런 하늘 씨가 다시 행복해진 모습을 보면서 스스로 면죄부를 얻게 되길 바랐어요. 나는 그것을 PTSD…… 그러니까 외상 후 스트레스 장애라 부르고, 이건 그 녀석도 어느 정도 인정하는 부분이에요."

하늘은 그 말에 아무 대꾸도 하지 못했다. 재준은 다시 담담히 말을 이어갔다.

"그런 크나큰 사고를 경험한 사람들은 대부분 사고의 기억에서 쉽게 벗어나지 못해요. 일상생활이 끝내 불가능해지는 사람도 있고, 용케 사고 현장에서 무사히 구조되어 살아났대도…… 죄책감에 평생을 짓눌려 살기도 하죠."

"그럼 윤지욱 씨는……."

"지욱이의 경우는 다행히 정상적인 생활이 불가능할 정도는 아니었어요. 하지만…… 뜻하던 일을 중도에서 포기해야 했을 만큼, 많이 괴로워했죠."

두 눈빛이 마주치고, 하늘이 지욱의 모습을 떠올리는 사이 잠시 침묵하던 재준의 입이 다시 열렸다.

"내가 알기로 하늘 씨 어머니는 지욱이와 비행기에서도 서로 옆자리에 탔어요. 하늘 씨의 어머니가…… 가라앉는 비행기에서 학생이었던 지욱일 먼저 탈출시켜준 거죠. 지욱인 그 모습이 아직도 기억 속에 생생해요. 그런데 어떻게 잊을 수가 있겠어요? 만일 그때, 의료진이 조금만 빨리 도착했더라면 살릴 수 있지 않았을까…… 조금만…… 조금만 자신의 배움이 더 깊었더라면……."

그 순간 하늘이 돌연 그 말을 끊고 외쳤다.

"엄만 윤지욱 씨 때문에 돌아가신 게 아니에요! 사고였어요! 어쩔 수 없는 사고 때문에……!"

재준은 그 말에 진심으로 안도했다.

"그래요. 맞아요, 사고였어요. 그리고…… 참 다행이란 생각이 드네요. 하늘 씨가 그렇게 말해줘서. 그 바보 같은 녀석도 그렇게 생각하면 참 좋았을 텐데……. 그런데 안타깝게도 그게 안 되는 놈이에요, 그놈은……. 그래서 늘 후회하고…… 가슴을 치죠."

"왜…… 왜 그렇게…… 사람이 미련하죠?"

아픈 기억이었지만, 그렇다고 덮어놓고 잊을 수도 없었던 어머니의 사고사. 이륙 도중 엔진이 새떼들과 충돌해 비행기가 갑작스럽게 불시착을 했고, 안타깝게도 인가가 드문 강에 떨어지는 바람에 의료진의 출동이 늦었다고 하늘은 알고 있었다. 그리고 그 사고의 유일한 사망자가 바로 그녀의 어머니였다.

"받아들이기 힘든 얘기였을 텐데 들어줘서 고마워요. 그래도 난 이것으로 지욱이가 하늘 씨 주변을 왜 맴도는지 하늘 씨가 알아주었으면 좋겠어요. 이래봬도 내가 그 자식하고 PCEM 시절부터 십 년이 훌쩍 넘은 사이거든요."

그렇게 말하며 멋쩍어 너털웃음을 짓는 재준을 보면서 하늘은 고개를 갸웃했다.

PCEM. 지욱의 말론 프랑스의 예과 과정이라고 했다. 그럼 이 사람도 그곳에 있었다는 건가?

하늘이 속으로 던진 질문에 대꾸라도 하듯 재준이 대답했다.

"한 사람은 일찌감치 때려치우고 레스토랑 매니저가 되고, 한 사람을 실력 있는 셰프가 되고…… 결국엔 더 굉장한 인연이 됐죠. 어우, 난 지금도 피 보는 게 싫어요. 그러면서 처음에 왜 의사는 되겠다 했는지……. 지욱이 자식이 혹시 내 얘기는 안 해요?"

하늘은 대답 대신 고개를 저었다. 재준은 그런 하늘을 의아하게 보며 말했다.

"어어, 이상하네. 내 얘기를 가끔은 자기 것처럼 막 팔고 다니는 놈인데……."

'우습게도 피 보는 게 정말 싫더라고요.'

그럼 그 이야기가 이 사람의 얘기였다는 건가. 자신의 이야기 대신 다른 사람의 얘길 자기 것처럼 말했다는 건가.

다시 재준의 목소리가 이어졌다.

"그래도 난, 그때 지욱이 선택이 옳았다고 생각해요."

확신에 찬 눈빛이었다. 하늘은 가만히 재준의 말에 귀를 기울였다.

"셰프 섭외하느라 프랑스 본토까지 날아가서 안 먹어본 요리가 없는데, 난 지욱이 그 자식처럼 아이스크림같이 그렇게 부드럽게 잘 부풀게 만든 수플레는 처음 봤어요."

하늘은 쓸쓸하게 웃으며 눈을 내리뜨곤 들릴 듯 말 듯 한 목소리로 맞장구쳤다.

"맞아요. 그 사람의 수플레는 정말 환상이죠.."

지금 하늘의 얼굴에는 다소 피곤함이 짙게 배어 있었다. 재준과 함께 있는 시간은 그렇게 길지 않았지만, 너무나 놀라운 이야기를 전해 들은 터라 앉아 있는 내내 제대로 정신을 차릴 수가 없었기 때문이다. 그런 하늘을 보며 재준은 장난 같은 말을 남긴 채홀연히 자리를 떠났다.

"아 참, 하늘 씨한테 부탁이 하나 있는데…… 내가 왔었다는건 지욱이가 모르게 해줘요. 알면…… 그 자식이 아마 날 죽이려들 거예요."

재준을 배웅한 뒤 자리로 돌아오자, 어느새 사직 이야기는 쏙들어가 버린 하 차장이 묵직한 파일 하나를 내던지며 지난번의 일본 출장 얘기를 또 꺼내 들었다.

"누가 놀러 가래? 일하러 가는 거야! 네 마음대로 할 거면 뭐하러 회사를 다녀? 잔말 말고 가! 이번에도 거절하면 나 진짜 사표 받아!"

하 차장이 닦달했다. 그리고 그 말을 듣고 있는 하늘은 완전히 넋이 나가 있었다. 갑작스런 출장 제안 때문이 아니었다. 재준이다녀간 후부터 내내 윤지욱, 그 사람의 모습이 떠올라 머릿속이어지러웠기 때문이다. 그가 했던 말들이 자꾸만 귓가를 울렸다.

'근데 나, 어디서 본 것 같지 않아요?'

게다가 며칠 전부터 집 앞엔 초록색 런치박스가 보이지 않았

다. 빈손으로 집 안으로 들어오며 무언가 허전한 마음을 감추지
못하던 하늘에게 오늘 아침 미연은 지나듯이 중얼거렸다.

"아! 지욱 씨, 수플레는 이제 더 안 만들어주나?"

하늘은 그때 그런 미연의 말에 당황해 이렇게 물었다. 다시 생
각해도 참 바보 같은 질문을.

"그 사람인 줄…… 어떻게 알았어?"

미연은 하늘의 질문에 너무도 당연하다는 듯 대꾸했다.

"바로 위층에 사는 프렌치 레스토랑 셰프! 그 사람 말고……
다른 사람일 수가 있니? 그리고 이 아파트, 비밀번호 모르면 현관
에서부터 바로 차단당하잖아. 생각해보니까 택배도 경비실로 직
접 가서 받아 오는데, 어떻게 외부 사람이겠냐?"

하늘은 순간 넋을 잃고 아무 말도 하지 못했다. 미연은 불안한
듯이 그런 하늘을 바라보며 중얼거렸다.

"아직 연락 없어? 전화도 없고?"

"……."

"이래서 습관이 무섭다는 거야."

"……."

"어떡하니. 윤지욱…… 그 사람 너, 제대로 길들인다."

하늘은 그때, 저도 모르게 두 손바닥에 얼굴을 묻었다.

너무 힘든 하루가 가고 있었다.

매일 아침 문 앞에 걸려 있던 초록색 박스가 없어진 후, 하늘이
기다린 것은 전화였다.

윤지욱, 그 사람의 전화!

이렇게 뒤에서 망설이기만 하다 그 사람을 완전히 놓쳐버리면 어떻게 하나 하는 걱정과 불안, 두려움에 시달리면서도 하늘은 용기 내어 먼저 다가가지도 못했다.

그러던 중 전화가 한 통 걸려왔다. 풍호였다. 기다렸던 전화가 아니라서 곧바로 실망감이 감돌았다. 하늘은 전화를 받지 않았다. 전화는 그 후로도 몇 번이나 더 걸려왔다. 귀찮을 정도로 걸려오는 전화에 결국 전원을 꺼버리자 이번엔 취재차 외근을 나갔던 지원의 손을 통해 하늘에게 쪽지가 전달됐다.

"선배, 회사 앞에서 강 기자님이 주던데요? 선배한테 전해달랬어요."

할 말이 있습니다. 꼭 해야 할 말이에요. 회사 앞 커피숍에서 기다리겠습니다.

쪽지를 구겨서 곧장 쓰레기통 속으로 버리는 하늘을 보며 지원이 부럽다는 듯이 말했다.

"그러지 말고 나가보세요. 미안하단 말 하려는 것 같은데……."

"미안한 사람이 회사 앞에서 몇 시간씩 진을 치고 기다리니?"

말도 되지 않는 일이다. 그래서 그냥 대수롭지 않게 말하고 넘어가려는데 지원이 하늘의 말꼬리를 잡았다.

"에이, 얼마나 간절하면 그래요. 이런 말도 있잖아요. 비 온 뒤에 땅이 굳는다……."

하늘은 그때 잠시 할 말을 잃은 표정으로 입을 띡 다문 채 지원의 얼굴을 바라보았다.

요즘 시대에 드물게도 아직 연애 경험이 없다는, 이제 겨우 스물여섯인 후배는 그 말을 진심으로 믿고 싶어 하는 것 같았다.

하지만 하늘은 이제 안다. 해가 나기 전까지 그 땅은 질척질척한 진창으로 엉망이 된 채 남아 있을 뿐이다.

하늘은 지원을 보며 안타까운 듯 말했다.

"기다리는 거, 그거 간절함 아냐. 저 자신한테 오기 부리는 거지. 물론 옛날엔 나도 그런 게 간절함인 줄 알고 잠깐 속을 때도 있었는데…… 지금은 그게 상대방에 대한 배려가 아니란 거 알아. 그러니까 그런 끔찍한 소리는…… 다시 하지 말기다. 알았지?"

화를 내려는 건 아니었다. 그러나 지원은 크게 사과했다.

"죄송해요. 길가에 벚꽃 핀 거 보니까 괜히 마음이 싱숭생숭해서……. 저 주책없죠? 괜히 낄 데 안 낄 데 다 끼어들어. 아아, 저 봄 타나봐요, 선배."

흩날리는 꽃잎과 함께 마음이 괜히 싱숭생숭해지는 건 지원만이 아니었다. 하늘도 그랬다.

며칠 전부터 길가 벚나무에 꽃이 피었다. 추운 겨울이 더디게 물러가더니 어느새 성큼 다가온 봄. 게다가 이상 고온 현상으로 다른 때보다 벚꽃도 일찍 개화했다.

곧 만개하겠지. 일주일만 지나면 아마 하얀 꽃눈이 장관을 이룰 것이다.

하늘은 다시 생각에 잠겼다.

그때쯤이면 나도 그 사람을 다시 만날 수 있을까.

퇴근길.

피한다고 피했는데, 결국 하늘은 풍호와 마주치고 말았다. 〈엘 푸드〉를 나오는 엘리베이터 앞에서였다.

"커피숍에 있겠다고 하지 않으셨나요?"

"안 나올 줄 알았으니까요. 자, 그럼 만났으니까 가시죠."

풍호는 하늘의 손목을 붙들고 회사 앞 커피숍으로 이끌었다.

김이 모락모락 피어오르는 아메리카노를 보니 얼마 전 지욱이 초록색 런치박스에 담아준 달콤한 수플레가 생각났다. 입가에 가득 단맛이 고였을 때 이렇듯 쌉싸름한 커피 향이 감돌면 그것도 참 괜찮을 것 같은데…….

"하실 말씀, 하세요."

하늘은 비교적 덤덤한 눈길로 풍호를 보며 말했다. 하지만 그 아무렇지 않은 태도가 풍호는 더 언짢았던지 잠시 미간을 좁히며 말했다.

"전화를 열 통도 넘게 했습니다. 그런데 어떻게…… 한 번을 안 받아줍니까?"

"하실 말씀이 그거였어요?"

화를 내지도 그렇다고 너그러이 봐주지도 않는 하늘에게 풍호는 긴 한숨과 함께 다시 입을 열었다.

"실은 〈엘 푸드〉 국장님과 저희 어머니가 이전부터 잘 알고 지내셨던 사이예요. 제 짐작으로는 아마 여기 국장님을 통해 말이 들어갔던 것 같은데……. 여하튼 정말 부끄럽고, 사과드리고 싶었습니다."

하늘은 순간 저도 모르게 웃음이 새 나왔다. 하늘이 웃자, 공기는 순식간에 조여들었다.

"지금 조롱하는 겁니까? 그런 어머닐 두었다고……!"

하늘은 순간 맥이 탁 풀림과 동시에 이 자리에 마주 앉아 있는 것 자체가 허탈하게 느껴졌다. 하늘은 일순 웃음기를 싹 빼고 대답했다.

"솔직히 처음엔 당황했던 게 사실이지만, 생각해보니 이해 못할 일은 아니라고 생각했습니다. 만약 저도 자식이 있는데, 누군가 사람들 앞에서 내 자식을 면박 준다면 가만있진 못할 것 같으니까요. 아, 물론 그 방식은 좀 다르겠지만."

"이해해주신다니 다행이네요. 그런데 어쩐지 말씀에 날이 숨겨져 있는 것 같습니다."

"당연합니다. 전 지금 제 뺨을 때리고 얼굴에 물을 부어버린 어머님보다 풍호 씨 태도가 더 마음에 들지 않으니까요."

"내 태도요?"

"네! 그런 어머니라니요? 부끄럽단 말은, 적어도 입 밖으로 내선 안 되는 말 아닌가요? 원인을 제공한 게 강 기자님인데 그런 강 기자님이 무작정 어머니를 비난하시면 안 되죠."

"흠, 하늘 씨는 푸드 에디터가 아니라 사회부 기자를 하셔도 어울리셨을 것 같습니다. 바른말 하기, 좋아하시는 걸 보니."

"비꼬시는 거예요?"

풍호는 이런 하늘의 서늘한 눈빛에도 아랑곳하지 않고 계속 말을 이어갔다.

"사실은 그날 일이 너무 망신스러워서 좀 잠잠해질 때까지 공부를 좀 더 하기로 했습니다."

"고, 공부요?"

"잠깐 회사 일은 접고, 산티아고 순례 갑니다."

"사, 산티아고요?"

하여간 처음부터 끝까지 엉뚱한 남자였다. 순간 황당한 시선을 들어 올리는 하늘을 보며 풍호가 넌지시 손을 내밀었다.

"뭐, 다 끝난 마당에 솔직히 좀 우습단 생각은 들지만…… 그래도 잠시나마 호감이 갔던 상대인데, 떠나기 전 마지막으로 악수 한번 청해봐도 될까요?"

풍호는 시원하게 손을 뻗어 악수를 청했다. 처음엔 주저하던 하늘도 하릴없이 그 손을 잡아주었다.

"좀 뜻밖이지만 어찌 됐든 여행, 잘 다녀오세요."

"감사합니다."

그렇게 닿을 듯 닿지 않았던 인연. 결국 마지막에서 깨끗이 갈라져버린 두 남녀가 완전히 돌아서며 잠시 손을 마주 잡았다.

이제 이 만남 다음은 없다. 아마 연락이 오는 일도 더 이상 없을 것이다. 그 사실이, 왠지 모르게 후련한 하늘이었다.

풍호와 헤어지고 돌아오는 길, 터덜터덜 길을 걷고 있는데 하늘은 갑자기 후두두 눈물이 날 것 같았다. 간신히 눈물을 참고 있는데 문득 머릿속에 지욱의 얼굴이 떠올랐다.

갑자기 그가 그리웠다. 보고 싶었고, 목소리가 듣고 싶어졌다.

아직 휴대폰에는 그의 번호가 남아 있었다.

하늘은 지욱에게 전화를 걸었다. 하지만 전화는 연결되지 않았다. 불현듯 지욱이 남기고 간 말이 떠올랐다.

'서하늘 씨한테…… 정말 실망했습니다.'

가슴이 저렸다.

어떻게 집으로 돌아올 수 있었을까.

간신히 참은 눈물이 기어이 터지고 만 순간은 우습게도 이제 막 교제를 시작했다며 연애 초기, 대단한 설렘에 빠져 있던 미연의 호들갑과 마주한 때였다.

"하늘아! 그 사람이 나랑 사귀재! 나랑 연애하잔다!"

"……."

"웃겨! 알고 봤더니 나랑 초등학교, 중학교 동창인 거 있지? 다음에 집에 가면 앨범 한번 꺼내보려고. 난 잘 모르겠는데 그 사람은 내 소소한 것까지 다 기억하고 있는 거야. 글쎄, 중학교 때까지 깻잎 머리 하고 다니던 소녀가 애들 가르치는 선생님이 되어서 나타났다고 호탕하게 웃더라. 중3 체육대회 때 피구 해서 MVP 탄 것도, 계주 해서 역전 우승한 것까지. 나도 가물가물한 내 기억을 나보다 더 잘 알아. 놀랍지 않니?"

그랬다. 미연은 이미 새로운 사랑을 시작하고 있었다. 그리고 하늘의 가슴에도 어느새 조금씩 그 싹이 자라나고 있었다.

조금씩, 조금씩 가랑비에 옷 젖듯 윤지욱, 그 사람에게 젖어가고 있었던 그녀.

바보같이 그걸 이제야 안 거다.

어떡하나.

어떡해야 하나.

아아, 당신이 너무 보고 싶어!

순간 다리가 풀려 주저앉은 하늘에게 미연이 손바닥만 한 크기의 작은 종이 한 장을 내밀었다.

"참, 이거, 지욱 씨가 너 주라 그러더라. 전화 못 받을 것 같다고 메모 남기고 갔어."

비자 문제가 있어서 잠깐 프랑스에 다녀오게 됐어요.

오래 걸리지는 않을 겁니다. 돌아올 때까지…… 잘 지내요.

그 마지막엔 이렇게 적혀 있었다. 반듯반듯한 정성스런 그의 글씨로…….

보고 싶을 때, 전화해도 될까요?

툭. 투둑. 눈물이 뺨을 타고 흘러내린다. 그리고 그 순간, 하늘의 몸속 깊숙이 잠들어 있던 오열 덩어리가 더는 참지 못하고 쏟아져 나왔다.

"흐흐흑……!"

하늘은 두 손으로 얼굴을 삼싸며 주서앉았다. 그러고는 이린이 이처럼 엉엉 울어버렸다.

제13화. 두 팔을 벌려

벚꽃이 다 떨어져버렸다. 춘사월에 마치 장맛비처럼 내린 폭우 때문이었다. 그러나 이틀 동안 쉼 없이 내린 비는 너른 대지를, 메 말랐던 누군가의 감성을 촉촉하게 적셔주었다.

하늘은 빗소리에 일찍 잠에서 깼다.

이른 새벽, 일찍감치 눈이 떠진 그녀는 누가 그러라고 한 것도 아닌데 앞치마를 매고 주방 앞으로 다가섰다. 그 후 싱크대 주변 을 서성이다 라디오를 켜놓고 냉장고 문을 열었다.

'계란이 있나?'

있다.

'그럼 블루베리는 있나?'

있을 리가 없지.

이어, 싱크대 한쪽에서 병에 담긴 설탕과 구석진 냉장고 자리에서 굳어 있는 버터를 끄집어냈다. 인터넷에서 구한 레시피에는 슈가파우더와 레몬즙도 필요하다는데 첫술에 배부를 수야 있나. 일단 그것들은 과감히 생략하기로 했다.

하늘은 먼저 조그마한 유리 용기에 버터를 발랐다. 설탕도 듬성듬성 뿌려주고. 그렇게 버터가 발린 용기는 다시 냉장고에 넣었다. 차게 식혀주어야 하기 때문이다.

다음으로 미리 꺼내놓은 달걀은 톡톡 터뜨려 흰자만을 유리볼에 따로 담아 거품을 냈다. 전자동 거품기가 없어 일일이 손으로 휘저어가며 머랭을 만들었더니 어깨며 오른팔이 슬슬 아팠다. 아픈 팔을 주먹을 쥐 툭툭 두드리면서 하늘은 문득 지욱의 모습을 떠올려보았다.

그 사람은 이걸 수동으로 만들었을까, 자동으로 만들었을까. 대량으로 만들어야 하니 일일이 수동으로는 힘들었을 것 같다.

그러나 거실에 소파 하나 덩그러니 놓여 있었던 802호의 조촐했던 살림살이를 떠올려봤을 때 집에 조리 기구를 다 구비해놓았을 것 같진 않은데…… 만일 그 사람이 초록색 런치박스를 집 앞에 걸어둘 때마다 일일이 자기 집 주방에서 만들었다면 아마도 팔이며 어깨가 꽤 아팠을지도 모르겠다.

그렇게 얼마나 저었을까. 있는 건 설탕뿐이라 중간중간 설탕을 듬뿍 넣고 오랜 시간 공을 들여가며 한참을 채쳐 볼을 뒤집어도 흘러내리지 않을 정도로 머랭을 만들었다. 그러고는 미리 식혀놓은 용기를 냉장고에서 꺼내 듬뿍듬뿍 담았다. 좀 더 예쁘장한, 깔끔한 수플레를 위해서는 당연히 짤주머니 같은 게 필요하겠지만 지금 그녀가 가진 건 스푼뿐이었다.

'이럴 줄 알았으면 평소에 베이킹에 필요한 조리도구도 조금 구비해놓는 건데…….'

아쉬운 마음을 담아 하늘은 용기에 스푼으로 꾹꾹 눌러 담은 머랭을 예열해둔 오븐에 넣었다.

'자, 이제 10분이면 될까? 아니, 용기가 크니 20분은 잡아야 하려나?'

자신의 손으로 직접 만든 수플레가 과연 맛은 있을까. 의문은 들었지만 하늘은 오븐 앞에 서서 머랭이 부풀기만을 잠자코 기다렸다. 마침 라디오에서는 청취자들 모두 기분 좋게 봄날 꽃놀이들 가시라고 제이레빗의 '바람이 불어오는 곳'이 흘러나오고 있었다. 가수 김광석의 곡을 리메이크한 노래였는데 여가수의 맑고 청아한 음색을 듣고 있자니, 그녀 또한 절로 소풍이 가고 싶어졌다.

햇살이 따스하게 내리쬐는 넓은 공원, 주변에는 가족 단위 혹은 연인끼리 놀러 온 사람들이 삼삼오오 모여 있고, 나무 그늘 아래 돗자리를 까는 자신의 모습을 상상했다.

초록 향기가 물씬 풍기는 나무숲에서 사랑하는 사람이랑 마주 앉아 도시락을 먹고. 웃으며 담소도 나누고……. 그러다가 설핏 졸음이 쏟아지면 사랑하는 이의 무릎을 베고 달콤한 잠을 청하는…….

그때에 바람은 적당히 불었으면 좋겠다.

너무 구체적으로 그린 그림 때문일까. 순간 지욱의 얼굴이 눈앞에 아른거려 하늘은 자꾸만 가슴이 따끔거렸다.

'아, 왜 이러지? 또다!'

또다시 출렁이기 시작한 감정의 파노.

지욱이 떠나고부터 종종 들뛰는 감정은 이렇게 시도 때도 없이 눈가에 물기를 어리게 만든다. 하늘은 괜스레 얼굴이 달아올라 싱크대 앞에서 찬물을 틀어놓고 세수하듯 얼굴을 닦아냈다.

"뭐 해?"

어느새 방에서 나온 미연이 하늘을 보며 눈을 비볐다.

"수플레…… 만들어보고 있었어."

"우와, 진짜?"

잠도 깨지 않은 얼굴로 감탄을 쏟아내던 미연은 오븐 안에서 정체를 드러내는 하늘의 수플레를 보며 이내 실망감을 드러냈다.

"에이, 이게 아닌데? 뭐가 이리 밋밋해? 푹 꺼졌잖아!"

"이상하네. 더 부풀어야 하는데……. 중간에 문을 열어서 그런가."

"야! 색깔도 이상해!"

"아무것도 안 넣어서 그래. 블루베리가 있으면 좋았을걸."

"간은 본 거야?"

미연이 의심에 찬 눈초리를 풀지 못하고 물었다. 먹을 수 있는 거야, 없는 거야…… 그렇게 물으려다 만 얼굴.

하늘은 심드렁히 대답했다.

"뭐, 설탕 듬뿍 넣었으니까 달긴 하겠지."

그랬다. 오븐에서 다 부풀기도 전에 식탁 위에 올려진 수플레는 무척 달았다.

너무 달아, 먹을 수도 없을 만큼.

"윽, 설탕을 대체 얼마나 넣은 거야?"

미연이 허겁지겁 물을 삼키며 인상을 썼다.

"글쎄, 대충 넉넉히?"

"대충 '넉넉히'가 대체 어느만큼인데? 레시피에 적혀 있었을 거 아냐? 윽! 심지어 익지도 않았어!"

"그럴 리가!"

수저로 가운데를 푹 쑤셔보자 정말로 달걀 비린내가 코를 확 찔러왔다. 이게 아닌데……. 어느새 싱크대 안쪽까지 들여다본 미연은 한쪽에서 장렬히 전사한 달걀 껍데기를 보며 투덜거렸다.

"아깝다. 프라이하지 그냥! 소금이라도 찍어 먹게."

"미안. 난 될 줄 알았지."

갑자기 코가 쑥 빠져 중얼거리는 하늘의 곁에서 미연은 성낼 땐 언제고 대수롭지 않다는 듯이 어깨를 툭 쳐주었다.

"괜찮아! 수플레 좀 못 만들면 어때? 잘 만드는 남자 만나면 되지! 우리 김춘희 여사 왈, 남자랑 여자가 반대로 만나면 오히려 더 잘 산댔어! 아, 맞다! 지욱 씨 프랑스에서 오면 좀 가르쳐달라 그래!"

그 말을 중얼거리곤 미연은 히죽 웃었다. 이번엔 하늘이 그런 미연에게 물었다.

"연애 시작하니 좋아?"

"그냥 만나보는 거지, 연애는."

"그래도 좋아 보인다, 얼굴……."

하늘은 그런 미연이 내심 부러웠다. 아닌 게 아니라 이제 막 연애를 시작한 미연의 얼굴은 박꽃처럼 화사하게 피어 있었다.

스피커에서는 어느덧 그녀가 좋아하는 가수 이승환의 노래가 흘러나오고 있었다. 세상에 뿌려진 사랑만큼. 참, 명곡은 언제 들어도 좋다. 하늘은 여자 파트의 멜로디를 혼자서 흥얼거리며 다디단 수플레를 한 점 더 떠먹다 단맛에 다시 인상을 썼다.

'으, 여전히 달다! 아니, 좀 심하게 단가?'

이른 아침부터 용무가 급해진 미연의 목소리가 이번에는 욕실 쪽에서 흘러나왔다.

"야! 그 단 걸 진짜로 먹게? 그러지 말고 지욱 씨 오면 좀 만들어달라 그래."

지욱 씨, 지욱 씨……. 요즘 미연의 입에서 자신의 애인 얘기 다음으로 끊이지 않고 흘러나오는 이름이 바로 '지욱 씨'였다.

"아, 나도 지욱 씨가 만든 프렌치 또 먹고 싶다. 지욱 씨는 할 줄 아는 요리가 얼마나 될까? 아마 우리는 셀 수조차 없이 많겠지?"

욕실 문이 닫히고, 닫힌 문 사이로 이제는 제법 멀어진 말소리가 들려왔다.

"아아! 우리 하늘이가 부엌에서 혼자 저렇게 궁상떨면서 지욱 씨 그리워하는 거 지욱 씨도 알아야 할 텐데……! 그나저나 네가 그렇게 오매불망 기다리는 지욱 씨는 언제 와? 언제 온다는 말 없어?"

"글쎄."

하늘은 혼자만 겨우 알아들을 수 있을 것 같은 목소리로 대답했다. 조금 전까지 세상에 뿌려진 사랑을 속삭이던 라디오에서는 이제 다른 노래가 흘러나오고 있었다. 사랑, 사랑……. 세상엔 무슨 사랑이 그리도 많은지 이번에도 또 사랑 노래다. 제목도 '사랑합니다.' 어느 가수의 드라마 OST라고 했다.

이렇듯 라디오에서는 쉼 없이 사랑 노래가 흘러넘치고, 지금 거울 앞에는 그런 사랑에 빠져버린 한 여자가 있다. 난생처음으로 누군가를 떠올리며 그와의 추억이 담긴 수플레를 직접 만들고, 난생처음으로…… 누군가를 향한 그리움 때문에 이렇게 눈물짓는.

바보. 결국 이렇게 보고 싶어 할 거면서 아닌 척하기는.

어쩌면 이 기다림의 시간 동안 하늘은 벌을 받고 있는지도 몰랐다. 제 마음조차 온전히 들여다보지 못한 벌. 이렇게 좋아하면서…… 아니라고 한 벌!

지욱이 떠난 지 한 달이 지났다. 그 시간 동안 하늘의 마음속에 소리 없이 쌓인 건 어느 노래 제목과도 같은 그리움이었다. 그리고 지욱을 보지 못하는 시간 동안, 하늘은 지욱을 생각하는 시간이 점점 더 길어졌다. 그 사람에 대한 궁금증이, 그 사람을 그리워하는 마음들이 날마다 조금씩, 조금씩 자라 그녀의 안을 가득히 채워 나갔다. 이젠 그 크기가 어느 정도인지 가늠할 수도 없을 만큼.

"고백은 했어?"

별안간 받게 된 질문.

어느새 욕실에서 나온 미연이 하늘에게 물었다. 그 질문에 하늘은 '아직'이라며 고개를 저었다. 그리고 이렇게 변명을 해본다.

"나, 그 사람 얼굴 보고 말하고 싶어."

어느 틈에 나간 말은 바로 그녀의 진심이었다. 그랬다. 이제는 그 사람의 얼굴을 보고, 그 사람의 눈을 마주하며 말하고 싶다.

'당신을 좋아합니다.'라고.

그런데 그 순간 기다렸다는 듯이 찾아온 적막! 두 여자가 있는 공간이 갑자기 고요해졌다.

잠시 후, 적막을 깨우는 전화벨이 울렸다.

'혹시?'

하늘의 눈빛이 번쩍 뜨였다. 벨이 울리는 순간 두 여자는 누가 먼저랄 것 없이 서로의 얼굴을 쳐다봤고, 동시에 소리를 질렀다.

"윤지욱이다!"

이른 아침, 하늘이 받은 전화는 정말 지욱으로부터 걸려온 전화가 맞았다.

─잘…… 지냈어요?

무려, 한 달여 만에 듣게 된 목소리. 너무도 반가운 목소리가 수화기를 통해 들려오자, 하늘의 눈가에는 어느새 이슬이 맺혔다.

속에선 뭔가 뜨거운 것이 맺힌 것처럼 가슴도 먹먹해졌다. 목이 메어 대꾸조차 할 수 없을 만큼.

한참을 전화를 들고만 있다 간신히 흘려보낸 어린아이 같은 투정 섞인 목소리에는 오랜 기다림에 대한 원망과 그리움이 짙게 묻어나 있었다.

"무슨…… 무슨 사람이 그래요? 전화도…… 한 통 못해요?"

-어, 미안! 미안해요! 내 전화…… 기다렸어요?

당황한 기색이 역력한 말투. 그런 지욱에게 하늘은 무턱대고 쏘아붙였다.

"기다렸어요!"

도무지 감정이 절제되지 않는다. 그동안 애써 꾹꾹 눌러 온 그리움과 가슴 저릿한 감정들이 그의 목소리를 듣는 순간, 멋대로 그를 향해 달려 나갔다.

"전화는 해줄 수 있잖아요! 잘 있다 한마딘 해줄 수 있잖아! 어떻게 사람이 그래요? 어떻게 이렇게…… 냉정할 수가 있어! 그렇게 칼처럼 자르고 가면…… 다신…… 다신 나 안 보려고 그랬어요? 나는……! 나는……!"

결국 울먹이며 말을 잇지 못하는 하늘에게 놀란 듯, 그러면서도 감격한 듯 벅찬 가슴을 어쩌지 못한 지욱의 나지막한 목소리가 귓가에서 흩어졌다.

-하늘 씨를 내가 왜 안 봅니까? 그럴 리가 없잖아요!

"근데…… 근데 왜 이렇게 늦어요? 왜 이렇게…… 늦게 와요?"

두 눈에서 눈물이 마구 흘러내렸다. 후줄근하게 젖은 얼굴이 지금 어떤 모습을 하고 있는지 하늘은 알지 못했다.

단지 그녀는 자신의 감정에 솔직했을 뿐이다.

또한, 그로 인해 그저 잘 지내는지 목소리만 한번 듣고자 했던 지욱의 입에선 내내 변명 같은 중얼거림이 흘러나와야 했다.

-내 전화 기다리고 있을 거란 생각 못했어요. 미안해요. 정말이에요. 비자에 문제가 생겨서 잠깐 프랑스에 오세 됐는데 사정이 생겨서 좀 늦어졌어요. 어쩌면 더 늦어질지도 모를 것 같아서 하늘 씨한테 전화한 겁니다. 보고 싶어서요! 하늘 씨는 아닐지도 모르지만, 난…… 나는……!

사실 말을 하면서도 지욱은 의아했다. 자신도 스스로 이런 말을 하게 되는 상황이 빚어질 줄은 몰랐기에.

"언제 와요? 언제 돌아올 거예요?"

놀랍게도, 하늘은 지욱과의 통화를 이어가며 점점 마음의 안정을 찾아갔다. 처음 지욱의 목소리를 듣자마자 울음부터 쏟아냈던 그녀. 어느 정도 감정을 터뜨리고 난 뒤에는 어느새 차분하게 가라앉아 좀 더 상대의 목소리에 귀 기울이며 깊은 대화를 나눌 수 있게 됐다.

하늘은 이제야 그런 자신의 모습에 안도했다. 울먹이느라 바보같이, 어렵게 닿게 된 지욱과의 전화 통화를 망치고 싶지 않으니까.

"많이 늦을 것 같아요?"

-실은 어머니가 좀 다치셨어요.

"아!"

안타까움에 이어진 짧은 탄식.

"어디를요? 얼만큼이요? 설마, 많이 다치신 건 아니죠?"

-네. 다리를 좀 다치셨는데 다행히 시간만 지나면 괜찮아지실 것 같아요.

'시간만…… 지나면?'

문득 하늘의 머릿속엔 지금도 병상에 누워 계신 아버지의 모습이 떠올랐다. 자신의 아버지 역시 시간만 좀 더 지나면 다시 예전처럼 건강해지실 수 있는 걸까. 그런 바람을 가지며 하늘은 애써 씩씩한 대꾸를 내보냈다.

"그럼 어머니, 잘 보살펴드리고 와요. 빨리 회복하실 수 있게 곁에서 맛있는 음식도 많이 만들어드리고요."

─어쩌면 일주일…… 길면 보름쯤 더 걸릴지도 모르겠어요. 그동안…… 잘 있을 수 있죠?

길다!

보름도, 아니 일주일도 길어!

하늘은 갑자기 머릿속이 멍해져 아무런 할 말이 생각나지 않았다. 그리고 그동안에도 수화기를 통해 지욱의 목소리는 계속 들려오고 있었다.

─내 전화…… 반겨줘서 고마워요. 사실 걸면서도 걱정 많이 했거든요. 근데…… 다음부턴 눈물 흘리지 마요. 하늘 씨 눈물에는…… 나 속수무책입니다. 이렇게 멀리 떨어져 있는데 닦아줄 수도 없잖아요. 안 그래요?

하늘은 그 말을 듣는 순간 사실 무지 감격했다. 이렇게 따뜻하고 다정한 남자가 평생 곁에 있어준다면 어떤 가슴 아픈 일이 생겨도 이겨낼 수 있을 것 같은 생각! 설사 그것이 착각이라 해도 마냥 좋았다. 그러나 대꾸는 저도 모르게 뾰로통하게 흘러나갔다.

"눈물 안 흘렸어요."

-그래요? 근데…… 왜 나는 당신 목소리가…… 젖어 있는 것
같지?

　뜨끔하면서도 하늘은 또다시 아닌 척 작은 입술로 고시랑거렸
다.

　"나 원래 목소리 촉촉해요. 데스크에 앉아 글 쓰는 에디터치
곤 목소리가 지나치게 부드럽고 좋단 말 많이 들었는데……. 지욱
씨는 아직 모르셨나 보다."

　수화기 저편에서 피식 웃는 그의 웃음소리가 느껴졌다. 하늘은
다시 장난 같은 말을 내보냈다.

　"어어, 지금 안 믿으시는 거예요?"

　-아뇨, 믿어요. 믿습니다. 근데, 그만 들어가 봐야 할 것 같아
요. 잠깐 나와서 통화하는 거라…….

　"그렇군요."

　아쉽다는 생각이 차올라 어느새 하늘의 마음은 조급해졌다. 아
직 하고 싶은 말이 많은데…… 할 말이 더 남아 있는데…….

　전화가 끊기기 직전 별안간 하늘이 목소리를 높였다.

　"보……!"

　-음?

　"보고……!"

　-하늘 씨, 무슨 말인지 잘 안 들려요!

　"보고 싶어요!"

　결국 그 말을 외치고 끊겨버린 전화. 제 손으로 먼저 전화를 끊
어놓고도 하늘의 눈은 또다시 글썽글썽해졌다.

그런 하늘을 어느새 미연이 곁으로 다가와 위로했다.

"잘했어, 서하늘…… 우리 하늘이, 장하다!"

미연은 기특하다는 듯 하늘의 머리카락을 마구 쓰다듬으며 헝클어뜨렸다.

"언제쯤 올까? 하필이면 왜 이런 때 윤 셰프 어머님은 다리를 다치시고 그러냐."

하늘이 다소 힘이 빠진 대꾸를 내보냈다.

"글쎄, 일주일쯤, 보름쯤 걸린다고 했으니까……."

"하루하루가 더디게 가겠구나. 음, 보고 싶단 말 듣고, 이참에 지욱 씨가 바로 비행기를 탔으면 좋을 텐데……. 하긴, 그러긴 좀 힘들겠지?"

"……힘들겠지."

하늘은 미연이 있는 쪽을 바라보며 대답하고 있었지만 실은 미연을 보고 있지 않았다. 대신, 저 멀리 있는 무언가를 응시하고 있었다.

이곳에서는 보이지 않는 사람! 그렇지만 그리운 사람! 지금 이 순간에도 너무 생각나는, 보고 싶은 한 사람!

문득 하늘의 머릿속에 안도현 시인이 '연어'에서 쓴 구절이 떠올랐다.

하늘은 마음속으로 그 구절을 되뇌었다.

미연의 얘기처럼, 시간은 더디게 흘러갔다.

매분 매초, 느리게 흘러가는 시곗바늘이 하늘은 요즘처럼 야속

할 때가 없었다. 그러니 느림보 같은 시간에 구애받지 않고 휘둘리지 않으며 지내려면 없는 일도 찾아서 하는 수밖에 없었다.

하늘은 일했다. 죽도록. 수험생활을 할 때보다 어쩌면 더 하루하루를 바쁘게 보내는지도 몰랐다.

"이건 지난 감사 때 회계장부 정리한 거고요, 이건 크리스마스 커버스토리 미리 구상해본 것, 이건 기획으로 실으면 좋을 아이템 목록 미리 뽑아서 정리해본 것, 그리고 이건 지난 기획에 대한 반응, 리서치 회사에 요청해 뽑아놓은 통계 자료예요."

하늘은 두 손에 다 들지도 못해 가슴까지 떠받치고 온 서류 더미들을 하 차장의 책상에 쾅 쌓아놓으며 말했다. 그러고는 하나하나 설명을 이어 나갔다. 그런 하늘을 보며 하 차장은 기도 안 찬다는 눈빛으로 기함을 해 소리쳤지만 하늘은 묵묵히 끝까지 제 보고만 올릴 뿐이었다.

"다행히 삼사십 대 젊은층에서는 저희 〈엘 푸드〉에 실린 기획들이 참신하게, 호의적으로 받아들여지고 있는 것 같아요. 근데 더 젊은 세대에선 푸드, 영화, 각종 문화 산업에 관한 페이지 수 할애가 너무 현저하게 적다고, 아니 거의 없는 편이나 다름없어 손이 잘 안 간다는 의견이 기타로 올라와 있어요. 이건 임원회의 때 참고하셔야 할 것 같아요."

"야, 서하늘! 너 지금 뭐 하는 거야?"

"뭐 하긴요. 일하잖아요! 방금 보고드릴 때 눈뜨고 주무셨어요?"

정작 그런 말을 하는 자신의 눈 밑에 다크서클이 더 시꺼멓게

271

내려와 있다는 사실을 알기나 할까.

하 차장은 딱하다는 듯 그런 하늘을 보며 혀를 쯧 차곤 내쏘았다.

"야! 누가 너더러 감사 때나 들여다보는 회계장부까지 신경 쓰래? 누가 너더러 리서치 분석까지 의뢰했느냐고! 유비무환 좋다? 나 이순신 장군도 좋아! 학교 때, 난중일기도 추천도서 목록 올라올 때마다 빼놓지 않고 읽었다고!

"근데 아무리 그래도 그렇지! 크리스마스는 겨울이야, 겨울! 일 찾아서 하는 것도 좋지만 좀 심하단 생각 안 해? 너 요즘 왜 그래? 일벌레도 너보단 쉬엄쉬엄하겠다! 쉬어! 쉬어 쫌!"

급기야 하 차장은 막내 지원을 시켜 하늘의 손발을 묶어두게 했다.

"가라는 출장은 간다 만다 대답도 안 하면서. 야, 얘 일 못하게 해! 아니다! 퇴근 시간 지났지. 야, 너 가! 가, 집으로!"

상사의 기세에 등 떠밀려 이제는 퇴근까지 해야 할 판이다. 어차피 집으로 가봤자 지금 시각이면 미연도 없을 텐데⋯⋯. 요즘 한창 연애하느라 바쁜 미연은 자정이 다 되어서야 겨우 집으로 돌아오곤 했다.

하늘이 돌연 걸음을 멈추고 물었다.

"차장님! 모처럼 저랑 술 한잔하실래요?

하늘은 퇴근 준비를 마치며 손에 백을 챙겨 드는 하 차장의 팔짱을 나서서 꼈다. 그러나 하 차장은 하늘의 살가운 저녁 제안에도 아랑곳하지 않고 쌩하니 바쁜 걸음을 재촉할 뿐이었다.

"야, 모처럼은 무슨 모처럼이야! 어제는 안 마셨어? 그리고 솔로는 무슨 약속도 없는 줄 아니! 비켜, 애! 조카 돌산지 가야 해!"

결국 코가 쏙 빠져버린 그녀.

"선배, 저라도 같이 마셔드릴까요? 저희랑 뭉치세요!"

뒤늦게 자기들만의 약속이 있었던 후배들이 지원을 필두로 하늘에게 모여들지만, 하늘은 이미 마음이 떠난 뒤였다.

"아냐, 됐어. 니들끼리 마셔."

쓸쓸한 한마딜 던져놓고 하늘은 조용히 서 의원이 있는 병원 쪽으로 걸음을 옮겼다.

아버지가 암 수술을 받으셨단 걸 알게 된 이후, 이틀이 멀다 하고 찾아갔던 병원. 갈 때마다 꽃도 사 들고 가고, 죽도 사 들고 가고, 뭐라도 손에 들고 가보지만, 그럴 때마다 돌아오는 반응은 영 신통치 않았다. 하긴, 그런 것도 평소에 자주 해봤어야지.

오늘은 손에 새우깡 한 봉지와 캔 맥주를 몇 개 사 들었다. 아버지와 난생처음으로 술이나 한잔할까 해서였다. 남들이 보면 암 환자에게 음주가 웬 말이냐 하겠지만, 병원에 있는 동안 많이 답답하셨을 테고 시원한 맥주 한 모금 정도는 괜찮지 않을까 싶어서 들고 간 거였다.

그런데 맥주 캔을 봉지 밖으로 미처 꺼내놓지도 못하고 하늘은 문 앞에서 걸음을 돌려야 했다.

병실엔 이미 아버지의 다른 손님들이 와 있었다. 공천을 포기한 아버지 덕분에 어부지리로 여권 단일 후보가 되어 지방 선거에 출마하게 된 다른 후보가 자신의 지지 세력들을 죄다 이끌고 보란 듯이 보여주기식 방문을 나선 중이었다. 적인지 동지인지 알 수 없는 사람들 앞에서 싫어도 허허 웃고만 있는 아버지. 하늘은 어쩐지 그 모습이 보기 싫어 문고리에 조용히 맥주 봉지만 걸어놓고 나왔다.

집 앞에 이르렀을 때쯤, 아버지로부터 문자메시지가 왔다.

[안 그래도 소주 생각났었는데, 고맙다. 잘 마시마.]

미연에게서는 이미 조금 전 늦는다고 연락이 왔다. 결국 혼자 보내야 할 것 같은 금요일 밤. 아무래도 오늘은 시원한 맥주 한 모금과 벗을 해야 할 것 같았다.

하늘은 다시 편의점 쪽으로 발길을 옮겼다. 휴대폰을 손에 쥔 채 터덜터덜 길을 걸어 내려가는데 불현듯 어스름 가로등 불빛 사이에서 사람의 인영이 비쳤다. 자세히 보니 남자와 여자의 그림자였다. 곧 그림자가 마주 서고, 여자의 애절한 목소리가 들려왔다.

"······당황하셨죠? 그러셨을 것 같아요. 근데 그럴 수밖에 없었어요."

"······."

"돌아오신다고 했을 때 정말 기뻤고요, 자리에 안 계시는 동안 너무 보고 싶었어요. 이제, 다시는 떠나시지 마세요."

그 순간 와락 남자를 껴안은 여자가 별안간 눈물로 자신의 마음을 고백했다.

"좋아해요! 좋아한다고요!"

애틋하기 짝이 없는 여자의 호소에 그만 하늘의 걸음도 우뚝 멈춰 서고 말았다. 마치 조금 전 여자의 입에서 나온 고백이 자신이 한 고백처럼 심장이 두근두근 뛰었다.

하늘은 가만히 남자의 반응에 주목했다. 어둠을 등에 지고 뒤돌아서 있어서 얼굴은 제대로 들여다볼 수 없었지만 남자는 한동안 대답이 없었다.

설마 고백을 외면하려는 걸까?

저토록 애틋하게 고백을 해오는데……?

하늘은 그 순간 이 남자가 차가운 말이나 일삼는 나쁜 놈은 아니기를 바랐다. 부디 거절을 하더라도 정중하게 돌려 말할 줄은 아는 남자이기를…… 상처 주면 상처 받고, 그 상처 받은 자리가 얼마나 쓰라리고 아프다는 것을 아는 최소한의 인간적인 측은지심을 가진 사람이기를…… 바라고, 또 바랐다.

비록 자신과는 상관없는, 전혀 알지 못하는 여자였지만, 오로지 같은 여자라는 이유만으로 하늘은 왠지 모르게 그 여자가 상처받지 않기를 바랐다.

그런데 그 순간, 남자가 여자의 두 손을 가슴에서 밀어내며 말했다.

"……미안합니다."

순간 여자의 몸이 멈칫 굳었다. 남자는 재차 말했다.

"나는 이미 마음에 둔 사람이 있습니다."

동시에 하늘의 호흡도 멎었다.

남자의 미안하단 말에 아무 말도 못하고 훌쩍이는 여자의 얼굴이 왜 갑자기 자신의 모습으로 겹쳐 보이는지 알 수 없었다. 다만, 가슴 한구석이 허전했고 사무친 그리움으로 인해 무언가 비어져 나간 자리가 쓰라렸다. 남의 상처에도 이토록 쉽게 감정이 이입될 만큼.

새살이 어서 돋아나야 했다. 비 온 뒤 땅이 굳으려면 햇빛이 쨍 하고 나야 하는 것처럼 이 외로움을 달래주고 그리움을 보듬어줄 누군가가 지금 그녀에게 절실했다. 또한 그 순간 하늘의 눈은 이 미 한 사람을 그리고 있었다.

어느덧 눈가엔 눈물이 고였다. 그리고 눈물로 눈앞이 뿌옇게 흐려져 가기 직전, 하늘은 조금 전 자신의 눈앞에서 고백을 받은 남자의 얼굴을 마주할 수 있게 되었다.

어떡하나.

눈을 마주하자, 자꾸만 가슴이 뛴다. 이미 가슴은 떨리고 있었 다. 그 가슴 떨림을 들키지 않기 위해 하늘은 휙 몸을 틀었다.

그런데 몸을 돌린 그 순간에도 등 뒤로 따뜻한 시선이 닿는 게 느껴졌다. 그 시선이 뜨겁게 가슴까지 전해져 그녀의 심장을 두드 렸다.

휙.

하늘은 다시 뒤를 돌아보았다. 그러자 주홍 불빛 아래, 어느새 혼자가 된 그림자 하나가 그녀를 향해 드리워져 있었다.

하늘은 용기를 내어 그림자에게 보다 가까이 다가섰다.

"그 사람이…… 혹시 나예요?"

그림자가 말없이 고개를 끄덕인다.

"아······!"

하늘은 순간 말문이 막혔다. 아무 소리노 나오지 않았다. 입을 벌리면 울먹일 것 같았다.

그가 왔다!

윤지욱!

그 사람이다!

돌아온 그가, 하늘을 보며 환히 웃고 있었다.

지욱은 하늘을 보며 두 팔을 활짝 벌렸다.

그리고 그때,

하늘은 이미 달리고 있었다.

14화. 봄날

하늘은 한참 동안 자신을 향해 말없이 두 팔을 벌려 준 지욱의 품에 안겨 있었다. 커다란 키만큼이나 그의 품은 아주 넓고, 커다래서 그리움에 얼룩진 눈물 따위는 금세 삼킬 수 있도록 해주었다.

이윽고 그의 품에서 떨어져 나온 하늘은 그동안 정말 보고 싶었던 얼굴을 꼼꼼히 오랜 시간 공을 들여 올려다보았다.

지욱은 변함없이 따뜻한 눈길로 하늘을 내려다보았다. 그 시선이 참 좋았다. 그 따스함이, 그 다정함이.

"나 궁금한 거 참 많아요. 하고 싶은 말…… 정말 많은데……."

"천천히…… 천천히 해요, 우리."

지욱이 하늘의 얼굴에서 시선을 떼지 않고 말했다.

"저녁은 먹었어요?"

하늘은 느릿느릿 고개를 가로저었나.

"그럼, 일단 밥부터 먹읍시다."

지욱의 말이 있고, 두 사람은 나란히 엘리베이터 안으로 발을 옮겼다. 그와 함께 걸음을 걷고, 나란히 엘리베이터에 오르자 지극히 일상적이기만 했던 그녀의 모든 공간에 슬며시 두근거림이 찾아들었다.

이럴 줄 알았으면 저녁 준비를 미리 해놓는 건데⋯⋯. 아쉬운 후회를 늘이면서도 하늘은 지욱을 자신의 집으로 초대했고, 짐을 풀고 내려오겠다던 지욱은 오래지 않아 와인 한 병을 가지고 내려왔다.

"냉장고에 있는 게⋯⋯ 두부랑 호박, 감자뿐이네요."

하늘의 얼굴에 잠시 난감함이 비쳤지만 그것들은 곧 구수한 향이 모락모락 풍겨오는 된장찌개와 보기에도 노릇노릇 군침이 절로 도는 부침개가 되어 식탁 위에 올려졌다. 평소에도 곧잘 끓여 먹는 된장찌개는 하늘이 끓이고, 채소를 적당한 크기로 채 썰고 또, 강판에 갈아 계란과 부침가루를 섞고 부친 노릇한 부침개는 지욱이 만들었다.

라디오에서 '세상의 모든 음악' DJ 카이가 클로징 멘트를 할 즈음, 두 사람은 나란히 식탁 앞에 앉아 서로의 얼굴을 마주할 수 있었다.

지욱이 오프너로 와인을 따 먼저 하늘의 잔에 따라주었다. 된장찌개와 와인이라. 처음 접해보는 조합이었지만, 마주 앉은 사람이 좋아 그런지 지금은 싫은 마음이 들지 않았다. 이어, 자신의 잔에 와인을 따르고 있는 지욱을 말간 눈으로 바라보며 하늘이 물었다.

"어떻게 된 거예요? 온다는 얘기, 없었잖아요."

"생각보다 일정이 좀 당겨졌어요."

"어떻게요? 일주일…… 아니, 보름쯤 더 걸릴 거라 그랬잖아요."

"사실 하늘 씨한테서 보고 싶단 말…… 들은 후부터 나, 안절부절못했어요. 너무 티가 났나 봐요. 어머니께서 그만 하늘 씨한테 가보라고 확실히 등 떠밀어 주시던데요?"

"어머니, 혹시 화 많이 나셨어요?"

"아뇨. 여자는…… 기다리게 하는 게 아니라고 하시던데요. 정말 그래요?"

"……몰라요."

괜찮은 줄 알았는데 입에선 여전히 코맹맹이 소리가 흘러나왔다. 울먹이느라 하늘의 목소리엔 콧소리까지 잔뜩 녹아 있었다. 그렇게 어느새 애틋해진 감정은 주인의 허락도 득하지 않고 마구 들뛰기 시작했다. 하늘은 그 사실이 어쩐지 수줍어 괜스레 말을 돌렸다.

"귀국하자마자…… 사랑 고백도 받으시고 좋으시겠어요?"

"그러게요. 뜻하지 않게 상처를 주게 됐네요."

"마음에…… 걸려요?"

"그럼요."

그래서 어쩌겠다는 건가. 너무 선뜻 나온 대답에 하늘의 시선이 약간은 심통 맞게 지욱에게 꽂혔을 때였다.

"참, 나 당신한테 줄 거 있는데……."

당신이란 말. 이 말이 이렇게 듣기 좋은 말이었구나. 대꾸할 새도 없이 멍해져 바라보는 하늘에게 지욱은 내려올 때 들고 온 봉투를 슬그머니 앞으로 내밀었다. 봉투 안엔 그의 어머니가 손수 준비해준 각종 비타민과 영양제가 듬뿍 들어 있었다.

"잘 챙겨 먹어야 해요. 하늘 씨 혼자 산다니까 특별히 어머니께서 챙겨주셨어요."

일순 물기를 머금은 푸른 눈동자가 호수처럼 깊었던 그의 어머니 얼굴이 떠올랐다. 미소가 참 아름다우셨던 분. 웃는 모습이 정말 소녀 같아 보이셨는데……. 놀랄 새도 없이 다시 지욱의 말이 전해졌다.

"나도 서하늘 씨한테 선물하고 싶은 게 참 많았는데…… 흠, 미안한 말이지만 오늘은 그냥 나로 대신할게요. 이렇게 무사히 잘 돌아온 걸로. 어때요? 이런 나…… 받아줄래요?"

뻔뻔하다는 생각은 들지 않았다. 하늘은 피식 웃었고, 지욱은 장난처럼 얼굴을 한껏 앞으로 내밀었다.

이윽고 두 사람은 다시 잔을 부딪쳤고, 하늘의 입에서도 아쉬움 섞인 말이 흘러나왔다.

"어떡하죠? 난 준비한 게 없는데……."

받기만 하는 게 어쩐지 미안해져 저도 모르게 웅얼거린 말에 지욱은 잔을 훌쩍 비우곤 픽 웃음을 보였다.

"나 기다려줬잖아요. 그렇게 멋없이 가버렸는데…… 기다려준 거, 나한텐 가장 큰 선물이에요."

어떡하나. 정말 어떻게 해야 하나. 나사 하나가 풀린 사람처럼 머릿속에서 아무 말도 생각이 나지 않았다. 그의 웃음에 머릿속이 하얗게 비고, 고맙다는 말에 그저 따라 웃게 된다. 전에도 이런 적이 있었던가. 아니, 아니었다.

"나 지금…… 솔직히 정말 멍해요. 머릿속에선 아무 생각도 안 나고 그저 멍해서……."

그러나 이내 마음을 추스르곤 하늘은 다시 지욱을 향해 물었다.

"그동안 혼자서 곰곰이 생각해봤는데…… 매일…… 어떤 마음으로 그렇게 보내온 거예요? 열어 볼 때마다 정성이…… 정말 대단했었는데……. 아침마다 시간도 없었을 거 아니에요? 잠은 제대로 잔 거예요?"

질문을 받는 내내 대답 대신 말없이 미소를 짓던 지욱이 한참 만에 나지막이 입을 열었다.

"음, 그거 알아요? 지금까지 당신만 나한테 계속 질문하고 있다는 거. 하늘 씨도 내가 듣고 싶은 대답을 해봐요. 그럼 얘기해줄 테니까."

저녁 식사를 마치고 하늘의 소파 옆자리에 나란히 자리를 차지하고 앉게 된 지욱은 곧바로 대화의 흐름에 대해 문제를 제기하고 나섰다. 하늘은 질문의 의도에 대해 생각했다. 그러니까 계속 한쪽으로 쏟아지는 질문이 형평성에 어긋난다, 이거지. 물론 좋은 뜻으로 문제의식을 느끼는 그에게 반론을 꺼내 들고 싶진 않았다. 시종 부드럽게 흘러가는 대화의 흐름을 멋대로 뚝 끊어놓을 필요는 없었으니까.

잠시 후, 하늘은 지욱의 생각을 받아들인다는 뜻에서 말없이 고개를 끄덕였다. 지욱은 그런 하늘의 반응에 예의 그 상냥한 미소를 내걸며 질문을 던졌다.

"나랑 헤어진 뒤에 내 생각…… 했어요?"

당황스러운 질문이었지만 거짓으로 대답하고 싶진 않았다. 하늘은 가만히 고개를 끄덕이는 걸로 답변을 대신했다. 그러자 또다시 지욱의 질문이 이어졌다.

"얼마나?"

어렵다. 어려운 질문이다.

'내가 느낀 진심을 그가 원하는 답으로 그럴듯하게 포장해낼 수 있을까?'

"솔직하게?"

"응, 솔직하게."

"많이…… 했어요. 아주 많이. 아주…… 아주 많이…….'

결국 포장은 없었다. 답을 모를 땐 그저 솔직한 게 최선이니까. 그런데 그때, 지욱이 하늘의 눈을 지그시 바라보며 이내 고개를 숙여왔다.

"흠, 그 대답…… 마음에 든다."

질문을 받고 답을 건네는 내내 저도 모르게 멍한 채 눈을 깜박이던 것에서 정신이 번쩍 들었을 때, 하늘은 이미 키스당하고 있다는 걸 알았다. 부드러운 입술이 그녀의 입술에 닿았고, 붉은빛 입술 속에 숨겨진 그녀의 감각들을 천천히 간질이며 지욱이 하늘의 입술을 열었다. 호흡이 하나가 되는 건 순간이었다. 하늘은 기꺼이 지욱의 입술을 받아들였고, 결코 서두르지 않았던 키스는 느릿하니 그 농도를 차츰 더해갔다.

열린 문틈으로 바람이 불어온다. 계절의 향기를 담은 포근한 바람결에 그들은 점점…… 점점…… 그렇게 떠밀려갔다.

어느새 두 사람의 몸은 나란히 소파에 포개어지고, 일렁이는 서로의 눈동자만 애틋하게 바라보게 되었다. 숨이 막힐 만큼 뜨거웠던 몇 초. 그런데 우습게도 하늘의 머릿속에 그 순간 떠오르는 생각은 내가 오늘 속옷으로 뭘 입었더라, 하는 것이었다. 이어서 건조대 옆으로 걸어가 엉덩이에 고양이 한 마리가 그려진 연노란색 팬티를 집어 드는 자신의 모습이 떠올랐다. 그와 어울리지 않는 호피 무늬 브라는 또 어떻고.

아, 절망적이다!

"아, 안 돼요……!"

거절의 이유가 엉덩이에 그려진 고양이 한 마리 때문이란 걸 당신은 알까? 멈칫하던 지욱의 눈빛에 순간 아쉬움이 스쳤다. 그런데 그때, 어쩌면 남자로서 얼만큼은 견디기가 힘들었을지도 모르는데, 참는 게 고역이었을 텐데도 지욱은 그 이상의 것을 요구해서 하늘을 당황하게 하지 않았다. 아니, 오히려 천천히 입술을 떼곤 조금 전 하늘이 던졌던 질문에 대해 담담한 대답을 꺼내놓았다.

"같은 아파트에 살게 된 건 정말 우연이었지만, 내가 하늘 씨의 집 앞에 매일 초록색 런치박스를 매달았던 건…… 사실 니 때문이었어요."

"그게…… 무슨 말이에요?"

"하늘 씨를 생각하면…… 항상 여러 마음이 맴돌았거든요. 가까이에 두고 챙겨주고 싶고…… 위로해주고 싶고…… 달래주고, 어루만져주고 싶은 마음들이……."

"……."

"알고 보니 그런 감정들이 모두 하늘 씨를 향한 관심이더라고요. 하늘 씨를 내가…… 그렇게 좋아했어요."

하늘은 저도 모르게 얼굴이 붉어져 대답했다.

"미안해요."

지욱은 그런 하늘을 사랑스럽다는 듯, 그러면서 의아하다는 듯 소파에 등은 기댄 채 내려다보았다.

"어, 왜 그런 말을 하지? 내 마음, 몰라줘서?"

"그냥 다…… 윤지욱 씨한텐 다 미안해요."

지욱은 미안하다 말하며 두 손에 얼굴을 묻는 하늘을 다시 가슴에 안았다.

"그런 말 마요. 내가 지금까지 하늘 씨한테 한 행동들은 모두 당신 씨한테 잘 보이고 싶은 내 마음 때문이었어요. 몰랐겠지만 나란 사람이 그래요. 나, 사실 사심 가득한…… 그런 남자거든요."

지욱은 말을 마치며 후후 웃었다. 그러면서 자신의 마음을 받

아줘서 고맙다는 말도 덧붙였다. 그게 아니었으면 어땠을까, 지금
도 생각하면 눈앞이 아찔하다고. 또한 그는 저 자신을 가리켜 표
현하는 게 서툴러 그동안 많이 불편했을 거라 며, 미안하다고 말
했다.

하지만 하늘은 조금도 그런 생각이 들지 않았다. 조금씩 다가
오는 그를 보는 동안 내내 가슴 설레고, 그를 기다리는 시간 역시
그 어느 때보다도 마음이 따뜻해진 시간이었으니까.

다만 아직도 자신을 보는 그의 눈빛 속에 드리운 애틋함이 자
신의 어머니에 대한 죄책감과 미처 떨치지 못한 사고의 기억들이
함께 남아, 더 그러는 것 같아 하늘은 마음이 안타까웠다.

별안간 지욱이 물었다.

"내일 토요일인데 뭐 할 거예요?"

하늘은 지욱의 눈을 들여다보며 고개를 저었다. 지욱은 다행이
란 듯 웃으며 반갑게 말했다.

"꼭 가고 싶은 데가 있는데…… 같이 가줄래요?"

하늘은 대답 대신 가만히 고개를 끄덕였다.

열어둔 창문 틈으로 또다시 바람이 불어왔다. 어둠이 짙어지고
있는데도 바람은 차지 않았다. 완연한 봄이었다. 그리고 봄의 한
가운데에서 하늘은 그렇게 사랑을 느꼈다.

그녀의 인생에서 봄날은 이미 시작되고 있었다.

아침이 밝았다.

지욱은 점심때쯤 하늘의 집으로 내려왔다. 그리고 그의 손엔

네모반듯한 찬합도 함께였다.

하늘은 그 모습이 의아해서 물었다.

"우리 어디 소풍 가요? 그거, 도시락이잖아요!"

당황스러운 그녀의 눈길에 지욱은 아직 오랜 여행의 피로가 가시지 않았을 텐데도 불구하고 부러 더 밝은 표정을 지으며 대답했다.

"음, 암 환자도 힘들지 않고 먹을 수 있는 수프랑 먹을거리들 좀 만들어봤어요. 갑시다! 아버님 뵈러!"

그날, 그 표정이었다.

'나랑은, 어머니부터 만나고 시작합시다.'라고 했을 때!

그때에도 말이 끝나기 무섭게 하늘의 손을 붙잡고 호텔로 이끌고 나가더니 오늘도 마찬가지였다. 지욱은 하늘의 손을 덥석 잡았다.

어리둥절할 새도 없이, 망설일 새도 없이 그녀의 걸음은 어느덧 서 의원이 있는 병실 앞에 다다랐고, 그녀의 두 다리는 자신의 아버지에게 정중히 인사하는 지욱의 널따란 등을 바라보며 서 있었다.

"오, 온다 간다 말도 없이……!"

갑작스런 방문이 당황스러우면서도 싫은 내색보다는 좀 더 상대를 살피기에 여념이 없는 서 의원의 모습 뒤로 지욱의 목소리가 덧입혀졌다.

"처음 뵙겠습니다. 윤지욱입니다."

갑작스레 들이닥친 지욱의 시원시원한 소개에 어안이 벙벙해진 서 의원이 침대에서 허리를 세우며 따라 인사를 나눴다.

"하늘이 애비 되는 사람이요."

무뚝뚝한 한마디뿐이었지만 서 의원은 남자 친구를 대동해 나타난 딸의 모습에 놀라움보다는 반가움이 더 커 보였다. 또한 지욱이 만들어 온 음식들을 남김없이 다 비우는 모습을 보면서 막연했던 추측은 점차 현실이 되어갔다.

지금 하늘의 눈앞에는 오늘 처음 만난 두 남자가 대화를 나누고 있었다. 얘깃거리는 별것 없었다. 어느새 봄의 절정에 접어 들어가는 날씨 이야기, 서 의원의 병원 생활 이야기, 그리고 현직 프렌치 레스토랑의 셰프로 있는 그의 일 이야기까지……. 소소하다면 참 소소하다 할 수 있는 이야기들이 모여 대화의 꽃을 피웠다. 그렇게 시종 덤덤하고, 유쾌하게 흘러가는 이야기들. 하늘은 그 모습을 그저 편안하게 바라보기만 하면 됐다.

손수 물병에 물을 채워오는 지욱을 바라보며 하늘이 물었다.

"더 필요한 건 없으세요?"

때론 자식인 그녀보다 더 병실의 모든 것을 세심하게 체크하는 그로 인해 자신의 역할이 줄어들어 갔지만 하늘은 그 느낌 역시 싫지 않았다.

"됐다. 약 기운이 도는지 자꾸 졸린다. 너도 슬슬 윤 셰프랑 같이 나가봐라."

서 의원은 어느덧 딸에게서 시선을 돌려 지욱을 바라보며 말했다.

"잘 먹었네. 참 맛있었고."

나이가 들며 사람은 자연히 사람 보는 눈이 생기게 된다. 그게 항상 옳다 말할 수는 없지만, 적어도 서 의원의 사람보는 안목은 거의 틀린 적이 없었다.

그래서일까? 지금, 지욱을 바라보는 서 의원의 얼굴엔 흡족한 미소가 걸려 있었다.

"다음에 또 놀러 와주겠나? 그땐 병원이 아니고 밖에서 볼 수 있으면 더 좋겠는데……."

지욱은 서 의원과 하늘을 번갈아 보며 대답했다.

"물론입니다."

정작 딸인 하늘과는 눈으로만 인사를 나눈 서 의원이 지욱에게 그만 가라고 손을 휘이휘이 젓는다. 그 얼굴엔 노곤한 졸음이 깃들어 있었다. 오랜만에 뵌 듯한 아버지의 평온한 모습. 하늘은 저도 모르는 사이에 점점 가슴이 뜨거워졌다. 그것은 막연히 이 사람을 향해 두근거림을 느끼던 순간과는 또 다른 감정이었다.

병원을 나오면서 지욱은 말없이 하늘의 손을 잡았다. 순간 마주 잡은 손이 너무 뜨거워서 그녀의 가슴도 멈칫했다.

"우리 아버지 병원에 계신 줄은 어떻게 알았어요?"

"내가 생각보다 발이 넓어요. 아는 것도 많고요."

"일찍 돌아온 이유 중에 혹시 이것도…… 있었어요?"

"그랬다고 하면…… 또 부담스럽다고 할 겁니까?"

하늘은 고개를 저었다. 그런 하늘과 눈빛을 마주하며 지욱이 말 못하고 혼자 끙끙 앓았을 그녀의 지난 시간에 대해 나지막이 말을 꺼냈다.

"가족은요, 억지로 멀리한다고 멀리할 수 있는 게 아니에요. 그러니까…… 이젠 아버지랑 편하게 지내요."

하늘은 지욱의 담담한 한마디에 무언가에 이끌리듯 가만히 고개를 끄덕였고, 지난 기억을 떠올리며 소리 없이 눈물을 훔쳤다.

"오늘 식사하시는 것 뵈니까…… 금방 털고 일어나시겠던데요? 너무 걱정하지 마요. 그래도 정 마음이 안 놓이면…… 힘들면…… 내가 말했죠? 나한테 기대라고……."

소리 없이 흘러내리던 눈물의 줄기가 어느새 굵어져 버렸다. 지욱의 진심이 실린 따뜻한 한마디에 지난 앙금마저도 눈 녹듯이 녹아내리는 기분. 하늘은 굳게 다물고 있던 입술을 비집고 끅끅 울음이 토해냈다. 하나, 슬퍼서 우는 눈물이 아니다.

"좋은데…… 너무너무 좋은데…… 왜 눈물이 나는지 모르겠어."

"하늘 씨, 이제 보니 울보였네."

어제도, 오늘도 그녀의 눈에선 눈물이 흘러내렸다. 손으로 눈물을 닦아주던 것만으로는 충분치 못해 지욱은 결국 그런 하늘을 가슴에 안아야 했다. 사람들이 오가는 병실 로비. 두 사람을 힐긋거리는 주변의 시선도 많았지만 그는 괘념치 않았다.

하늘은 한참을 지욱의 품에서 울었고, 지욱은 그런 하늘을 다독여주었다. 그러다가 어느 순간 그녀의 울음이 잦아들었을 때, 지욱은 기다렸다는 듯이 말했다.

"나 오늘까지 오프예요. 평소에 뭐 먹고 싶었던 거 없어요? 오늘은, 하늘 씨만을 위해 요리해주고 싶은데……."

요리, 요리라. 요리를 해주겠단다. 그것도 나만을 위한 요리. 순간 지욱을 바라보는 하늘의 눈빛이 반짝거렸다.

어디서 이런 남자가 나에게 왔을까?

가슴이 떨렸다.

"뭐든 말만 하면 다 해줄 거예요?"

"아마도?"

살짝 미소 짓는 그 웃음마저도 참 따뜻한 사람. 하늘은 씩씩하게 말했다.

"그럼 나 꼬꼬뱅 해주세요. 전부터 윤지욱 씨가 만든 꼬꼬뱅 먹어보고 싶었어."

"꼬꼬뱅…… 꼬꼬뱅이 먹고 싶어요?"

하늘이 어린아이처럼 고개를 끄덕였다. 지욱은 그런 하늘을 보며 다시 맑게 웃었다.

"마침 좋은 레드 와인도 있는데……. 꼬꼬뱅 오케이. 자, 갑시다!"

지욱이 힘차게 하늘의 손을 끌었다. 그들이 사는 아파트까지 가는 내내 함께 카오디오에서 흘러나오는 음악을 듣고, 집 근처의 마트를 다니면서는 나란히 손을 맞잡고 장을 보았다. 그곳에서 오늘 저녁의 메인 디시, 꼬꼬뱅의 주재료인 닭과 몇 가지 채소를 사고, 두 사람은 다시 잡은 손을 힘차게 흔들며 마트를 빠져나왔다.

그렇게 모든 걸 둘이서, 다정하게, 함께했다.

이윽고 집 앞에 도착해 그들은 매일 오르내리던 엘리베이터에 나란히, 함께 올랐다. 7층, 8층 멈칫하던 손이 버튼을 누르느라 잠시 공중에서 닿았다가 돌연 하늘이 머쓱해져 웃자 지욱은 마치 그 눈웃음에 홀린 사람처럼 하늘에게 다가가 입 맞췄다.

층수가 하나하나 올라갈수록 처음 부드럽게 시작했던 키스는 더욱 깊어져 가고, 좁은 엘리베이터 안, 두 사람이 만들어낸 열기로 인해 공기는 점점 더 고양되어갔다.

드디어 8층에 닿았다. 문이 열리는 순간, 지욱은 느릿느릿 아쉬운 마음을 담아 하늘에게 닿았던 자신의 입술을 뗐다. 그러다가 다시 장난처럼 하늘의 이마에 짧게 입 맞추곤 피식 웃었다.

"꼬꼬뱅을…… 만들 수 있으려나 모르겠네. 설레서……."

그러나 그날 저녁, 지욱은 자신의 우려와는 달리 그리 길지 않은 시간 동안 아껴둔 레드 와인을 꺼내 하늘이 이제껏 먹어보지 못한 근사한 꼬꼬뱅을 만들어주었다.

하늘은 지욱이 요리하는 동안 그 주변을 어슬렁거리며 음식을 만들 때면 유독 더 진지해지는 그의 얼굴을 마음껏 바라보았다.

요리할 때 이 남자는 이런 눈을 하는구나. 이런 표정을 지어. 새로이 알아가는 그의 모습들을 보는 게 좋았다. 모든 게 좋았다.

잠시 후, 식탁 위에 올려진 꼬꼬뱅 한 접시는 가니시 하나에도 감탄이 절로 나올 정도로 사랑과 정성이 가득한 감동의 집합체였다. 이제껏 어떤 음식점에서도 먹어보지 못한 오직 서하늘만을 위한 요리.

"맛있어요?"

질문에 절로 엄지를 척 치켜세우는 하늘을 보며 지욱은 진심으로 기분이 좋아 웃었다. 요리의 길에 들어선 뒤, 그에겐 어쩌면 가장 기쁜 순간이었는지도 모른다.

어느새 접시는 모두 비워졌다. 하늘이 자리에서 일어서며 외쳤다.

"자, 그럼 설거지합시다. 공평하게 가위바위보 어때요? 음, 나 가위 낼 건데 마음 있으면 혹시 져주셔도 좋고요."

하늘이 농담처럼 흘려보낸 말에 지욱은 빙그레 웃었다.

"알았어요. 내가 해요. 내가 깨끗이 치울게요."

한 번 빼지도 않고 너무 스스럼없이 하겠다고 나오니까 왠지 더 머쓱해진다. 그동안 숱하게 얻어먹은 건 난데……. 하늘은 자연스럽게 싱크대 앞에 다가선 지욱을 밀어내며 고무장갑을 집어 들었다.

"아뇨, 아니에요. 요리는 지욱 씨가 했으니까 뒷정리는 내가 할게요. 그래야 깔끔해요."

"누가 하면 어때요? 괜찮아요. 난 내가 해도……."

"음, 그러니까요. 누가 해도 괜찮으니까 내가 한다고요."

결국 하늘은 지욱을 밀어내고 싱크대 앞에 서서 그릇을 닦아내는 데 성공했다. 그러나 지욱은 여전히 그녀의 주위를 떠나지 않았고 내내 하늘의 곁에 머물러 있었다.

"만만치 않겠어요."

"뭐가요?"

"하늘 씨 요리하기."

그냥 툭 던진 대꾸였는데 대뜸 등 뒤에서 두 팔을 둘러 허릴 감아오는 지욱으로 인해 하늘은 순간 떠오른 뱃살 걱정에 흡 하고 숨을 몰아쉬어야 했다.

'방금 꼬꼬뱅 한 그릇을 모두 먹어치웠는데…….'

"아, 아흐, 잠깐만요!"

하늘은 양손에 고무장갑을 낀 채로 지욱의 품에서 빠져나오려 버둥거렸다. 하지만 여전히 지욱은 등 뒤에서 하늘을 끌어안은 채 목덜미에 얼굴을 묻고 있었다. 호흡을 참느라 붉어진 하늘의 뺨은 당연히 더 붉게 달아오를 수밖에 없었다. 밀어낼 수도 그렇다고 계속 안겨 있기도 힘든 진퇴양난의 상황. 별안간 지욱이 속삭였다.

"숨 쉬어도 되는데……."

피식 웃는 지욱의 얼굴을 보며 하늘은 어쩐지 허탈해지는 느낌을 받았다. 그러면서도 여전히 힘겹게 미처 내뱉지 못한 숨을 반쯤 참고 있는데 다시 지욱의 말이 들려왔다.

"숨, 쉬라니까."

"쉬, 쉬고 있어요!"

"진짜?"

결국 그 품에서 떨어져 나와 휙 돌아서자 한 뼘도 채 되지 않는 거리에서 지욱의 미소 지은 얼굴이 하늘을 내려다보고 있었다.

"그거 알아요? 당신 안으면…… 진짜 포근포근한 거."

"막 고, 곰돌이 같아요?"

당황해서 묻는 하늘에게 지욱의 입가에 다시 미소가 떠올랐다. 그러더니 그는 곧 말도 안 된다는 듯 조금 전 하늘이 건넨 대꾸에 반문했다.

"하늘 씨는 곰인형 안으면 막 떨리고 그래요?"

"네?"

"난 지금…… 떨려요, 여기가……."

지욱은 하늘의 손을 자신의 가슴으로 끌어와 가져다 댔다. 얼굴은 어느새 들이쉬고 내쉬는 서로의 호흡까지 느껴질 성도로 가까워지고, 그렇게 무섭도록 고요해진 몇 초, 숨이 막힐 듯한 침묵 속에서 하늘이 잠시 호흡을 고르던 그 순간, 갑작스레 다가온 지욱의 입술이 하늘의 윗입술에 닿았다.

당황한 하늘의 눈동자는 커다랗게 변해갔고, 지욱은 마치 장난기 가득한 악동처럼 입꼬리를 올리며 씩 웃었다. 그러다가 돌연 그 얼굴에서 웃음기가 사라지더니 다시 입술을 내려 키스하기 시작했다.

지욱이 숨을 내쉬고, 들이쉴 때마다 그의 숨결에서 묻어 나오는 달콤한 와인 향이 하늘의 이성을 서서히 마비시켜 간다.

이제 막 사랑을 시작한 그녀의 머릿속에는 지금 어떤 생각도 들지 않았다. 그저 이 남자를 바라보며, 안겨, 입 맞추는 것 외에는.

어느 순간, 하늘의 몸은 공중으로 붕 떠올랐다. 하늘을 번쩍 안아든 지욱이 방으로 걸음을 옮기고 있었다. 하늘은 저도 모르게 지욱의 목에 두 팔을 감았다. 이렇듯 정신이 몽롱한 건 어쩌면 꼬꼬뱅과 함께 마신 와인 탓이었는지도 모른다. 하지만 그것만이 전부는 아니었다. 지금, 하늘은 지욱에게 완전히 빠져들고 있었으므로.

지욱은 결코 서두르지 않았다. 그렇다고 여자를 많이 아는 것처럼 능숙하게 보이려 하지도 않았다. 시선은 오직 서하늘이란 여자에게 고정되어 있었고, 그의 눈빛에선 진중함마저 느껴졌다.

'나는 당신을 사랑합니다.'라는 건…… 굳이 말하지 않아도 알 수 있었다. 그런 덕분에 하늘은 지그시 눈을 감고 그의 손길을 마음껏 받아들일 수 있었다. 가슴에선 떨림이 멈추지 않았지만 두려움이 일지는 않았다. 사랑이 전제된 관계. 그 속에서 하늘은 기꺼이 그의 여자가 되기를 원했으니까.

어느덧 키스는 점점 깊어지고, 오래지 않아 하늘은 무언가가 자신의 안으로 파고드는 게 느껴졌다. 그러나 울컥 터져 나온 신음은 다시금 이어진 깊은 입맞춤에 의해 삼켜졌다.

그는 그렇게 오랜 시간 그녀의 안에서 부드럽고, 섬세하게 움직였고, 천천히, 천천히…… 상대를 배려하듯 정성스런 애무를 아끼지 않았다.

자신의 안에서 보채지도, 다그치지도 않는 그의 모습으로 인해 하늘은 처음으로 성숙한 남자의 배려도 느낄 수 있었다. 또한 이런 그의 마음이 오직 나 한 사람만을 향해 있다는 벅찬 행복감도 마음껏 느낄 수 있었다.

불현듯 하늘이 말했다.

"내가 좋아한단 말…… 했었나요?"

여전히 그녀의 안에 머물러 있던 지욱이 하늘을 보며 고개를 저었다. 하늘은 그의 시선을 마주하며 느릿느릿, 결코 서두르지 않는 고백을 이어갔다.

"나…… 당신이…… 좋아요."

뒤늦은 고백에 답하기라도 하듯, 따스하게 미소 짓던 지욱이 다시금 입술을 내려 하늘에게 키스했다. 한결 깊어진 입맞춤만큼이나 서로에게 더욱 빠져든 그 밤!

그들은 그렇게 사랑을 나눴고, 서로에게 조금 더 가까이 다가갔다.

제15화. 달콤한 수플레처럼

다음 날 아침, 하늘이 눈을 뜬 곳은 지욱의 침대였다. 서서히
눈을 뜨자 환해진 시야로 그의 얼굴이 들어왔다. 지욱은 맑게 웃
으며 하늘에게 조심스레 말을 건넸다.

"나 좀 꼬집어볼래요?"

흐릿하게 흩어지는 말소리에 잠시 정신이 멍해졌을 때쯤, 다시
그의 말소리가 들려왔다.

"난 있죠, 꿈같아요, 지금이…….'

'지욱이가 오래전부터 찾던 사람이 있어요.'

왜 그 순간 재준의 말이 떠오르는지 하늘은 알지 못했다. 다만,
꿈같다는 지욱의 말을 듣자마자 가슴 한구석이 아려왔다.

엄마의 사고 소식을 듣고 12시간여 비행기를 타고 프랑스로 날아갔던 날, 학교로 찾아왔던 김 실장님의 손을 잡고 무슨 일인지도 모른 채 무작정 비행기에 올랐던 그날, 하얀 시트가 머리끝까지 덮어져 있는 엄마를 보며 서럽게 울던 자신의 모습이 눈앞에 생생하게 떠올랐다.

하늘은 갑자기 코끝이 찡해왔다. 그러나 가슴이 이토록 아픈 건 새삼스레 떠오른 엄마의 마지막 모습 때문만은 아니었다.

'……하늘 씨 어머니 죽음에…… 자신이 책임이 있다고 생각해요. 그래서…… 어머니 사고 소식을 듣고, 먼 프랑스까지 교복 차림으로 날아와 서럽게 울던 하늘 씨를 잊지 못했던 거고…… 그런 하늘 씨가 다시 행복해진 모습을 보며 스스로 면죄부를 얻게 되길 바랐어요. 나는 그것을 PTSD…… 그러니까 외상 후 스트레스 장애라 부르고, 이건 그 녀석도 인정하는 부분이에요.'

바로, 이 남자!

이 바보 같은 남자 때문이었다.

이런 당신을 나는 어떻게 해야 하나.

"괜찮아요?"

저도 모르게 묻게 된 말이었다. 이 한마디를 묻는데, 어느새 붉어진 눈가에서 눈물이 차올랐다. 코끝도 새빨개졌다. 울먹이는 걸 감추느라 하늘은 이불을 머리끝까지 뒤집어썼다.

그것도 잠시, 그 이불을 끌어 내린 건 지욱이었다.

"왜 그래요?"

하늘은 지욱과 눈이 마주치자마자 다시 이불을 뒤집어썼다. 이미 눈물 한 방울은 뺨을 따라 흘러내린 뒤였다.

"그냥…… 창피해서요. 내 얼굴, 지금 말도 아닐 거란 말이에요."

변명처럼 중얼거린 말에 곧바로 그의 목소리가 이어졌다.

"그래도 난 그 얼굴이…… 보고 싶어서 프랑스에서 여기까지 왔는데……."

또다시 마음 한구석이 찌르르 울려온다. 들으면 들을수록 듣기 좋은 목소리. 이 남자는 참 목소리가 좋다. 그의 목소리엔 사람을 참 꼼짝 못하게 만드는 힘이 있다. 결국 하늘은 스르륵 이불을 내릴 수밖에 없었다.

"보고 놀라서 도망가려고요?"

"하하, 설마."

상쾌한 아침 공기를 타고 그보다 더 상쾌한 그의 웃음소리가 여울졌다. 잠시 후, 듣기 좋던 그 웃음소리는 부드러운 입맞춤으로 대체됐다. 살며시 입술에 닿았다가 쪽 하고 떨어지는 입술. 하늘의 눈물짓던 얼굴에선 어느새 미소가 절로 스며들었다.

"배 안 고파요?"

그가 넌지시 물었다. 이윽고 자리에서 몸을 일으킨 그가 여전히 이불을 끌어안고 그 속에서 헤어 나올 줄 모르는 하늘을 보며 말했다.

"어제 마트 갔을 때 연어가 싱싱해서 애플 민트랑 같이 사 왔어요. 오늘 아침은, 살짝 구워서 민트 소스에 드레싱한 연어샐러드 어때요?"

구운 연어만으로도 좋은데 거기에 더해 상큼한 애플 민트 소스라니! 입안엔 어느새 군침이 돈다. 입에선 탄성도 이어졌다.

"우와, 정말요?"

"우선 씻고, 삼십 분만 기다려요."

언제 눈물을 지었느냐는 듯 하늘의 얼굴엔 절로 생기가 돌았다.

"삼십 분이면 나 연어샐러드, 먹을 수 있는 거예요?"

"아마도?"

언제 울었느냐는 듯 잠시 후면 먹게 될 상큼한 연어샐러드에 입맛을 절로 다시며 하늘은 욕실로 들어갔다. 욕실 안엔 그녀를 배려해 지욱이 미리 꺼내놓은 세안제와 칫솔, 간단한 화장품이 놓여 있었다. 몰랐는데, 어제 마트에 갔을 때 사 온 것들인가 보다. 뭘 그렇게 이것저것 열심히 카트에 담나 했더니 세심한 그의 배려가 고마우면서도 이렇게 또 눈물이 핑 돈다.

어디선가 울보라던 그의 목소리가 들리는 듯했다.

"우와, 맛있겠다! 어떡해! 나 벌써 침 넘어가요!"

어제저녁, 맛있게 먹은 레드 와인에 재운 닭찜, 꼬꼬뱅에 이어 오늘 아침은 애플 민트와 오렌지, 라임을 곁들여 만든 상큼한 민트 소스에 연어 겉면을 바삭하게 구워 익힌 연어 샐러드를 맛볼 수 있게 된 하늘이 감격에 겨워 비명을 질렀다.

30분이 채 되지 않아 한 접시의 샐러드를 완성한 지욱의 식탁. 맛있게 접시를 모두 비운 뒤에는 블루베리 서빗이 디지트로 나왔다.

　"셔벗은 또 언제 만든 거예요? 윤지욱 씨 손 진짜 빠르네요? 아, 나 진짜 너무 좋아! 완전 좋아!"

　전혀 기대하지 못했던 디저트까지 눈앞에 마주한 하늘의 반응은 가히 폭발적이었다. 곁에서 보고 있던 지욱의 입꼬리가 저도 모르게 하늘로 승천할 만큼.

　"블루베리는……."

　셔벗 한 스푼을 입에 넣으며 하늘이 그가 무심코 꺼낸 말을 중간에서 자르며 대꾸했다.

　"알아요. 다크서클에 좋다는 거! 그 말 하려 그런 거죠? 걱정 마요. 잘 먹고 많이많이 예뻐질 테니까. 자, 지욱 씨도 먹어요!"

　하늘은 셔벗을 한 스푼 크게 떠서 지욱의 입에 밀어 넣었다. 억지로 입을 벌려 차가운 셔벗을 먹게 한 것까진 좋았다. 그러나 곧바로 그 손에 스푼을 빼앗기고 만 하늘은 이어 입술까지 점령당하고 말았다.

　상큼한 블루베리 셔벗이 가득했던 입안으로 빠르게 지욱의 혀가 밀고 들어왔다. 시원하고, 쌉싸름하고, 달콤한 블루베리 맛으로 가득 채워진 키스! 숨결조차 그랬다. 그만 멈추어야 하는데 멈출 수가 없다. 아, 어떡하지. 지그시 내려 감게 된 두 눈. 귓가엔 어느새 그의 목소리가 흩날렸다.

　"아까, 왜 울었어요?"

하늘이 눈을 떠보니 지욱의 갈색 눈동자가 빨아들일 듯 그런 자신을 향해 있었다.

"아, 알고 있었어요?"

"그럼, 모를 줄 알았어요?"

하늘은 주저주저하며 대답했다.

"그냥…… 좋아서요. 좋아서…… 눈물이 났어요."

"흠, 좋아서 울었다?"

하늘은 재빨리 고개를 끄덕였다. 하지만 지욱은 수긍할 수 없다는 듯 이내 그 말을 되뇌었다.

"좋아서 운다…… 좋아서…… 대체 얼마나…… 어떻게 좋으면 그렇게 눈물이 나는 거지? 막 바라만 봐도 좋고, 그러나?"

예상치 못한 질문을 받은 하늘은 머릿속이 하얗게 비었지만, 곧 그 말만큼은 인정하기로 했다.

"그래요. 그만큼 좋아요! 그래서 그랬어요. 당신이 너무 좋아서……"

윤지욱이란 사람은 믿기 어려울 정도로 과거의 상처 속에 머물러 있는 사람이다. 그러면서 그 기억을 입 밖으로 들추어내는 것조차 조심스러워하는 사람. 그런 사람에게 구태여 그날의 일을 나도 알고 있노라 떠벌리며 들추어낼 필요가 있을까?

앞으로도 시간은 충분하다. 살아 있다면, 둘이서 함께하는 시간 동안 지난 아픈 기억 따위는 얼마든지 새로 덧칠해 나갈 수 있을 것이다.

지욱은 그때, 제 속을 들키지 않으려는 듯 다부지게 말아 쥔 하늘의 양 주먹을 보며 다시금 피식 웃었다. 그러다 그녀의 이마를 아프지 않게 톡 건드렸다.

"무슨 생각을 그렇게 골똘히 해요?"

"음, 윤지욱 씨 생각?"

유리 볼에 담긴 셔벗을 마지막까지 하늘이 싹싹 떠서 먹고 있는데, 문득 입술에 닿는 그의 시선이 느껴졌다. 의식하지 않으려 해도 어쩔 수 없이 화끈화끈 달아오르는 얼굴. 이윽고 다가온 그의 말은 그런 마음을 더욱더 걷잡을 수 없게 만들어놓았다.

"내가 그렇게 좋아요?"

"……."

"너무 그렇게 확 오지 마요. 떨립니다, 나……."

하늘이 시선을 들었을 땐 지욱은 이미 신발을 신고 있었다. 하늘은 그런 지욱을 말갛게 웃는 얼굴로 배웅했다.

"잘 다녀와요."

지욱의 「르 파니에」의 컴백 소식에 재준이 눈썹을 휘날리며 달려왔다. 마침 지욱은 스텝 룸에서 허리에 앞치마를 두르고 있었다. 재준은 그 모습이 반가워 지욱의 어깨를 툭 치며 말했다.

"너는 왔으면 바로 형한테 와야지 어딜 그렇게 돌아다니느라 바빠? 휴대폰도 꺼놓고……!"

언제나 앞치마를 매는 지욱의 모습은 전장에 나가기 전 무기를 점검하는 장수들의 표정처럼 진중하기만 했다. 그런데 오늘은 거기에 무엇 하나가 더 있는 것만 같다. 재준은 공연히 설레서 물었다.

"하늘 씨 만나봤어?"

약간은 쑥스러운 듯 떨려 나오는 대답.

"……응."

"만나서 뭐 했어?"

"뭐……."

지욱은 웃음기를 애써 감추고 대답을 피했다. 재준은 일단 안도했다. 잘되었구나. 잘되고 있는 거야. 그러면서 내심 노파심에 물었다.

"하늘 씨가 혹시 내 얘기 안 해?"

"형 얘기? 안 하던데. 왜?"

"아니, 뭐 내가 보고 싶다든가, 날 어디서 봤다든가…… 안 해?"

"안 했어. 왜, 해야 해?"

동그랗게 시선을 키운 두 눈이 정말 모르겠다는 표정이다. 역시 하늘 씨, 입 한번 무겁구나. 재준의 제스처에 힘이 실렸다.

"아니! 네버 마인드! 네버 마인드! 신경 쓰지 마."

"싱겁게……."

어느새 앞치마를 다 맨 지욱이 피식 웃음을 삼켰다. 그런 지욱의 얼굴에 노곤한 피로감이 드러난다. 기분 좋은 피로감이었다.

프랑스에서 돌아온 그 이튿날, 재준이 하루를 통째로 쉬라고 주었는데, 사실 쉬기는커녕 종일 바쁘게 움직이기만 했으니까.

아침 일찍부터 새벽시장을 돌며 구하기 어려운 식재료들을 직접 사서 음식을 준비하는 것을 시작으로 하늘을 픽업해 서 의원을 만나러 갔다.

　돌아온 이후에도 하늘을 생각하며 음식을 만들었다. 맛있게 먹어주는 모습에 피로감은 이내 눈 녹듯이 사라지고 말았지만 체력적인 부담까지 그렇진 못했다.

　게다가 그 밤, 하늘과 함께 두 번이나 사랑을 나누었으니…….

　그래도 그 모든 피로감은 이 한마디로 충분히 보상이 됐다.

　'나…… 당신이…… 좋아요.'

　허파에 바람이라도 든 사람처럼 아까부터 그 말을 떠올리며 지욱이 피식피식 웃음을 흘리자 재준이 그 모습을 의아하게 보았다.

　"너 더 쉬어야 하는 거 아냐? 컨디션 아직 정상 아닌 것 같은데……?"

　그러나 지욱은 재준의 말을 전혀 듣고 있지 않았다.

　"계약서는 언제 만들어 올 거야?"

　계약서를 만들자고 한 지가 언젠데 아직도 함흥차사다. 제대로 된 계약서가 있거나 말거나 결국엔 여기에서 뼈를 묻을 생각이지만, 그 말을 들은 재준은 한순간 표정이 바뀌고 말았다.

　잊어버릴 만하면 한 번씩 나오는 「르 파니에」의 영구 계약 얘기. 저 자식, 기어이 가게를 맡을 생각인가. 그 말을 꺼내고 꽤 시간이 흐른 것 같은데 흔들림이 전혀 없는 표정에 아직 어느 쪽으로 결론을 낼지 확실한 답을 내리지 못한 재준은 난감한 표정을 지었다.

　"지금이라도 다시 생각해볼 여지는 없냐?"

"없어. 이미 충분히 생각해봤어."

역시, 만만치 않은 고집이다. 애초에 그 고집을 꺾을 수 있을 거란 생각도 없었지만 재준은 마지막으로 한 번 더 심사숙고하도록 권고했다.

"한 번만 더 생각해."

끝내 시원스런 허락을 내놓지 않는 재준을 지욱이 나지막이 불러 세웠다.

"형."

"긴장되게…… 뭘 또 이렇게 달콤하게 불러?"

재준은 스텝 룸을 나가려다 말고 뒤를 돌아보았다. 자신을 불러 세운 지욱의 입가엔 여전히 잔잔한 미소가 걸려 있었다.

"그 사람 말이야."

"그 사람이라면 누구? 하늘 씨?"

지금 이 자식한테 하늘 씨 말고 또 누가 있을까. 그걸 알면서도 물었다. 그 말에 지욱은 마치 꿈결에 있는 사람처럼 대답했다.

"그 사람이…… 날 보고 웃는다. 내가…… 좋대."

결국 결론은 그런 식으로 흘러가는구나. 바라던 일이지만, 그래서 굳이 하늘 씨한테까지 찾아가 지난 얘기들을 털어놓았던 재준이었지만 막상 지욱의 입에서 그 말을 들으니 기분이 묘했다.

지욱은 개의치 않고 말을 이어갔다.

"나 여기 있고 싶어. 아니, 나 여기 있어야 해. 그 사람 옆에 꼭 있을 거야."

지욱은 지금 진심이었다. 더는 생각해보고 뭐고 할 필요도 없는 진심! 물론 재준도 잘된 일이라 생각했다. 지욱의 마음이 그곳에 가 있는 이상, 하늘이 지욱의 마음을 받아주었다는 사실보나 너 좋은 일은 없으니까. 그래도 왠지 모르게 불안한 마음은 감출 수가 없었다.

정말 이대로 괜찮은 걸까?

가족이 있는 프랑스를 떠나 한국에서의 정착! 한국인의 피가 흐르고 있다지만 한국보다 훨씬 더 오랜 시간을 프랑스에서 생활해온 지욱이었다. 그 모든 걸 두고, 이렇게 한 사람을 향해서 무조건 앞만 보며 달려가는 게 정말 괜찮은 일일까?

"그래도…… 생각은 한 번 더 해."

"형!"

"너 하늘 씨랑 좋게 지내는 거 나도 좋아. 그런데 여기 계속 남는 문제는 그거랑 별개라고 생각해. 너 똑똑한 건 알지만…… 이번엔 형 얘기도 귀담아들어줬으면 좋겠다."

지금 재준은 꼭 말리는 시누이만 같다. 지욱은 그 말을 하려다가 꾹 참았다. 나이 차이가 무려 열 살도 넘게 나는 형이었다.

형, 형 하고 부르곤 있지만 사실 형보단 삼촌이란 느낌이 더 어울리는 사람. 이번만큼은 재준의 이야기를 들어야 하나. 하지만 이대로 「르 파니에」를 떠나기는 싫다. 아니, 정확히는 서하늘, 그 사람 곁을 떠나기가 싫었다.

그 사람이 좋아하는 가게, 그 사람의 추억이 오롯이 남아 있는 장소를 결코 떠나고 싶지 않았다.

"좋은 아침입니다!"

"좋은 아침 같은 소리 하고 있네. 서하늘! 너 지금이 몇 시야?"

하 차장의 잔소리를 뒤로하고 자리에 앉은 하늘의 입에서는 하품이 끝도 없이 흘러나왔다. 아흠. 아아흠. 하품도 전염이라던데 나른한 봄기운을 몰고 온 하늘을 보며 하 차장이 교정을 보다 말고 톡 쏘아붙였다.

"밤새 잠 안 잤니?"

"네!"

거의 자동반사 수준이었다. 시원하게 대답이 흘러나오는 하늘을 보며 일순 하 차장의 시선이 가늘어졌다.

"그럼…… 밤에 잠 안 자고 뭐 했는데?"

"그냥 뭐…… 이것저것?"

괜스레 얼굴을 붉히며 풀쑥풀쑥 새 나오는 웃음을 감추지 못하는 하늘을 보며 하 차장은 열이 단단히 올라서 외쳤다.

"이것저것이 뭐야, 이것저것이! 다음부터 한 번만 더 오늘 같이 늦어봐. 언제, 어디서, 누구랑, 무엇을, 어떻게, 왜 육하원칙에 의해 정확히, 면밀히, 확실하게 사유, 물을 테니까."

"에이, 또 까칠하게 나오신다. 언젠 쉬엄쉬엄하라면서요, 쉬엄쉬엄. 일 그만하고 집에 가라 하시던 분이 누구시더라?"

"그러게 쉬엄쉬엄 가라는 출장은 왜 안 가고 여기서 버티냔 말이야! 도쿄는 네 말대로 유준이 줬고, 이번엔 너 좋아하는 프랑스야! 나, 오늘은 무슨 일이 있어도 확실하게 대답 들을 거니까 그런 줄 알아. 비행기 타, 안 타?"

"그게……."

그런데 그 순간 하늘의 입보다 유준의 내답이 좀 더 빨랐다.

"하늘 선배, 아마 비행기 못 탈걸요?"

맑던 기분에 갑자기 먹구름이 끼고 있다. 하 차장의 사나운 시선이 곧장 유준과 하늘의 얼굴로 꽂혀 들었다.

"말이 돼? 나이 서른이 비행기를 왜 못 타?"

기회를 주려는데 번번이 어깃장을 놓으니 심사가 뒤틀리는 것만은 이해하지만 이번만큼은 하늘도 괜한 참견에 배알이 상했다.

"너 관심이 좀 지나친 데가 있다? 왜 남의 일에 네가 나서서……."

저도 모르게 말소리가 떨려 나오는데 하 차장이 그런 하늘의 말을 중간에서 잘랐다.

"아니, 서하늘 넌 가만있어 봐. 유준이 너 대답해. 방금 한 말 뭐야?"

"하늘 선배 비행기 못 타요. 선배가 제 동생이랑 같은 학교 나왔거든요. 그런데……."

"야!"

"서하늘! 사실이야?"

"에이, 사실일 리 있어요?"

하늘은 둘의 대화에 끼어들며 부러 더 웃음을 지으며 말을 돌렸다. 그런데 웃는 그녀의 입가에 아까부터 자꾸만 경련이 일고 있다.

안 친한 고교 동창의 가족 구성원이, 그것도 쌍둥이…… 가 직장 선후배로 함께 있다는 사실은 역시 유쾌한 일이 아니었다. 오늘 같은 일을 미연에 방지하기 위해 지난 일본 출장까지 시원하게 등 떠밀어주었건만, 그 원수를 이렇게 갚나?

"출장 건은 제가 확실하게 말씀드릴게요. 말씀드렸다시피 전 여기서 일하는 게 편해요. 갑자기 생활환경 바뀌는 거, 그거 진짜 별로거든요. 몸도 아직 회복 중이고요⋯⋯."

그렇게 상황은 대강 일단락되는 듯했다. 자리로 돌아오자, 지원이 하늘에게 소리 죽여 물었다.

"선배, 진짜 비행기 못 타요?"

"진짤 거 같아?"

씩 웃는 하늘의 대답에 지원이 한 술 더 떠 능청을 떨었다.

"아뇨! 무슨 갓난애들도 아니고 비행기 못 타는 사람이 어디 있어요?"

"그렇지?"

웃느라 이번에는 눈가가 파르르 떨린다. 등 뒤에서는 여전히 하 차장의 사나운 눈길이 그녀를 향해 꽂혀 있었다. 분명 묻고 싶은 말도 많은 것이다.

밤낮 함께 기사를 쓰고, 술을 마시고 그렇게 가깝게 지내다 보니 이제 이 정도의 느낌은 굳이 눈으로 보지 않아도 알 수 있었다.

따라서, 이럴 땐 피하는 게 상책.

"저 좀 나갑니다!"

결국 의자를 뒤로 빼며 일어서는 하늘에게 하 차장이 빽 고함을 질렀다.

"서하늘! 너 안 되겠어! 나랑 잠깐 얘기 좀 해!"

"외근해요! 지금부터 휴대폰 꺼둘 거니까 저 찾지 마세요!"

외근이라는 그럴싸한 포장에 단단히 열이 오른 하 차장에게 하늘은 그럴듯한 핑계를 중얼거렸다. 또, 일부는 어느 정도 정말 사실이기도 했고.

"이제부터 근사한 셰프 한 사람 인터뷰하고 오겠습니다."

인터뷰. 물론 거짓말이었다. 하지만 이제부터 근사한 셰프를 만나러 간다는 말만큼은 사실이었다.

윤지욱! 그가 이제껏 그녀가 만난 사람 중 가장 멋지고 다감하며, 근사한 사람인 것만은 분명하니까.

그날 밤, 안주라고는 나초 칩에 치즈 소스가 전부인 식탁이었지만 하늘과 미연은 맥주 캔을 나란히 하며 웃었다. 하늘의 웃음소리가 유달리 높았다. 이유는 「르 파니에」에 이어 아버지의 병원을 찍고 집으로 돌아온 하늘에게 퇴근 후 저녁 데이트를 마치고 돌아온 미연의 깜짝 고백 때문이다.

"나이가 있어서 그런지 연애를 시작하니까 말이야, 자꾸만 결혼 쪽에 무게를 두게 돼. 아, 이 남자랑 살고 싶다. 같이 살고 싶다……."

약간은 상기된 얼굴로 말하는 미연을 보며 하늘은 가만 고개를 끄덕였다. 그래, 그럴 수도 있겠구나.

"근데 웃긴 게 뭔 줄 아니? 그러니까 자꾸 엄마가 걸리는 거야. 시집가기 전에 엄마랑 좀 더 부대끼며 살아봐야 하는데…….

하늘아, 미안. 나 집으로 들어간다. 이러다 나중에 후회하면 어떡
하니. 아직 정식으로 결혼 얘기가 오간 건 아니지만 시집갈 때까
지만이라도 엄마랑 둘이 한번 살아보려고. 괜찮지?"

서운한 마음이 들지 않는 것은 아니었지만 하늘은 미연의 선택
이 전적으로 잘한 결정이라고 생각했다. 그래서 직접 건배사를 제
의하며 그녀의 새 출발을 응원했다.

두 여자는 캔을 서로 부딪치며 피식 웃었다.

"분명 편치는 않겠지. 보나 마나 당분간 전쟁 아닌 전쟁 같은
나날이 될 거야. 우리 모녀, 둘 다 똑같잖아. 어쩜 그렇게 한 치의
양보가 없는지……."

미연은 말을 꺼내며 문득 지난 생각이 나 씁쓸하게 웃었다. 지
난날 미연은 임용고사 공부를 핑계로 잔소리꾼 엄마의 그늘 아래
에서 탈출하듯 독립을 시도했었다. 분명 엄마 입장에선 걱정에서
나오는 말이었을 테지만 아침 먹고 가라, 일찍 좀 다녀라, 치마 길
이는 그게 뭐냐. 하다못해 친구들과 어울려 술이라도 한잔 마시고
들어오는 날엔 늦게까지 술 마시고 다니지 마라, 요즘 밤길이 얼
마나 험한 데 그러느냐 등등 고장 난 라디오처럼 며칠씩 들어야
하는 게 왜 그렇게 듣기가 고역이었는지 모른다.

미연의 독립은 그래서 한바탕 큰 소리를 내고 다툰 끝에 투쟁
하듯 쟁취한 독립이었다. 그런 미연의 사정과 비단 다르지 않은
하늘은 어느새 웃음기가 사라진 얼굴로 그녀의 말을 경청했다.

"안 그래도 묻고 싶었는데…… 너는 어때? 지욱 씨 다시 만나
니까 좋아?"

미연의 질문으로 이야기의 포커스가 하늘에게 맞춰졌다. 하늘은 생각에 잠긴 채 대꾸했다.

좋아. 좋은 것 같다고.

"결혼 생각은? 해본 적 있고?"

"어우, 벌써 무슨 결혼이야!"

하늘은 미연의 말에 황급히 손사래를 쳤다. 마음은 이미 저만치 앞서 나가 있긴 하지만 정말로 결혼 생각은 아직이었다.

"짐은 언제 빼?"

"주말에. 내가 몇 번 왔다 갔다 할까 했는데 그 사람이 옮겨준다네."

"주말? 빠르다. 마음먹으니 정말 금방이구나. 아주 속전속결이야."

"엄만 마음 정했으면 주말까지 끌 거 뭐 있느냐고 당장 오늘 밤부터 들어오라는데 뭘. 알지, 우리 엄마? 근데 내가 너하고 진하게 이별주 해야 한다고 안 된다 그랬어. 잘했지?"

"미안. 이렇게 빨리 헤어지게 될 줄 알았으면 더 잘해주는 건데……."

아쉬움이 역력한 하늘의 말에 미연이 휙 내던지듯이 말했다.

"너 충분히 잘했어. 이보다 더 어떻게 잘해? 여기서 더 가면 친구 아니고 엄마 해야 해. 너, 내 엄마 할 거야?"

"그런가?"

하늘은 그 말에 어색하게 웃는 수밖에 없었다.

"잘된 일인데 서운은 하다. 이제 아침저녁으로 매일 얼굴 보진 못할 것 아냐."

미연은 맥주 한 모금을 입으로 가져가며 말했다.

"나보다 더 보고 싶은 사람 있으면서 뭘 그래. 나 나가면 이 집, 이제 두 사람 아지트 되는 거 아냐?"

설마.

말끝을 흐리며 하늘은 피식 웃었다.

일요일. 주말이면 더욱 바빠지는 남자를 애인으로 둔 탓에 약속이 없는 주말 오후가 벌써 몇 주째 지나가고 있다. 괜스레 출근해 텅 빈 사무실을 지키다 저녁 무렵 퇴근한 하늘은 오랜만에 혼자 영화를 보기로 했다.

집에 돌아온 하늘은 홈시어터에 DVD를 걸었다. 제목은 '그대를 사랑합니다.' 강풀의 만화가 원작인 영화였다. 기억하기로 소규모로 개봉했지만 입소문을 타고 흥행 성적이 꽤 좋았던 영화. 내로라하는 흥행배우들은 나오지 않았지만, 이순재, 윤소정, 송재호, 김수미 등 그 이름만으로도 존재감을 가지는 원로 배우들이 화면을 꽉 채웠다.

영화를 보는 동안 그녀의 머릿속엔 결혼을 앞둔 어느 누군가는 극장에서 연인의 손을 잡고 참 많이 울었겠구나, 하는 생각. 부모를 먼저 떠나보낸 못난 자식들은 더없이 가슴을 치겠구나, 하는 안타까운 마음 등 여러 생각이 밀려왔다. 감동과 아픔을 함께 느꼈고, 인간의 나약함, 그리고 허무함, 그러면서도 행복한 기분을 러닝타임 내내 온전히 자신의 것으로 가질 수 있었다. 하지만 그런 감정 기저에 깔린 것이 일찍 여읜 엄마에 대한 막연한 그리움 때문은 아니었다.

'그 바보 같은 녀석도 그렇게 생각하면 참 좋았을 텐데…… 안타깝게도 그게 안 되는 놈이에요, 그놈은……. 그래서…… 늘 후회하고…… 가슴을 치죠.'

후회하고, 또 후회하고, 가슴 아파하는 지욱의 모습이 마치 눈으로 본 것처럼 생생하게 머릿속에 떠올랐다.

언젠가 영화의 주인공들에게 찾아왔던 마지막 순간이 그녀 자신에게도, 또 그에게도 다름없이 찾아올 거란 생각에 갑자기 뭉클 가슴이 저렸다.

극장에서는 남의 눈 때문인지 좀처럼 슬픈 장면에서도 꼭꼭 울어본 적이 없다. 그러나 집이라는 지극히 독립적인 공간에서는 얘기가 달랐다. 한 편의 영화를 보고 이토록 펑펑 울어보기는 처음이었다. 엔딩 크레딧이 올라갈 때쯤 그녀의 얼굴은 눈물로 후줄근하게 젖어 있었다.

밖에서 들려오는 노크 소리의 인기척을 느낀 건 한참 후였다. 자정이 가까워진 시각, 「르 파니에」에서 돌아온 지욱은 그때까지도 문밖에 서 있었다.

"하늘 씨, 하늘 씨…… 자요?"

너무 울어서 목도 메었다. 빨갛게 충혈된 두 눈. 거울에 비친 자신의 모습을 보고 하늘은 어처구니없다는 표정을 지어 보였다.

문밖에선 지욱의 목소리가 다시 들려왔다.

"거실 불 켜져 있는 것 봤어요. 안 자면…… 잠깐 나와봐요."

하늘은 소매를 끌어 올려 재빨리 눈가의 물기를 닦아내고 슬며시 문을 열었다. 문이 열리자 얼굴에 피곤한 기색이 분명한 지욱이 그럼에도 그녀를 보기 위에 문 앞에 그림자를 드리우고 서 있었다.

그런데 그 순간 갑자기 지욱의 눈빛에 돌연 스파크가 튀며 문이 활짝 열어젖혀졌다.

"……울었어요?"

하늘의 물기 어린 두 눈에 놀란 지욱이 어느새 집 안으로 들어와 하늘의 어깨에 두 손을 올리곤 그 얼굴을 빤히 보았다.

왜 울었을까, 이 여자가…….

하늘은 그런 지욱의 손을 뿌리치며 '영화 봤어요.'라고 사실대로 이실직고했다. 영화가 너무 슬프더란 말에 지욱이 그녀를 가로막듯이 물었다.

"놀랐잖아요! 안 그래도 그 하 차장님이란 분이 갑자기 전화를 걸어오셔서 만나자는 말에 내가 얼마나 당황했었는데요."

안도한 지욱이 크게 가슴을 쓸어내렸다. 그러나 이번엔 하늘의 가슴이 철렁했다.

"하 차장님이 지욱 씨한테 만나자 그래요? 전화해 뭐라 그랬는데요?"

하늘이 끼어들었다. 프랑스 출장제의를 물린 그날로부터 며칠, 정말 귀찮을 정도로 그녀의 곁을 따라다니며 뭐 마려운 강아지처럼 질문할 기회만 틈틈이 노리던 양반이 어느새 그 화살을 지욱에게까지 겨누었다는 사실에 하늘의 표정엔 대번 당황한 기색이 어렸다.

"만날 거예요? 아니, 만나지 마요!"

질문과 거의 동시에 나간 부탁. 지욱은 소리 없이 웃었다.

"그렇게 말하면 더 만나고 싶어지는 거 알아요?"

왜 그랬을까. 왜 이 사람에게까지 전화를 건 걸까. 당장에라도 따져 묻고 싶은 걸 참으며 하늘의 신경은 점점 더 날카로워지고 있었다.

"전화해서 또 뭐라고 하셨어요? 다른 말씀은 없었어요?"

유준의 입방정만 아니었어도 하 차장이 이렇게까지 집요하게 달려들진 않았을 텐데. 하긴, 그 말을 듣고 가만히 있을 사람이 아니다. 그 후로 벌써 며칠째인가. 업무에 발휘되어야 할 집중력까지 원치 않는 방향으로 계속 흐르고 있다는 사실이 하늘은 그동안에도 계속 못마땅했다. 게다가 지금 지욱의 입에서 흘러나오는 저 대답도.

"그래서, 만나려고요."

하늘은 순간 말을 잇지 못했다. 그러다 이내 "아하, 그래요?"라며 아무렇지 않은 듯 웃어 보였다. 하지만 그녀가 동요하고 있다는 걸 지욱은 이미 알고 있는 듯했다.

"마침 하루 비번을 받았어요. 그래서 그날⋯⋯."

하늘은 황급히 그 말을 잘랐다.

"비번이면 모처럼 나랑 데이트해야죠, 데이트! 날씨도 좋은데⋯⋯."

"해야죠, 당연히. 할 겁니다. 그러니까…… 하늘 씨도 같이 나와요."

어떡하나. 갑자기 머릿속이 하얘지려 한다.

'피하면 장땡이야? 유준이 얘기가 무슨 말이냐고!'

'사실 아니에요. 말씀드렸잖아요. 저 원래 환경 바뀌는 거 싫어한다고.'

'그런 애가 멀쩡한 집 놔두고 나가 사니? 대체 무슨 일이냐니까? 비행기를 왜 못 타는데!'

결국 일이 이렇게 진행되는구나. 여기서 자신이 싫다고, 가지 않겠다고 말해봐야 이 남잔 두말 않고 하 차장을 만날 테고, 그렇다면 차라리 자신의 입회하에 두 사람의 만남이 이루어지도록 하는 방향이 더 나을 것 같았다.

그럼 여차할 때 하 차장이 엉뚱한 소릴 꺼내지 않게 중간에서 가로막을 수도 있을 테고.

내키지는 않지만 이미 자신에게 선택권은 없는 듯 보였다.

"하 차장님은 만나서 뭐하려고요?"

"일단 그쪽에서 하시겠다는 말씀 듣고, 내가 할 일 할 겁니다. 부탁할 거예요. 하늘 씨, 잘 봐달라고. 내가 먼저 얘기하고 싶었는데 운이 좋게 그 기회가 나한테 왔네요."

그걸 운이 좋다고 말해야 하는 건가. 하늘은 어쩐지 내키지가 않았다.

'그런 크나큰 사고를 경험한 사람들은 사고의 기억에서 쉽게 벗어나지 못해요. 일상생활이 끝내 불가능해지는 사람도 있고, 용케 사고 현장에서 무사히 구조되어 살아났대도 죄책감에 평생을 짓눌려 살기도 하죠. 지욱이의 경우는 다행히 정상적인 생활이 불가능할 정도는 아니었지만…… 뜻하던 일을 중도에서 포기해야 했을 만큼, 많이 괴로워했어요.'

만일 그 사고의 트라우마가 자신한테도 남았다는 사실을 알게 된다면 이 남자는 어떤 얼굴을 할까. 아마도 많이 힘들어하겠지. 사고 후, 십수 년이 흐른 지금까지도 자신을 찾아다녔을 만큼, 여전히 그 기억 속에 사는 사람인데 말이다.

사실 재준의 당부도 있고, 처음엔 좋은 기억이 아니어서 무조건 덮어두려 했었다. 하지만 무작정 이대로 덮어두기만 하는 게 정말 옳은 일일까. 어떤 상처는 차라리 터뜨려 고름을 빼는 편이 더 잘 아물 수도 있는데…….

섣불리 판단이 서지가 않는다.

무엇이 당신을 위해, 더 나은 선택일까.

하늘은 그날 제 자신에게 묻고, 또 물었다.

이틀 뒤, 미묘한 긴장감으로 얼룩진 시간이 흘러가고 하 차장과 지욱이 만나기로 한 약속 당일이 다가왔다. 장소는 「르 파니에」. 하늘은 하 차장을 지그시 노려보며 말했다.

"장소는 누가 정했어요?"

"윤지욱 씨가. 직접 만든 식사, 맛보게 해주겠다던데? 나야 사양할 이유 있니?"

하늘은 그런 하 차장이 몹시 얄미웠다. 그래서 말이 더 팩 쏘아져 나갔다.

"그 사람, 차장님 아니래도 바쁘고 힘든 사람이에요. 시간 많이 빼앗지 마요."

하늘은 말을 마치며 잠자코 냅킨을 폈다. 어쩐지 긴장된 기분이다.

잠시 후, VIP룸 안으로 스텝들이 다가오더니 전채로 에스카르고가 나오고 하늘이 좋아하는 어니언 그라탕수프가 테이블 위에 올려졌다. 메인 디시로 스테이크까지 모두 나온 후에야 지욱은 모습을 보였다.

쉬는 날에도 두 여자의 식사를 직접 조리하느라 검은 셔츠 아래로 검은 앞치마를 두르고 있는 그의 모습이 평소와는 좀 다르게 여겨졌다. 룸 안으로 들어서며 앞치마를 벗어버린 지욱은 앉아 있던 하늘과 먼저 눈인사를 하더니 손을 내밀어 하 차장에게 악수를 청했다.

"정식으로 인사는 처음 드리는 것 같네요. 윤지욱입니다."

"하미모예요."

"아, 네."

하 차장의 본명을 듣고 당혹스러워하지 않은 사람은 지금껏 단 한 사람도 없었다. 지욱의 얼굴에도 애써 웃음을 참는 기색이 역력했다. 하늘 역시 통성명을 하는 두 사람을 보며 가운데서 피식 웃음을 터뜨렸다.

"참, 음식은 입에 맞으십니까?"

"맛있게 먹었어요. 또, 먹고 있는 중이고……. 일단 앉으세요."

두 사람이 인사를 나누는 동안 하늘은 어색한 시선을 근처의 벽에 두고 있었다. 지욱이 그런 하늘의 옆에 다가와 앉으며 말했다.

"안색이 안 좋아 보여요. 어디 불편해요?"

정식 교제를 시작하기 전에도, 또 시작한 이후에도 항상 살피는 듯한 눈빛으로 따스하게 자신을 챙겨주는 사람. 노코멘트를 하며 부러 그쪽으로는 시선을 두지 않았지만 하늘은 왠지 가슴 한 구석이 먹먹해졌다. 오늘 이 자리가 어떤 자리이고, 조만간 그가 어떤 말을 듣게 될지, 자신은 이미 다 알고 있지 않나.

"아뇨, 난 괜찮아요."

일단 괜찮다는 말을 꺼내고서 다음 순간 하늘은 언제 그 입이 열릴까, 하 차장의 얼굴만 빤히 바라보았다. 두 사람, 참 잘 어울리네. 눈앞의 흐뭇한 한 쌍을 흡족해서 바라보던 하 차장은 곧 자신의 방문 목적을 깨달은 듯 서둘러 입을 열었다.

"내가 원래 말을 돌려 하는 걸 잘 못해요."

친한 사람들끼리는 서로 닮는 게 본래 익숙한 일일까. 말투가 좀 더 까칠까칠하긴 했지만 솔직한 성격이 하늘과 많이 닮았다. 지욱이 문득 그런 생각을 하고 있을 때였다. 하 차장이 단도직입적으로 물었다.

"윤지욱 씨, 하늘이랑 혹시 여행 가봤어요?"

"아뇨, 아직 여행은 못 가봤습니다."

"갈 생각은 있고요?"

지욱은 갑작스레 대놓고 묻는 말에 당황한 기색을 보였지만 담담히 대답을 내놓았다.

"물론입니다. 기회가 되면 하늘 씨랑 여기저기 많이 다녀볼 생각입니다."

"흠, 그럼…… 윤지욱 씨는 국내 여행 쪽으로 많이 연구해보셔야겠네요. 제주도나 설악산, 봄엔 뭐, 벚꽃 피는 진해 쪽도 좋고……. 아, 잘하면 일본이나 중국 정도는 배 타고 갈 수도 있겠다. 멀미로 고생은 좀 하시겠지만."

"네?"

자리에 앉은 후로 뭔가 석연치 않은 느낌이 지나가고 있다. 지욱은 의아한 눈길로 두 여자를 번갈아 보았다. 이미 하늘은 체념한 듯 눈을 감고 있었다. 그리고 그 순간 마치 짠 것처럼 그녀의 입에서 흘러나온 얘기들. 일이 전혀 예상 못했던 방향으로 흘러가고 있는 게 아니었기에 마냥 당황이 되는 것은 아니었지만 하늘은 순간 저도 모르게 살기를 확 드러내며 조금 전 말을 마친 하 차장을 홱 쏘아보았다. 그러나 하 차장은 하늘의 눈길에도 아랑곳하지 않고 시선을 지욱 쪽으로 고정한 채 계속 말을 이어갔다.

"개인의 취향이랄지, 다양성이 존중되는 사회에 비행기 하나 못 탄다고 사회부적격자라고 할 순 없지만, 평소 하늘이를 많이 아끼는 제 입장에서는 사실 걱정이 좀 되어서요. 세상은 넓고 기회는 많은데 꼭 여기서만 발 묶여 살 필욘 없잖아요."

"그게…… 무슨 말씀입니까."

지욱은 설마 하는 얼굴로, 그러면서 이 상황을 어떻게 받아들여야 할지 난감한 표정으로 옆에 앉은 하늘의 얼굴을 힐긋 보았다. 하늘은 굳게 입을 다문 채 하 차장만 빤히 쏘아볼 뿐이었다.

"이제 보니 음식은 잘 만드시는데 리액션이 좀 더디시네. 그러니까 제 얘기는요, 하늘이가 비행기를 못 탄다고요. 남들 다 타는 비행기 하나 못 타서 매번 자신한테 오는 좋은 기회를 다 날려 먹고 있단 말입니다!"

하 차장이 말을 마쳤을 때, 이번에는 반대로 하늘이 약간은 두려운 눈길로 지욱의 표정을 살폈다. 그러자 이제야 말의 진의를 이해한 듯한 얼굴이 곧바로 눈에 들어왔다. 지욱은 이미 하 차장이 자신을 불러내어 왜 이런 말을 꺼냈는지 알아차린 기색이었다. 그리고 새파랗게 안색이 변한 그 눈빛을 보는 순간 하늘의 마음 여기저기엔 마치 가시가 찔러대는 것처럼 찌르르 아픔이 전해졌다.

"이제 속이 좀 시원하세요?"

의외로 담담하게 묻는 하늘의 모습에 하 차장은 많이 당황한 눈치였다. 순순히 말하도록 내버려두는 것 같더니, 역시 하늘은 이런 말이 나올 줄 알고 있었던 모양이다. 사실 하 차장은 몰랐겠지만 오늘 이 자리에서 그녀가 자신의 이야기를 하도록 내버려두는 것. 그게 하늘이 지난 이틀 동안 내린 결심이자 선택이었다.

하늘이 하 차장의 가방을 대신 챙겨주며 말했다.

"여기 디저트도 정말 예술인데……. 차장님은 그만 포기하셔야겠네요. 가보세요. 이제부터 제 얘긴, 제가 해요."

하늘은 시선을 돌렸다. 그러고는 바지가 구김이 가도록 주먹을 꽉 움켜쥔 채 지욱의 두 눈만 빤히 바라보았다.

기실 이 자리에 나오기 전 하늘은 솔직하게 다 이야기하기로 이미 마음을 먹은 뒤였다. 그러나 어떻게 말을 꺼낼까…… 주로 '어떻게'에서 자꾸만 브레이크가 걸렸다. 그런 까닭에 어떤 의미에서는 오늘 하늘이 하 차장의 도움을 받은 셈이라고도 할 수 있었다.

"괜찮겠어?"

두 사람을 바라보는 하 차장의 시선에도 불안한 눈빛이 어렸다. 하지만 그녀는 곧 자리를 털고 일어났다.

"흠, 디저트가 아깝긴 해도 그만 일어나 봐야겠다. 참, 국장이 오늘 나 불러내서 계획서 되돌려보내더라. 돈 드는 출장, 꼭 서하늘 보내래. 그러게 쓸데없이 일은 왜 잘해가지고……. 나 국장한테 아무 말 못했다. 비행기, 타야 한다고, 너. 알아?"

하늘의 얼굴에 잠시 난감한 기색이 스쳤다. 하지만 하늘은 곧 하 차장을 돌려보냈고, 지욱의 얼굴을 마주 보며 흐린 날씨에 잠깐씩 비치는 맑은 햇살처럼 웃어 보였다.

"지금 무슨 생각 하는지 알아요. 그런데 난…… 윤지욱 씨가 그런 생각, 하지 않았으면 좋겠어요."

막연히 밀려드는 불안감을 감추고 하늘은 제발…… 제발……
그 말만을 가슴속으로 중얼거렸다.

지욱은 하늘의 얼굴만을 빤히 바라본 채 시선을 떼지 못하고 있었다. 그저 당황하고 두려운 눈길만 끔벅이며 할 말을 모두 잃은 사람처럼 아무 말도 하지 못했다.

어떻게 입을 열어야 하나. 안타깝고, 안쓰럽고, 점점 더 아프게 일그러져가는 표정으로 자신을 보는 지욱의 눈을 마주하자, 하늘은 마음이 더 조급해졌다. 하지만 어떻게든 과거의 아픔에 젖어 사는 그의 상처를 끄집어내 주고 싶었다. 시간이 갈수록 그 마음은 더 간절해졌다.

"음, 지욱 씨…… 레스토랑에서 손님 많이 상대해봤으니까 잘 알죠? 스테이크 하나를 먹어도 사람마다 입맛이 다르잖아요. 나처럼 적당하게 미디엄으로 익혀달라는 사람도 있고, 완벽하게 다 익은 고기만 먹는 사람, 핏기가 보이는 채로 그냥 먹는 사람……."

마땅히 다른 비유가 생각이 나지 않았다. 그래서 일단은 눈앞에 놓인 스테이크를 두고 하늘은 말을 이어갔다.

"바닷가에 가봐도 싱싱한 해산물들 가리지 않고 이것저것 다 먹는 사람, 비릿한 바다 냄새만 맡아도 고역인 사람…… 세상엔 원래 여러 사람이 있잖아요. 난 다른 것도 다 마찬가지라 생각해요. 비행기 타는 게 마냥 즐겁고 설레는 사람, 나처럼 그렇지 못한 사람……. 다 똑같은 거 아닐까요?"

하늘은 조심스레 살피는 듯한 눈길로 지욱을 바라보며 담담하게 말을 이어갔다.

"그러니까 지욱 씨도 그만 떨쳐버려요, 지난 기억……."

하늘은 한 땐 덮어두려 했던, 마음속에 담아 두었던 말을 조금은 떨리는 목소리로 말하기 시작했다.

"사실 지욱 씨 프랑스에 있는 동안 「르 파니에」 사장님한테 얘기 들었어요. 날, 찾고 있었다고……. 찾은 이유도…… 알고 있어요."

그 말에, 지욱은 당황한 시선을 들어 올렸다.

"두 사람, 아주 가까운 사이라면서요? PCEM 시절 처음 만났다는 얘기 듣고 사실 좀 놀랐어요. 그래도…… 두 사람 다 잘한 선택 같아요. 지욱 씨가 언젠가 저한테 이 길에 든 거 후회 없다고 그랬죠? 제 눈에도 그래요. 지금이 더…… 좋아 보여요."

하늘은 말을 하면서 조금 전까지 마음속에 있던 불안감이 사라지는 느낌을 받았다. 막상 입을 열자, 가슴에 얹혀 잘 내려가지 않던 무언가가 한순간 스윽 내려가 버린 듯, 차라리 다 털어놓는 편이 낫다는 생각이 들었다. 어차피 지난 얘기를 모르는 체 덮어놓고 이 관계를 계속 갈 수는 없으니까.

그런데 그때, 경직된 눈빛, 떨리는 목소리로 한참 만에 지욱이 소리쳤다.

"……그게 어떻게 똑같습니까!"

어쩔 줄 모르겠다는 표정으로 다소 난폭하게 소리치던 지욱의 갈색 눈동자에 물기가 어렸다. 그러나 화가 난 눈은 아니었다. 무언가를 폭발시키듯 뜨겁게 차오르는 듯한 두 눈. 그 눈에서 뜨거운 눈물이 솟구쳤다. 결국 하늘을 가슴에 끌어안아버린 지욱은 그 가슴에 무너져 굵은 눈물을 쏟았다. 죄책감이 가슴을 파고든다.

타들어살 것처럼 가슴이 쩍쩍 갈라지고 있었다.

두 사람이 있는 공간에는 곧 침묵이 찾아왔다. 오직 그의 흐느끼는 소리만이 간간이 들려올 뿐이다.

하늘은 그 모습이 너무 가슴이 아파 아무 말도 할 수가 없었다. 그래서 울고 있는 남자의 등을 그저 끌어안아주는 것밖에는. 어느새 하늘의 얼굴에도 눈물방울이 맺혔다. 이윽고 하늘은 굳은 각오가 어린 눈길로 조심조심 지욱의 얼굴을 들여다보며 말했다.

"당신 탓이 아니에요. 당신 잘못이 아냐. 어머니는…… 윤지욱 씨 때문에 돌아가신 게 아니에요!"

진작 이렇게 얘기했어야 했다. 하늘은 지욱의 안쓰러운 모습에 마음에 담고 있던 자신의 진심을 솔직하게 털어놓았고, 지욱은 하늘의 어깨에 얼굴을 묻고, 힘겹게 버티고 있던 감정의 마지막 방어선을 허물어뜨렸다.

"흐흑…… 미안해요. 미안합니다……!"

내면에 감춰두었던 아픔을 모두 터뜨릴 수 있었던 시간. 그 시간이 흐르고 「르 파니에」를 나온 두 사람은 나란히 차에 올랐다. 하지만 차는 출발하지 않았고, 부끄럽지만 실컷 눈물을 쏟고 난 뒤에 간신히 두 눈에 물기를 거두어낸 지욱은 모색하듯 첫마디를 던졌다.

"알고 있는 줄 몰랐어요. 나 돌아온 뒤에도 한참…… 시간이 있었을 텐데…… 그동안 왜 얘기 안 했어요?"

"꺼내기가…… 어려운 말이잖아요."

좁은 차 안에서 하늘은 창밖을 보며 조심조심 말을 이어갔다.

"사실 전부터 차장님은 기회만 있으면 절 여기저기 보내고 싶어 하셨어요. 여기에도 갔다 와라, 저기에도 갔다 와라…… 그게 저를 위하는 일인 줄 아시는 거죠. 그런데 제가 한 번도 거기에 응해드리질 못했어요. 결국 불만이 터지셨나 봐요."

"비행기는…… 정말 못 타는 겁니까?"

마음이 좀 진정되었다고 생각했는데 그게 아니었던 모양이다. 지욱은 좀처럼 말을 잇기가 어려웠다. 하늘은 그런 지욱을 보며 그동안 누구에게도 말 못했던 지난 이야기를 나지막이 중얼거렸다.

"엄마 돌아가시고…… 어느 날 수학여행을 가게 됐는데 목적지가 제주도였거든요. 비행시간만 생각하면 그렇게 긴 거리는 아니었죠. 그런데…… 기내에 올라 자리에 앉자마자 갑자기 이유 없이 심장이 두근거리고 호흡이 딱 막히기 시작하는데 정말 죽을 것 같은 거예요. 그래서 사람들이 보건 말건 무턱대고 비명을 질렀죠. 내리게 해달라고, 내리고 싶다고……. 분명 사람들이 다 쳐다보고 있었을 텐데 그땐 창피함 같은 것도 몰랐어요. 마침 비행기가 활주로를 긋기 직전이었거든요. 결국 그 비행기에서…… 나만 내리게 됐죠."

하늘은 남의 이야기를 하듯 시종 덤덤한 말투로 얘기를 이어갔다. 울먹임도 없었고, 눈물도 맺히지 않았다. 그러나 지욱은 그 모습에 또 한 번 찌르르 가슴이 아팠다.

얼마나 무서웠을까. 또 얼마나 힘들었을까.

사고 당시, 지욱의 나이가 열여덟이었다. 다시 비행기를 탈 수 있게 되기까지 그에게도 꽤 긴 시간이 필요했다. 하늘은 잠시 숨이 막혔다고 표현했지만 그 느낌이…… 그 시간이 어땠을 거란 건 그가 누구보다도 더 잘 알고 있었다.

"지금도…… 많이 힘들어요?"

"모르겠어요. 굳이 타고 싶은 마음이 들지 않았으니까. 아니, 솔직하게 말해서 난 아예 시도조차 안 했어요. 남들이 들으면 웃을지도 모르지만…… 하늘에 떠가는 비행기만 봐도 싫었거든요. 아이들이 가지고 노는 비행기 모형 장난감도…… 누가 비행기를 그려놓은 그림만 봐도 속이 얼마나 울렁거리던지, 드라마에 나오는 공항 장면만 봐도 진짜 싫었어. 근데 그거 알아요? 우리나라 드라마, 공항 신 참 많이 나온다는 거……."

쓴웃음을 짓는 하늘에게 지욱은 시선을 고정했다. 하늘은 웃고 있었지만 지욱은 그렇지 못했다. 벌써 10년도 더 지난 기억이 마치 어제의 일처럼 너무도 선명하게 눈앞에서 휘몰아쳤기 때문이다.

지욱은 결심한 듯 입을 열었다.

"니스에서 싸이클 대회가 있었어요. 난 대회에 참가하기 위해 그 비행기에 올랐죠."

이제, 이야기는 사고가 나던 그날로 돌아가 버렸다. 가슴이 뛰었지만, 지욱은 이야기를 멈추지 않았다.

"하늘 씨 어머니는 그날, 비행기에서 제 옆자리에 타고 계셨어요. 같은 동양인이라 더 눈길이 갔죠. 마침 제 자리가 안쪽 자리라 하늘 씨 어머니를 지나쳐갔어야 했는데 죄송해서 어색하나마 고개를 숙여 인사했더니 저를 보시며 환하게 웃어주셨어요. 그 웃으시던 모습이…… 아직도 눈에 선하네요."

지욱이 잠시 이야기를 중단했을 때 하늘은 상기된 목소리로 그에게 말했다.

"더…… 더 얘기해줄래요?"

지욱은 고개를 돌려서 하늘을 보았다. 아련하게 일렁이는 눈빛이 그리움으로 젖어 있다. 진실을 알고 싶어 하는 눈이었다. 그 모습을 보자 지욱은 갑자기 책임감이 느껴졌다. 왠지 자신이 아는 모든 이야기를 솔직하게 다 털어놓아야 할 것 같은 느낌이 들었다. 그리고 당연히 그래야 한다고 생각했다. 지금 그녀는 누군가의 기억 속에 남아 있는 자신의 어머니의 마지막 모습이 듣고 싶은 것일 테니까.

"그날, 제 손에 우연히 버스 옆자리 승객이 두고 간 잡지가 들려 있었어요. 프리꼬트(Fricote)였나…… 정확히 잘 기억은 나지 않지만 미식 잡지 같은 거였어요. 거기에 에스카르고에 대한 기사가 실려 있었거든요. 그때, 그 기사를 보고 있던 저에게 하늘 씨 어머니가 처음 말을 거셨어요.

'에스카르고 먹어봤어요? 난 프랑스에 와서 먹어본 것 중에 에스카르고가 참 맛있었어요. 우리 딸은 처음 보고선 우렁이같이 생겼다고 그랬는데……. 그러고 보니 아, 우리 딸, 보고 싶네! 내 딸 이름이 하늘이에요. 스카이. 이름만 들어도 예쁘죠?'

지욱은 그날 하늘의 어머니에게 들었던 말들을 그대로 옮겼다. 최대한 기억이 나는 대로 자세히, 정확하게, 한 자도 **빼놓지** 않고 전해주기 위해 온 신경을 기울였다.

"그러다 갑자기 비행기가 크게 흔들렸어요. 뭔가 폭발음 같은 게 들렸고, 엔진에 불이 났다는 걸 알았죠. 새떼가 엉겨들어갔다고 했어요. 이미 비행을 시작해서 비행기는 활주로를 한참 벗어난 상태였는데 엔진이 멈춰버린 거죠. 순간 머릿속이 하얘졌어요. 심장이 덜덜 떨렸죠……."

하늘이 바짓단을 주먹으로 꼭 쥔 채 안색이 변해 지욱을 바라보았다. 두려운 것이다. 지욱은 그런 하늘의 말아 쥔 두 손에 자신의 손을 포개어 살포시 잡아주었다. 따뜻한 체온이 전해지도록, 그날, 자신이 느꼈던 안도감을 그녀가 느낄 수 있도록.

"그때, 하늘 씨 어머니가 제 손을…… 꼭 잡아주셨어요. '괜찮아. 괜찮아. 가끔 이럴 때 있어. 비행기가 새떼를 만나는 건 자주 있는 일은 아니지만 아주 드물지도 않은 일이거든. 무사히 착륙할 수 있을 거야. 니스에는 무슨 일로 가는 길이니?……."

하늘은 가만히 눈을 감고, 눈으로 보지 못했던 어머니의 모습들을 떠올리기 노력했다. 그리고 잠시 후 지욱의 말은 곧 수긍으로 이어졌다. 그래, 그랬을 것 같다. 자신의 기억 속에도 어머니는 꽤 밝고, 수다스러운 분이었으니까. 하늘의 얼굴에 엷은 미소가 감돌았다.

두 손을 꼭 잡은 채로, 다시 지욱의 얘기가 이어졌다.

"비행기가 무사히 착륙하기까지 나는 생애 가장 공포스럽고

긴 시간들을 겪어야 했어요. 다행히 비행기는 무사히 착륙했고, 주변엔 아무것도 없었죠. 착륙하면서 비행기가 두 동강 나면 어쩌나 걱정했었는데 다행히 동체도 크게 부서지지 않았고, 폭발도 일어나지 않았어요. 모든 게 괜찮은 것 같았죠. 정말 그런 줄 알았어요. 그런데…… 어디선가 누가 물에 빠졌는데, 호흡이 없다고 그랬어요. 갑자기 주변에서 의사를 찾았어요. 탑승객 중에 의사가 없느냐 승무원들이 외쳐댔죠. 난 그때 의대생이었지만 너무 어렸고, 나설 수가 없었어요. 너무 두렵고 무서웠거든요. 눈앞이 하얗고 까맸죠. 나중에 알았어요. 그분이 하늘 씨 어머니였다는 걸. 뒤늦게 정신이 들어 환자분을 이송했다는 병원을 찾아갔었는데 이미 그분은 돌아가신 뒤였어요. 병원엔 한국에서 가족들이 와 있었고…… 하늘 씨가…… 그곳에 있었죠."

어느새 하늘의 눈에도 뜨거운 눈물이 고여 있었다.

'하늘이 왔어. 엄마. 엄마 눈 좀 떠봐. 하늘이 왔단 말이야!'

교복을 입고, 그렇게 울었었다.

"고마워요. 힘들었을 텐데 다 얘기해줘서……."

하늘은 재빨리 티슈를 꺼내 코를 풀어내며 그렇게 말했다. 진심이었다. 이미 지나간 일이다. 그러니 과거로 넘어간 일들을 일일이 반추해 슬퍼하는 것도 오늘까지만 할 생각이었다.

비행기에서 엄마의 옆자리에 함께 앉았던 남자. 그것으로부터 처음 시작됐던 인연이 지금 여기까지 왔다. 이곳에서, 나를 위로 하고 있다. 그것만으로 이미 충분하지 않은가.

소리가 나도록 코를 팽 풀고, 어느새 눈가의 눈물을 닦아낸 하늘이 지욱의 머리에 손을 얹으며 씩씩하게 말했다.

"너의…… 죄를 사하노라."

지욱은 눈물이 그렁한 눈을 들어 그런 하늘을 보았다. 흔들림 없는 목소리가 다시 그녀의 목울대를 타고 흘러나왔다.

"당신은…… 참 좋은 사람이에요."

이튿날. 「르 파니에」가 갑작스레 내부 수리에 들어가는 바람에 지욱은 모처럼 여유로운 주말 저녁을 보내고 있었다. 노후한 수도관 한 곳에 이상이 생겨 밤사이에 가게 내부로 물이 스며들었는데, 도저히 영업을 할 수 없는 상황에 이르게 된 것이다. 이참에 가게 인테리어 전부를 새로이 하자는 의견도 솔솔 흘러나오고 의도한 바는 아니었지만 지욱에겐 하늘과 좀 더 가까이 지낼 수 있는 충분한 시간들이 만들어졌다.

"자, 아, 해봐요."

지욱은 하늘의 입속에 셔벗 형태로 만든 블루베리를 마치 상주듯 한 숟가락 떠서 밀어 넣었다.

"뭐, 종일 집에서 뒹굴뒹굴대는 것도 나쁘지 않네요. 책 읽고, 밥 먹고, 음악 듣고, 또 먹고……."

하늘은 입안에서 시원하게 퍼지는 블루베리의 살짝 언 식감을 기분 좋게 느끼며 쉬지 않고 종알거렸다. 마침 라디오에서는 하늘이 좋아하는 프로그램이 흘러나오고 있었다. 지욱이 책장에 눈길을 고정한 채 무심코 말했다.

"그러고 보면 프로그램 제목을 참 잘 지었어요. 〈세상의 모든 음악〉……."

"그렇죠? 난 팬이에요. 요즘엔 거의 매일 듣는 것 같아."

팬. 팬이라. 순간 지욱의 시선이 힐긋 하늘을 향한다.

"안 그래도 궁금했었는데…… 음악이 좋은 겁니까, 진행자 목소리가 좋은 겁니까?"

"그야, 당연히…… 진행자 목소리겠죠? 어쩜 남자가 그렇게 목소리가 좋아. 안 그래요?"

틈도 없이 날아온 대구에 이어 그 순간, 클로징 멘트를 하려던 카이의 목소리가 스피커에서 흘러나오다 딱 멈추었다. 이어, CD 플레이어가 재생되기 시작했다. 리모컨을 손에 든 지욱의 심술이었다.

"어, 이런 법이 어디 있어요? 잘 듣고 있는데……."

기분이 상한 건가. 공연한 생각이 들다가도 문득 그런 지욱의 태도가 하늘도 조금 이해는 됐다. 하긴. '잘자요'를 외치는 성시경 DJ의 목소리를 질색하는 전국의 남자 청취자들이 꽤 있다고는 하니까. 그래도 카이 정도면 무난한 거 아닌가. 뭐, 개인의 취향이니 이런 걸 두고 질투다, 뭐다 확대 해석하면 안 되는 일이겠지만 어찌 됐든 CD 플레이어에서 흘러나오는 Boy Zone의 No matter what을 들으면서도 하늘은 좀처럼 그런 생각에서 벗어나지 못했다.

"윤지욱 씨 취향은 평소 이런 쪽이에요? 보이밴드?"

"한 군데 국한되지 않아요. 음악은 다양하게 즐기는 게 좋은 거니까. 그래서 하늘 씨도 세상의 모든 음악, 듣는 거 아닙니까? 아차, 진행자 목소리 때문에 듣는댔지."

"어어, 몰랐는데, 이 남자 은근히 뒤끝 있네."

하늘은 지욱의 손에 든 책을 치우고 와인 잔을 내밀었다. 안주는 지욱이 소파에 앉기 전에 미리 준비해둔 크래커와 치즈. 미식가인 그녀조차 집에선 간단하게 벨큐브치즈를 까먹는데, 그의 집에서는 그냥 생각 없이 집어먹기에 치즈마저도 풍미가 너무 고급스러워 하늘은 한참 동안 크리스털 볼에 담긴 그것들을 쳐다보아야 했다.

"윤지욱 씨는 식비도 장난 아니겠어요. 와인도 자주 마시는 것 같던데……."

"걱정 마요. 그래도 서하늘 씨 한 사람만큼은 무슨 수를 써서라도 안 굶깁니다."

"누가 지금 나 굶길까 봐 그래요? 그래요! 당신 목소리가 더 좋아요. 카이 목소리가 아무리 좋대도 윤지욱 목소리에 비할 바는 아니죠. 됐어요?"

'진작 그럴 것이지.'

그제야 지욱은 피식 웃으며 하늘과 눈을 맞추고 말했다.

"와인은 집에 와인 창고가 있어요. 갈 때마다 조금씩 가져오는 편인데……."

하늘의 시선이 다시 와인 한 모금을 목으로 넘기는 지욱에게 향했다. 그녀의 시선이 닿은 곳엔 오늘 하루 동안 그가 읽은 책들이 잔뜩 쌓여 있었다. 중간중간 그녀가 노트북을 끼고 작업을 하는 동안 하늘을 방해하지 않기 위해 그가 혼자서 조용히 들춰본 책들이었다.

식전마다 틈틈이 앞치마를 둘러매며 요리 고수의 위용을 보여주더니, 배불리 먹이고 난 다음에는 이렇게 소파에 기대어 종일 책을 읽었다. 취미가 철수도 하고, 영희도 자기 소개란에 적어낸다는 바로 그 독선가. 그러기엔 권수가 너무 많다. 짧은 에세이에서부터 소설, 미식 잡지에 이르기까지. 저게 다 몇 권이야?

하늘이 문득 호기심이 생겨 물었다.

"열여덟에 의대를 들어갔어요?"

지욱은 치즈를 크래커에 바르며 대수롭지 않게 대답했다.

"그래서 중도에 포기하고 나왔잖아요."

"그럼, 머리가 대체 얼마나 좋은 거야?"

"어려서부터 책 읽는 걸 좋아했어요. 기억력도 나쁘지 않았고."

하늘이 믿을 수 없다는 표정으로 반문했다.

"흠. 방금 내가 지욱 씨 책 빼앗기 전 마지막으로 읽은 구절, 한번 말해봐요."

요구를 하면서도 좀 억지스럽다는 걸 알았지만 하늘은 부득이 그 말을 꺼냈다. 그런데 그녀의 말이 채 끝나기도 전에 지욱은 조금 전 그의 손에 있었던 책의 한 구절을 술술 읊어 나갔다.

"남자란 과거를 질질 끌며 살아가는 동물이라고 단적으로 말할 수는 없겠지만, 마음의 스위치를 전환하는 데는 여자보다 훨씬 서툰 것 같다……. 츠지 히토나리. 냉정과 열정 사이."

하늘은 재빨리 덮어놓은 페이지를 폈다. 츠지 히토나리. '냉정과 열정 사이.' 지욱은 토씨 하나 틀리지 않고 그 페이지에 펼친 구절을 정확히 읊고 있었다.

"어, 이럴 수가 없는데……. 혹시 외웠어요?"

"말했잖아요. 기억력이 나쁘지 않다고."

"흠. 남들보다 책도 빨리 읽고, 기억력도 좋고…… 그럼 공부도 꽤 하셨겠네요. 아차, PCEM 문턱 넘으셨댔지. 아, 이쯤에서 한 가지만 묻죠. 윤지욱 씨는 학교 때 반에서 몇 등이나 하셨어요?"

"하늘 씨 친구가 말 안 해요? 이런 성적 지상주의, 지양해야 한다고."

순간 말문이 막혀, 하늘이 입을 다물고 마는데 지욱이 넌지시 다가오며 말을 건넸다.

"근데 그 와인, 다 마실 겁니까?"

"다 안 마시면 뭐요? 뭐, 뭐 할 건데요?"

당황한 하늘이 말을 더듬었다. 하늘의 손에서 잔을 내려놓고 유들대듯 다가온 지욱은 어느새 코앞에서 피식 웃다 쪽 소리까지 내며 하늘의 코에 입을 맞췄다.

"이거."

하늘이 놀란 눈을 하자 그 입술이 이번엔 두 뺨에 차례로 닿았다.

"그리고 이것도……."

"뭐, 뭐 하는 거예요, 지금?"

"아님 이렇게……."

코와 두 뺨에 닿았던 입술이 이번에는 거침없이 하늘의 입술을 베어 물었다. 하늘은 민망해하며 붉게 달아오른 얼굴로 지욱을 소파 뒤로 핵 밀어버렸다.

"자꾸 이렇게 불쑥불쑥 들어오지 마요! 지욱 씨 이런 모습, 솔직히 나는 아직 적응 안 된다고요!"

"어, 거의 다 넘어온 줄 알았는데……? 눈물 오면, 마음 온 거 아닙니까? 그럼, 어젠 나한테 안겨서 왜 울었습니까?"

"흥, 나만 울었나, 뭐."

"음, 발끈하라고 한 말인가 본데 전혀요. 남자의 눈물, 그것도 진심이 가득 담긴……. 절대 비난 살 일은 아니라고 생각합니다. 하늘 씨도 그렇게 생각하잖아요."

그래요, 다 맞는 말이네요. 하늘은 입술을 고시랑대며 결국 두 손을 들었다. 그러고는 테이블 위에 반쯤 남은 와인 잔을 바라보며 침만 꼴깍 삼키고 있는데, 당황한 자신과는 달리 능청스레 웃는 그가 하늘은 몹시 얄미웠다. 하지만 어떡하겠나. 그의 말이 아주 틀린 것도 아닌데.

"좋아요. 반쯤 갔어요, 마음. 그러니까 아직 반 남았다고요."

시큰둥하게 자신의 말을 인정하는 하늘의 모습에 지욱이 크게 웃었다. 그러다가 일순 진지해진 눈길로 거리를 좁혀왔다.

"그럼 그 남은 반은 언제 나한테 옵니까?"

하늘은 다시 적당히 거리를 유지하며 대꾸했다.

"글쎄요. 그건 아마 이제부터 윤지욱 씨 하기 나름 아닐까요?"

"흠. 나만 잘하면 된다?"

"뭐…… 꼭 그런 뜻은 아니지만……."

그 순간, 지욱의 눈빛이 열심히 대답을 찾는 하늘을 사랑스럽다는 듯이 바라보았다. 물론 그의 입술은 참을 수 없다는 듯 다가가 이미 입술을 내린 뒤였다. 아랫입술에서 시작된 키스가 어느새 하늘의 콧날로, 턱 선으로, 뺨으로, 눈으로, 목으로 제멋대로 퍼져가고 있었다. 여전히 입술을 떼지 않은 채 지욱은 속삭였다.

"당신은 대체…… 머릿속에 무슨 생각이 이렇게나 많은 거야?"

지욱은 피식 웃으며 하늘의 이마를 아프지 않게 손가락으로 툭 튕겼다.

"그야……."

하지만 하늘은 결국 하려던 말을 잇지 못했다. 지욱의 입술이 다가와 다시 그녀의 입술을 삼켜버렸기 때문이다. 어느새 지욱의 손은 하늘의 셔츠 안으로 들어가 그녀의 부드러운 가슴을 헤집기 시작했고, 와인 향을 풍기며 한동안 지욱의 손과 입술에 의한 부드럽고 다감한 애무가 계속되었다.

지욱은 지금 자신의 입술과 혀가 주는 자극을 하늘이 고스란히 느껴주었으면 했다. 자신의 입술이 닿는 곳마다 온몸 구석구석 황홀한 느낌이 가득 채워지기를, 사랑을 나누는 동안 그녀의 눈앞에 반짝이는 빛들이 순간순간 가득 채워지길 간절히 바라며 하늘의 온몸을 소중히 어루만지고 입 맞췄다.

"아아, 간지러워! 간지러워, 그만해요! 그만!"

말 잘 듣는 아이처럼 저도 모르게 지욱에게 모든 걸 맡기고 있던 하늘의 입에서 어느 순간 비명이 흘러나왔다. 가슴에서 한참을 지분거리던 그의 입술이 조금씩 아래로, 아래로 내려갔다.

그렇게 잠시 편평한 배 위에서 노닐던 지욱의 혀가 순간, 스르륵 아래로 미끄러져 갔다. 아래로, 더 아래로, 더, 더…… 마침내 하늘은 쾌감을 못 이겨 비명을 질렀다. 그리고 그 비명이, 그 목소리가 지욱이 가진 전신의 피를 한곳으로 흐르게 했다.

이윽고 단단하게 발기된 그의 분신이 더 이상의 인내를 거부하며 고개를 든다. 차마 바로 볼 수도 없던 하늘의 그곳에 먼저 손가락을 세워 살며시 침입을 시도한 뒤, 그는 천천히, 그리고 조심스레 길을 냈다.

하늘은 두 손으로 얼굴을 가렸다. 지욱은 그 얼굴을 바로 보았다. 그러고는 자신의 손으로 하늘의 가느다란 손가락을 살며시 거둬냈다. 깍지 낀 두 손을 꼭 잡은 채 시선은 오롯이 상대를 마주했다. 일렁이는 눈빛으로 상대의 진솔한 욕망을 온전히 자신의 것으로 담던 순간, 찰나의 전율과 함께 지욱은 하늘의 몸으로 들어갈 채비를 마쳤다는 듯 더욱 꼿꼿이 일어나 슬금슬금 들어가기 시작했다. 하늘은 지욱의 것을 완전히 받아들였다.

지욱은 잠시 자신의 것을 하늘의 안 깊숙이 넣은 채 움직이지 않고 가만히 안고만 있었다. 그리고 서서히 가빠오는 숨을 붙잡고 빠르게 말을 흘렸다.

"어떡하지. 나 당신이…… 너무 좋아."

천천히, 아주 천천히 시간이 멈춘 것처럼 그들은 다시 한몸이 되어 움직이기 시작했다.

지욱은 몇 번이나 하늘에게 속삭였다

"사랑해요."

지욱은 그때, 사랑하는 사람을 안을 수 있어서 진심으로 감사했다. 사랑하는 사람을 만질 수 있어서, 사랑하는 사람을 오롯이 제 것으로 가질 수 있어서, 사랑한다 말할 수 있어서······.

어느덧 침대 위로 자리를 옮겨 나란히 누운 두 사람은 쉽게 잠을 이루지 못했다. 대신 그 밤, 평소보다 더 많은 대화를 이어갔다. 가식 없이, 진솔하게, 솔직한 이야기들이 시종 끊임없이 이어졌다.

"「르 파니에」 맡기로 한 거, 나 때문이라는 얘기 들었어요. 정말이에요?"

하늘이 붉어진 얼굴을 지욱에게 들이댔다. 빨리. 제발. 제발요. 애원하는 여자의 고집을 그는 결코 이길 수 없다. 지욱은 곤란한 듯 머리를 긁적이며 입을 열었다.

"이걸 뭘 어떻게 얘기해야 되지. 「르 파니에」를 맡기로 한 이유라······. 사실은 별거 없어요. 나는 뭐든 마음먹었을 때 행동해야 하는 놈이고, 그때 내 눈에는 당신밖에 보이지 않았으니까. 서하늘이란 여자 곁에 계속 있고 싶었어요. 그러자면 나에겐 핑계가 필요했고······ 음, 그리고 추억이 어린 장소 하나가······ 사라지는 게 싫었어요."

"추억이······ 어린?"

"「르 파니에」 …… 당신한텐 추억이 녹아 있는 곳이잖아요."

"당신은 나에 대해 정말 모르는 게 없네요."

약간은 감격한 듯 코를 찡긋하던 하늘이 그 순간 불현듯 뭔가 떠오른 사람처럼 다시 말을 건넸다.

"나랑…… 우리 엄마한테 갈래요?"

차가 출발하기 시작했다. 한참을 달려 두 사람이 향한 곳은 서울 근교에 있는 어느 추모공원이었다. 하늘의 집안에는 대대로 조상들의 위패와 묘지를 모셔두는 장지가 따로 정해져 있었다. 그러나 그녀의 엄마는 여기 납골당에 홀로 남아 두 사람을 기다리고 있었다.

"나도 얼마 만에 오는 건지 잘 모르겠어요."

이어, 하늘은 프랑스에서 장례를 치르고, 돌아올 때 그 유골함만 한국으로 모셔왔다고 말했다. 상징적인 의미이긴 한데, 보고 싶을 때, 그리울 때 가까이에 찾아갈 곳이 있어야겠다는 생각이 들어 모두가 반대하는데도 고집을 부렸다고.

그 조그만 유리문 가장자리에 세워둔 조그만 액자에서 하늘의 엄마가 두 사람을 반기는 것처럼 환히 웃고 있었다. 지욱이 처음 보았던 그 모습 그대로였다.

"엄마, 잘 있었어?"

손끝으로 사진을 쓰다듬는 작은 동작에서조차 애틋함이 절로 느껴진다. 하늘은 눈물로 그렁그렁한 눈으로 사진 속의 엄마에게 말했다.

"흠, 정식으로 소개할게. 이쪽은 윤지욱 씨야."

하늘은 어색하게 미소를 지으며 멈출 줄 모르는 이야기를 다시 이어갔다.

"엄마 딸이 참 좋아하는 사람……. 이 남자, 엄마가 보내준 사람 맞지? 나 요즘, 이 사람 덕분에 너무 행복하다. 하루하루가 즐겁고, 감사해. 그러니까 엄마도…… 이런 나 하늘에서 예쁘게 지켜봐 주라."

모처럼 나눈 엄마와의 가슴 따뜻한 대화. 하늘의 이야기가 모두 끝났을 때, 지욱은 마치 기다렸다는 듯이 나지막이 말했다.

"……갑시다, 프랑스!"

"네? 방금…… 뭐랬어요?"

무슨 말인지 아직 이해하지 못했다. 되묻는 하늘에게 지욱은 두 팔을 뻗어 가만히 그녀의 어깨를 돌려세웠다.

"프랑스, 같이 가자고요. 하늘 씨 프랑스 출장에 나도 동행할게요. 내가, 하늘 씨 옆에 있을게요."

"지욱 씨!"

그 순간 하늘의 입술이 살짝 벌어졌다. 눈에도 곧 굵은 눈물방울이 맺혀 있었다. 지욱은 더 가까이 다가가 그런 하늘의 작은 몸을 두 팔로 끌어안았다.

"하, 하지만……!"

하늘은 여전히 의구심에 차, 지욱의 가슴에 얼굴을 묻고, 떨리는 몸짓으로 망설였다. 그러니 이젠 그가 말해주어야 할 차례였다.

지욱은 정직한 눈빛, 믿음직스러운 목소리로 하늘에게 나지막이 말했다.

"힘들면…… 나한테 기대요. 내가 손잡아 줄게요. 언제든 내가…… 당신 옆에 있을 테니까."

고개를 든 하늘이 조심조심 시선을 들어 지욱을 바라보았다. 여전히 물기가 어린 그녀의 눈동자에는 지금도 가까이에서 힘이 되어주는 그의 말처럼, 그 말을 믿고 의지해 따르려는 각오가 설핏 어려 있었다.

"열여덟 이후, 공항에 가는 건 처음이에요. 아마 많이…… 변했겠죠?"

그의 바람대로, 그녀가 처음으로 용기를 내려 한다. 무려 12년 만이었다. 지욱은 미소 짓는 얼굴로 고개를 끄덕이며 그런 하늘에게 손을 내밀었다.

"떨려요?"

"조금……."

"처음 한 번만…… 딱 한 번만 용기 내면 돼요."

이윽고 두 사람은 나란히 손을 잡고 걷기 시작했다.

한 발 한 발 보폭을 맞추어서 걷는 동안, 솔직한 대화들이 서로의 마음속에서부터 오갔다.

어디서 이런 남자가 나에게 왔을까.

그거 알아요?

당신, 볼 때마다 참 날 감동하게 해. 우리 집 문 앞에 초록색 런치박스 걸어두었을 때부터…….

아니, 「르 파니에」에서 처음 만났을 때부터…….

왜 이제야 온 거예요?

좀 더…… 좀 더 빨리 만났으면 좋았잖아.

집으로 돌아가는 길.

두 사람의 머리 위엔 어느새 주홍빛으로 물든 따스한 저녁노을이 마치 춤을 추듯 내려앉았다.

에필로그 하나. 봉쥬르 프랑스

이륙을 앞둔 비행기 안.

좁은 통로 사이를 걸어 다니는 스튜어디스들의 시선도, 일렬로 반듯하게 줄지어 앉은 옆자리 승객들의 시선도 아까부터 젊은 두 남녀에게서 떠날 줄 몰랐다. 참 어여쁜 한 쌍이다 생각이 들면서도 도무지 무얼 하고 있는 건지 알 수가 없어서다.

"자, 후우 숨을 길게 내쉬어요. 해봐요. 후우."

"후우."

"내 손 잡고, 다시 후우."

"후우."

하늘은 지욱이 하자는 대로 숨을 깊게 내쉬었다. 남들이 보기에는 아주 우스꽝스러운 모습이었지만, 정작 하고 있는 본인들은 엄청 진지해 더 웃음을 자아낸다. 바로 옆자리에 앉아 있던 나이

지긋한 노신사 한 분은 풀썩풀썩 새 나오는 웃음을 참느라 아예 신문을 펴 들고 얼굴을 가리고 말았다.

"어때요? 괜찮아요?"

"아니, 안 괜찮아. 안 괜찮은 것 같아요."

"그럼 잠깐 내 어깨에 기대요."

"엇, 내 머리 무거운데. 든 거 많아서……."

"에이, 농담 나오는 거 보니까 괜찮은 것 같은데? 솔직히 말해 봐요. 괜찮죠?"

인천에서 출발해 샤를 드골 공항으로 향하는 비행기가 이륙을 시작했다. 밤 시간대 출발한 비행기라 이륙하며 내려다보는 야경의 모습은 유난히도 예뻤다. 처음엔 잔뜩 겁에 질린 채 지욱의 품에 폭 안겨 야경 따위는 전혀 안중에도 없던 하늘도 이내 안정을 되찾고 하늘 위에서 내려다보이는 불빛 반짝이는 세상의 모습에 짧은 탄성을 내질렀다.

"아, 너무 예뻐!"

"거봐요. 내가 괜찮을 거라 그랬잖아."

예쁜 야경의 모습에 취해 잠깐 넋을 놓고 있던 하늘의 시선이 그 순간 힐긋 지욱을 향했다.

"그랬잖아? 이봐요, 윤지욱 씨, 얼렁뚱땅 말 놓지 맙시다."

"흠. 이제 슬슬 그럴 때도 되지 않았나."

지욱은 머리를 긁적이며 고시랑거렸다.

"프랑스 가면 어디가 제일 가보고 싶어요?"

하늘은 지욱의 질문에 두 번 생각하지도 않고 대꾸했다.

"윤지욱 씨 집이요!"

"우리 집?"

"가서 어머님 만나뵙고 싶어요. 그때 잠깐 뵈었었지만 나랑 무척 잘 통하실 것 같았거든요. 또 오메가3도 잘 먹고 있단 말씀도 드려야 하고……."

"흠. 이유가 그게 다예요?"

어쩐지 실망한 기색이다. 하지만 그러라지. 하늘은 지욱이 기대하는 대답을 알면서도 부러 곁가지만 빙빙 돌았다.

"아차, 와인 창고도 직접 눈으로 한번 보고 싶은데……."

"와인 창고에 어머니에…… 하늘 씬 나에 대해 더 알고 싶은 게 그런 것밖에 없나 봐요?"

맥없이 잠깐 한숨을 내쉰 지욱은 곧 다시 말을 이어갔다.

"흠, 잘하면 이번에 '보르도 와인 축제' 일정이랑 맞출 수도 있을 것 같아요. 「르 파니에」가 내부 수리를 하게 돼서 일정을 넉넉하게 뺄 수 있을 것 같거든요. '보르도 와인 축제'는 프랑스에서 가장 큰 와인 축제예요. 하늘 씨도 와인 좋아하니까 보면 좋아할 거예요."

"와인 축제라. 멋지겠네요. 안 그래도 차장님이 취재할 수 있는 아이템 있으면 다 취재하고 오라 하셨어요."

"음, 그리고…… 가서 뭘 하고 싶든, 뭘 해야 하든 아무 걱정 마요. 프랑스에 있는 동안, 그리고 돌아오는 순간까지 하늘 씨 옆엔 내가 꼭 붙어 있을 테니까."

다정하고, 부드러운, 믿음직스러운 말소리가 주는 안도감 때문일까. 하늘의 얼굴에선 시종 미소가 떠나질 않았다.

이야기를 나누다 보니 이륙해 밤하늘을 날고 있는 비행기의 움직임도 서서히 적응되어갔다. 마음이 무척 편안해지는 느낌이랄까. 예전처럼 활주로를 긋는 비행기 안에서 당장 내리고 싶다거나, 가슴이 너무 뛰어 호흡이 어려울 정도로 힘들지는 않았다. 그게 모두 지금도 옆에서 자신의 손을 꼭 잡아주고 있는 이 남자의 덕분이란 걸 하늘은 안다. 그래서 감사했다.

"졸려요. 나 한숨 잘래요."

살며시 눈을 감는 하늘의 머리를 지욱이 가만히 끌어왔다. 그러고는 조심스런 동작으로 그녀의 귓가에 자신의 입술을 가져다 댔다.

"잘 자요."

달콤한 인사와 키스는 역시 떼려야 뗄 수 없는 관계였다. 마치 함수 그래프에서의 X와 Y처럼 지욱은 나직한 목소리로 인사를 전하는 것과 함께 하늘의 입술에 다가와 부드럽게 키스했다. 콧날이 닿을 듯 가볍게 다가온 입맞춤은 하늘로 하여금 그렇게 잠시 잊고 있던 떨리던 시간의 기억마저 되살아나게 했다.

하늘은 눈을 감으며 생각했다. 아마도 자신은 이 순간을 영원처럼 기억하게 될 거라고. 두고두고, 늙어 할머니가 되어서도 지나간 자신의 청춘을 떠올리면 가장 먼저 윤지욱이란 남자가 생각이 날 거고, 그때마다 그와 함께 보냈던 시간을 복기하며 다시 아련한 추억에 젖을 거란 걸.

생각만으로도 따스한 행복감이 물밀듯 밀려왔다.

잠시 후, 하늘은 그의 손을 잡고, 그의 어깨에 기대어 편히 잠이 들었다. 그 어떤 두려움도, 공포도 느껴지지 않았다.

마주 잡은 손은 그만큼 따뜻했고, 가슴은 그와 함께 떠나는 여행으로 한없이 두근거렸으니까.

열두 시간여의 비행을 마치고 공항에 도착하자, 지욱의 어머니가 직접 두 사람을 마중 나와 반겨주었다.

공항에서 집까지는 차로 이동했고, 어머니로부터 키를 건네받은 지욱이 직접 운전대를 잡았다. 차로 한 시간여를 달려 도착한 사르트르의 빨간 지붕 집은 하늘에게 영화에서나 보던 것처럼 이국적이고 따뜻한 느낌으로 다가왔다.

집에 도착해 하늘이 제일 먼저 한 일은 지욱이 어린 시절을 보낸 방을 둘러보는 일이었다. 벽면이 온통 액자로 꾸며진 방. 하늘이 모르던 지욱의 모습들이 그곳에 가득했다. 새로이 알게 된 그의 모습에 하늘은 좀처럼 시선을 뗄 수가 없었다. 얼마나 집중해서 보았으면 두 발이 엉켜 그 자리에 넘어지고 말았을 정도로.

마침 그때, 지욱은 욕실에서 샤워를 하는 중이었다. 하늘이 넘어지는 소리를 들은 지욱은 하반신에 수건 한 장만 걸친 채로 욕실 밖으로 달려 나왔다.

"다쳤어요?"

무릎이 까져 멍이 든 줄도 모르고 있었는데, 그 순간 쏜살같이 달려온 지욱이 하늘을 일으켜 세웠다. 그렇게 지욱은 하늘을 번쩍 안아 들었고, 거의 벗다시피 한 남자의 가슴에 하늘은 얼굴이 화르르 달아오른 채 안겨 있어야 했다.

"어디 봐요!"

침대에 하늘을 내려놓은 지욱은 곧바로 다리의 상처부터 보려고 들었다. 무릎이 훤히 드러난 스커트가 저도 모르는 사이 위로 말려 올라가고 하늘의 눈앞에는 넓게 벌어진 지욱의 어깨가 들어왔다. 꿀꺽. 그 순간 저도 모르게 침을 삼키고 말았던 하늘은 속으로 미친 듯이 외쳤다.

'정신 차려, 서하늘!'

머릿속에선 삐익, 삐익 빨간 불이 정신없이 들어왔다.

"괘, 괜찮아요!"

이런 공간에 둘만 함께 있는 게 처음이 아닌데도 수줍어 두 볼이 벌겋게 달아오른 하늘은 다리 위에 닿은 지욱의 손을 저도 모르게 홱 치워냈다. 그러고는 이불을 머리끝까지 뒤집어쓰며 절대로 눈이 마주치지 않기 위해 노력했다. 하지만 가벼운 이불 한 장은 얼마 지나지 않아 홱 나가떨어져 버리고 말았다.

열두 시간여 비행기를 타고 먼 프랑스까지 날아온 뒤에도 그들은 뜨겁게 사랑을 나누었다. 또한, 그렇게 서로의 마음을 확인한 후에는 이곳에 오기 전 그랬던 것처럼 침대 위에 누워 도란도란 대화의 꽃을 피웠다.

"사진 속에 자전거 타는 모습이 많네."

"좋아했어요, 자전거 타는 거. 참, 뚜르 드 프랑스라고 알아요?"

"들어본 적 있는 것 같아요. 그거, 굉장히 오래된 대회 아닌가?"

"맞아요. 역사가 백 년도 넘은 대회죠. 프랑스 사람들은 예전부터 자전거를 많이 탔어요. 나도 셰프가 안 됐으면 싸이클 선수가 되어 뚜르 드 프랑스에 참가했을지도 모르죠."

"음, 그럼 난 셰프가 아닌 싸이클 선수와 연애를 했을라나?"

지욱은 그렇게 말하는 하늘을 사랑스럽게 보다 이마에 입술을 꼭 눌렀다.

프랑스에 있는 동안 지욱은 하늘을 위해 매일 음식을 만들었다. 그의 집 정원에서는 매일 그녀를 위한 가든파티가 열렸다. 검은색 앞치마를 둘러맨 그가 칼질을 하고, 스테이크를 굽고, 불 앞에서 화려한 웍을 선보이며 그녀로 하여금 도무지 시선을 뗄 수 없게 만들었다. 최고급 와인으로 마리네이드 한 스테이크는 물론이며 레 쁘띠루이, 베니에, 크렘 파티시에가 풍성하게 올려진 타르트, 베린느를 비롯한 달콤한 디저트들이 날마다 그녀의 식탁 위에 올라왔다.

지욱이 그렇게 옆에서 물심양면 서포트해준 덕분으로 하늘은 처음 해외 출장을 떠나온 목적도 무사히 달성할 수 있었다. 머릿속에선 번뜩이는 아이템이 쉴 새 없이 떠올랐고, 손은 막힘없이 글을 써내려갔다.

하루는 '보르도 와인 축제'의 현장을 생생히 취재해 글과 사진으로 담기도 했고, 하루는 미식가들의 눈길을 잡아끌 수 있는 파리 현지에서의 정통 프렌치 레스토랑 여러 곳을 지욱과 함께 다니기도 했다. 그러던 중 지욱이 스무 살 즈음 서울의 한 호텔에 있을 때, 잠시 인연을 맺었던 헤드 셰프를 우연히 만나 그 사람이 오너 셰프로 있는 가게에서 저녁 식사를 대접받기도 했다.

하루는 지욱이 실제 요리를 배우기도 했던, 르 꼬르동 블루 요리학교를 둘러보았다. 그 이튿날은 지욱의 권유로 하늘의 어머니가 어린 시절을 보냈던 남부 Valeuce 지역을 함께 여행하기도 했다. 그 외에도 프랑스 하면 빼놓을 수 없는 여러 명소를 둘러보며 하늘은 태어나 처음으로 여행다운 여행의 기쁨을 마음껏 누릴 수 있었다. 물론, 하루하루 지나면서 반짝거리는 코드를 곳곳에 배치한 완성도 높은 보물창고와도 같은 글들은 그녀의 노트북 안에 소담스레 쌓여갔다. 그리고 그 중심엔 바로 지욱이 있었다.

어느덧 프랑스에서의 마지막 밤이 지나가고 있었다.

저녁을 먹은 뒤, 나란히 방으로 올라온 두 사람은 오늘은 와인 창고에서 직접 가져온 와인을 가운데 두고 나누고, 또 나누어도 지겹지 않은 대화들을 이어 나갔다.

"오기 전에 계획했던 일은 잘 마무리됐어요?"

"아뇨, 아직. 하나가 더 남았어요."

"하나?"

고개를 갸웃하며 시선을 들어 올리는 지욱에게 하늘이 넌지시 말을 이었다

"음, 당신이요. 실은 프렌치 레스토랑 「르 파니에」의 윤지욱 셰프를 인터뷰하고 싶어요."

지욱의 얼굴에 순간 당황한 시선이 어렸다. 간혹 언론에 기사가 실리기도 했지만 그는 사실 나이를 비롯해 국적, 입양 사실까

지도 알려지지 않은 부분이 더 많은 사람이었다. 어떤 부분은 스스로 밝혀지기를 꺼리기도 했고. 하늘은 당혹스러워하는 지욱을 최대한 배려해가며 조심스럽게 대화를 이끌어갔다.

"알아요. 남들 앞에 서는 거 별로 좋아하지 않는다는 거. 그래도…… 내가 이렇게 부탁하면 안 될까요?"

하늘의 제안에 지욱은 곤란한 듯 머리를 긁적였다.

"물론 거절해도 좋아요. 단, 한 번에 자르지는 말고 꼭 고민은 해줘요."

지욱의 입이 한참 만에 열렸다.

"좋아요. 인터뷰…… 할게요. 그럼 이 인터뷰로 내가 얻는 건 뭡니까."

"음, 인터뷰한 대가로 뭘 얻길 바라는 거예요?"

"물론이죠."

"흠. 기브 앤 테이크. 그거 안 좋은 버릇인데……."

하지만 그 말에도 지욱의 눈빛에는 조금도 굽힘이 없었다.

"음, 그렇다면 내가…… 소정의 사례금 정도를 지급하는 건 어떨까요?"

"장난합니까, 지금?"

사례금은 아닌가. 고민하고 또 고민한 끝에 하늘의 입이 다시 열렸다. 그러고는 잠깐 고민하는 그 순간에도 자신에게서 눈을 뗄 줄 모르는 지욱을 향해 떨리는 목소리로 말했다.

"그럼…… 이건요?"

쪽. 그렇게 하늘의 입술이 잠시 지욱의 콧날에 다녀갔다.

"그리고 이것도……."

지욱의 눈빛이 놀란 듯 커다래졌다. 언젠가 그가 그랬던 것처럼 하늘은 그렇게 그의 두 뺨에 다가와 차례차례 입 맞췄다. 마지막으로 하늘의 입술이 지욱의 입술에 닿았을 때, 지욱은 그 자리에서 하늘을 번쩍 안아 자신의 침대로 이끌었다.

인터뷰는 결국 침대 위에서 이루어졌다. 녹음기를 사용하지 못한 탓에 하늘은 망각이란 놈이 장난을 치기 전에 사랑을 나눈 후, 벗은 몸 그대로 노트북을 펴놓고 기사를 써야 했다. 하지만 불만은 없었다. 그 순간에도 하늘은 그동안 그의 손길을 통해 맛보았던 수많은 음식에 보답이라도 하듯 그 어느 때보다 윤지욱이란 인물을 빛나게 하는 데 정성을 쏟았으니까.

초록색 런치박스를 아시나요?

「르 파니에」 그 빠져들 수밖에 없는 이름!

그곳에 애인 삼고 싶은 가슴 따뜻한 남자, 윤지욱 셰프가 있다.

카피를 몇 개 뽑았다. 하지만 처음부터 객관적일 수가 없는 기사였다. 결국 그날 하늘이 쓴 기사는 정식으로 기사화되지 못했다. 그러나 아쉽진 않았다. 하늘의 글을 보고 지욱은 말갛게 웃었고, 그 미소 짓는 얼굴은 고스란히 그녀의 가슴속에 남았으니까.

날이 밝았다.

돌아오는 길, 노을 지는 파리의 하늘 위에서 지욱은 하늘에게 청혼했다.

"우리 결혼할까요?"

마치 드라마 속 한 장면처럼 그는 미리 준비해둔 반지를 내밀며 조금은 수줍은 듯.

"뭐, 뭐라고요?"

하늘은 눈을 크게 뜨며 물었다.

"결혼! 결혼 말이에요. 나랑 같이 살자고!"

그 말을 들었을 때, 하늘은 온몸의 사랑에 대한 항체들이 마구 솟구치는 것처럼 가슴 맨 밑바닥으로부터 말캉말캉하고 따뜻한 것이 울컥 솟아오르는 느낌을 받았다. 그러고는 그냥 웃어버렸다.

아, 어떡해. 자꾸 웃음만 나온다.

물론 그 순간, 하늘은 적이 놀랐다. 그러나 성급하다고만은 생각하지 않았다. 하늘은 지욱이 건넨 반지를 가만히 받아 들었다. 그러면서 차근차근 생각을 정리해 나갔다. 비행기가 2만여 피트 상공 위를 날고 있는 동안, 물밀듯 몰아치는 여러 생각을 그렇게 하나씩 정리해 나갔다.

얼마 전 대장암 수술을 마치신 아버지. 항암 치료 중인 아버지는 지금도 병원에 계신다. 게다가 일도 여전히 바빴다. 아니, 어쩌면 전보다 더 바빠질는지도 모른다. 푸드 에디터로서 앞으로 이루고 싶은 많은 꿈이 더 생겼으니까.

수많은 시행착오가 있겠지. 어쩌면 끝까지 모든 일이 자신이 원하는 방향대로 흘러가지 않을 수도 있다. 하지만 그럼에도 불구하고 하늘은 행복감을 느끼는 자신의 모습을 깨달았다.

하늘은 손안에 든 반지를 꼭 쥐었다. 귀가 먹먹하다. 하늘은 침을 꼴깍 삼켰다. 조금 전 설레는 눈빛으로 같이 살자 말하던 남자는 지금 그녀의 어깨에 기대어 잠들어 있었다. 그 모습을 보자, 가슴으로부터 갑자기 풀썩풀썩 웃음이 새 나왔다.

어쩌나. 어떻게 이럴 수가 있을까. 비행기 트라우마 따위는 어느새 날아가 버리고 없다. 평온히 하늘 아래 아기자기 어여쁘게 자리 잡은 세상을 내려다보는 그녀.

창문밖엔 푹신푹신한 구름이 솜사탕처럼 펼쳐져 있고, 도착한 서울의 하늘은 더없이 맑기만 할 뿐이었다.

하늘은 지욱을 흔들어 깨웠다.

"다 왔어요. 일어나요, 지욱 씨⋯⋯."

다정한 그녀의 목소리에 곤히 자고 있던 그가 스르르 눈을 뜬다.

진짜?

응, 진짜.

눈이 마주치고, 그들은 서로 마주 보며 웃었다. 나른한 미소가 두 사람의 얼굴 위로 환하게 번져 나갔다.

에필로그 둘. Behind Talk Talk ······ 1

한차례 바쁜 시간이 지나가고 잠시 휴게실을 찾은 지욱은 마침 그 자리에 있던 재준에게 바지주머니 속에서 사진 한 장을 꺼내 내밀었다. 재준은 지욱의 손에서 사진을 **빼앗아보곤** 덩달아 놀란 표정을 지었다.

"하늘 씨 사진을 왜 네가 갖고 있어?"

재준은 여전히 어리둥절한 채 눈만 끔벅였다. 그런 재준을 보며 지욱이 어딘지 넋이 나가버린 듯한 얼굴로 힘없이 대꾸했다.

"이 사람이야. 내가 찾던 사람."

지욱의 명확한 대답에 재준도 허탈해서 한숨을 내쉬었다. 어찌 됐든 당혹스러운 상황임이 분명했다.

"어떻게 이런 일이······. 네가 찾던 사람이 하늘 씨였어?"

저도 모르게 혼잣말을 늘이던 재준에게 지욱이 물었다.

"이 사람, 형 가게 단골이랬지? 언제부터? 언제부터였어?"

"글쎄. 아주 오래됐지, 아마?"

재준은 가만히 말을 이어갔다.

"내가 「르 파니에」를 맡기 전에도…… 종종 왔던 걸로 기억해. 부모님이 항상 가게에 계셔서 나도 어릴 때는 거의 살다시피 했는데 하늘 씨도 그랬어. 어려서는 엄마 손 잡고……. 어느 정도 나이 먹어서부터는 혼자…… 주로 혼자 왔었던 것 같아."

"더! 더 말해봐! 기억나는 거 전부!"

지욱의 목소리가 갑자기 빨라졌다. 그는 마치 빛을 한 점에 모아놓은 것 같은 눈빛으로 재준을 주시하며 이야기에 무섭도록 집중하고 있었다.

재준은 그런 지욱을 당황스럽게 보았다. 그러고는 기억을 더듬어가며 다시 말을 이어가기 시작했다.

"음, 중간중간 인테리어 때문에 공사도 몇 번 했고, 셰프도 자주 바뀐 편인데 발길을 안 끊더라고……. 말하자면…… 꽤 좋아해, 여길. 뭐, 그런 거지. 사람은 누구나 어떤 장소에 가면 생각나는 사람 하나쯤은 있잖아? 내가 바닷가만 가면 첫사랑 생각하고, 네가 지나다니면서 길가에 있는 성당만 보면…… 얼굴도 모르는 엄마, 떠올리는 것처럼."

지욱은 그때 저도 모르게 탄식하며 손으로 이마를 짚었다.

'전…… 이 집이 변하지 않으면 좋겠어요.'

실연 때문이 아니었다.

여기, 추억이 어려 있는 것이다. 돌아가신 엄마와의 추억이……!

별안간 지욱이 VIP룸 밖으로 나가려던 재준의 손을 붙들었다.

"형, 이 가게, 정말 넘길 생각이야?"

"뭐?"

처음에는 할 말을 잃은 듯 쉽게 대꾸를 하지 못하던 재준도 나중에는 결국 그냥 해본 소리겠지, 하며 대수롭지 않게 대답했다.

"야, 요즘 같은 세상에 한자리에서 요식업 이십 년. 경쟁력이 얼마 있는 줄 알아? 게다가 향수병 걸린 셰프, 새로 구할 때마다 얼마나 애를 먹는데……. 아버지도 가게 정리하라고 하신다. 이참에 깔끔하게 팔고 어디 공기 좋은 데 펜션이나……."

그런데 그 순간 지욱이 무섭게 그 말을 잘랐다.

"정리하지 마! 가게, 정리하지 말라고!"

충동적으로 말을 뱉어놓고, 그 말이 진심인지 아닌지, 무엇 때문에 그런 말이 갑자기 튀어나간 건지 지욱은 스스로도 헷갈렸다.

재준 역시 당황한 기색이 얼굴에 역력했다.

"야, 윤지욱!"

"지금은 잘되잖아! 정리할 이유가 없어!"

그 말에 재준이 반박했다.

"거야, 네 이름값 때문이지. 르 꼬르동 블루 출신! 게다가 IKA에서 메달까지 땄다는 셰프를 헤드 셰프로 모신다니까 사람들이 혹해서 한번 와보는 거야. 처음엔 다 그래. 그러다 원래대로 돌아가는 거지. 너 오기 전 우리 가게, 손님 그렇게 많지 않았어. 다달이 적자나 안 나면 다행이고…… 단가 높은 프렌치, 솔직히 대중적인 아이템은 아니잖아?"

그때였다. 지욱이 순간 결심한 듯 말했다.

"내가 맡을게!"

"뭐?"

"일한다고! 계속 여기에서!"

지욱이 「르 파니에」를 맡기로 한 기간은 6개월, 한시적이었다. 오랫동안 정들었던 가게를 헐값에 넘길 수도 없고, 되팔기에 가게의 명성을 이전처럼 끌어올려줄 구원투수가 간절히 필요했기 때문이다. 그래서 SOS를 청한 게 지욱이었다. 마침 지욱도 이곳에 용무가 있다고도 했고. 그런데 이제 몇 달 후면 돌아갈 놈 입에서 이런 말이 나오자 재준은 순간 너무 당황스러워서 입을 떡 벌렸다.

"너, 돌아간다고 안 했어? 너 나한테 분명, 프랑스에서 네 가게 낼 거라 그랬잖아!"

"가게는…… 좀 더 있다 차려도 돼."

지욱의 충동적인 결정이 몹시 당황스러웠던 재준이 그런 지욱을 만류하며 횡설수설했다.

"에잇! 야, 다시 생각해! 다시! 네가 왜 이렇게 나오는지 솔직히 나 너 모르는 거 아닌데…… 아냐! 그래도 이건 진짜 아니다. 너 이거 진짜 PTSD야! 치료받아야 된다고!"

이럴 줄 알았으면 가게가 망해가든 말든 애초에 여기 일을 안 맡기는 건데. 후회가 스멀스멀 밀려오는 순간, 지욱의 입에서는 이미 결심을 굳힌 꽤나 도전적인 목소리가 흘러나왔다.

"반년 아니고 영구. 원한다면 계약서, 다시 써도 좋아."

재준은 눈을 감았다.

저 고집불통 같은 자식! 불도저 같은 놈, 윤지욱!

한번 마음먹으면 절대 뒤도 안 돌아보지!

하긴! 천재 소리 들어가며 화려하게 입성했던 PCEM 과정을 하루아침에 때려치우고, 엉뚱하게도 요리사 되겠다고 했을 때부터 이미 진작 알아본 고집이었다.

'만나서 어쩔 건데? 뭐, 계획이라도 있어?'

'계획 같은 거 없어. 그냥 궁금해. 보고 싶을 뿐이야. 잘 지내는 지…… 잘 지내왔던 건지…… 직접 눈으로 봐야 마음이 놓일 것 같아.'

처음엔 분명 그랬었다. 그런데 지금은 생각에도 없던 「르 파니에」를 끝까지 맡겠다고 나온다. 그러니 이제는 「르 파니에」에 이어 저 자식이 무슨 짓을 하겠다고 나올지 알 길이 없다. 예상도, 짐작조차 안 됐다.

그리고 이런 그의 예감은 조금도 빗나가지 않았다.

에필로그 셋. Behind Talk Talk 2

자정이 다 되어가는 시각.

풍호가 하늘의 집 앞으로 찾아왔다. 걸려오는 전화를 내내 안 받았더니 결국엔 집 앞까지 들이닥치는 사달이 벌어진 것이다.

방 안에서는 그동안 밀린 잠을 모두 몰아 잘 작정인지 미연이 쿨쿨 자고 있었다. 하늘은 곤히 자는 친구를 깨우고 싶진 않았다. 그렇다고 문을 열어주고 싶지도 않았다. 그런데 하필이면 이런 때에 경비 아저씨는 어디로 사라지신 건지 인터폰을 받지 않았다. 밖에선 초인종 소리가 귀청을 때리고…… 아마도 열어줄 때까지 저러고 있을 것 같았다.

하늘은 하릴없이 문을 여는 수밖에 없었다.

"어, 하늘 씨다!"

히죽 웃는 풍호에게서 술 냄새가 확 끼쳐왔다. 이미 전작이 상당한 듯 풍호는 걸음조차 비틀비틀 제대로 몸을 가누지도 못했다.

"이게 무슨 짓이에요? 여기까지 찾아오면 어떡해?"

술에 취해 기대오는 풍호를 하늘이 확 떠밀었다. 그러자 바닥에 벌렁 나동그라진 풍호가 어린 애처럼 당황한 시선을 들어 올린다. 눈시울은 붉어진 채, 아마 술에 취해 눈동자가 충혈된 것이겠지만.

풍호는 금방이라도 울음을 터뜨릴 것처럼 물기가 그렁한 눈으로 하늘을 뚫어져라 바라봤다.

"집에 있어놓고…… 집에 잘 있어놓고…… 전화, 그것 좀 받아주는 게…… 그렇게 어렵습니까?"

"많이 취하신 것 같아요. 택시 불러드릴 테니까 집으로 가세요."

"하늘 씨! 하늘 씨! 야, 서하늘!"

풍호는 하늘에게 통 사정을 했다. 그런 풍호에게 하늘은 매섭게 쏘아붙였다.

"지금 시간이 몇 신 줄 알아요? 안에 친구도 있어요! 동네 시끄럽게 하지 말고 가세요! 빨리……!"

그런데 비틀비틀 자리에서 몸을 일으키다 여러 차례 넘어지길 반복하던 풍호가 돌연 하늘 앞에 털썩 무릎을 꿇었다. 죄인처럼 고개를 푹 숙인 채 갑자기 닭똥 같은 눈물을 뚝뚝 흘리고 있는 풍호를 하늘은 말문이 막혀 바라보았다.

"지금…… 뭐 하시는 거예요?"

"미안해요…… 나 때문에…….'"

하늘은 온 힘을 다해 풍호를 일으켰다. 그러고는 떠밀려 나오지 않기 위해 발버둥 치는 풍호를 젖 먹던 힘까지 쥐어짜내어 집

밖으로 끌어냈다.

"미안한 거 아시면…… 가세요! 그리고 다신 찾아오지 마세요!"

풍호는 애원하듯 뿌리치고 달아나려는 하늘의 손을 붙잡고 다시 한 번 통 사정을 했다.

"우리 어머니가…… 원래 좀 강하세요. 강한 분이세요. 맹세코 내가 쪼르르 가서 이르지는 않았어요. 마마보이처럼 그렇게……."

"알았어요! 알았다고요! 여기, 일렀다고 뭐라 하는 사람 없으니까……."

하늘은 두 눈을 찡그렸다. 아파트 주차장 안으로 자동차 한 대가 들어오고 있었다. 헤드라이트 불빛이 점점 가까워져오며 그 불빛에 의해 하늘은 제대로 눈조차 뜰 수가 없었다.

그런데 별안간 풍호가 눈앞에서 픽 쓰러졌다. 하늘은 진심으로 난감했다. 그러곤 바삐 주머니에서 휴대폰을 찾았다. 하지만 이런 상황까진 미리 계산해두지 못한 터라 휴대폰을 미처 들고 나오지 못했다.

그때, 그림자 하나가 그녀의 앞에 드리워졌다. 그러더니 누군가가 그녀의 손에 그녀가 찾던 휴대폰을 슬며시 내밀었다.

"여기. 이거 찾아요?"

조금 전 주차장으로 들어온 차는 지욱의 차였다. 지욱은 갑작스레 마주친 하늘과 풍호의 모습에 미처 차에서 내리지 못하고 있다, 본의 아니게 두 사람이 나누는 대화 내용을 모두 듣고 말았다. 그러다 저도 모르게 불쑥 두 사람의 대화 중에 끼어들었고, 곤란한 상황에 빠져 있는 하늘의 등 뒤로 다가섰다.

"내가 할게요. 하늘 씬 가만있어요. 이 사람, 이름이 뭡니까?"

"풍호요. 강풍호……."

하늘이 기어들어가는 목소리로 대답했다.

"그냥 여기 버려두고 가요. 날 풀려서 길에서 자도 얼어 죽진 않을 거예요."

너무 괘씸해서 집에까지 전화해주고 싶은 마음도 없었다. 그런데 이를 악물고 시선을 외면하는 하늘을 가만히 보고 있던 지욱은 의외로 달래는 투로 말을 꺼냈다.

"사람을…… 어떻게 길에다 버려두고 갑니까. 잠깐만요. 잠깐만 있어요."

지욱은 하늘을 달래곤 다시 풍호에게 다가섰다.

"이봐요, 강풍호 씨! 내 말 들려요?"

"놔! 놔, 이거!"

시간이 갈수록 취기가 더 올라온 풍호는 아까보다 더 몸을 바로 세우지 못했다. 그러다가 바닥으로 고꾸라지고 넘어지길 몇 번, 그 모습을 보다 못한 지욱은 급기야 풍호를 자신의 등에 업어버렸다.

"안 되겠네요. 일단 데리고 올라갑시다."

갑작스런 지욱의 행보에 당황한 하늘이 지욱을 불러 세웠다.

"아, 아뇨! 이봐요! 저기……!"

지욱은 하늘의 만류에도 풍호를 업고 엘리베이터 앞에까지 걸어갔다. 그 걸음이 느릿느릿하다.

하늘은 돌연 그 자리에 굳어버렸다. 두 발이 보도블록에 달라붙어 옴짝달싹하지 않는데 그동안에도 엘리베이터 앞으로 뚜벅뚜벅히 걸음을 옮기고 있던 지욱이 하늘을 돌아보며 다급하게 말했다.

"엘리베이터 좀 눌러줘요. 빨리요!"

지욱은 키가 꽤 컸다. 풍호보다 머리 하나는 더 있을 정도로. 그러나 살집이 좀 있는 편인 풍호에 비해 지욱은 비교적 체격이 호리호리한 편이다. 하중이 당연히 부담이 될 수밖에 없다. 게다가 얼마 전 직접 눈으로 확인해본바, 그는 오랜 시간 한자리에 서서 일을 해서 그런가 허리도 썩 좋은 것 같지 않았다. 문득 그의 허리에 거의 도배하다시피 달라붙어 있던 파스 생각이 떠오른 하늘은 재빨리 걸음을 떼어 먼저 엘리베이터로 달려가 7층 버튼을 눌렀다.

그렇게 좁은 엘리베이터 안에 나란히 함께 오른 세 사람.

그동안에 풍호는 이미 의식의 흐름이 끊겨 지욱의 등에 자신의 체중 전부를 의지한 채 온몸을 부리고 있었다. 그 모습이 하늘은 고이 보이질 않았다. 그러다가 불쑥 그런 풍호를 업고 있는 지욱에게 미안해 괜찮으냐고 물었다.

"괜, 괜찮아요?"

묵묵히 앞만 보고 있던 지욱은 괜찮냐는 하늘의 질문에 망설이지 않고 대답했다.

"아뇨, 안 괜찮아요."

자신의 대답에 당황해 어쩔 줄 몰라 하는 하늘을 보면서 지욱은 그제야 피식 웃음을 보였다.

잠깐을 걸어오는데도 지욱의 이마는 땀으로 흥건하게 젖어 있었다. 손수건도 없고, 손에 마땅한 게 없었던 하늘은 급한 마음에 소매를 끌어 올려 지욱의 이마에서 흘러내리는 땀방울들을 닦아냈다.

그러다가 어느 순간 한 뼘도 채 되지 않는 거리에 바로 앞에 지욱의 얼굴이 있다는 걸 알았다. 유난히 갈색빛이 도는 눈동자가 돌연 시선을 확 잡아끈다. 하늘은 저도 모르게 넋을 놓고 그 얼굴을 바라봤다. 눈으로 조금 길게 내려왔다 싶은 갈색 머리카락, 그리고 땀에 젖은 하얀 얼굴…….

"아, 미안해요. 손, 손수건이 없어서……."

지욱의 앞에서 황급히 떨어져 나온 하늘이 변명처럼 둘러댔다.

때마침 멈춰 선 엘리베이터. 그 안에서 지욱은 하늘을, 하늘은 지욱을, 그렇게 두 사람은 서로의 얼굴을 말끄러미 바라봤다.

문이 열렸다가 다시 닫히는 동안에도 여전히 두 사람의 시선은 서로의 얼굴을 마주한 채 떨어질 줄 몰랐다. 그런데 그 순간, 눈으로 힐긋 멈춰 선 엘리베이터의 층수를 확인한 지욱이 느릿느릿 흘러가던 공기의 흐름을 끊었다.

"이 남자, 오늘 서하늘 씨가 데리고 잘 거예요?"

"아, 아뇨!"

"그런데 7층 버튼을 누르면 어떡합니까?"

하늘은 얼결에 8층 버튼을 누르고 이어 문 닫힘 버튼까지 눌렀다. 엘리베이터가 다시 한 계단을 더 오르기 시작한다. 그동안에 지욱은 여전히 어쩔 줄 몰라 하는 하늘을 쳐다보며 말했다.

"이 남자, 오늘은 내가 데리고 잘게요. 그러니까 걱정하지 마요."

그때, 다시 엘리베이터 문이 열렸다. 어떻게 해야 하나. 정말 저렇게 둘이 자게 두어야 하나. 하늘의 머릿속이 생각을 정리하느라 바쁜데, 먼저 엘리베이터를 벗어난 지욱의 목소리가 다시 다급해졌다.

"문 좀 열어줘요. 빨리요."

이번에는 현관문을 열어달라는 것이었다. 하늘은 지욱의 외침에 재빨리 엘리베이터에서 내려 번호 키로 잠겨 있는 문 앞으로 다가갔다.

하늘의 등 뒤에서 다시 지욱의 목소리가 들려왔다.

"일이삼사!"

"네?"

"못 들었어요? 일이삼사라고!"

일이삼사라니! 너무도 외기 쉬운 비밀번호에 당황한 하늘이 멈칫하는 동안 다시 지욱의 재촉이 날아들었다.

"빨리요. 열어요, 얼른!"

"아, 네!"

하늘이 번호를 누르자 정말로 경쾌한 소리와 함께 문이 열렸다. 지욱은 하늘이 문만 열어준 채 현관 앞에 서 있는 동안 풍호를 집 안에까지 업고 가 소파 위로 눕혔다.

"어우!"

업고 올라오는 동안 허리의 고통이 상당했는지 미간을 찡그리는 지욱을 보며 하늘은 고개를 숙였다. 미안했기 때문이다. 그래서 여태 못한 미안하단 말을 꺼내놓으려 하는데 지욱이 먼저 그런 하늘을 쳐다보며 선수를 쳤다.

"이 남자…… 정말 길에다 재우려 그랬어요?"

"네?"

"이 남자, 정말 길에 재우려 그랬냐고요."

"네."

하늘은 주저하다 대답했다. 다소 냉정해 보일지는 모르겠지만, 그게 진심이었으니까.

"아마 윤지욱 씨를 이렇게 만나지 않았다면 그냥 길에다 재웠을 거예요. 그럼…… 누군가가 발견하고 경찰에…… 신고해줬겠죠. 왜요, 그럼 안 되나요?"

지욱은 새초롬하게 쏘아붙이는 하늘의 얼굴을 가만히 바라보다 빙그레 웃었다.

"아뇨, 아니에요. 잘했어요. 잘한 거예요. 난 사실…… 아까 이 사람을 내 등에 업으면서도 이 남잘 서하늘 씨가 집으로 데려가고 싶어 하는 게 아닌가…… 잠깐 그런 걱정 했었거든요."

하늘의 눈에 얼핏 거실의 시계가 눈에 들어왔다. 시계는 새벽 한 시를 가리키고 있었다. 하늘은 다시 지욱을 향해 시선을 돌리며 한숨 쉬듯 중얼거렸다.

"밤 한 시에 이게 무슨 난리인지 모르겠네요. 정말 미안해요. 본의 아니게 큰 신세를 졌어요."

"별말씀을."

"아, 이거!"

하늘이 지욱의 손에 전화를 건넸다. 그의 전화를 돌려주고 계단을 통해 자신의 집까지 걸어 내려온 하늘은 문득 집 안으로 들어가려다 말고 현관 앞에 서서 저도 모르게 그의 이름을 중얼거렸다.

"윤…… 지욱……."

문을 열고 들어가자 목이 말라 물을 마시려던 미연이 방 안에서 걸어 나왔다. 그러고는 눈을 비비며 불쑥 묻는다.

"아침이야?"

"아니, 아직 밤. 더 자."

물을 마신 미연은 다시 방으로 돌아갔다. 하늘도 미연을 따라 방으로 들어갔다. 그러나 금세 다시 잠들어버린 미연과 달리, 하늘은 오래도록 잠을 이루지 못했다.

새벽 2시.

지욱은 냉장고에서 맥주를 한 캔 꺼냈다. 목 넘김이 좋은 맥주를 홀로 마시며 고개를 돌려 자신의 집 소파 위에서 숨을 쌕쌕거리며 자고 있는 남자의 모습을 바라보았다.

조금 전 쿵 소리를 내며 소파 아래로 굴러떨어졌던 남자는 방금 자력으로 다시 소파 위로 기어 올라갔다. 추위를 느끼는지 몸을 잔뜩 웅크린 채다. 그가 샤워를 하러 들어가기 전, 남자의 몸에 덮어주려 했던 담요는 지금 베란다에 덩그러니 버려져 있다. 베란다 바깥 쪽 창문까지 활짝 열려져 있는 거실은 어느새 찬바람이 스며들어와 서늘한 냉기마저 감돌고 있다. 봄이라지만 아직 밤바람은 차다. 창문은 조금 전 그가 일부러 열어놓은 것이었다. 그의 짐작대로라면 아마도 술이 깨지 않은 남잔, 밤새 온몸을 웅크린 채 오스스 떨면서 잠을 자야 할 것이다. 아침에 일어나면 물에 젖은 솜처럼 온몸이 무겁겠지. 지독한 감기에 걸리지나 않으면 다행일 것이다. 그러나 그 모습이 조금도 안쓰럽다거나 불쌍하게 여겨지지 않았다.

밤새 자신에게 고정되어 있던 지욱의 서늘한 눈빛 때문일까. 풍호는 몇 번이나 악몽을 꾸었다. 꿈에서 깨어나면 또 다른 꿈이, 그 꿈에서 깨어나면 또 다른 꿈이…… 갈수록 꿈은 더 괴기스러워졌고 오싹함을 더해갔다. 가위에 눌려본 것도 일평생 처음 있는 일이었다. 게다가 아침이 되자 온몸이 얻어맞은 것처럼 욱신욱신 아프지 않은 곳이 없었다. 멈추지 않는 재채기에 연신 흘러내리는 콧물. 4월의 봄날이 갑자기 한겨울로 후퇴라도 한 듯 오한이 찾아들었다. 그래서 이곳이 낯선 곳이라는 것도, 난생처음 보는 남자의 집에 와 있다는 사실도 뒤늦게 깨달았다.

간신히 몸을 일으킨 풍호는 현관 쪽으로 살금살금 뒷걸음질 치기 시작했다. 아까부터 주방에선 쉭쉭 칼날을 가는 소리가 들려왔다. 이어, 요란한 칼질 소리가 뒤따랐다. 그 손놀림이 예사롭지가 않았다. 게다가 개수대에서는 물이 흘러내리는 소리가, 팬 위에서 치익치익 무언가 익어가는 소리가, 이런저런 소리가 뒤섞여 머릿속은 점점 더 산란해지고 어찌 됐든 이곳을 빨리 벗어나보자 하는 생각만 가득했다.

풍호는 무거운 몸을 현관 앞에까지 끌고 갔다. 그런데 문 앞에서 신발을 신으려 몸을 구부리던 순간, 그보다 먼저 문이 열렸다.

그의 눈앞에서 시원하게 열어젖혀진 문. 고개를 든 풍호의 눈앞엔 턱 밑에 수염이 거뭇거뭇하게 자란 남자가 서 있었다. 이사 후, 처음 지욱의 집을 찾아온 재준이었다.

어안이 벙벙해진 재준을 밀치고 풍호는 도망치듯 문을 나섰다.

대체 간밤에 술을 얼마나 마신 건지, 왜 이곳에 와 있는지 전혀 기억이 나질 않았다.

젠장! 머릿속이 완전 뒤죽박죽이다. 게다가! 몸은 또 왜 이렇게 죽겠는 거야! 단순히 술 한잔 먹고 애먼 데서 잤다고 하기엔 온 몸 구석구석 안 아픈 데가 없다.

"에, 에치!"

연신 재채기를 연발하던 풍호는 때마침 멈춰 선 택시에 황급히 몸을 실었다.

그런데 이번엔 행선지를 말하는 순간, 이 시간에 그쪽으로 가면 돌아오는 손님이 없다고 기사가 승차를 거부한다. 사 측에 민원 넣을 거라고 으름장을 놓아보지만, 손님이기 이전에 젊은 놈이 어른한테 말하는 싸가지가 못돼 처먹었다고 도리어 혼쭐만 났다. 콧물이 줄줄 흘러내리는 얼굴로 하릴없이 택시에서 내리고 만 풍호는 홧김에 바닥에 있던 깡통을 홱 걷어찼다.

"에이 씨!"

재수 옴 붙은 날.

이래저래 되는 일이 없는 날이었다.

에필로그 넷. 윤지욱

한 여자가 내 마음에 들어왔다.

너무 궁금하고, 보고 싶고, 또 찾고 싶었던 사람!

이름처럼 참 맑고 아름다운 사람, 하늘!

난 그녀에게 청혼했다. 물론, 확답은 받지 못했지만. 그러나 여전히 나는 결혼에 대한 얘기를 멈추지 않았고, 오늘로 열일곱 번째 청혼을 계획 중이다.

그녀를 만난 건 밤 10시가 조금 넘은 시간이었다. 장소는 그녀가 좋아하는 서씨 아저씨의 포장마차에서.

친구와 만나 조금 전까지 맥주 몇 잔을 마시고 왔다는 그녀는 붉게 상기된 두 뺨을 손으로 감싼 채 배시시 웃는 얼굴로 모습을 드러냈다. 밤이 늦어 화장기도 거의 남아 있지 않은 모습이었지만 내 눈엔 그 자체로도 충분히 눈길을 끌 만큼 매력적이었다. 그 중

거로 지금 가게 안에 있는 이 많은 사람들 중에 오직 한 사람, 그녀만 보였으니까.

"한 잔 더 할래요?"

"좋죠!"

말이 끝나기도 전에 아저씨가 맥주 두 병을 가져다주셨고, 우린 사이좋게 한 병씩 나누어 마셨다.

"근데 무슨 할 말 있어서 보자고 한 거예요?"

"아뇨."

술잔을 기울이며 나를 쳐다보던 그녀의 표정에 의구심이 스쳤다.

"그럼 왜……?"

"우리가 꼭 용건이 있어야 볼 수 있는 사이는 아니지 않나?"

그 말에 그녀는 생긋 웃더니 장난기 가득한 어조로 속삭였다.

"나 보고 싶었어요?"

"아니라곤 안 할게요."

"얼마나 보고 싶었는데요?"

"얼마라고 하면 알아요?"

어쩐지 솔직한 고백 따위를 해서는 안 될 것 같았다. 무슨 일 때문인지 기분이 무척 좋아 보이는 그녀는 오늘따라 웃음이 더 잦았다. 별것 아닌 얘기에도 까르르 자지러지게 웃어 넘어가고, 기분 좋게 업된 음성에 눈매는 더욱 생글생글 사랑스럽게만 보였다.

"무슨 좋은 일 있어요?"

"미연이가 결혼한대요."

"궁금하네요. 본인의 결혼 소식을 전할 땐 어떤 표정인지."

"음, 이걸로도 괜찮지 않나요? 지금도 충분히 좋잖아요."

그 말이 정답이라는 듯 자신만만한 목소리로 그녀는 딱 부러지게 얘기했다.

"대체 결혼이 왜 싫은 건데요? 환상 같은 것도 없나? 결혼에 대한?"

한번 묻고 싶었다. 진지하게.

그녀는 잠시 망설이는 듯 보이더니, 이내 느릿한 어조로 타이르듯 이렇게 얘기했다.

"물론 있었죠. 아주 어릴 때는……. 아침에 일어나면 달콤한 키스와 함께 모닝커피로 날 깨워주는 멋진 남편과 눈에 넣어도 아프지 않을 사랑스러운 자식들이 있고…… 환상적인 신혼의 밤을 꿈꾸던 때가 없진 않았어요, 나도."

"근데 그 꿈이 왜 깨진 건데요?"

"결혼은 현실이다, 그 절대불변의 진리를 슬프지만 너무나 일찍, 깨우쳐버린 거죠. 내가 중학교 때 이혼하신 나의 부모님을 보면서……."

슬프지만, 어쩐지 그 말에 확 공감이 됐다. 여자로서 그러한 환상에서 벗어나야 했던 때가 그리 유쾌하지만은 않았을 테니까.

난 맥주를 한 모금 입으로 가져가며 그녀의 두 눈을 보고 물었다.

"그럼 당신이 생각하는 현실로서의 결혼 생활은 어떤 건데요?"

"음, 예를 들면 뭐, 이런 거요? 날 깨우는 달콤한 모닝 키스는 언감생심. 매일 아침이면 식구들 아침 해 먹이고 신랑 출근시키느라 동동거려야 할 테고, 애들은 죽어라 내 말을 안 듣겠죠. 하루 종일 안 돼, 다쳐, 지지! 잔소리만 늘어놓다 목이 쉴 게 뻔하고…… 어쩌다 휴일이면 하루 종일 텔레비전 리모컨을 끼고 빈둥대는 남편과 싸우느라 점점 내 성질만 포악해질지도 몰라요."

목소리가 높아져 열변을 토하고 있는 그녀를 보니 자꾸만 웃음이 났다. 예상과는 다르게 일상의 자연스러움, 그 소소한 행복을 너무나 일찍 깨우친 그녀가 내 눈에는 마냥 귀엽고, 사랑스럽게만 보였기 때문이다. 덩달아 앞치마를 둘러매고 한 손엔 국자를 든 채 잔소리를 늘어놓는 그녀의 모습이 상상도 되고.

그 순간 나는 직접적인 한마디를 덧붙였다.

"하지만 그런 게 행복이란 생각은 안 해봤어요?"

"네?"

"지극히 평범한 것, 어쩌면 특별할 것 없는 그 일상이 진짜 행복일 거란 생각, 안 해봤냐고요!"

"글쎄요."

뜻밖의 얘기라는 듯, 그녀는 단번에 의외라는 표정을 지었다. 하지만 그 눈빛이 이내 공감의 빛을 띠며 내게 다가왔다.

"난 그렇게 생각해요. 어쩌면 행복이란 건 삶의 거창한 굴곡이 없는, 평범한 슬픔이며 괴로움을 담고 살아가는 특별할 것 없는 생활…… 그런 게 아닐까. 그래서 그 느긋함이 때론 졸음처럼 느껴지는 그런 거 말이에요."

"오, 그럴듯한데요?"

나는 그 말을 하면서 잠시 그녀의 얼굴을 아련한 눈빛으로 바라보았다. 사실 그건 어느 순간부터 항상 해왔던 생각이었다. 나의 소소한 일상, 그 작은 행복들을 나누는 사람이 당신이었으면 좋겠다는 것은.

"뭐…… 내 얘기는 아니고, 나도 어느 책에서 읽은 거예요. 어쩐지 공감이 돼서……."

그녀는 떨리는 한숨을 토해냈다. 난 묵묵히 그녀와 눈을 맞추며 말했다.

"합시다, 결혼! 내가 행복하게 해줄게요."

"지욱 씨!"

"나는 진심으로 당신, 책임지고 싶어요. 당신 손잡고, 당신이랑 같은 곳 바라보면서 그렇게 같이 살고 싶다고!"

외치고 나니 가슴이 자꾸만 들썩거려 숨을 쉴 수가 없을 정도였다.

그 순간 나는 팽팽하게 당겨오던 우리 둘 사이의 줄다리기가 서서히 끝이 나고 있다는 느낌이 들었다. 나는 천천히 나의 시선을 그녀의 눈에 맞추었다. 그러고는 한 발자국 더 가까이 다가가며 내 눈동자 안에 그녀의 한 토막을 담았다.

사랑해요.

귓가를 울리는 나의 진심. 그 흔한 고백이 그녀의 가슴속을 뚫고 들어가 그녀의 마음을 온통 흔들어놓기를 간절히 바랐다.

"아…… 이러면 내가 거절을 할 수 없잖아요!"

결국 그녀의 입에서 허락이 떨어졌다. 동시에 나의 가슴도 뜨겁게 타올랐다.

나의 평생에 이토록 짜릿한 순간이 있었을까? 이토록 가슴이 터질 것같이 뛰었던 적은? 이토록 벅찬 행복감으로 날아오를 것 같은 기분을 느꼈던 적이 있었을까?

더 이상 긴말이 필요치 않았다. 나는 그대로 그녀를 와락 끌어 안아버렸으니까.

"참, 다음 주말에 비번이죠? 우리, 제주도 가요!"

잘나가는 푸드 잡지사의 에디터답게 지난 달 비번에는 갑자기 우동을 먹자며 일본엘 다녀오더니 이번엔 다금바리를 먹으러 제주도에 가잔다. 이대로라면 다음 달 비번엔 자장면을 먹으러 중국에 가자고 나올지도 모른다. 그래도 피자나 파스타가 아닌 게 어딘가. 이태리라면 잠깐 비번이 있는 하루 동안 다녀오지도 못한다.

나는 밤하늘에 불빛을 내뿜고 떠가는 비행기를 보면서 그녀의 트라우마를 괜히 고쳐주었다고 속으로 투덜거렸다.

물론 진심일 린 없지만.

에필로그 다섯. 돌아온 그날

3년 뒤.

"자자, 조심들! 조심들 하자고, 조심들!"

"오더 꼬이지 않게 주의하는 것 잊지 말고!"

"자, 집중! 무조건 집중해."

아까부터 주방 안이 분주하다.

익히 들어 알고 있는 3월 2일.

오늘은 또 어떤 불호령이 떨어질까.

헤드 셰프가 오너 셰프가 된 이후로, 처음 맞는 3월 2일.

부디 무사히 지나가야 할 텐데…….

모두의 눈빛에는 그런 바람이 역력했다.

셰프의 까칠하고, 민감한 성격이 불쑥불쑥 고개를 드는 이날은 어떻게든 몸을 바짝 낮춰 비위를 맞춰주는 수밖에 없었다.

말대답은 언감생심.

속된말로 까라면, 무조건 까!

그런데 기다리고 있던 셰프가 아까부터 모습을 보이지 않는다.

설마 오늘도 무단결근? 아님 곧바로 휴게실로 직행? 그것도 아
님 허리의 고통을 호소하며 가게 앞 벤치에 또 노숙자처럼 누워
있는 것 아냐?

그렇게 사람들의 눈이 휘둥그레져 있는 사이 가게 문이 열리며
초록색 런치박스가 배달 왔다.

"윤지욱 셰프님께서 점심, 드시고들 하시랍니다."

"네?"

그때, 놀란 눈들을 한 주방 스텝들 사이에서 누군가 외쳤다.

"셰프님은요?"

"오늘, 결근이십니다."

"겨, 결근이요?"

"대신, 하루 동안 윤 셰프님을 대신할 셰프님이 한 분 오시기
로 하셨습니다."

"아니, 왜요?"

"혹시 어디가 또 불편하신 건……!"

질문들이 쏟아지자 런치박스를 들고 온 남자의 얼굴에 난감한
기색이 비쳤다.

"아뇨, 그게 아니라…… 개인적인 사정으로…….”

"어떤 사정이요?"

"셰프님이 가게 두고, 자리 비우실 분이 아닙니다!"

그때, 남자로부터 짤막한 대답이 이어졌다.

"조금 아까, 막 아빠가…… 되셨습니다."

아!

모두의 입에서 짤막한 탄성이 새 나왔다.

남자는 재차 말을 이어갔다.

"지금은 사모님 곁에 있어드리고 싶다고……."

누군가 물었다.

"뭐예요? 딸? 아들?"

"예쁜 공주님이시랍니다."

그 말과 함께 초록색 런치박스의 전달과 비둘기 역할을 말끔히 수행한 남자는 뒤돌아서 나가고, 스텝들은 긴장을 한시름 놓았다.

이제, 앞으로 이날의 까칠한 셰프 모습은 더 이상 볼 수 없는 건가. 하긴, 이날이 예쁜 딸아이의 생일날이 되어버렸으니!

어느덧 시간이 이만큼 지나, 아프고, 힘들었던 기억 위로 고운 기억 하나가 덧칠되어가고 있다.

어디선가 새로 태어난 생명을 가슴에 안고 함박웃음을 짓는 셰프의 따뜻한 웃음소리가 들리는 듯하다.

−마침−

작가 후기

'어디서 굴러온 돌이'가 '톡, 톡, 톡, 런치박스'가 되기까지 처음 만들어두었던 이야기는 부서지고, 쪼개지고, 다시 짜여 맞추어지는 과정을 반복했습니다. 그러는 동안 지욱이도, 하늘이도 여러 번 저처럼 다시 많은 일을 겪고, 새로운 기분을 느껴야 했을 겁니다.

연재기간 동안에도, 그리고 글을 수정하면서도 참 많은 일들이 있었습니다. 유난히 다사다난하다고 느꼈던 2014년.

특히, 저 개인적으로는 인생의 큰 전환기를 앞두고 있어서 이런 작업들이 쉽지만은 않았습니다. 물론, 앞으로 헤쳐 나가야 할 산도 눈앞에 떡 버티고 있네요.

그래도, 잘할 수 있을 거야!

그리고 다 잘될 거야!

아자, 아자, 아자!

오늘도 스스로에게 주문을 겁니다.

비 온 뒤 질척질척해진 땅이 다시 굳기까진, 비록 시간이 많이 걸리겠지만, 어느새 햇빛이 쨍 나고 그 눈부신 햇살에 닿아 다시 포근하게 만져질 수 있는 시간들이 이 글을 읽어주신 여러분의 가정에도 꼭 있었으면 좋겠습니다.

그래서,

2014년의 남은 시간들만큼은,

부디 모두에게,

아름답고,

따뜻하고,

희망이 가득한 날들로 가득 채워졌으면 좋겠습니다.

마지막으로 저같이 부족한 글쟁이와 함께 작업하시느라, 결혼을 앞둔 귀한 시간에 정말 애 많이 써주신, 와이엠북스 김은지 팀장님! 본의 아니게 너무 많이 힘들게 해드린 것 같습니다. 정말 죄송하고, 또 앞으로 있을 결혼도 진심으로 축하드립니다.

꼭 예쁜 가정 이루시고 행복하게 잘 사시길!

더불어, 이 글을 읽어주신 분들 모두,

삶의 좋은 인연들 속에서,

언제나 사랑과 행복이 넘치는 날들 되시기를!

-글벗, 홍재인 올림.